ZHONGGUO WANGLUO
WENXUE YANJIU NIANBIAN · 2022

中国网络文学研究年编·2022

梁鸿鹰 何 弘 ◎ 主编

时代出版传媒股份有限公司
安徽文艺出版社

图书在版编目（ＣＩＰ）数据

中国网络文学研究年编.2022/梁鸿鹰,何弘主编.—合肥：安徽文艺出版社,2023.12
ISBN 978-7-5396-7821-4

Ⅰ.①中… Ⅱ.①梁… ②何… Ⅲ.①网络文学－文学研究－中国 Ⅳ.①I207.999

中国国家版本馆 CIP 数据核字(2023)第 125612 号

出 版 人：姚 巍	策 划：朱寒冬 姚 巍
责任编辑：宋潇婧	装帧设计：张诚鑫

出版发行：安徽文艺出版社　　www.awpub.com
地　　址：合肥市翡翠路 1118 号　　邮政编码：230071
营 销 部：(0551)63533889
印　　制：安徽新华印刷股份有限公司　　(0551)65859551

开本：710×1010　1/16　印张：28　字数：360 千字
版次：2023 年 12 月第 1 版
印次：2023 年 12 月第 1 次印刷
定价：98.00 元

（如发现印装质量问题，影响阅读，请与出版社联系调换）
版权所有，侵权必究

以习近平新时代中国特色社会主义思想为指引
坚定不移走新时代文学高质量发展之路

张宏森

2022 年是党的二十大召开之年,提高各级领导干部政治能力、保证党中央决策部署和习近平总书记重要指示批示贯彻落实具有十分重要的意义。中国作协充分发挥机关党建政治引领和政治保障作用,把贯彻落实党中央决策部署和习近平总书记重要指示批示作为重大政治责任,在强化落实中加强政治历练、推动事业发展,多措并举拓展文学高质量发展路径,努力开创作协和文学事业新局面。

一、加强政治引领,在提升政治能力中扛起时代使命

文运同国运相牵,文脉同国脉相连。文艺事业始终是党和人民的重要事业,文艺战线始终是党和人民的重要战线,党的领导是社会主义文艺发展的根本保证。新的赶考路上,中华民族伟大复兴战略全局和世界百年未有之大变局,是新时代文学最鲜明的历史背景。做好新时代文学工作,向党和人民交出满意答卷,离不开党对文学事业的坚强领导,离不开党的创新理论指引前进方向。习近平总书记指出,广大文艺工作者要心系民族复兴伟业,热忱描绘新时代新征程的恢宏气象。文学工作履行好新时代使命任务,最首要的就是"举旗帜",举精神之旗、立精神支柱、建精神家园;最根本的是要坚定文化自信,深刻反映我们这个时代的历史巨变,描绘我们这个时代的精神图谱,为时代画像、为时代立传、为时代

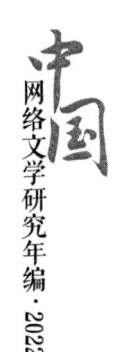

明德。

作为肩负政治责任和光荣使命的人民团体,中国作协必须旗帜鲜明讲政治,自觉走好第一方阵,不断增强"四个意识"、坚定"四个自信"、做到"两个维护",坚决完成党和人民赋予的新使命新任务。要坚定不移加强中国作协党的政治建设,认真贯彻落实党的文艺路线方针政策,引导广大党员干部深刻认识"两个确立"的决定性意义,不断提高政治判断力、政治领悟力、政治执行力,把做到"两个维护"体现在实际行动上,把中国作协建设成为让党中央放心、让人民群众满意的模范机关。要深刻领会党中央对文艺工作者的高度期待和殷切期望,积极回应时代和人民呼唤,推出更多体现国家和民族思想水平、艺术水平、创造能力、综合实力的优秀作品,用文学凝聚人民精神力量,服务中华民族伟大复兴战略全局。要坚定政治方向,站稳政治立场,严格落实意识形态工作责任制,建好管好文学阵地,旗帜鲜明反对历史虚无主义,牢牢把握新时代文学事业正确的政治方向,特别是在当前严峻的形势下、复杂的舆论场中,更要坚定文化自信,保持清醒坚定,始终与党中央保持高度一致,切实维护文化安全、意识形态安全,引领和鼓舞顺利实现第一个百年奋斗目标后全社会奋发向上的精气神,为营造平稳健康的经济环境、国泰民安的社会环境、风清气正的政治环境作出文学贡献。

二、心怀"国之大者",在服务中心大局中找准时代坐标

习近平总书记指出,"文艺是时代前进的号角,最能代表一个时代的风貌,最能引领一个时代的风气"。回望历史,伴随党和人民砥砺奋进的百年征程,中国文学始终同民族独立、人民解放和国家富强、人民幸福的伟大事业紧密相连,深度参与了推动历史进步的伟大进程,走出了一条中

国特色社会主义文学发展道路。心系民族复兴伟业,书写生生不息的人民史诗,始终是中国文学的初心和使命,也是新时代新征程必须牢牢把握的"国之大者"。脱离了民族复兴的时代立意,离开了人民奋斗的创作源泉,文学就会变成无根的浮萍、无病的呻吟、无魂的躯壳。当前,中华民族伟大复兴进入不可逆转的历史进程,既需要强大的物质力量,也需要强大的精神力量,而文学理应成为经国之大业、不朽之盛事。

2021年,着眼新的时代方位,中国作协召开第十次全国代表大会,对新时代文学作出全新的、系统的定位;以党组名义在《求是》发表署名文章,阐明新时代文学要牢记"国之大者",引领文学界主动担起时代使命,把新时代文学放到"两个大局"中去认识、去推动,努力培育作协工作的大格局,重塑文学事业的大气象。2022年,中国作协实施"新时代山乡巨变创作计划""新时代文学攀登计划"和"文学作品质量提升工程",推出"文学领军人才"等一系列培养计划,不断厚实人才基础,在新起点上推动文学高质量发展继续破题,引领广大作家向着艺术质量的巅峰攀登,不折不扣将习近平总书记殷切希望落到实处,以实际行动践行党和人民对文学的时代要求。要紧跟时代步伐,心系中华民族复兴伟业、心系党的事业永续发展,保持强烈政治担当和历史主动精神,把艺术理想融入党和人民事业之中,聚焦"国之大者"谋划文学和作协工作,围绕党中央和习近平总书记关心关注的重点工作出作品,将乡村振兴、"双碳"、深化改革、"三新一高"、全民抗疫等作为当下文学工作的着力点,大力弘扬中国精神、中国力量、中国担当,展现新时代中国形象,发挥文学对外交流的独特作用,向世界讲好中国故事,推动构建新的话语体系,为实现中华民族伟大复兴创造有利国际环境。

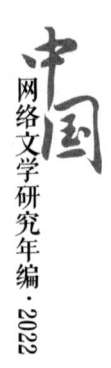

三、坚持学以致用,在做好宣传阐释中彰显文学价值

我们处在前所未有的变革时代,干着前无古人的伟大事业,用文学力量巩固人民团结奋斗的共同思想基础,顺利实现第二个百年奋斗目标,就要不断掌握马克思主义中国化的最新理论成果,学懂弄通做实习近平新时代中国特色社会主义思想,这既是党领导文学事业的必然要求,也是履行新时代文学使命任务的内在需要。

要不断加强思想政治建设,提高政治理论素养,时刻做好宣传党的创新理论的创作准备,通过文学作品、文学阵地,加强对习近平新时代中国特色社会主义思想的文学阐述和文学表达,用文学的笔触诠释蕴含其中的核心要义,将自己的学思践悟以生动的语言、鲜活的人物、动人的故事呈现出来,贯彻落实到文学工作、文学行动中,这就是广大作家和文学工作者学习贯彻党的创新理论的根本落点,也只有这样才能成为新时代文学战线上合格的一员。要不断注入丰沛的源头活水,提高学以致用的工作能力,保持学用结合的创作敏感,把目光投放到各行各业把握新发展阶段、贯彻新发展理念、构建新发展格局、推动高质量发展的一系列伟大实践,从时代的脉搏中感悟艺术的脉动,让文学作品成为宣传阐释中国特色社会主义道路、理论、制度、文化独特优势的"及时雨"。应当说,哪里有党的创新理论生根发芽,哪里有贯彻落实的火热实践,哪里就有文学创作开花结果。要时刻保持本领恐慌,努力补齐能力短板,把学习党的创新理论作为终身课题,在学好本职工作相关的新知识新技能基础上,努力拓宽文学以外的知识面,完善履职尽责必备的知识体系,将思想淬炼、政治历练、实践锻炼、专业训练融合推进,不断提高跑好我们"这一棒"的能力水平。

四、聚焦服务人民，在促进共同富裕中践行文学初心

社会主义文艺，从本质上讲，就是人民的文艺。把人民放在心中最高位置，为人民抒写、抒情、抒怀，是新时代文学的天职。习近平总书记指出："文艺创作方法有一百条、一千条，但最根本、最关键、最牢靠的办法是扎根人民、扎根生活。"新时代文学要坚持人民主体地位，密切关注时代、把握人民需求、揭示人间真谛，以优秀的文学创造，构筑中国人独特的精神世界，打造中华民族应有的文明品格，肩负起对世道人心和社会历史的深情担当，推动民族、国家、社会发展进步。

这些年来，中国作协实施作家"定点深入生活"项目扶持，从2010年起包括2022年在内共扶持856项选题，推动广大作家走向社会生产生活一线，创作出大批优秀作品；创新作家深入生活、扎根人民的方法途径，在全国设立一批中国作家"深入生活扎根人民"新时代文学实践点，引领作家沉到基层去、融入群众中，从人民创造幸福生活的实践中汲取营养、挖掘素材、提炼主题，把人民的喜怒哀乐倾注笔端；开创和完善"到人民中去""中国一日""作家走基层""文学照亮生活公益大讲堂"等品牌活动，努力提高作家为人民立言、为时代立传的能力，推出反映新时代新气象的精品力作，时刻以"文学服务人民"的初心砥砺前行。要始终坚持以人民为中心的创作理念，把心、情、思沉到人民之中，既为人民书写，更由人民评判，把文学的价值留在人民口碑里、体现在为人民服务中。要把实现人民精神共同富裕作为践行初心使命的重要抓手，当好人民精神产品的提供者，用更多人民满意的精品力作，培育人民精神家园、增强人民精神力量，加强人民在迈向现代化进程中的引领和感召，为推进社会主义现代化建设、实现人民精神共同富裕贡献文学力量。

五、继续破题开局,在拓宽发展路径中提升发展质量

以中国作协第十次全国代表大会为新起点,中国文学迎来了崭新的发展阶段。面对时代和人民的新期待,面对老一辈作家和文学工作者留下的雄厚伟业,怎样传承文学事业的光荣与骄傲,为后人留下更大基业、创造更多成果,塑造新时代文学的宏大气象,是摆在我们面前现实而又紧迫的课题。回答好这个时代课题,归根结底是找到构建文学事业新发展格局、推动文学高质量发展的"金钥匙"。

中国作协坚持在学深悟透习近平新时代中国特色社会主义思想中汲取智慧力量、探寻方法路径,努力掌握蕴含其中的马克思主义立场、观点和方法,观大势、谋全局、干实事,立足新时代文学的新发展阶段,在文学工作中完整、准确、全面贯彻新发展理念,努力从理论和实践推动破题。在理论上,从"八个方面"全面阐释了新时代文学的深刻内涵,认识到新时代文学之新,首先在于思想理念之新,是工作格局、站位视野、精神面貌之新,是作协工作方式和组织形式之新;也认识到新时代文学高质量发展需要用作协工作新局面和创作实践新成果来破题,需要用跟上时代的精品力作和高质量的文学人才来支撑,需要凝聚广大文学界的共识来巩固。在实践上,积极融入新的传播环境和产业格局,不断拓展文学"边界",增强文学在文化领域的沟通能力,先后与浙江省共同主办2021中国国际网络文学周,探讨后疫情时代网络文学国际传播新路径;与芒果TV达成文学资源共享战略合作协议,探索文学作品影视转化新模式;组织各报刊社网入驻快手等新媒体平台,拓展文学报刊发行渠道;联合字节跳动开展话题互动;联手新华社推动5G时代赋能阅读新活力;策划开展"新时代山乡巨变创作计划"启动仪式、"中国文学之夜",等等,通过文学领域供给侧结构性改革,加快优质文学资源"破圈"传播、"跨界"生长。这些围绕新时代文学破题开局的有益尝试,激励着我们以更大的勇气和魄力打破路径依赖,以更新的思路和举措创新文学生产传播机制,以更强的决心和意志推动改革发展,以更加主动的精神状态构建文学事业新发展格局,一步一步走出文学高质量发展的新天地。

六、严守纪律规矩,在筑牢思想防线中实现健康发展

守纪律、讲规矩是干部想干事、干成事、不出事的前提。习近平总书记多次就严守党的纪律规矩作出重要论述、提出明确要求。2022年3月,习近平总书记在中央党校(国家行政学院)中青年干部培训班开班式上发表重要讲话,从筑牢理想信念根基、守住拒腐防变防线、树立和践行正确政绩观、练就过硬本领、发扬担当和斗争精神、贯彻党的群众路线等6个方面指明了提升党性修养的具体方法和着力点,字里行间饱含着对党和国家事业的深情担当,对年轻干部的殷切期望,对干部腐败现象的严肃批评。习近平总书记响鼓重槌一再强调要拒腐防变,并深刻指出"腐败是最容易导致政权颠覆的严重问题"。我们要深刻领会党中央强调全面从严治党永远在路上、反腐没有休止符的坚定决心和深远意义,切实从思想上筑牢防线、警钟长鸣。文学不是法外之地,作协也没有天然免疫,中国作协作为意识形态战线一员,很多工作都处在敏感地带,很多工作更处在前沿位置,也有很多工作和纪律规矩的底线红线高压线距离很近,因此,决不能有松口气、歇歇脚的麻痹思想,要时刻绷紧纪律规矩这根弦。作协第十次全国代表大会选举产生新一届领导班子后,党组及时制定了新一届领导班子加强政治建设、进一步贯彻落实中央八项规定及其实施细则精神、密切联系服务广大作家和基层文学组织等制度规定;2022年

年初又召开党的建设暨纪检工作会议、签订全面从严治党责任书,持续推进内部巡视和整改工作,就是要以上率下正风肃纪、驰而不息将"严"的主基调坚持下去。要严格落实全面从严治党主体责任,扎实抓好新一轮内部巡视,切实扎紧制度笼子、维护纪律刚性。要依法加强对文学领域资本的有效监管,既要防止违背经济规律办事,更要防止经济问题演变为意识形态问题。要不断改进作风,密切联系群众,以作风建设新成效汇聚起推动建设发展的正能量,为开创作协工作和文学事业新局面,共同涵养风清气正的良好政治生态。

目录

以习近平新时代中国特色社会主义思想为指引
坚定不移走新时代文学高质量发展之路　张宏森 / 001

第一辑　视野·探索

2022中国网络文学蓝皮书　中国作家协会网络文学中心 / 003

文学出圈:怎样的一个圈?出了做什么?　何平 / 016

"十四五"时期中国网络文化"走出去":构建"网络文化共同体"
　　陈前进 / 024

Z世代网络文学的阅读方式:以注意力经济为视角　汪永涛 / 038

从网络性到交往性
　　——论中国网络文学的起源　黎杨全 / 058

情感回馈与消费赋权:网络文学阅读中的权力让渡　许苗苗 / 079

网生文化与网络文学的早期生态　乔焕江 / 095

第一份中文网络杂志
　　——《华夏文摘》研究　黄绍坚 / 112

网络作家职业生涯周期年龄规律研究
　　——基于中国作协会员中网络作家样本数据提出的结论
　　陈峰　乔石　撒雪晴　夏恩君 / 137

第二辑　现象·思潮

网络文学亟待建立自己的评价体系和标准　欧阳友权 / 165

网络文学评论:方向与方法　何弘 / 176

讲好科技故事　展现时代风采　黄发有 / 188

建构网络小说的类型学批评　张永禄 / 193

时空拓展、功能转换与媒介变革

　——中国网络小说的"长度"问题研究　房伟 / 210

"主动幻想":作为新空间形式中的"文学"的剧本杀　李玮 / 227

嬗变中的中国网络文学及其现实困境　孙佳山 / 245

从"文学+网络"到"网络+文学"

　——"网络文学"辨析　唐伟 / 251

"几乎每一句句子都曾改过"

　——金庸小说由连载到出版对网络文学纸质出版的启示

　　李强 / 267

娱乐下沉:免费阅读的产品策略与自生困局　王秋实 / 273

第三辑　访谈·评论

"虽千万人,我不同意"

　——猫腻访谈录　邵燕君 / 285

时代的浪潮和网文的创作　爱潜水的乌贼 / 303

《赘婿》是一次实验　愤怒的香蕉 / 307

网络创作心态的崩塌和重建　沐清雨 / 312

悬疑小说,怎么让人脊背发凉　我会修空调 / 316

文火慢功熬香粥　姚璎 / 322

厚重和爽感,共同绘就"数字敦煌"　王熠 / 326

梨花颜:"非遗"传承,我用匠心写匠艺　虞婧 / 330

主体的透明化与现实的游戏化

——以系统医疗文《大医凌然》为例　王鑫 / 338

从《诡秘之主》看中国玄幻小说中的"民族性"与"世界性"因素

　　刘西竹 / 354

与天斗,其乐无穷

——网络文学名作《将夜》细评　单小曦　钟依菲　肖依晨

　　朱哲娴　钱书逸　刘欣 / 380

附录　2022年中国网络文学大事记 / 427

第一辑

视野·探索

2022 中国网络文学蓝皮书

中国作家协会网络文学中心

2022年，网络文学界认真学习宣传贯彻党的二十大精神，主流化、精品化进程明显加快。与新时代十年的伟大变革相呼应，网络文学取得巨大成就。现实题材创作进一步丰富，行业转型升级发展势头持续延展，网文出海的路径和形式更为丰富多样，理论评论导向作用进一步发挥，作家队伍凝聚力不断增强。

一、新时代十年网络文学发展的基本成就和基本经验

党的十八大以后，网络文学受到高度重视，特别是2014年习近平总书记在文艺工作座谈会上发表重要讲话，为网络文学事业发展指明了方向。党的十九大以后，中国作协成立网络文学中心，将网络文学纳入新时代文学总格局统筹安排，各地网络文学组织加快建设，网络作家守正创新，使命意识不断增强，网络文学步入健康发展轨道。

1. 网络文学作品量大，类型丰富。新时代十年，全国近百家重点网络文学网站的上百万活跃作者，累计创作作品上千万部，现实、幻想、历史、科幻等主要类别之下，作品细分类型超过200种。特别是近五年来，经过正确引导，网络文学进入有序发展阶段，网络作家自觉坚持以人民为中心的创作导向，注重传播正能量。现实题材创作数量质量同步攀升；幻想、历史等题材改变过分张扬强者为王、丛林法则的倾向，更加注重传承中华传统文化；科幻题材创作持续升温。

2. 网络文学成为文化产业重要内容源头。新时代十年,网络文学不仅赢得海量读者,而且成为影视、游戏、动漫等文化创意产业的重要内容源头。目前热播的影视剧,六成由网络文学作品改编。上线动漫约50%由网络文学作品改编,是国漫主力。微短剧中网络文学IP改编作品占比逐年提高,授权作品年增长率近70%。有声改编规模急速增长,网络文学IP有声授权近10万部,占IP授权总数的80%以上。

3. 网络文学成为中华文化走出去的亮丽名片。中国网络文学海外传播规模不断扩大,海外用户1.5亿人,输出网文作品16000余部,营收从当初的不足亿元增长到超30亿元。网站订阅和阅读APP用户1亿多,覆盖世界大部分国家和地区。网络文学IP改编海外影响持续走高,创作本土化生态初步建立。从文本出海、IP出海、模式出海到文化出海,网络文学将中国故事传播到世界各地,日益成为世界级文化现象。

4. 网络文学评论研究不断加强。新时代十年,网络文学评论研究更受重视,导向作用充分发挥。中国作协加强评论人才培养、选题资助、作品推介,每年举办中国网络文学论坛,发布中国网络文学影响力榜、《中国网络文学蓝皮书》,出版《中国网络文学年鉴》等,分析网络文学形势,研究网络文学面临的新情况、新问题,推进网络文学评价体系和评价标准建设。中国作协与高校、地方作协合作,建立多家研究基地,北京大学等纷纷成立网络文学研究中心。

5. 网络作家队伍迭代发展不断壮大。新时代十年,网络作家队伍进一步壮大,累计超过2000万人次在各类文学网站注册,期望成为网络作家;累计超过200万人与网络文学网站签约,成为签约作者;持续写作的活跃作者约70万人;职业作者近20万人;省级以上网络作协会员1万多人;中国作协网络作家会员465人。全国省级网络作协会员平均年龄35

岁左右,"90后"作者成为创作主力。全国网络文学组织建设渐成体系,培训力度进一步加大,网络作家队伍向心力显著增强。

新时代十年,网络文学能取得如此成就,是在党的正确领导下,网络作家和网络文学工作者团结奋斗、辛勤耕耘的结果。总结起来,有以下基本经验:

1. 坚持党的文艺方针是网络文学繁荣发展的根本保证。党中央高度重视网络文学,习近平总书记掌舵领航,亲自擘画,在文艺工作座谈会、中国文联十大中国作协九大、中国文联十一大中国作协十大等会议上多次就网络文学发表重要论述,为网络文学工作开展提供了根本遵循。党中央出台《中共中央关于繁荣发展社会主义文艺的意见》,明确提出"大力发展网络文艺",各级党委、政府制定多种措施,将网络文学纳入国家文化事业和产业发展规划,给予政策扶持。中国作协坚持党的文艺方针,强化引导扶持,坚持以人民为中心的创作导向,坚持为人民服务、为社会主义服务的方向,贯彻百花齐放、百家争鸣的方针,坚持创造性转化、创新性发展,自觉以建设民族的科学的大众的中华民族新文化为己任,推动了网络文学的健康发展。

2. 遵循发展规律,营造了网络文学繁荣发展的良好环境。尊重遵循网络文学发展规律,"二为"方向和"双百"方针在网络文学领域得到很好贯彻。尊重文学属性,网络文学得以继承传统文学优长,精神内涵和艺术品位不断提高。尊重产业属性,网络文学得以建立起自己的商业模式,构建以网络文学IP为核心的文化产业链。尊重网络属性,网络文学得以利用互联网技术形成即时性、伴随性、互动性等新特点并广泛传播,成为深受大众喜爱的新文学样式。

3. 社会各界的大力支持是网络文学繁荣发展的坚实基础。新闻出

版署（原国家新闻出版广电总局）等组织"年度优秀网络文学原创作品推介活动""优秀现实题材和历史题材网络文学出版工程"等加强创作引导。各地高度重视网络作家这一新文艺群体，采取吸纳入会、作家培训、作品扶持、职称评定等多种措施，设立网络文学双年奖、金键盘奖、天马奖、金棉杆奖等多种推介奖项，助推网络作家成长。

4. 团结广大网络作家是网络文学繁荣发展的关键举措。中国作协网络文学中心落实习近平总书记关于文艺工作和群团工作的重要论述，采取多种形式的培训手段，团结引领网络作家。五年来共培训网络作家1万多人次，扶持174部优秀网络文学作品，组织2000多人次采访采风。网络文学组织建设得到加强，全国省级网络作协已有21家，省级网络文学工作组织30余个，各级网络文学组织近200个，初步形成"全国网络文学一盘棋"工作格局。

新时代十年网络文学的基本经验，是"二为"方向和"双百"方针在网络文学领域的具体体现。网络文学的发展形成了新的文学范式，使文学发展全面进入网络新媒体语境，为世界文学发展提供了新选择，贡献了中国智慧、中国方案，在中国当代文学史、中国新文学史、中国文学史乃至世界文学史上都具有重要意义。

二、守正创新，作品主流化、精品化进程加快

2022年，网络文学新增作品300多万部。创作生态不断优化，新生代网络作家积极探索，内容垂类开发成为常态，现实题材持续增长，科幻题材势头旺盛，玄幻、历史、言情等题材推陈出新，"脑洞文"带动新创作潮流。题材多元、突出现实、科幻崛起的创作格局正在形成。

1. 价值引领进一步强化。中国作协发布2022年网络文学重点选题

指南,引导网络作家创作新时代山乡巨变、中华民族复兴、科技创新和科幻、优秀历史传统、人类命运共同体等主题的作品,重点扶持45部作品,鼓励现实、科幻等重点题材创作;组织重点网站举办优秀网络文学作品联展活动,上线347部现实题材作品,并组织选送31部网络文学优秀作品参加中宣部文艺局举办的"建功新时代 奋进新征程"活动。新闻出版署"优秀现实题材和历史题材网络文学出版工程"入选7部作品,发挥引领示范作用,推动网络文学多出精品、多出人才。

2. 现实题材创作持续增长,基层写实与行业文盛行。本年度新增现实题材作品20余万部,同比增长17%。网络作家积极参与中国作协"新时代山乡巨变创作计划",积极描绘新时代城乡面貌的巨大变迁。基层写实与行业文亮点频出,展现出中华民族伟大复兴进程中各行各业取得的巨大成就和人民团结奋进的精神面貌,《关键路径》描绘国产大飞机制造,《老兵新警》书写平凡警察,《奔涌》聚焦人工智能,《寰宇之夜》表现中华传统文化继承发展,《折月亮》融合新兴产业等时尚元素,《国民法医》体现现代科技为现实题材赋能等。

3. 科幻题材新作频出,形成创作热潮。2022年是科幻题材全面崛起之年,科幻设定成为流行元素,在多种类型的创作中形成潮流。全年新增科幻题材作品30余万部,同比增长24%,现存科幻题材作品超过150万部。网络作家直面世界科技前沿,弘扬科学精神。《黎明之剑》表现多元宇宙,《保卫南山公园》融合机甲、脑机接口、数字生命等"硬核"科幻设定,《夜的命名术》《灵境行者》《复活帝国》等作品也都巧妙地运用科幻元素,获得较大反响。

4. 幻想与历史类创作弘扬中华文化,内容创新,技法精进。本年度新增历史题材作品28万余部,同比增长9%,总体发展较为稳定。历史题

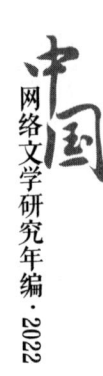

材创作注重弘扬中华优秀历史文化,遵循历史发展逻辑,彰显唯物史观,为历史题材提升当代价值。《家父汉高祖》以现代价值观解读历史,《黜龙》以架空写现实,《楚后》凸显女性价值,《琉璃朝天女》展现出古都历史文化,《簪花少年郎》彰显人民群众创造历史的意义。幻想类作品架构出新,融合现实主义与浪漫主义,表达更为精细,提升了玄幻题材的创作质量。《星门:时光之主》叙事技巧出色,《不科学御兽》富有神话与童话色彩,《点道为止》展现功夫之路的险象环生和精彩纷呈,《择日飞升》以浓厚的地域风格构建瑰丽玄奇的修炼世界,《第九农学基地》利用地球农学知识处理异界生物,贴近实际又奇思飞扬。

5. 创作多元化趋势显著,"脑洞文"等风向带动新潮流。在创作总量提升、平台垂类发展的大背景下,网络文学类型风格更加多元。新生代网络作家勇于探索,反套路、新类型、类型融合成为创作新范式。《道诡异仙》融合克苏鲁元素与中国"修仙",《穿进赛博游戏后干掉 BOSS 成功上位》将赛博朋克和克苏鲁神话元素巧妙结合。轻小说迅速发展,"观影体""综漫"等流派盛行,推动"同人"与"模拟器"文类流行,《暴风城打工实录》《某霍格沃茨的魔文教授》《我的模拟长生路》等反响较好,《情满四合院》《亮剑》同人文在垂类平台中成为火爆题材。飞卢等平台掀起"脑洞文""大纲文"风潮,多家网站开启"脑洞向"征文与评奖活动。

三、网络文学衍生转化寻求突破

2022 年,网络文学行业多元化发展态势显著,在增长放缓的大背景下纷纷寻找突破口,运营模式创新,IP 市场进一步精品化、细分化,行业生态得到优化。

1. 网络文学市场增长趋缓,付费、免费模式双轨运营。2022 年主要网络文学平台营收超230亿,市场增长趋缓,各企业转换策略以求突破。七猫、番茄等免费阅读平台加大对原创的投入力度,搭建作者社区,自有作者、作品平均增速远超付费阅读网站。字节跳动布局付费阅读,番茄小说新增付费收益,付费、免费双线运营成为网络文学网站的普遍模式。部分平台缩小体量规模,专注垂类市场。

2. 网络文学IP处于文化产业龙头地位,视听产品改编精品迭出。本年度播放量前十的国产剧中,网络文学改编剧占7部。豆瓣口碑前十的国产剧中,网络文学改编剧占5部。《风吹半夏》《相逢时节》等现实题材改编剧目播映指数稳居前列,《开端》《天才基本法》丰富了影视剧的叙事手段,《卿卿日常》《苍兰诀》《星汉灿烂·月出沧海》《且试天下》《风起陇西》等古装剧口碑与播放量俱佳。网络文学改编微短剧在2022年迎来爆发期,新增IP授权超300部,同比增长55%,《拜托了!别宠我》《重回1993》《今夜星辰似你》等剧以高播放量获得高额分账。网络文学改编动漫增速较快,年度授权IP数量同比增长24%,《斗罗大陆》《斗破苍穹》成"国民漫",《少年歌行》《苍兰诀》成绩突出。《庆余年》等改编手游营收出色,《隐秘的角落》游戏登录STEAM平台,是网络文学IP单机化的有益尝试。有声书仍是网络文学最主要的IP转化形式,2022年有声书改编授权3万余部,同比增长47%,改编作品演播质量提升,走上精品化与细分化道路。

3. 各平台调整战略布局,探索新发展领域。各网络文学平台加大对版权运营的倚重,阅文、晋江等在运营战略上聚焦IP精品化,提升IP附加值。多家免费阅读网站鼓励脑洞、悬疑、女性等题材创作,开启微短剧征文活动,为微短剧开发积蓄内容;豆瓣、知乎等网站在中短篇小说领域发力,推动网络文学短篇创作成为风口。中文在线、掌阅等企业探索新概

念,持续布局元宇宙。

四、海外传播规模扩大,影响力提升

网络文学行业加速布局海外市场,"网文出海"规模不断扩大,机制更加成熟,影响力进一步扩大,呈现出良好的发展态势。

1. 中国网络文学海外输出规模扩大,机制进一步成熟。2022年,网络文学海外市场规模突破30亿元,累计向海外输出网文作品16000余部,其中,实体书授权超5000部,上线翻译作品9000余部。海外用户超过1.5亿人,覆盖200多个国家,以北美、日韩、东南亚为重点输出地区。网络文学运营机制实现海外本土化,阅文、掌阅、纵横等平台以不同方式搭建海外作者创作平台,培养海外本土作者60余万,外语作品数十万。国内网站与海外平台合作日趋紧密,多家平台通过投资海外网站、文化传媒公司、出版社等方式,与外方形成战略合作关系。

2. 出海作品精品化程度提升,IP输出影响力扩大。中国网络文学日益受到西方主流文化重视,16部作品被大英图书馆中文馆藏书目收录,囊括科幻、历史、现实、奇幻等多种题材。IP改编出海作品进一步扩大中国网络文学影响力,《赘婿》《斗罗大陆》《锦心似玉》《雪中悍刀行》等剧集,先后登录YOUTUBE、VIKI等欧美主流视频网站,在全球上百个国家和地区产生影响,《许你万丈光芒好》改编剧集在越南掀起热潮,《赘婿》影视翻拍权出售至韩国流媒体平台。多部海外剧集采用中国网络文学的设定、叙事手法等,实现了从作品出海到文化出海的跨越。

3. 网络文学成为中华文化海外输出的重要载体。网络文学带动了中国元素、中华文化的海外流行。中国功夫、文学、书法、美食、中医等成为最受欢迎的题材,体现中国传统文化尊师重道的《天道图书馆》、源于东方神话故事传说的《巫神纪》、弘扬中华传统美食的《异世界的美食家》等出海作品广受好评。海外网络文学原创形成15个大类100多个小类，弘扬中华优秀传统文化的东方奇幻题材受到海外创作者广泛欢迎。

五、管理引导更具实效，理论评论继续壮大

2022年，网络文学的管理引导更具实效，网络文学行业生态进一步优化；理论评论队伍继续壮大，深入网络文学现场，研判行业发展动态，推介优秀作品，构建适应网络文学特点的评论体系和评价标准，有力推动网络文学高质量发展。

1. 管理引导更具实效，网络文学行业生态进一步优化。针对行业发展中的不良倾向，中国作协发起《网络文学行业文明公约》，对网络文学从业各方提出文明规范；针对版权纠纷，成立全国首家网络文艺知识产权纠纷人民调解委员会，开展普法教育、法律咨询、纠纷调解、维权诉讼。国家版权局等四部门联合启动"剑网2022"专项行动，打击网络侵权盗版。中国版权协会发布《2021年中国网络文学版权保护与发展报告》，指出盗版平台、搜索引擎和应用市场是网络文学盗版的"三座大山"，直接盗版年收益达62亿元，严重侵占网络文学产业的市场份额。多措并举之下，网络文学行业生态得到优化。

2. 理论评论关注重点作品重要现象，研判发展趋势。中国作协在郑州举办网络文学高质量发展论坛，深入探讨网络文学发展态势；组织举办2022世界互联网大会"疫情下的数字社会"论坛，探讨数字技术对网络文学等领域的影响和机遇。江苏举办第三届扬子江网络文学周与第四届扬子江网络文学发展论坛，探讨网络文学的现状与未来。中国文艺理论学会网络文学研究分会学术年会讨论网络文学发展、理论评价建设等八个

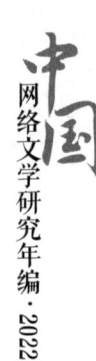

主题。《中国网络文学年鉴（2021）》《2021中国网络文学评论年选》《2021中国网络文学蓝皮书》《中国网络文学研究年编·2021》等全面总结网络文学发展状况。《文艺报》等组织"网络文学这十年"成就盘点，总结新时代十年网络文学发展成就。

3. 理论评论队伍持续壮大，阵地建设逐步加强。中国作协开展2022年度中国网络文学理论评论支持计划，共扶持9个项目，包括"元宇宙""数码人工环境"等新兴理论热点，内容广度和深度上均有拓展。"中国网络文学阅评计划"启动，创新推介手段。扬子江网络文学评论中心联合全国五大高校网络文学研究机构推出"网络文学·青春榜"，发挥引导作用。中国作协网络文学中心与四川作协、西南科技大学联合创办学术辑刊《中国网络文学研究》，扬子江网络文学评论中心与《青春》合作，编写2022年度网络文学专刊《青春》（文学评论），呈现网络文学创作动向。

4. 网络文学理论建设更受重视，评价体系构建仍是热点问题。《探索与争鸣》开设专题，欧阳友权、陈定家、周志雄、黄发有等从不同角度讨论网络文学评价体系建构的困境与方法。周兴杰、李玮、江秀廷等撰文分析网络文学线上原生评论的形态、功能和价值，呼吁专家学者构建"对话性"和"行动性"的新型评论。张春梅、陈海燕、许苗苗等学者对网络文学现实题材的研究，鲍远福对网络科幻小说的研究，王玉玊、高翔、汤俏等对网络文学与粉丝文化、消费文化等大众文化理论关联的研究，邵燕君、黎杨全等对网络文学经典化的研究等，丰富并扩充了网络文学理论评论的内容和维度。

5. 网络文学作品的推介表彰更受重视。中国作协组织评选2021年度中国网络文学影响力榜，中国小说学会评选年度网络好小说，中国作家网开启网络文学作品季度推介活动，江苏第三届金键盘奖、首届扬子江网络文学最具 IP 潜力榜、辽宁第四届网络文学金桅杆奖、四川第四届金熊猫奖等积极推介优秀作品，起点、番茄、七猫等各网站举办现实题材、科幻题材征文活动，围绕党的二十大进行主题创作，推动了网络文学题材、类型、手法的百花齐放。

六、作家队伍迭代更新，组织化程度提升

2022 年，网络作家队伍继续迭代更新，网络文学组织化程度提升，培训手段创新优化，网络作家凝心聚力，责任意识和担当精神不断提高。

1. 网络作家年轻化趋势显著，引领创作新潮流。2022 年，全国重点网络文学网站新增注册作者 260 多万人，同比增长 13%。年度新增签约作者 17 万人，同比增长 12%，多数为 Z 世代作者。阅文及其他重要网站数据显示，活跃的头部作者中，"90 后"占比超过 80%。网络作家队伍更加年轻化、专业化、多元化，带动行业文、二次元、轻小说等从小众题材演变为流行题材。

2. 网络作家组织化程度进一步提升。中国作协在郑州召开全国网络文学工作会议，优化网络文学工作机制；出台加强统战工作、新文学群体工作等措施，完善网络作家入会条例，新发展 70 名网络作家加入中国作协，对网络作家的团结引导进一步加强。基层网络文学组织建设持续受到重视，宁夏回族自治区成立网络作协，全国省级网络作协已达 21 家。

3. 培训体系持续优化。中国作协网络文学中心通过线下办班和打造线上培训平台等方式，扩大培训覆盖，全年线上线下培训网络作家 2839 人次。举办"青社学堂"暨全国青年网络作家学习党的二十大精神培训班；开发在线培训模块，组织学习党的二十大精神。鲁迅文学院第 21 期网络作家培训班、中国人民大学网络文学研究班、网络文学青年创

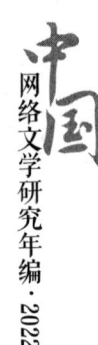

作骨干班,以及湖南开办的网络文学现实题材研修班、内蒙古开办的网络文学作家培训班、咪咕文学院开办的"短剧实战班"等,在加强思想和价值引领的同时,也提升了网络作家创作能力。

4. 网络文学界积极参与社会公益事业,树立良好社会形象。中文在线捐赠实用物资助疫情防控,阅文和B站联合打造国风元宵晚会推广中华优秀传统文化,爱潜水的乌贼受邀在2022央视网络春晚为广大网友送上祝福,紫金陈被聘为"宁波消协维权公益宣传大使",会说话的肘子被聘为"洛阳文化旅游推广大使",《星辰变》主角泰羽被聘为北奥探梦冰雪文化推广大使等,网络作家社会形象进一步提升,正面影响进一步扩大。

七、网络文学高质量发展面临的问题与挑战

贯彻落实党的二十大精神,承担强国建设、民族复兴新征程上的新使命,迫切需要网络文学高质量发展。实现这个目标,网络文学还面临着一些问题和挑战。

1. "三俗"、同质化现象仍一定程度存在。随着免费阅读的兴盛,阅读市场进一步下沉,网络文学"三俗"、同质化现象仍然存在,精品力作占比低。"蹭热度"的同人创作扎堆,存在版权纠纷风险。IP改编存在"甜宠"等题材扎堆、叙事模式化等问题,精品改编仍较少。

2. 竞争加剧影响到网络文学行业生态。少数网络作家之间存在刷票、争榜现象,网络文学读者由粉丝化向饭圈化发展的苗头需警惕。读者恶意排雷、发表极端言论、恶意举报等现象偶有出现,网站互动生态建设有待改进。类型细分与同质化创作,导致网络文学"抄袭"不易界定,引发作家之间的创作纠纷。

3. 网络文学海外传播缺乏统筹规划。网文出海相关企业各自发力,

缺乏统筹规划；对接国外市场的渠道和平台缺乏，海外传播链条不完善；人工翻译成本高、效率低，机翻质量不高；海外盗版现象严重，取证困难，维权不易；跨境结算手续费高、结算周期慢、手续烦琐，在线支付渠道不健全；国际形势复杂多变，国内外文化差异大，存在传统文化以外的题材较难输出等文化环境问题。

4. 应对人工智能等高新科技挑战不充分。高新科技的发展，特别是 ChatGPT 等 AIGC 技术的出现，为网络文学高质量发展提供了新动力。AI 翻译极大降低了网络文学作品的翻译成本，准确度达 95%；AI 绘图技术大大提高了网络文学转化成为漫画的效率，缩短了网络文学的转化周期。随着 AI 写作技术的成熟，模式化的网文创作将受到影响；AI 翻译的普遍应用，对高质量编审团队的需求将增大。技术变革之下，网络文学行业的转型升级迫在眉睫。

党的二十大提出，要推进文化自信自强，铸就社会主义文化新辉煌。网络文学处在转型升级的关键阶段，要进一步激发创新创造活力，提升创作质量，推出更多增强人民精神力量的优秀作品，培育造就大批德艺双馨的网络作家和规模宏大的网络文学人才队伍，发挥在文化产业中的龙头作用，讲好中国故事，加强国际传播，推动中华文化更好走向世界，为文化强国建设作出新的更大的贡献。

文学出圈：怎样的一个圈？出了做什么？

何 平

2021年开年，在金宇澄、猫腻、常江、蔡骏、海飞、何袜皮等参加的"第五届收获文学榜"系列活动之"无界对话：文学辽阔的天空"活动中，严肃文学的"圈地自萌"被提出来讨论。更早的时候，2019年，易烊千玺在社交媒体贴出班宇小说集《冬泳》封面。此次也许是偶然的小事，因为易烊千玺是娱乐圈流量明星，班宇和他的小说被媒体假想为"出圈"了。2020年4月，在某直播间，麦家的《人生海海》3万册5秒售罄。这次带货的胜利也被描述为文学的胜利。一年后，也即2021年4月，"文学脱口秀"决赛在上海作家书店登场，"出圈"依然是主办方的诉求和媒体报道的主题词。还可以举出一些例子，比如说在青年文学出版中渐渐有影响力的"宝铂文学奖"，从第一届就约请和文学略有亲缘关系的文艺界达人作为终评委。刚刚结束的《收获》APP"无界文学"大赛，中评委和终评委名单中也有音乐人的名字。不只是文学的发表、出版和评奖环节，这一两年，文学活动往往都以调动大众传媒、做出圈作为成功与否的指标。与此同时，文学出圈和破圈也被文学批评从业者作为议题频繁地提出来讨论。

显然，这些文学事件都建立在一个假想的文学圈之上，我们也大致知道哪些人、哪些部分写作在文学圈内。这个文学圈，说穿了，不过是以传统文学期刊为中心的严肃文学，有时也被替换为精英文学或者纯文学、雅文学的文学"朋友圈"。在很长时间里，这个文学"朋友圈"已经形成了自己的文学传统和谱系，有着自己的生产方式和运行机制，它是自足的、自洽的,甚至是排他的。简单地说,就是圈子里的文学事业。除了非文学因素的强力干预,我们可以在圈子里制造我们想象的文学,也可以制造我们的文学趣味。青年小说家三三在近日接受澎湃新闻记者罗昕的采访时说:"近几年,有一个怪异的现象。一个作者的书如果卖得好,我们就说他'出圈'了。这说法很好玩,仿佛默认文学是一个圈子内的游戏,出圈反倒惊怪起来。可能也因为,许多当代小说实在缺乏读者,细想十分心酸。""默认文学是一个圈子内的游戏",往浅处说,是在坚守某种传统和审美品格;但往深处想,我们默认的也许是某种文学鄙视链自负的自得自适。因此,一方面,今天文学的出圈或破圈已经被替换成大众传媒推动的"注意力经济"。大众传媒有意识地培育符合他们规格的作家,遴选一些有故事的作家成为招徕读者的"卖点"。另一方面,更多写作者想象的所谓出圈和破圈,出的、破的这个圈可能连文学朋友圈都算不上——就像我们大多数人每天都在用微信转发各种文学消息,我们共同制造着我们文学朋友圈的繁荣,但似乎忽视一点,朋友圈就是朋友圈,朋友圈里虽然不都是真正意义上的"朋友",但至少都是通过添加好友才成为一个朋友圈的。因此,朋友圈的文学繁荣至多只是一个文学的小时代。

毋庸讳言,五四新文学从一开始就在重建一个审美等级秩序,使得古典文学时代处在审美低位的小说得以翻盘到"上乘"。但需要指出的是,具体到实践意义上"写"的现代小说,却不是回到中国固有的古典小说,而是西方的现代小说。20世纪20年代,文学研究会宣言"将文艺当作高兴时的游戏或失意时的消遣的时候,现在已经过去了",这意味着文学的新旧之别不仅仅在于白话和文言,新文学之新也是文学趣味意义上的有别于游戏和消遣的"严肃"。因此,新文学的排他性,在时间上选择了以新易旧;在共时性的空间上,则是避俗就雅,避游戏和消遣就严肃。新文

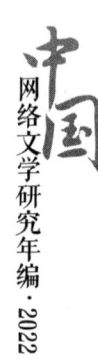

学发端之初,胡适《文学改良刍议》提的想怎么说就怎么说,陈独秀《文学革命论》提的国民文学,而实践中形成的新文学圈无疑有所偏移,也收缩了很多。胡适和陈独秀,包括更早的梁启超,他们的文学理想落实在新民和启蒙,自然要诉诸通俗和平易的表达和传播。但观察五四新文学后来发展的路线图,即便我们说文学研究会形成的文学意义系统是"为人生",但它的文学技术路径走的却是精英道路。及至20世纪30年代《中国新文学大系》出版,我们现在坚守的文学圈大致已经圈定了。这就是一个相对于通俗和大众文学而圈出来的高雅、精英,也是纯且雅的文学圈。

需要指出的是,雅俗两分并不是并行不悖的审美平行宇宙,而是分出雅高俗低的垂直等级。这种等级可以进一步换算和增殖,比如将文学之雅俗、审美之高下对应到社会分层的精英和大众、上流和底层。我们承认中国新文学雅俗之间并非老死不相往来,这可以举出很多写作者的实例,比如张恨水、张爱玲、赵树理、金庸、麦家等,这也是20世纪80年代钱理群等人希望能够建构起雅俗合体的中国现代文学史的前提。但也应该看到,自五四以降,雅俗文学事实上已经形成不同的知识谱系、文脉传统和想象读者群落,自然也有了各自的文学圈,甚至社交圈。

到这时候,应该看到的一个延续至今的基本事实是,因为国民的文学教育和审美启蒙接驳、接续不上,从五四新文学之初,客观上已经将绝大部分的文学市场和读者拱手让给被其排除的通俗文学,进而也很难兑现文学新民和启蒙的实用价值。可以这样说,预先设定了精英身份和文学理想,也设定了精英和大众的关系方式,才有所谓的出圈和破圈一说。我们很少听说通俗文学会提出圈和破圈的。所以,我们今天常常说的出圈的圈是特指的文学,而不是全部的文学。

新世纪前后，文学的边界和内涵发生巨大变化。虽然说，这些变化关乎中国现代文学史，自有来处、各有谱系，雅俗两分的基本文学板块从来就存在着，但经过20世纪90年代的市场化和随后资本入场征用网络新媒体，以审美降格换取文学人口的爆发性增量，其后果不仅是严肃文学的地理板块骤然缩小，而且五四到20世纪30年代中期所确立的文学定义、雅俗之分的文学垂直等级秩序也被突破和打破。文学平权带来基于不同的媒介、文学观、读者趣味等文学生产和消费方式的划界而治。被五四新文学清算而下沉的通俗文学和数码时代的新兴网络文学合流在新媒体扎根，拓殖文学边界，重新定义文学。当然，需要指出的是，即便使用同一种媒介来进行文学的发布和传播，也进行着分化和重组。比如纸媒这一块，传统文学期刊和改版的《作家》《山花》《芙蓉》《萌芽》《小说界》《青年文学》《中华文学选刊》以及后起的《天南》《文艺风赏》《鲤》《思南文学选刊》《单读》；传统文艺出版社和理想国、后浪、文景、磨铁、凤凰联动、博集天卷、楚尘文化、副本制作、联邦走马等新的文学出版机构，都有着殊异的媒介形象和审美诉求；比如网络这一块，从个人博客到微博、微信等自媒体，从BBS到ONE、小鸟文学、豆瓣的文学社区，以及从非营利文学网站到大资本控制的商业网文平台，都沿着各自的路径，分割不同的网络空间。

故而，回到当下文学的出圈和破圈，与其说是为严肃文学的审美探索开辟新路，不如说以折现为目的争夺发表空间、读者和市场份额。说得更具体一点，五四新文学传统发展到今天，已经没有能力收编中国文学的很多板块，在读者拥有量更是没有优势可言，网络文学只是这些板块中的挟资本而雄者。虽然有研究者试图去追溯网络文学的中国现代文学的俗文学前史，但只有网络文学真正改变了汉语文学创作和国民阅读的路线图，

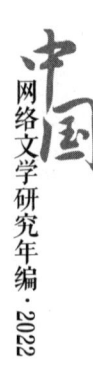

甚至纸媒的存在意义也遭遇到挑战。因为类似豆瓣阅读这样的网络平台,已经集成了传统严肃文学发表和出版的所有功能。

极端地说,作为传统严肃文学栖身之所的报刊和图书,尤其是文学期刊,最大的存在理由可能只是一部分国民的阅读习惯而已。这种阅读习惯经由代际传递肯定还会持续相当长的时间,但可持续多久,值得思考。可以观察网络文学发展史,虽然纸媒出版在网络文学发展的某个阶段是其获益的重要来源,但时至今日,网络文学并不以纸媒出版作为终端,它会优先选择获利更丰的影视、网络剧、游戏、动漫等。

事实上,也应该看到,传统意义上的纸媒文学期刊及其文学圈,无论是发表、评奖,还是选本和排榜,都尝试过把从网络引流"入圈"视作开放的标签。我曾经观察过文学从网络向文学期刊的转场。早在网络草创期,1999年第5期《天涯》杂志就发表过《活得像一个人样》。2001年从"心有些乱"开始,不遗余力地推介新生代作家的"联网四重奏",将关注的重点转移到网络作家。2019年第7期《青年文学》"生活·未来·镜像"专号是网络文学转场到文学期刊的一个标志性事件。此前的一个标志可能是2005年《芳草》杂志改版为《芳草网络文学选刊》,虽然这个时间不长。这一期《青年文学》的稿件来源——"未来事务管理局""豆瓣阅读""骚客文艺""押沙龙""网易·人间""读首诗再睡觉",无一例外都是网络文学新媒体。显然,这一期《青年文学》不是网络写作转场纸媒的印刷品或者"副本",而是希望经过纸媒文学期刊的挪移、编辑和再造,生发出"超出文本"的效果。但如果仔细辨析,会发现能够转场到《青年文学》这一期的文本并没有真正意义上的"网络性"。这些文本是传统文学向网络的"移民"。网络提供的文学"飞地"成为它们的栖居地。而更典型的网络文学已经完全脱离了对传统纸媒出版和发表的依赖,借助资本和数码技术,只提供给当下中国审美现场的"网生文学"。

今天,严肃文学赖以生存的文学期刊自身的运行轨迹只能维持自洽而已。2020年12月,《中华文学选刊》更名为《当代长篇小说选刊》。稍感意外的是竟然没有引起文学界强烈的反响。《中华文学选刊》终刊号"致读者"给出的理由是:为更好地满足广大读者的阅读需求,《中华文学选刊》将于2021年正式更名为《当代长篇小说选刊》,秉承《当代》杂志原有"长篇小说选刊"版的宗旨,推介关注现实人生的最新长篇精品。为什么要重提这件已经过去一年的事?且假定,如果《中华文学选刊》能给出版社交出盈利的满意答卷,会不会"更名"?但这并不是最重要的。出版社对自己旗下的刊物做出调整是其内部的事情。我感兴趣的是2019年和2020年《中华文学选刊》所做的改版。改版之后的《中华文学选刊》不再像现在一般文学期刊那样按文体设置栏目,而是分为聚焦、实力、锋锐、非虚构、读大家、对话、书架、行走、肖像、艺见、互动等板块,尤其是介入文学现场的"聚焦",延展文学代际的"锋锐"和向大文艺扩张的"艺见",都是有创见且澎湃着激情的出圈,但是包括2019年针对一百余位1985年之后出生的青年作家的"新青年、新文学:当代青年作家问卷调查",都没有从我们假想的文学圈扩散到大众传媒和公共领域。其实,类似《中华文学选刊》的"期刊变法"在世纪之交就由《青年文学》《萌芽》《作家》《山花》《人民文学》《芙蓉》《钟山》《天涯》《花城》等文学刊物发动过,但除了《萌芽》,几乎没有一家文学期刊真正意义出圈的。

我们把20世纪80年代定义为文学的黄金时代,文学和文学期刊的繁荣,部分原因是它们承担了大众传媒的功能,部分原因是国民文学审美生活的匮乏。在今天的传媒形势和审美生活背景下,回到常态的文学期刊及其我们假想的文学圈,只是"大文学"版图的一部分。因此,比出圈

和破圈更重要的是,这个圈有没有对标它标榜的文学理想的自我创造和更新的活力。是自新,而不是自萌。

可以检讨的是,不能将今天中国文学基本生态都归因于资本和数码技术。从20世纪90年代开始,五四新文学谱系的严肃文学越来越疏离公共生活,尤其21世纪以来,再难出现20世纪80年代那么多现象级的文学作品。文学被赋予的参与公共生活、推动国民审美和社会进步的担当持续走低。今天的文学表面上拓展了边界,但是以流量为中心的泛文学写作也在稀释五四新文学的传统。拥有最多读者,被资本定义的网络文学,固然承担了国民日常娱乐生活,但我们是不是应该追问,网络文学的思想和审美贡献有多少？事实上,中国新文学从一开始的设定就不是规模化地出圈,而是承担着国民的思想和审美启蒙的渐进式的文学革命。因此,新文学意义上的个人化书写,带来了新文学的审美自立和自律,但同时也带来它与生俱来的局限。它只能是少数人的文学事业。但这少数人的文学事业,如果关乎国民的审美和精神,当然需要出圈和破圈。不过,心知肚明的是,今天假想的文学出圈和破圈其实只是希望赢得更多的市场份额和文学读者。这个层面的出圈和破圈,我们已经解决了通俗文学的文学合法身份,认可了数码时代的新兴文学现象,比如网络文学,且固守着的文学圈也早已经分化出商业化写作部分,何来文学出圈之说？因此,如果还在我们假想的文学朋友圈讨论文学的出圈和破圈,就要充分尊重文学市场和读者分层、分众的平权,每个人都有权选择自己"写"和"读"的文学之后的"大文学"版图的文学现实,进而反思国民审美启蒙的可能。

缘此,姑且承认我们假想的严肃文学圈代表着国民审美的金字塔。如果没有圈内自身冒犯性和革命性的审美涤新,吃的还是五四新文学的祖宗饭,那么,出了这样一个文学圈,并不能输送创造性的思想和审美,那么,出圈不过是一个自我想象的幻觉而已。因此,出圈和破圈,首先要做的不是虚造文学繁荣的幻象,而是汲取、拿来和学习,是面向世界敞开自己,是去重建文学和公共生活的关系,是持续有力的审美拓殖。这样,真有所谓的"圈",也是有机的、开放的和创生的"圈"。破圈而出,也不只是觊觎和争夺没有圈进来的市场、读者和话语权,而是基于文学未来的实践性的国民文学教育和大众审美启蒙。在发微新审美的同时,启发新读者。

"十四五"时期中国网络文化"走出去"：
构建"网络文化共同体"

陈前进

习近平总书记指出："中华文化既是历史的，也是当代的；既是民族的，也是世界的。"党和国家相关部门多措并举，积极推动文化"走出去"，让世界知道多彩中国。"十三五"期间，中华文化"走出去"逐渐多样化，尤其是以网络文学和网络游戏为代表的网络文化"走出去"取得了丰硕的成果。《2021年中国游戏产业报告》显示，中国原创的游戏在海外市场收入高达180.13亿美元，同比增长16.59%；《2020中国网络文学蓝皮书》显示，中国网络文学共向海外输出网文作品超过1万部，网络文学网站订阅用户以及阅读类APP用户超1亿人，基本覆盖了大部分国家和地区。但文化输出并不是一蹴而就的，我国要实现2035年建成文化强国的远景目标，建成出版强国，在世界舞台上讲好中国故事，就要在内容开发、全球化路径、版权保护、创新模式、平台化运营等多个方面下功夫。

一、网络文化"走出去"是中华优秀传统文化"创造性转化和创新性发展"

"创造性转化和创新性发展"中华优秀传统文化，给文化"走出去"提出了新要求。网络文化行业从"进口替代型"向"出口导向型"转变，"中国热"在全球盛行。国内一些网络文化企业在"走出去"的过程中，既传播了中华优秀传统文化，又拓展了海外市场，可谓机遇难得，经验可贵。

1. 政策引导,为网络文化"走出去"工作提供遵循

党的十八大以来,习近平总书记非常重视中华文化传播问题,多次在重要讲话中强调,"推动中华优秀传统文化创造性转化、创新性发展"。2015年发布的《中共中央关于繁荣发展社会主义文艺的意见》要求创作生产符合对外传播规律、易于让国外受众接受的优秀作品,不断增强中国文艺的吸引力感召力。2016年通过的《关于进一步加强和改进中华文化走出去工作的指导意见》强调,创新内容形式和体制机制,拓展渠道平台,创新方法手段,增强中华文化亲和力、感染力、吸引力、竞争力。2019年,习近平总书记在全国宣传思想工作会议上强调,"要不断提升中华文化影响力,把握大势、区分对象、精准施策"。

得益于国家的政策引导,网络文学和网络游戏得到了自上而下的重视。相关主管部门推动实施了多项中华优秀传统文化传承发展工程,并以开展国际展览会等方式搭建中外交流合作平台,尤其是"中华优秀传统文化传承发展工程""中国民族网络游戏出版工程""中国原创游戏精品出版工程"等。在党和政府的支持、推动下,中华优秀传统文化依托网络文学、网络游戏,加快对外传播的步伐,将更多的中华文化元素融入作品中,发挥网络文化快速传播的优势。《出版业"十四五"时期发展规划》特别提到了"出版走出去工程",着重推动"亚洲经典著作互译计划""中国出版物国际营销渠道拓展工程""对外翻译出版工程""国际出版版权数据库建设项目",深化实施优秀现实题材和历史题材网络文学出版工程、有声读物精品出版工程,启动实施主题游戏出版工程。借助这些工程和计划,出版企业利用大数据、人工智能等新兴技术,能将中华优秀传统文化传播到世界各地。

2. 科技助力，为网络文化海外传播插上腾飞的翅膀

随着 5G 的广泛使用，中国移动终端国家占有率的不断提高，阅读工具的更新迭代，我国文化的出口消费层面发生了巨大变化，网络文学、网络游戏成为我国文化贸易中的"新比较优势"。网络文学和网络游戏企业积极拥抱新技术，创新网络文化传播业态，拓展对外传播渠道，逐步探索了一条利于中国网络文化"走出去"的新路径。布局海外市场的很多网络文化企业探索网文和游戏的海内外同步更新，使海外用户有了更好的游戏体验。部分网络文化企业通过在国外设立分公司、授权 IP 改编、合理使用在线翻译工具、投资收购境外合作平台等方式，积极传承中华文明，讲好中国故事，传播好中国声音，弘扬中华优秀传统文化。

网络文学和网络游戏术语通俗，理解和传播难度低，加之有虚拟化、场景化以及电纸化呈现方式的赋能，使之易读又"悦"玩，手机版的网络文学和网络游戏更适合互联网时代人们的休闲和娱乐。此外，网络的快速普及，能够让世界上的任何人随时随地通过互联网终端产品阅读中国的网络文学作品、体验中国网络游戏。因此，原先网络和移动终端用户较少的东欧、中南美洲、非洲以及亚洲内陆的广大地区，如今用户数量也有了较大幅度的增加。这些国家和地区对中华文化的认同度相对较高，新兴和潜在的群体为中国网络文化的海外输出增加了客户基础。

3. 市场巨变，网络文化行业从"进口替代型"向"出口导向型"转变

目前，数字经济已经进入鼎盛时期，涌现文化传播的新技术、新模式、新业态。《全球数字经济竞争力发展报告（2020）》对 50 个国家的数字经济竞争力进行测算和排名，大部分国家的排名在近几年变化较大，各国在数字经济领域不断发力。近十年来，我国网络文学和网络游戏产业规模不断扩大，国内市场趋于饱和，产业发展转向海外市场是必由之路。

网络文化企业都逐渐意识到"走出去"对企业发展的重要意义。网络文学方面,中国网络文学企业的海外平台建设日益成熟,输出模式从简单的文学作品内容输出向文化输出转变。其围绕线上互动阅读、IP 授权、平台开放等多项措施,逐步形成了中国特色的以我为主、内外结合的网络文化"走出去"新模式。东南亚、北美、俄罗斯等都有中国的网络文学企业海外平台。以阅文集团旗下的海外门户起点国际(Webnovel)为例,截至 2021 年 6 月,其共推出了 1700 余部中国网文的翻译作品,培育了近 19 万名海外创作者,上线海外原创作品超 28 万部,拥有点击量超千万次的作品约百部,累计访问用户近 1 亿人,覆盖全球 200 多个国家和地区,成为全球热门阅读网站。网络游戏方面,中国游戏产业逐步从"进口替代型"向"出口导向型"转变已成为不争的事实。2019 年,中国移动游戏市场规模约占全球市场的 30%,领跑全球移动游戏市场。中国自主研发的移动游戏在美、日、韩、英、德等国家的流水同比增长率均高于该国移动游戏市场的增速,国产游戏在海外市场的优势已日趋突出。

4."中国热"全球盛行,网络文化成为传播中华优秀传统文化的重要载体

网络作为一种媒体,其娱乐性是天然存在的。网络文学在内容叙事、价值多元等方面符合大众的欣赏口味,各类网络小说被陆续翻译成各种文字,吸引了大批读者。网络游戏的互动娱乐性强,是传播文化的天然渠道,将中华优秀传统文化融入网络游戏中,并将游戏发行到海外,有助于带有中国 IP 的文化内容在世界各地落地生根。

网络文学方面,中国网络文学在越南受到市场热捧,越南发布的网络小说热门榜单前 100 名全是中国网络小说。此外,还有十几个略通汉语的美国人搭建了"武侠世界"英文网站,只发布翻译的中国网络小说。该

网站日均访问量超30万余次,日均浏览页面500万余页,全球排名进入前1000名,目前还保持上升势头。网络游戏方面,中国网络游戏在海外地区已实现"多点开花"。尤其在人口数量多、市场潜力大的印度和巴西等国家,游戏下载量排行榜的前200名有接近三分之二是中国原创游戏,很多游戏包含中国元素。如米哈游的《原神》创新体现在产品上,其中有云堇传统戏曲元素、"海灯节"的中国节庆元素,还融入了张家界、桂林等中国标志性美景。一些全球知名的海外游戏也尝试将中华文化元素设计到游戏中,如《异域》的战斗系统借鉴了中国的五行元素。海外游戏厂家对中华文化的借鉴和融入,也是中华文化走向世界的一个重要佐证。

二、中国网络文化"走出去"的新挑战

网络文化在"走出去"的过程中,仍然存在文化内涵不足、文化折扣、侵权问题多发、创新不足、集团化优势不足等问题,网络文化"走出去"迎来了前所未有的挑战。

1. 内涵创新不足,未能真正实现文化输出

文化输出是指企业借助文学、影视、动漫等数字文化内容产品进行文化理念和文化价值的推广和传播。中国网络文化"走出去"的过程,不仅是网络文学、网络游戏生产与消费的过程,也是中国文化价值内涵的传播过程。虽然近年来,不少中华网络文化作品走向海外,但部分作品内容价值不高、中华优秀传统文化内涵不足,这类作品的海外输出也仅实现了商业层面的作品输出,并未真正实现文化层面的文化理念和文化价值的传播。

现阶段,我国网络文学有大量的海外输出,但种类相对较少。目前,网络文学海外输出的题材主要为宫斗、宅斗、仙侠、穿越、玄幻、历史等,其

中玄幻和仙侠小说在海外网站上受欢迎程度最高。不可否认，这些题材在一定程度上对中华文化有所反映，但并不能真正代表中国的主流文化和价值观。中国网络文学在海外已经有了一定知名度，但整体认可度不高。同样，中国游戏出口企业习惯于推广系列产品，在产品内容、题材、用户体验、技术研发等方面创新不足，产品竞争力有限。另外，国产游戏在题材创新和性能水平上的吸引力不够，对游戏市场的差异化把握不够，对海外玩家的喜好和思维习惯研究不足，严重影响了国产游戏的海外市场拓展能力。盲目的系列化、同质化，会造成中国网络游戏企业在海外的恶性竞争，导致海外受众对中国品牌的认知度降低。

2. 文化折扣，网络文化的本土化和全球化需要兼顾

文化折扣是指任何文化产品的内容都源于某种文化，由于文化差异和文化认知程度的不同，文化产品在本国很受欢迎，但不被其他国家和地区的用户认同或理解而导致其价值降低。网络文学、网络游戏作为文化的载体，承载着历史文化、人文思想和风土人情。由于地理位置接近、文化背景相似等因素，中国自主研发的网络游戏更容易被东亚和东南亚用户所接受，但在国际市场并不具有普遍适应性。欧美用户可能在一定时间内被东方文化的神秘感所吸引，但文化折扣、刻板印象会让这种吸引力在一段时间后大打折扣，加之不同国家和地区的用户对游戏的需求不同，中国游戏出口企业难以全面适应各地多样化的需求。近期，海外游戏市场发生了巨大变化，中国网络游戏出口企业要积极应对新的挑战。有一些国家和地区的政策与我国不一致，如其游戏防沉迷政策与国内有差异，需要中国企业逐步去适应产品输出国家和地区的规则。总之，我国文化产业管理单位需要提高网络文学、网络游戏在全球市场的竞争力，加强对外合作，加深网络文化的本土化和全球化。

3. 侵权多发，版权保护和内容审读机制亟须建立

网络文学生产与海外传播主要依托各大网络文学生产与翻译平台。由于连载小说的翻译多为自发性行为，部分作品未经作者授权，篡改翻译原文的事件频发。在言论限制、作品分级、未成年人保护等方面，海外的法律环境都与国内不同，这给中国网络文化境外输出的监管带来了挑战。同时，大部分数字内容"走出去"缺乏相应的审读机制，特别是网络文学。目前，大部分网络文学平台采用人工审查结合技术审查的方式对内容进行把关，有害词库是筛查网络文学和网络游戏脚本最普遍的技术审查手段。作品技术审查时如果触及色情、暴力等敏感字眼，被标注后将无法上传，系统将提交人工判断。利用有害词库进行技术审查有提升审核效率、成本可控等优点，但其机械性强、智能化程度低的缺点也非常明显。一些作者为了避免审查，在有害词语之间添加不影响阅读的符号或进行谐音处理，或者对词语进行拆分，而审查系统难以通过上下文对有害词语进行判别，这样就很难有效地对内容审核把关。因此，政府有效指导，企业主动承担社会责任，产学研相结合，建立数字内容产品境外输出审查机制是当务之急。

4. 路径依赖，网络文化"走出去"未形成集群优势

中国网络文学的路径依赖凸显其全球运营能力不足，对发达国家的高端研发技术和运营平台依然有较高的依赖度。中外游戏在国际市场的互相对抗局面在很长一段时间内不能得到根本扭转，行业的整体推进机制不完善，国家层面的出口规划还有待落地实施，这让网络游戏出口企业不能完全利用海外市场资源，成本和渠道的集群效应较差，抗风险能力较弱。

三、内容为王，集群效应构建"网络文化共同体"

中宣部副部长张建春同志在2022年全国出版（版权）工作会议上说过："中国出版'走出去'要大力提升传播效果，引导国际社会增进对中国理念、中国道路的理解认同。"这就要求中国网络文化企业聚焦内容，平衡本土化和全球化，在此基础上创新模式，抱团"走出去"，构建"网络文化共同体"。

1. 聚焦内容，拓展网络文化"走出去"的广度和深度

出版管理部门将内容质量作为文化"走出去"绩效的一个重要考量。网络文化"走出去"要获得良好的国际效益，网络文化"走出去"企业就必须坚持"双效"原则的目标引领，不仅要以市场效益为导向，关注海外市场占有率、收入增长等经济效益，还要聚焦中华文化的内涵价值传播、海外用户的精神需求等社会效益，挖掘具有正确价值观的文化内容。

网络文化企业"走出去"要在产品内容质量上下功夫。中国网络文学应更多地关注现实题材和历史题材，网络文化企业应挖掘其深度，把代表中华文化底蕴、传播文化正能量的文化产品向海外用户展示。面对要求严苛的海外玩家，中国游戏制造商要把中华文化的深度和广度融入游戏，开发出制作精良、题材多变、内容丰富、可玩性强、完成度高的游戏，在海外玩家群体中树立良好的口碑，并逐渐形成品牌效应，进一步扩大海外市场份额。

2. 融入海外市场，平衡好网络文化的"本土化"和"全球化"

网络文化"走出去"是一项长期工程，网络文化"走出去"企业应当探索一种更有效的分享和交流方式，打破海外用户因阅读习惯和文化壁垒带来的隔阂而减少文化折扣。除在源头上提高文化产品的内容价值以

外,平台也要深入研究输出国家和地区的文化属性,寻找能引起用户共鸣、能被用户理解的文化切入点进行本土化运营,减少文化差异导致的价值流失。本土化运营是因地制宜的内容再生产与组织架构的编排过程,管理人员、产品包装、内容创作、营销策略都要完全适配当前国家和地区,以达到适应输出国家和地区的法规政策、经济环境和文化偏好等目的。

在文化输出的过程中,有意识地消除文化折扣非常必要。一方面,网络文化"走出去"企业要有意识地拓宽文学作品的题材范围,以基于大熊猫形象设计的2022年北京冬奥会吉祥物"冰墩墩"成为全球大热IP为例,网络文化生产者不妨以海外用户熟悉的文化资源为切入点进行创作,将中华优秀传统文化进行艺术加工,使中外元素有机结合;另一方面,网络文化"走出去"企业要有意识地用世界听得懂的语言讲述原汁原味的中国故事,用全球思维吸引更多的海外用户,语言的浸润式传播远比符号元素更入脑入心,以此实现"讲好中国故事,传播好中国声音"的目标。

国产网游要"走出去",做到真正的"本土化"至关重要。它绝不是简单的翻译,游戏的本土化运营尤为重要。从产品到运营的每一个环节,运营商都要充分考虑当地用户的需求,既要承载中国文化价值,又要切实考虑输出国家和地区用户对中华网络游戏的接受程度,不能一味地闭门造车,忽略输出国家和地区的文化背景。只有将自己的文化和输出国家和地区的文化相结合,以柔性力量促进文化交流、价值认同、理解互通,才能在网络文化"走出去"的过程中找到立足点,被当地用户所认同。

3. 加大版权保护力度,建立跨国版权保护体系

数字版权贸易是国际传播能力的重要构成维度。创新国际版权贸易模式,建立统一的数字版权管理行业标准,与国际厂商一同建立跨国版权保护体系,有利于数字出版"走出去"形成规模效应。在网络游戏方面,

游戏"走出去"主要面临盗版、私服、外挂等侵权风险。"走出去"游戏行业要争取在国际版权管理标准制定方面的话语权,在制定行业标准、掌握市场主导权的基础上,联合世界知识产权组织,与国际合作企业共同努力,构建以区块链技术为基础的国家版权保护网络。2020年我国新修订的《中华人民共和国著作权法》提到了"惩罚性赔偿"的概念,未来业界有望通过加大版权整治力度,从源头遏制侵权行为的发生。

建立国家版权保护预警名单制度和"黑白名单"制度,保持行业自律性,也十分重要。2013年底,国家版权局印发《国家版权局办公厅关于进一步加强互联网传播作品版权监管工作的意见》,建立了国家版权保护预警白名单制度,该制度要求网络服务提供者加大对预警名单的版权监测力度,以社会共治的模式强化版权保护的治理和自律。2016年11月,国家版权局在《关于加强网络文学作品版权管理的通知》中也明确提出建立网络文学作品版权"黑白名单"制度。这些制度可以实现对内容的规范监管,满足目前数字内容产品海外输出监管的迫切需要。我国的网络文化"走出去"企业可以国家版权保护预警名单制度和"黑白名单"制度为突破口,建立健全数字内容海外文化版权传播的长效机制,加强版权自律,积极落实企业社会责任,将版权理念贯穿到产品开发、生产和运营全过程中。

4. 创新模式,优化网络文化出口结构差异

增强文化自觉,探索最佳合作模式。网络文学企业要坚持以人民为中心的创作导向,坚持创作符合时代旋律的"高峰之作"。网络文学创作者、传播者和政府职能部门要增强文化自觉,充分认识到中华文化难以走进国外用户视野不是因为不优秀,而是因为文化的传播内容、传播模式还有进一步革新的空间,需要随时代的变化和市场需要做出相应调整。打

造差异化优势,推动研发创新。尽管中国网络游戏企业在网页游戏和移动终端平台游戏有一定的市场优势,但在表现形式和开发技术上与欧美、日、韩等国家的网络游戏企业还存在差距。提高国产游戏内容资源研发、运营的整体水平,提升企业和行业产品核心创新能力势在必行。网络游戏企业应相互协调和沟通,在研发、平台、技术、类型以及发行路径等多个方面优势互补,加强联合研发、运营,利用联合研发的资源优势,提高研发技术的投资比例,突破技术难题,规避产品同质化,优化国产游戏出口产品结构,坚持以差异化竞争来驱动发展。

5. 形成集群效应,做好中国优秀网络文化输出平台建设

加强海外协作,形成集群效应。中国网络文学不仅具有"民族性"特质,还具备"世界性"因素。我国网络文学企业应围绕"网络文化共同体"这一目标实现海外对话,可以在内容、平台、渠道及资本方面建立协调合作,形成网络文学海外集团。网络游戏企业要调整和优化产品结构,丰富出口游戏类型,大胆使用国外先进技术。另外,网络文学和网络游戏也可以牵手,两者强强联合的案例也不少,比如网游电竞小说《全职高手》曾火爆欧美地区。

加大政策扶持,助力网络文化"走出去"。在中国实施"文化'走出去'"战略规划目标的框架指导下,内容出口和产业平台战略将依然是整个经济产业链条框架构建目标的下一个核心。政府推动网络文学平台优化作者资源,提高原创能力,打造网海外读者的自发翻译、在线推广。其影响人群范围之大、程度之深,有助于推动网络文化产业有序发展。未来,中国网络文化在"走出去"的过程中可能会面临新的资本市场及监管制度的巨大挑战,相关企业应合理利用现有的文化扶持资金,撬动国内外金融市场上有活力、有潜力的社会资本,为大项目、大平台、大工程提供资

金支持。

四、结语

近年来,中国网络文化在国外市场占有率快速增长,已经成为向海外传递中华文化与中国精神的新路径,网络文化"走出去"探索取得可喜的成果。但我们应清醒地意识到,中国网络文化在"走出去"过程中存在内涵创新不足、文化折扣、侵权多发、集群效应不明显等问题,这也是中国网络文化企业在海外输出方面遇到的新挑战。因此,构建符合网络文化"走出去"特征的运营管理机制和创新发展机制已刻不容缓,中国网络文化企业必须依托丰厚的中华文化资源,塑造具有全球影响力的中华文化符号,用互联网创新发展模式提高中华元素的融合度,赢得海外用户的认可。

参考文献:

[1]蒋多,杨裔. 中国自主研发网络游戏"走出去"价值链攀升研究[J]. 国际贸易,2015(7):40-46.

[2]杨柳."文化出海"背景下数字内容产业引导与监督机制探析[J]. 新闻爱好者,2019(2):23-26.

[3]庹继光. 我国"文化走出去"中网络文学担当与路径探析[J]. 广州大学学报(社会科学版),2017(9):86-91.

[4]闫昆仑,袁静,张婧,等. 2018年中国互联网行业文化出海分析[J]. 国外社会科学,2019(2):105-111.

[5]张树森,金永成. 国际化浪潮下网络游戏"出海"现状与策略研究:以腾讯游戏为例[J]. 新媒体研究,2021(16):101-106.

[6]熊菁菁.从动漫游戏的海外市场拓展看中国传统文化"走出去"效应:以网络游戏为例[J].文艺生活(艺术中国),2019(5):120-121.

[7]王顿.文化折扣视角下我国网络文学出海平台策略探析:以起点国际为例[J].新闻知识,2020(1):63-67.

[8]中国数字出版产业年度报告课题组,张立,王飚,等.2020—2021年中国数字出版年度发展报告(摘要):"十三五"收官之年的中国数字出版[J].出版发行研究,2021(11):35-40.

[9]张剑抒.文化价值观传播与国家形象塑造[J].沈阳工程学院学报(社会科学版),2020(1):68-72.

[10]陶伶俐."中国创造"促中国民族网络游戏产业大发展[J].现代商业,2009(18):48-49.

[11]中国游戏产业年收入逾3100亿元[J].中外玩具制造,2020(1):80.

[12]程晓龙,马春茂,金鑫.网络游戏产业跨入高速健康发展新阶段[N].中国新闻出版广电报,2008-07-17.

[13]王萌.数字化精神产品的消费者参与行为研究:以网络游戏为例[D].南京:南京航空航天大学,2009.

[14]伍璘睿.新收入准则下A网络游戏公司收入确认和计量的问题研究[D].广州:广东工业大学,2020.

[15]中国作协网络文学中心.2019中国网络文学蓝皮书[N].文艺报,2020-06-19.

[16]刘学娇.习近平总书记关于爱国主义教育重要论述研究[J].世纪桥,2020(10):9-16.

[17]曾美芳.以构建创新型人才培养模式为目标的《商业插画》课

程改革[J].才智,2022(1):155-158.

[18]刘焕利.网络文学3.0时代的内容创作趋向与全IP运营生态:结合《2020中国网络文学蓝皮书》来谈[J].出版广角,2021(12):43-45.

[19]曾航."太中国化"制约中国网游出海[J].中国民营科技与经济,2011(8):26-27.

[20]"中国国际数码互动娱乐产业高峰论坛"在上海举行[EB/OL].(2008-07-18)[2022-02-01].http://www.gov.cn/gzdt/2008-07/18/content_1048752.html.

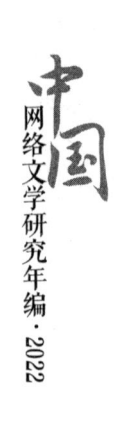

Z世代网络文学的阅读方式：以注意力经济为视角

汪永涛

网络文学经过20多年的发展，网文读者和作者群体发生了世代更迭，以Z世代为主（出生于1995—2009年的青年人口），相近的年龄、成长经历和兴趣爱好，使得年轻作者的表达更易获得读者的共鸣。CNNIC公布的第49次《中国互联网发展状况统计报告》显示，截至2021年12月，我国网络文学用户规模达5.02亿人次，较2020年12月增长4145万人次，占网民整体的48.6%。[1]中国社会科学院文学研究所发布的《2020年度中国网络文学发展报告》显示：2020年，阅文集团新增网文作家Z世代占比近80%，"90后"作家成神霸榜，"00后"作家亦崭露头角；阅文集团用户Z世代占比近60%，其中"00后"占40%。[2]Z世代是互联网原住民，成长于丰裕社会，对精神文化需求有着更高的要求。随着他们成为网文作者和读者的主体，网文题材、风格和互动方式等也必然发生相应的转变。同时，网文平台的发展遵循着注意力经济的逻辑，网文平台借助于大数据、算法等技术探知网文读者的内在欲望和情感需求，并推出各种相应的功能，以吸引他们的注意力，并决定注意力的分配，因此，Z世代的网文阅读行为也深受网文平台的形塑。

一、研究综述及研究方法

1. 研究综述

网络文学的生产与再生产是互联网平台、网文作者、网文读者三者相互作用、相互影响的结果。在已有的关于网络文学的研究中,主要有以下几种研究路径:一是运用劳动过程理论分析网络文学生产过程中的劳动控制和抗争研究,指出平台资本通过制造梦想、技术控制、产量竞赛、创意规训等手段,实现对网络作者的劳动控制,从而使得网文写作呈现一种异化劳动的状态。[3][4]二是从文学的角度对网络文学进行文本分析,从中探究各种类型化网文,包括霸道总裁文、穿越/重生文等的叙事结构。[5][6][7][8]三是从粉丝经济、粉丝文化的角度探讨网络文学。受詹金斯对美国粉丝文化研究的影响,在网络文学研究领域引入粉丝理论,粉丝通过新型社交模式推动网络文学的生产。[9][10]这一研究视角的重要性在于读者代替作者、文本成为研究的核心,体现了读者的主体性。拉德威在对主妇阅读浪漫小说的研究中,就指出主妇阅读浪漫小说是一种反抗父权的行为。[11]四是从平台资本主义的角度探讨网络文学生产的逻辑。随着资本逐渐介入网络文学,网络文学的生产与再生产越来越受平台资本主义的影响。在平台资本主义下,网络写手的网文创作过程是一种情感劳动,他以满足读者的情感需求为创作方向,而读者的受众劳动成为网文公司经济资本的来源,媒介环境、数字技术连同版权制度共同促成了读者注意力与创造力的货币化。[12][13]

网络文学的生产与再生产是一种基于爱欲的生产,尤其是在实行VIP付费阅读后,网络文学生产具有明显的粉丝经济属性。2013年以后,腾讯等互联网巨头陆续收购了一批网文IP,并以此为基础构筑互联网"泛娱乐"产业链,互联网资本全面介入泛娱乐产业,并依托粉丝经济打造其泛娱乐产业,因此,粉丝经济是平台泛娱乐产业的重要一环。现有的关于网络文学粉丝经济的研究没有将粉丝经济纳入平台资本主义中考察。而在平台资本主义对网络文学生产的研究中,主要研究网络文学的

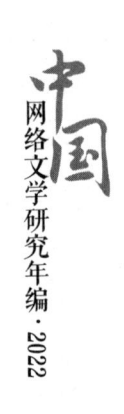

商业化逻辑,却忽视了对网络文学读者群体的分析。当前,网文阅读方式和风格发生变化,更注重游戏性、趣味性、即时互动性,这与网文读者群体Z世代的特征是分不开的。因此,当前网络文学的生产是网文读者与互联网平台互构的一种结果。本文的研究问题是,在移动互联网平台下,网文读者的群体特征以及他们的阅读方式,网文读者与互联网平台之间是如何互构的。

2. 研究方法

笔者从2020年12月至2021年4月通过网络民族志和深度访谈的研究方法,对网络文学的生产过程进行了研究。一是在网文APP上观察作者和读者之间的互动,并在龙天空、知乎等网站上搜集相关网络资料。二是分别对网文作者、读者、网文平台的责编进行了深度访谈。

二、网络文学读者的世代更迭及其特征

当前,网络文学读者和作者以Z世代为主。网络文学作者与读者具有很大的同质性,大多数网络文学作者都是从读者转变而来,他们在读了几年网络文学后,就开始有了自己创作的欲望,有的从同人文开始,有的直接原创。大多数网络文学读者从小学阶段大概10岁时就开始网络文学的阅读。他们主要通过手机APP阅读,譬如起点、晋江、QQ阅读、番茄小说等等。Z世代生活在丰裕社会,但是同时也面临着社会竞争的加剧和内卷。社会的转型与巨变在某种程度上导致了青年的精神困顿和贫乏,表现为对国家崛起乐观与对个人未来悲观的反差。Z世代群体的特征必然会反映在他们的网文娱乐文化需求中。

1. 群体性孤独与陪伴式成长

以"95后""00后"为主体的Z世代群体有着前所未有的代际特征。

他们的父母大多数是初代独生子女。当初代独生子女开始进入婚育年龄时，他们的家庭大多失去了亲属网络，"原子"式家庭结构开始在我国社会大规模蔓延。在家庭关系内部，他们的成长经历中不再有过往代际的中国式大家族表兄弟姐妹、堂兄弟姐妹的经常性往来和陪伴式成长。在家庭关系外部，他们同样面临着过往代际从未面对过的社会环境，城市化的进程不断加快，人口流动频繁，即便农村社区也开始半陌生化，缺乏日常性的同龄人陪伴式成长。过往代际的孩子一直是在邻居的阿姨和亲戚的叔叔、游戏玩伴和学校等各种各样的网络中成长起来的，而"家庭"独自抚育孩子，这在任何一个时代都是没有的，家长即便能够陪伴孩子，也做不成孩子的朋友。[14]因此，Z世代作为整体性代际特征的群体性孤独气质开始越发强烈，并且随着"00后""05后"等代际的自然更迭被进一步强化。

群体陪伴式成长作为人的成长和进化的一大基本属性，当其不能通过家庭、邻里、学校和社会满足时，并不会自然消失，而是向外部寻求新的出口和路径。于是广大青少年在移动互联网的虚拟社区中不断聚集，抱团取暖，这正是基于陪伴式成长的基本需求。[15]而网络文学所创造出的人物和世界，正好满足了他们陪伴式成长等亲密关系匮乏的直接情感诉求。

《斗破苍穹》《斗罗大陆》等书至少给我们带来过快乐。给我们压抑的生活带来了放松。让我们的精神可以跟着萧炎、唐三一起旅行。我们为萧炎扮猪吃虎感到快意，为小舞的牺牲感动，为王林对李慕婉的坚守感到揪心，为辰东永远填不完坑想骂人……哪怕偶尔逻辑不通，设定打脸，我们依旧是看得很开心的。因为我们真的，做阅读理解已经很累了。我

们这些凡人不想在休闲的时候再给自己"理解作者含义"的负担了。(网友"G-22已疯"对知乎帖子《为什么"00"后更喜欢那种快餐式的网络小说,而不是金、古武侠小说?》的跟帖,2018-03-21)

2. 阶层固化与情感代入

对"80后"网文读者来说,男性爽文的套路是屌丝逆袭,迎娶白富美,走上人生巅峰;女性爽文的套路是霸道总裁只爱我,虐恋多少回也不变心。然而随着网文阅读群体世代的更迭,网文的套路和风格呈现出新的特点。对于"80后"来说,他们还有着较大的向上流动渠道,他们或者通过教育实现向上流动,或者通过创业实现人生价值。然而随着社会阶层的逐渐固化,人口年龄结构由金字塔型向上下相同的摩天大楼型结构转变。[16]Z世代青年群体的上升渠道越来越狭窄,无论是学业上还是职场上的竞争都越来越激烈和内卷[17],青年群体所流行的躺平话语也是针对现实困境的一种心理释放和话语调侃。

小影,出生于1999年,来自江西上饶农村地区,家中还有一个姐姐,已经成家了,父母都在家务农。小影从小在农村上学,后考入江西一所专科学校。2000年毕业后,在南京找了一家只有十几人的小公司,公司员工都是"95后"。每个月的工资3000元,包住不包吃。工资也仅仅够每个月吃饭以及日常开支,攒不下什么钱。对于未来,小影想着回老家,但现在也只能先在这家公司干着。小影日常交往的范围主要在公司内部。由于交际面窄,也没有女朋友,小影上班摸鱼,下班的时候看看网文、追追番、打打游戏,他感叹道:"做条咸鱼也很好。"(小影,2021-01-08)

由于Z世代面临着社会向上流动难的困境,所以逆袭文已经不流行了。"00后"喜欢看的穿越、种马小说,这些yy类型小说大多是极度脱离现实,想象力爆棚的产物。玄幻小说离现实遥远,想象力也更奇谲诡异,世界观更为光怪陆离。2020年随着电视剧《赘婿》的火爆而流行赘婿文,赘婿中的主角不再需要经过艰苦的逆袭,而是已经技能加身,读者很快就能期待到被打脸、主角碾压强者的爽感。随着情节的推进,读者的期待不断得到迎合,这些期待往往是读者求而不得的,来源于人们生活里几乎不可能实现的幻想。2020年网文圈还流行签到流。在这一流派中,主角往往处在有签到系统的环境。每获得签到机会,人们就能像游戏中"抽卡"一样,拥有一次技能加身的机会。而幸运的主人公,每次都能抽到好牌,最后凭借各类开挂技能,走上人生巅峰。

正是因为在现实生活中即便通过个人努力也难以达到其他人的高度,所以寄希望于开挂的技能,或者开金手指,从而实现现实中难以实现的梦想。读者代入主角,在都市各种厉害、各种无敌,以此减轻他们在职场上、学业上的压力。

3. 互联网原住民与求新求快

Z世代是与互联网相伴而生、浸淫于数字化环境的"数字原住民",移动互联网平台已经全面接管他们的文化娱乐消费生活。Z世代生存的移动互联网环境影响了他们的文化娱乐方式,不知不觉间形成一种全新的超级注意力模式,在这种注意力模式下,注意力的焦点在不同任务间不停跳转、喜欢多重信息流动、喜好刺激性的东西、不能容忍单调乏味。[18]手机和平板电脑的便携性和移动性,使得他们在移动互联网上的文化娱乐方式具有快速、即时、碎片化、随时切换、缺乏深度等特点,突破了时间和空间的限制。

网文读者主要有两类：一类是资深读者，一类是小白读者。对资深读者而言，他们往往网文读龄在 10 年以上，已经非常熟悉网文的套路和模式，看一眼目录就知道故事情节。随着他们的阅读品位和审美的不断提高，一般的网文题材很难吸引他们，因此经常进入"书荒"阶段，除非有新的题材、新的设定，否则无法吸引到他们。小白读者相对而言，要求就比较低。而且网文读者大多数是书粉，不是作者粉，他们对网络作者的黏性不强，关键看题材是否吸引他们。在移动互联网时代，网文强调"求新求快"，因为网文的竞争对手是短视频、直播、手游等娱乐产品，如果不能实现快速更新，他们就很可能被切换到其他娱乐产品中去。

网文的一章往往控制在 10 分钟以内，并且每章可能都有爽点，读者在短时间内可以获得很强的刺激，收到即时反馈。"坐着地铁的时候，十几分钟的时间看网文能看好几章，每一章都有爽点，看完后感觉又充满干劲了"。（潋潋，2021-03-10）这满足了 Z 世代即时、快速、碎片化的阅读习惯，并且网文题材不断推陈出新。网文一本书火了，能带起一阵风潮，如同网络上的热点，来得快，去得也快，譬如赘婿文在网文界也只火了一阵，题材已经不算新颖。"从初中开始看网文，今年 25 岁了，一直在看玄幻、奇幻、都市异能，很少看言情和悬疑。网文没那么吸引我了，因为很少有让我眼前一亮的小说，所以就尝试自己开始写"。（采诗，2021-04-08）

三、网络文学阅读方式的亚文化转向

当前，网络文学阅读呈现出娱乐化、社交化、大众化、商业化等特征。网络文学的商业化开始于起点小说网 2003 年开创的 VIP 付费模式，2018 年后，掌阅、番茄、七猫等移动端免费阅读平台兴起，对网络文学 VIP 付费模式构成猛烈冲击。在移动互联网时代，网络文学阅读和看综艺、追番、看直播等娱乐休闲方式类似,由网文读者组成的粉丝社群具有很强的互动性,并参与到网文的生产与消费中去,从而使得网络文学的阅读方式呈现出亚文化转向。他们或者通过发弹幕(本章说、间贴)吐槽、表达认同,或者嗑CP,或者玩梗、写同人文、打赏,粉丝的讨论越热烈,亚文化的生产与消费行为越频繁,也就越能够为网文带来热度,从而进一步受到平台的推荐,吸引更多的流量。

1. 发弹幕(本章说、间贴)

为了与提供免费阅读模式的平台抗衡,起点中文网于2017年在起点读书APP上线了评论功能"本章说"。它借鉴了二次元网站的弹幕功能,读者可以在任何一处文字下点评,也可以在别人评论下回复,为网络文学增添了社交元素。此后,其他平台也相应上线了类似功能,增强作者与用户之间的黏性关系,让用户更加了解作者的同时,作者也能通过网友评论激发灵感,迸发出更多的创作源泉。

2020年阅文全平台单年本章说数量近亿条。本章说主要起到了以下几个作用:一是科普。网文篇幅达数百万字,作者往往在书里埋了大量的线索和伏笔,很容易让人摸不着头脑。这就需要一群老读者在本章说里分析作者的意图,适度发散、吐槽,引领新人。读者发现作者埋下的伏笔,做出了准确的预言,给人眼前一亮的感觉;作者收回的伏笔,会有读者及时解答,不需要返回查询。二是吐槽。本章说里有大量的吐槽,带有娱乐性和游戏性。当读者发现槽点时就可以立即针对槽点一吐为快,并可以得到其他读者的回应,一起吐槽,而不用到评论区评论。三是共情。不管是吐槽还是认同,都引发了读者的共情体验,即原来其他人和自己有一样的阅读体会,从而获得一种共情感。

"配合书友的本章说,真的是正文五分钟,章评半小时。因此,阅读正版获得双倍的快乐。"(网友"松阪猷壹"对知乎帖子《起点小说〈诡秘之主〉为什么这么火?》的跟帖,2019-04-10)

"我喜欢章说中那些或执着科普或脑洞大开的书友。他们的存在让我觉得看小说是一件十分热闹的事情,跟一群人一起看小说更是一件十分让人开心的事情"。(网友"逆流而下"的知乎帖子《有趣的章说:如果不看本章说,你可能白看了一本〈秦吏〉》,2020-08-17)

弹幕营造了虚拟共享时间,形成虚拟的共时性,生成的集体氛围与情感联结深受 Z 世代欢迎,成为他们排遣孤独的重要途径。[19]因此,弹幕的虚拟共时性,使得共同阅读成为可能,这也就帮助读者抵抗孤独,从而体现了陪伴读者的功能。

2. 嗑 CP

CP 也就是 Cupleing,嗑 CP 也就是嗑 Cupleing,小说中的两个角色可以任意配对。所嗑的 CP 往往都有完美人设,或者是高岭之花,或者是美强惨,代表了美好、优秀、纯粹等品质。CP 粉会经常互动并信息共享,通过观察和解读肢体表情、微表情、语言等各种小细节,一起脑补剧情,寻找糖点,一同去寻找 CP 在一起的蛛丝马迹,发现 CP"发糖"时一起撒花狂欢,并大呼 kdl(嗑到了)。

嗑 CP 的主要是单身青年女性。随着经济社会的发展,女性从小被家庭寄予了很高的期望,被教导自立自强,受教育程度越来越高,她们也越来越追求自我价值和自我实现,同时兼具独立、自信、理性、感性、善良等综合气质,传统言情剧里的贤妻良母、傻白甜等女主角形象越来越难以吸引她们。然而身为女性,她们在事业、家庭中都处于弱势,她们不满足传统社会对女性的要求,内心深处渴望两性平等,在精神上有着较高的追求。而一些作品营造的爱情是唯美的,其爱情纯粹程度比传统言情作品更高,如此营造的爱情更具美感。她们通过这些作品来寄托自己对男女之间平等之爱的追求,渴望有一段旗鼓相当、双向奔赴的唯美、纯粹的爱情。

青年对爱情充满了浪漫的期望,然而随着亲密关系的商品化[20],现实生活当中很难遇到理想中的浪漫之爱;加之学习压力大、工作繁忙、交际面窄,难以遇到爱情,于是CP粉将他们对理想爱情的想象投射于CP之上,并在嗑糖中弥补现实生活中所缺失的"糖分",以此排解现实生活中的压力与烦恼。而且读网文、嗑CP这一行为时间、经济成本低,没有什么风险,可以替代现实生活中的情感经营,满足青年的情感需求。

"嗑CP真的特别快乐(我都不知道为啥那么快乐),快乐到有那么多人愿意为他们画画、写文、翻译、剪辑,我就是因为嗑CP开始我的写文生涯的。很多人都能为CP做许许多多的事,这也是嗑CP神奇的地方。"(网友"糕心"对知乎帖子《如何看待当下越来越多人喜欢嗑CP?》的跟帖,2020-03-01)

3. 玩梗

网文不仅是一个"文学"作品,它更大程度上是一个商业产品。因此,网文作者需要具有把持青少年文化和网文市场方向的能力。网文作者的年龄通常都非常年轻,并随着读者年龄的更迭而不断地更新换代,相似的年龄才能够更好地玩梗。梗是作者和读者附着于文本之上的集体创

作,以诙谐、幽默为取向,从而使得共同阅读、快乐阅读成为可能,进而增强了用户黏性,做出追读这一行为。网文作者可以非常巧妙地利用"本章说"这个功能,不断地造梗、玩梗、隐蔽互动、自我吐槽,加上粉丝读者的积极参与,与微信群、书友圈的联动,在底层的故事文本之上,又多了一层书友构造出来的集体创作。通过作者与读者之间的互动,形成了一个相对固定的圈子,形成良好的互动体验,并不断吸引新人进来,进而参与到网文的生产与再生产中去。

"没有梗产出的小说不是好小说。"作者和读者可以通过本章说共同制造海量的梗,这些梗都是在作者有意的塑造下和读者的讨论中形成的,到了网文后期,解抛梗几乎无处不在,并引起无数人的吐槽、点赞、评论、大笑。这也契合了当前网文的幽默风格和互动趋势。

4. 写同人文等衍生创作

网文消费不止步于"订阅—阅读"这个环节。网文的热度非常依赖粉丝的为爱发电行为,他们因为喜爱而不断地进行着写同人文、画画、剪辑等附着于网文的二次创作,不断"扫文""推文",向其他潜在爱好者"安利",在这个过程中他们在网络平台上也充当了免费劳动力,提升作品的话题性和关注度,对创作起到激励作用,也承担了吸引新读者进坑的任务。他们主要在微博、微信、豆瓣、LOFTER 等社交媒体或同人社区进行创作。2020 年,《诡秘之主》微博话题阅读量超 1.4 亿人次,讨论 166.3 亿人次,微博超话相关帖子超 1.2 万个。

"书评区陆陆续续来了好多大佬,有前期活跃后期不活跃的,也有新来的很活跃的大佬。就我看到的大佬们有做衣服的,有做人设图的,还有一系列卡牌人设图,以及数不清的段子和梗,有的真的笑死人。对了,管理员还时不时组织个小长文大赛,其间也涌现了很多不错的同人文,真的挺怀念那段追连载的日子。"(网友"一骑绝尘"对知乎帖子《大家对待不去晋江花钱看正版小说,跑去看 txt 的行为怎么看?》的追帖,2021-11-15)

5. 充值打赏

网文读者兼具读者和消费者的双重身份,而在移动互联网下,他们的消费者角色使得其阅读行为被监测,并将阅读行为转化为消费行为,即充值和打赏,这决定了网文作者和平台的直接收益。网络文学阅读有两种模式:一是免费阅读;二是充值付费阅读,充值付费阅读不同的网站有不同的模式。以晋江文学城为例,它根据充值的金额而成为初级/中级/高级 VIP,不同等级的 VIP 购买章节的价钱不同,在网站论坛中拥有的权限也不同,晋江文学城初级 VIP 订阅费用是 0.03 元/千字。投月票即消费达到一定额度的读者有权获得选票,参与每月一度的"优秀 VIP 作品"等的评选。而充值、投月票、打赏等可以积累相应的粉丝值,例如起点的最高粉丝级别是盟主。2020 年盟主 MVP《万族之劫》收获"盟主"827 位。

不同于传统的被动阅读者,网文读者具有主体性,他们通过发本章说、嗑 CP、玩梗、写同人文等亚文化形式参与到网文的生产与再生产中去。网文读者的亚文化参与行为,不是一种个体行为,而是拥有相同兴趣的读者通过本章说、嗑 CP、玩梗等功能找到兴趣组织,满足社交需求,并有效引发相应网络文学作品读者群体的共情体验,获得愉悦,并在亚文化的生产中获得满足感和归属感。

四、网络文学平台的注意力经济逻辑

Z 世代网络文学阅读方式的亚文化转向所遵循的是粉丝经济的逻

辑。然而它不仅仅是詹金斯意义上的参与式文化,还需要纳入互联网平台经济中去考察,粉丝经济已经内化为互联网平台经济的重要一环,因而具有新的内涵。网文读者的行为受到互联网平台的引导和形塑,粉丝所有的行为包括点赞、评论、嗑CP、衍生创作、消费等都会转化为数据而进入互联网平台的注意力经济逻辑中去。因此,需要从注意力经济的视角来理解网文读者的阅读方式。

1. 注意力的吸引:功能打造

海量的娱乐信息与注意力的稀缺成为一种结构性矛盾。人们的注意力是有限的,而平台提供基础性需要,因此,这有限的注意力往往为平台所捕获[21][22],平台经济是一种典型的注意力经济。发弹幕(本章说、间贴)、嗑CP、玩梗等是被互联网平台证明能够增强互动性,营造社群认同,进而增强用户黏性,有效获得注意力的一种形式。他们将网文中的长叙事浓缩为糖点、爽点、梗、名场面等时间短、刺激性强、交互性强的短叙事,这种阅读是一种碎片化、游戏性、趣味性的阅读,适应了当前Z世代时间碎片化并具有反馈即时性、强社交的特点和需求。弹幕等群体的日益扩大提升了网络文化新的娱乐和商业价值。[23]

注意力经济意味着"注意力"已经变成一种真正的兑换货币。[24]起点的本章说功能必须是正版付费用户才可以使用,因此本章说、梗本身就成为付费资源。"你知道起点追诡秘我怎么氪金的吗?我不仅追平连载,我还得去翻以前沙雕网友的本章说神评论,各种名场面掏钱重新补票"(小茶,2022-3-17)。嗑CP的背后隐藏着青年强烈的情感需求,为了迎合CP粉的需求,资本以此制造CP亚文化,而CP粉也在其中充当了免费劳动力,并贡献消费力。因此,不论是弹幕、CP亚文化,还是二次衍生创作等,他们更能够凝结和吸引粉丝劳动,这些创造力的结晶通过一条名为版权制度的无形管道重新连接回网文平台身上,将"产消合一"者们凝结于其中的利润和价值输送过去。[25]因此,从某种程度上可以说弹幕的自由表达和互动体验功能正是背后的平台方为吸引用户注意力而专门打造的。[26]同样,CP文化、梗文化等背后都有平台方的引导与打造,以此不断吸引用户参与,并通过粉丝积分系统授予粉丝权限。

2. 注意力的分配:算法推荐制度

数字技术具有探知消费者阅读习惯和愿望的强大能力,能够了解人类深层文化诉求。[27]人们在阅读中的点击、评论、消费等行为都是注意力的一种体现,这背后隐藏着人们深层的欲望和情感需求,注意力会成为数据而被纳入算法之中,并通过大量数据的反馈,进而推测出客户可能喜欢或可以接受的产品,因此推荐算法在消费领域大行其道。"注意力"常常像一个过客,所以真正的大赢家是筹划和主宰注意力的人,对于网文来说,筹划和主宰注意力的人就是背后的网文平台,它将注意力分成等级,将其分配,并且按照一种权威原则将其调配。[28]

网文平台以读者为取向是一种市场行为,读者的注意力决定了网文的命运。目前大的网文平台主要采取大数据算法推荐制度来分配读者的注意力。以起点平台为例,网络作家发书后,编辑需要看网文的收藏数(放到我的书架数)、推荐票、追读(更新章节后24小时内的阅读数)等数据,其中追读数据是最重要的,它显示了该网文潜在的热度,当字数和数据达到要求后就可以签约上架,而上架后就有了首订数、订阅数、均订数、弹幕数、付费比、收藏数据,打赏、打赏总额,新增收藏、累计收藏等。通过大数据,网文平台可以监测到读者的每一个阅读行为,从中进一步了解消费者的阅读偏好,继续推送相关网文作品。

网络文学发展20年来,已经形成一套成熟的编辑流程。从前端到后

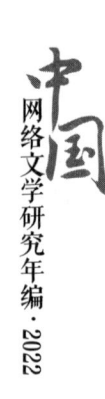

端,通常划分为签约编辑、内容编辑、分发编辑、运营编辑、新媒体编辑等不同职位。网文平台的推荐位是由运营团队主管的,运营团队每天对上述数据以及用户的阅读时间等进行大数据分析及挖掘,分析用户忠诚度、活跃度、付费比例。他们不看网文的内容,只看数据,数据好就证明有热度,就会推荐,进入同期各种榜单系统,给作品增加曝光机会,引入更大单位的流量,不断升级曝光量。当资本不断介入网文行业,它的发展方向就是引入标准化创作流程,降低一线操作人员的影响,最大限度地降低人为不可控因素的干扰。算法推荐制度可以做到不依赖编辑队伍,并且引导网络文学转向标准化的工业生产模式。在标准化的工业生产模式下,各种类型文形成了自己的写作模式和框架。在算法推荐制度下,容易导致一种题材火了之后的跟风,而过一段时间之后,读者则会出现审美疲劳,从而快速推进新的题材,完成主流类型一轮又一轮的替代、更新和进化。[29]

3. 注意力的打通:平台垄断

平台经济通过平台横向垄断、纵向一体化和跨行业平台复合体、层级嵌套式平台生态系统,建立起赢家通吃型的垄断地位。[30]因此,腾讯、阿里巴巴、百度、字节跳动、B 站、快手等平台资本纷纷投资网络文学行业,使得网络文学完整的产业链和产品帝国得以成型。如排名前十的移动阅读 APP 中,有字节跳动旗下的番茄免费小说,字节跳动、B 站投资的掌阅,阿里旗下的书旗小说,还有腾讯阅文集团下的 QQ 阅读、起点读书,百度投资的七猫免费小说等。平台资本投资网文行业,在于网文 IP 改编的价值在内容行业持续扩大,并衍生出短视频、有声书、微短剧、直播等更多增值路径,作为内容源头的 IP 价值已经得到进一步提升。网文平台的集团化促使了产业链向多方跨界延伸,同一集团下的公司、平台可资源共享,从而实现利益最大化。平台资本的进入使网络文学的题材和话题被拓展到网络社交圈,网络文学的影响力不仅仅只在网文圈,而且受到更多关注,从而俘获更强大的注意力资源。[31]

随着网络文学被纳入平台产业链中,网络文学行业变现方式日渐丰富。网络文学发展至今,盈利方式主要有三种:在线营收、广告营收、版权营收。网文平台形成了以数字阅读为基础,以IP培育与开发为核心的双路线格局,版权营收在企业营收中所占的比重显著提高。据阅文集团财报,2017—2021年的五年中,2017—2019年阅文集团版权收入占比从9%提升至19.8%,再升到52.9%,2020年版权运营及其他收入占比达42.1%,2021年占38.8%;而线上收入从83.4%下降至76%,再降到44.5%,2020年重返增长通道,占57.9%,2021年占61.2%。[32]因此,对互联网平台来说,它不仅仅关注网文读者的注意力,更关注整个文娱消费市场的注意力,从而使之更好地服务于数字时代泛娱乐生产的逻辑。在网络文学IP的运营开发下,《赘婿》成为2021年首部爱奇艺热度值破万的剧集。与此同时,在剧集播出期间,"起点读书"APP内将原著加入书架的新增读者单日最高超过10万人,影视IP进一步提升了原著影响力,书影联动实现了IP粉丝的固本纳新。内容产业链因此也在各个环节被打通,并将粉丝注意力在产业链上进行了打通,网文阅读行为超越了网文本身,而被纳入整个文娱生态系统中。

五、结语

网文读者与互联网平台之间是一种互构关系。Z世代网文读者具有独特的群体性特征,这也就意味着他们对文化娱乐产品有着独特的审美和需求。而互联网平台需要不断打造功能以迎合他们的审美与需求,吸

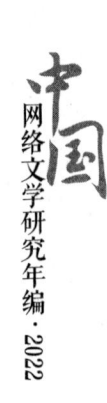

引他们的注意力。资本的逐利属性驱动着算法在满足个体需求的同时，也赋予了他们创造需求、引流消费的角色，互联网平台资本通过算法等技术手段把人的注意力和欲望纳入其掌控之中。弹幕、梗、CP 等与其说是"Z 世代"创造出来的用以对抗主流文化的"符号武器"，不如说是互联网资本用以黏合、维护和操纵"Z 世代"的一种手段，让他们更加便捷、舒适自有一套。[33]Z 世代娱乐休闲的亚文化转向中，呈现出吐槽、欢脱、轻快等风格，他们在互联网资本所制造的异托邦中，通过移情、逃避等形式来缓解精神和情感上的匮乏，但是这些事实上并不能解决他们在现实中所面临的精神和情感困境。

网络文学作为一种粉丝经济，粉丝规则并非由粉丝共同制定，而是平台资本通过趣味治理术生成。[34]互联网平台资本通过趣味治理术，敏锐地捕获并迎合青年的文化和精神需求，不断吸引着青年的稀缺注意力，并在此基础上不断制造需求和欲望，形成了对新一代青少年文化和娱乐的方式、话题、社交资本和语法规范的霸占。[35]因此，互联网平台资本及其所附加的算法、大数据等高科技，正在全面强势渗入青少年的日常生活中，进而重塑青少年的文化趣味与生活方式。

参考文献：

[1] CNN IC. 第 49 次《中国互联网发展状况统计报告》[EB/OL]. http://www.cnnic.net.cn/hlwfzyj/hlwxzbg/hlwtjbg/202202/t20220225_71727.html.

[2] 中国社会科学院文学研究所. 2020 年度中国网络文学发展报告[EB/OL]. http://baijiahao.baidu.com/s?id=1694567033777514671&wfr=spider&for=pc.

[3]胡慧,任焰.制造梦想:平台经济下众包生产体制与大众知识劳工的弹性化劳动实践——以网络作家为例[J].开放时代,2018(6).

[4]张铮,吴福仲.创意流水线:网络文学写手的劳动过程与主体策略[J].中国青年研究,2020(12).

[5]谷李.情不自禁的资本主义:理解"霸道总裁"[J].国际新闻界,2019(5).

[6]柯倩婷.霸道总裁文的文化构型与读者接受[J].妇女研究论丛,2021(2).

[7]高翔.女性主体性建构的文化悖论——当代文化场域中的"大女主剧"[J].探索与争鸣,2021(5).

[8][19]黎杨全.加速、重置与日常化:网络多维时间与艺术的变革[J].社会科学,2022(2).

[9]邵燕君,肖映萱,吉云飞.网络文学2019:在"粉丝经济"的土壤中深耕[J].中国文学评论,2020(1).

[10]许苗苗.情感回馈与消费赋权:网络文学阅读中的权力让渡[J].中州学刊,2022(1).

[11][美]珍妮斯·A.拉德威.阅读浪漫小说:女性,父权制和通俗文学[M].胡淑陈,译.南京:译林出版社,2020.

[12]李敏锐.网络文学的情感劳动、内容生产和消费解读——基于平台经济视角[J].社会科学家,2021(12).

[13][25]项蕾.推介去中心与消闲货币化:数字资本主义对网络文学场域的重塑[J].文艺理论与批评,2021(4).

[14][日]落合惠美子.21世纪的日本家庭,何去何从[M].郑杨,译.济南:山东人民出版社,2010:144.

[15] 孙佳山. 人口结构、明星制度视野下的"饭圈"问题——历史性挑战及其影响[J]. 中国文艺评论,2021(10).

[16] 王水雄. 中国"Z世代"青年群体观察[J]. 人民论坛,2021(17).

[17] 汪永涛. Z世代亚文化消费的逻辑[J]. 中国青年研究,2021(11).

[18] 周宪. 从"沉浸式"到"浏览式"阅读的转向[J]. 中国社会科学,2016(11).

[20] [美]泽利泽. 亲密关系的购买[M]. 姚伟,等,译. 上海:上海人民出版社,2009.

[21] Sinon, H A. *Altruism and economics*[J]. American Economic Review,1993,83(2):156—161.

[22] 吴修铭. 注意力经济[M]. 北京:中信出版社,2018.

[23] 王伟. 新媒介语境下弹幕的亚文化研究[J]. 首都师范大学学报(社会科学版),2021(3).

[24] [28] [瑞士]樊尚·考夫曼. "景观"文学:媒体对文学的影响[M]. 李适嬿,译. 南京:南京大学出版社,2019.

[26] 李蕾,宋航. 自由表达与互动体验的幻象:受众弹幕文本的话语生产——基于《再见爱人》弹幕的内容分析[J]. 新闻与写作,2022(1).

[27] 江小涓. 数字时代的技术与文化[J]. 中国社会科学,2021(8).

[29] 储卉娟. 说书人与梦工厂:技术、法律与网络文学生产[M]. 北京:社会科学文献出版社,2019.

［30］谢富胜,吴越. 平台竞争、三重垄断与金融融合［J］. 经济学动态,2021(10).

［31］闫伟华. 网络文学 IP 热的成因、本质及影响——一种"注意力经济"的解释视角［J］. 中国出版,2016(24).

［32］2021 年收入 86.7 亿在线收入占比 61.2%《人世间》等 IP 成阅文版权收入扩大器［EB/OL］. http://baijiahao.baidu.com/s？id=1728088116181529440&wfr=spider&for=pc.

［33］林玮."算法一代"的诞生:美育复兴的媒介前提［J］. 教育研究,2021(7).

［34］李静. 弹幕版四大名著:趣味治理术［J］. 读书,2021(1).

［35］吴畅畅. 视频网站与国家权力的"内卷化"［J］. 开放时代,2021(6).

从网络性到交往性

——论中国网络文学的起源

黎杨全

中国网络文学的起点常被认为是 1998 年,但最近这一问题有了争论,起因在于学者邵燕君、吉云飞在《文艺报》中提出了中国网络文学起源的新说法,认为 1996 年的金庸客栈才是起始点[1],这吸引了欧阳友权、马季等参与争论,马季强调"现象说"[2],仍坚持 1998 年"痞子蔡"《第一次的亲密接触》等作品形成了网络文学这一"现象",欧阳友权则提出"网生起源说",认为"网络文学皆因网络而'生'",因此,1991 年海外留学生中的电子周刊《华夏文摘》才是中国网络文学的元年[3],其后邵燕君又进行了反批评[4]。随后相关争论文章被《新华文摘》转载,产生了较大反响。

网络文学的起源问题相当重要,这不只是文学史的时间划定,更重要的是涉及界定何为网络文学这一根本问题,但关于网络文学的本质属性究竟是什么,一直以来学界众说纷纭,未有定论。在本文中,我试图在上述讨论的基础上对中国网络文学的起点进行追溯,并由此探讨网络文学的本质,对这一亟待解决的问题作一些思考。

---

[1] 邵燕君、吉云飞:《为什么说中国网络文学的起始点是金庸客栈》,《文艺报》2020 年 11 月 6 日。
[2] 马季:《一个时代的文学坐标——中国网络文学的缘起之我见》,《文艺报》2021 年 5 月 12 日。
[3] 欧阳友权:《哪里才是中国网络文学的起点》,《文艺报》2021 年 2 月 26 日。
[4] 邵燕君:《再论中国网络文学的起始点是金庸客栈》,《文艺报》2021 年 5 月 12 日。

一、中国网络文学不能等同于通俗文学

1998年常被视为中国网络文学的起点,标志性事件是当时"痞子蔡"《第一次的亲密接触》的火爆及美籍华人朱威廉创建的"榕树下"网站①的运行。对此,邵燕君、吉云飞认为这部作品和这个网络原创社区被推出来反映了学术界视野的局限性,不管是《第一次的亲密接触》还是"榕树下",都呈现出过渡性质,纸质文学基因相对更强一些,《第一次的亲密接触》在大陆真正产生影响是1999年大陆简体版出版之后,"榕树下"网站素有"网上《收获》"之称,编审制度带有纸媒逻辑,它们的辐射范围也主要是在传统文学圈而不是网络文学圈。在此基础上,他们提出一个观点,认为网络文学的起点不能以一部作品而应以一个原创社区的诞生为标志:

> 网络文学的起始点只能是一个网络原创社区,而不能是一部最早发生极大影响力的作品。即使是今天不少大神共同认为源头的《风姿物语》,也只能算作网文的源头,而非网络文学的起始点。我们要找的起始点,应该是能够聚集无数个罗森,产生无数部《风姿物语》的地方②。

邵燕君、吉云飞的这一说法相当重要,在我看来,这会让起源问题的探讨有效摆脱一直困扰网络文学研究的印刷文学观念,后者在很大程度

---

①"榕树下"刚开始是个主页,创建于1997年12月25日,它从1998年开始产生影响。

②邵燕君、吉云飞:《为什么说中国网络文学的源头是金庸客栈》,《文艺报》2020年11月6日。

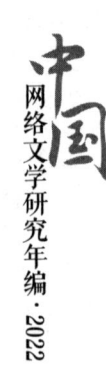

上正是基于作品客体这一不证自明的预设,这种客体观念与印刷文化紧相联系:"一旦印刷术在相当程度上被内化之后,书给人的感觉就是一种物体,里面'装载'的是科学的或虚构的等等信息,而不是早些时候那种记录在案的话。"[1]从文学理论来看,印刷术最终导致了形式主义与新批评的诞生,这两种理论认为,每一种语言艺术文本都封闭在自我空间里,成为一种"语言图像"[2]。在印刷文化语境中,这种观念具有合理性,因为我们面对的总是一个文本,但以这种观念来理解网络文学时,就会出现理论与实践上的困难。面对网络文学的时候,我们很难说它是一个固化的文本,其意义也不限于文本,更凸显了文本外的社区活动,它是不同于印刷文化的动态世界,是活态文化,它的消费类似于口头传统,现场的活动与氛围是文学经验的重要部分。在口头传统研究国际学会(ISSOT)发起人弗里(John Miles Foley)看来,将口头艺术转化为文本,其中丢失的元素是"一个令人惊讶的冗长和多维的目录",如语音、表情、手势、可变的背景、观众的互动与贡献等[3],如果只是从作品层面去理解网络文学,也存在这个问题。不管《第一次的亲密接触》究竟在哪一年产生影响,如果以这部作品作为起始点的依据,恰好说明人们对网络文学的理解仍受限于印刷文学思维。对网络文学来说,我们恰好要摆脱作品中心主义的陷阱。不过邵燕君、吉云飞强调网络原创社区的重要性并不是基于以上理由,而是受到了韩国学者崔宰溶所说的"网络性"的影响,后者正是借助"网络性"激烈地反对以作品观念去理解网络文学,而将其理解成文学网站(详

---

[1]沃尔特·翁:《口语文化与书面文化:语词的技术化》,何道宽译,北京:北京大学出版社,2008年版,第96页。

[2]沃尔特·翁:《口语文化与书面文化:语词的技术化》,何道宽译,北京:北京大学出版社,2008年版,第101页。

[3]John Miles Foley. *Oral Tradition and the Internet: Pathways of the Mind*. Urbana: University of Illinois Press, 2012, p. 122.

见后文)。

既然以某个原创社区作为网络文学的起点,那么选择哪个社区呢?在他们看来,"起始点应该是新动力机制的发生地",这一新动力机制是什么呢?两位学者认为,由于中国网络文学的主流形态是商业类型小说,新动力机制就是"起点中文网"于2003年10月开始运行的VIP付费阅读制度,以及在此基础上生成的粉丝经济模式与爽文模式。为此,他们反对网络文学的"概念推演",强调应由这一基本"事实"而"回溯"其"源头",按照这一逻辑,虽然"榕树下"也是网络原创社区,并在1998年后产生了重要影响,但它的文学风格和"动力机制"显然与当下商业类型文学大相径庭,因此不能作为中国网络文学的起点,这一起点只能是某种大众性、通俗性的文学社区,由此顺理成章地指向了1996年的"金庸客栈",其依据在于三个方面:

> 其依据按重要性排序,首先是论坛模式的建立,为网络文学的发展提供了动力机制;其次是趣缘社区的开辟,聚集了文学力量,在类型小说发展方向上,取得了成绩,积蓄了能量;再次是论坛文化的形成,成为互联网早期自由精神的代表[①]。

可以看出,邵燕君、吉云飞是以当前网络文学的主流形态即商业类型文学来回溯源头的,试图把"金庸客栈"与当下网络商业文学勾连起来。这里的三种依据各有所指,"论坛模式"为网络文学的发展提供"动力机制",这是指"论坛的自由模式使千千万万的文学消费者被赋权,成为后

---

①邵燕君、吉云飞:《为什么说中国网络文学的起始点是金庸客栈》,《文艺报》2020年11月6日。

来网络文学商业模式建立的基础",也就是说,论坛的特点在于摆脱了传统编审制度而获得某种自由,这就积聚了大量消费人群,从而为资本入局与商业文学的繁荣奠定了基础。论坛又形成了趣缘社群,这促成了后来蔚为大观的"类型"文学。论坛也形成了"天马行空的论坛文化",从而"焕发出巨大的创作活力",这似乎是指论坛提供了源源不断的二次创作,并不断将业余爱好者转换为写手群体的后备力量,由此保持了商业文学的持续创作力。

邵燕君、吉云飞的探索是难能可贵的,这是网络文学研究的重要突破,不过我认为这里存在两个问题,一是将网络文学窄化为商业类型文学,二是忽视了网络类型文学与传统通俗文学(金庸)之间的重要区别。

首先,将网络文学直接等同于商业类型文学显然与事实不符,这会削减网络文学的丰富性,排斥实验性的网络文学、"榕树下"、"豆瓣"等带有文青风格的创作,以及以"诗生活""诗江湖"为代表的网络诗歌等。网络如同一个浩瀚宇宙,它有太多可能,最好从家族相似概念来理解网络文学。我认为这与他们采用的方法有关,邵燕君、吉云飞强调以事实去回溯源头,而不是概念推演,不过事实与观念的关系并不简单,他们并不能摆脱观念与预设,对这一事实的认定的本身就蕴含着观念,已经先入为主地把网络文学等同于商业类型文学了,显然,对起源的梳理依赖于对网络文学本质属性的认定,而不是相反。

其次,强调"金庸客栈"的重要性,将当下网络类型文学与传统通俗文学(金庸)相联系,试图完成文学谱系的续接与合法性认定,忽视了两者之间的重要区别。实际上,将网络类型文学等同于传统通俗文学在网络时代的"脉络"发展,已经成为一个普遍的共识了。比如通俗文学研究专家范伯群曾在演讲中将网络文学纳入通俗文学的发展脉络,认为清末民初以来,中国类型小说一直在发展,从鸳鸯蝴蝶派的大众文学,到现在的网络类型小说之间存在一个链条①。不过,我们不能从通俗文学的层面去理解网络文学,即使是看上去通俗性、大众性特征相当显著的网络类型文学,也不能直接等同于通俗文学的脉络延续。通俗文学是相对于精英文学而言,这种文学类型的自我区分与等级认定很大程度上属于书面文化逻辑。在口头传播阶段,还没有精英文学与大众文学的分野,这种区分是文学制度建构的结果,后者的完善与近现代印刷术、大众传播媒介、教育体制的发展相关。精英文学意味着一种等级次序,它无法自我确证,需要在与作为他者的通俗文学的区分中获得价值维度,这种艺术区分与阶层结构存在联系。也就是说,精英文学不仅是一种美学判断,也是一种文化资本与合法性趣味(Legitimate taste),从根本意义上说,不是经济财富,而是合法性趣味的拥有,成为阶级地位、阶层身份的最佳说明,通俗文学与精英文学由此形成二元对立结构。不过,尽管遵循不同的运行法则,但精英文学与通俗文学都蕴含着相同的书面文化基因,不管是金庸的小说还是卡夫卡的小说,它们的写作、阅读方式并无根本不同,都是个人化的孤独状态,用本雅明的话说,这是与现代社会个体的原子化相适应的。尽管精英文学与通俗文学在文学受众上有人数多少的区别,但这些人群之间都只是想象性的关系,本质上属于个人化的静态世界。网络文学,包括网络类型文学,却是相对于印刷文学而言,毫无疑问,它会在内容形式层面受到传统通俗文学的深刻影响,但生产、传播与接受机制已经产生了重要变化,这是媒介文化的转型与文学的结构性变迁,不管是严肃型的还是娱乐型的文学,都不再是个人化活动,而会有大量的群体互动与交往。

---

① 胡一峰:《追忆范伯群先生关于网络文学的演讲》,https://www.sohu.com/a/211441697_692557,2017 年 12 月 19 日。

这种现场感与活态文化的有无,是网络类型文学与金庸式传统通俗文学的根本区别。它也不是传统通俗文学"移植"到了网上,因为这种现场交往本身会对写作内容与形式构造产生直接而深入的制约。

邵燕君、吉云飞意识到不能将网络文学等同于作品,注意到原创社区的重要性,这有突破性的意义,但他们对社区的理解,主要是将其作为一个连通金庸式通俗文学与当下网络类型文学的中介,向下挖掘论坛蕴含的商业文学动力机制,向上追溯通俗文学传统,以通俗文学经典完成合法性认定与脉络承接。但是网络文学延续的并不是金庸传统,而呈现的是媒介转型的后果,这就涉及对网络文学本质属性的认识了。

二、中国网络文学的本质:从网络性到交往性

邵燕君、吉云飞对网络文学起源的探讨实际上与他们对网络文学本质属性的认定有关,这就是"网络性"。

从资料来看,"网络性"的说法最早由许苗苗提出,2000年她在一篇名为《与网相生——网络文学的现状与发展》的文章中写道:"网络作品的文学性和网络性双重特点相互交织,密不可分。"[1]这种将文学性与网络性相提并论的说法具有突破性意义,不过遗憾的是,她并未对此展开。此后对"网络性"展开较多论述的是韩国留学生崔宰溶。崔强调中国网络文学的特殊性,他反思了早期研究中人们用超文本、多媒体或后现代等西方电子文学理论来阐发中国网络文学本质的弊端,认为中国并不存在西方式的先锋网络文学,更多的是一种大众化的商业文学,为摆脱西方中心主义的影响,他提出了"网络性"的说法,将其作为中国网络文学的本质属性。不过,他理解的这种"网络性"仍然是一种超文本性,认为中国

---

[1]许苗苗:《与网相生——网络文学的现状与发展》,《文艺报》2000年9月12日。

网络文学的网络性（超文本性）不在于西方超文本式的个别作品之内，而是只有考虑整个网络结构时才能看到。在文学网站里，一部小说不是以从头到尾一贯的、线性的叙事而存在，而是以由该小说无数的碎片以及通往（或不通往）这些碎片的链接而构成的结构而存在。比如，《第一次的亲密接触》本身不具有很强的超文本性，但它在网上存在时所经历的一系列过程，也只有在这个过程当中，它才变成了一部名副其实的网络文学。崔也试图以"网络性"摆脱传统作品概念的限制："'作品'概念不断地限制'超文本'概念的无限扩展运动。"①而在文学网站里，"网站的结构或网络本身优先于个别作品"②。崔宰溶的观念实际上受曼诺维奇（Lev Manovich）的影响，后者强调印刷时代的叙事文化正走向网络时代的数据库文化，语言符号的纵聚合轴开始取代横组合轴，处于潜隐状态的"词法"接替了叙事文化的句法，世界应通过目录而非叙事来理解。③ 比如在网络上我们总是面临各种菜单选择，线性叙事遭到挫折，网络的整体结构总是优于文本。不过崔也发现，网络性（超文本性）意味着无限的链接，当它大到无所不包时就很难作为一个对象为我们所把握，为此他对网络性加以限制，认为文学网站就是网络性代表性的例子，文学网站内外的区分可以说是物质性的，因为网站是以比特信息的形式存在于服务器的硬盘里的，这样我们既摆脱了作品概念，体现了网络文学的超文本性，也为我们从对象角度去把握它奠定了基础。总之，他认为："中国网络文学'是'网络，或更具体地说，'是'文学网站。它是一个流动的文学空间，发

---

①崔宰溶：《中国网络文学研究的困境与突破》，北京大学博士学位论文 2011 年，第 63 页。

②崔宰溶：《中国网络文学研究的困境与突破》，北京大学博士学位论文 2011 年，第 72 页。

③Lev Manovich. *Database as a Symbolic Form*, http://manovich.net/content/04-projects/022-database-as-a-symbolic-form/19_article_1998.pdf, 2019 年 8 月 12 日查询。

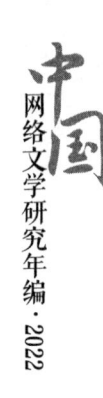

生在该空间的所有活动都是网络文学。"①

在崔宰溶的基础上,邵燕君对"网络性"进行了较大的拓展与丰富,让它成为网络文学研究界一个广泛接受的概念。她首先认为网络文学的本质属性就是"网络性",接下来从几个方面对"网络性"作了阐释:第一,"网络性"表明网络文学是一种"超文本",这是相对于作品概念而言的;第二,"网络性"根植于消费社会"粉丝经济";第三,"网络性"指向与ACG[Animation(动画)、Comic(漫画)、Game(游戏)]文化的连通性②。可以看出,第一点是源于崔宰溶的启发,第二、三点则是结合网络类型文学的特质做出的补充,强调了"网络性"的"粉丝经济"、ACG文化等属性。

"网络性"被看成是网络文学的本质属性,这在一定程度上把握住了网络文学与传统文学的区别,不过这一说法也存在一些问题。崔宰溶试图以"网络性"摆脱作品概念的束缚,同时又想避免其无限性而对"网络性"加以限定,将其等同于文学网站,但这并不符合实际情况,网友的阅读行为在文学网站确实是"网络性"(超文本性)的,但他并不会只局限于某个文学网站,而是不断地跨越各种网站或社区,比如他在"起点中文网"阅读,也会在"百度贴吧""龙的天空"等论坛参与讨论,这种超文本性显然无法被崔宰溶所说的网站之间的"物理区分"所限制。同时,超文本性描述的主要是文学主体的"个人"行为,未体现出中国网络文学的交往性、群体性这一根本属性。崔宰溶试图凸显中国网络文学的特殊性,不过他执着于超文本性这一概念,实际上也悖论式地将其与西方电子文学做了混同,对后者来说,当这些作品被置于网站这一流动空间时也会获得类

---

①崔宰溶:《中国网络文学研究的困境与突破》,北京大学博士学位论文2011年,第74页。

②邵燕君:《网络文学的"网络性"与"经典性"》,《北京大学学报》2015年第1期。

似的超文本性。而邵燕君在此基础上将"网络性"与消费社会的粉丝经济、ACG文化相联系——这正是她在讨论网络文学起源时的观念预设，如前所述，这可能窄化了对网络文学外延的理解，也会忽视它与传统通俗文学的区别。

那么什么是中国网络文学的本质属性呢？我认为确实如邵燕君、吉云飞所说，中国网络文学应该以某个原创社区而不是作品为起点，不过原创社区的重要性并不在于它聚集了消费人群，为资本的入局及商业类型文学的兴起奠定了基础，而在于蕴含了中国网络文学的核心特征——交往性。交往性是指随着网络这种交流媒介的兴起，文学的生产、传播与阅读都在交往中进行，作家与读者之间、读者与读者之间形成了文学交往共同体，作品的内容与形式都受到交往的深刻影响。传统社会也会有海量的消费人群，但这些个体之间基本是分离的，而网络媒介的特殊性就在于促成了人群的连接与交往。当然，这并不排除有些作家或读者仍沿用传统个人化的文学活动模式，但从媒介转型背景下中国网络文学的特征及对世界文学的贡献来看，其重要性就在于体现了这种交往性。

可以发现，从中国网络文学的历史来看，交往性是其贯穿始终的特征。互联网刚兴起时，BBS、聊天室是这个洪荒时代的绝对主角，逛BBS、聊天室成为网友常见的业余生活，流行的说法是"逛板"（版），这带来了广泛的交往活动。早期网络文学基本都是从论坛中走出来的，《第一次的亲密接触》《风中玫瑰》是人们时常提到的代表作，它们充分体现了这种交往性，《第一次的亲密接触》的题材是关于网恋的，这种情感正是通过网络交往而产生，它在形式上也充满了源自BBS的风趣、大话与简洁的口语化文风。《风中玫瑰》源自福建某BBS论坛，2001年人民文学出版社出版这部作品时，在书籍体例上前所未有地采用了BBS版式，保留了作者与读者的交往现场,这种奇特的形式在某种意义上标举了新文学时代的来临。除了普遍的论坛式存在,早期网络文学还有大量以聊天室为背景的小说,当时的知名网络文学评论家吴过主编的文集《沉浮聊天室》反映了这种文学状况[①],这类作品在很大程度上都是网络交往的记录,文中充满了网聊的群说氛围、语言与表情。2003年网络文学开始了商业化,BBS文学转换为"商业文学网站+书评区"的模式,商业化后的网络文学成为大规模的"网络拟书场",读者的叫好、点赞、献花、吐槽、催更,脑补党、合理党的大量评论与跟帖,以及与作者的互动交流,形成了热烈的交往氛围。当然,这并不能概括所有情况,有些大神级作家不愿或无暇顾及交往,实际上回归了传统文学活动模式,但对多数作家来说,交往是他们积攒人气、听取意见与满足情感需要的重要手段,比如"晋江文学城"特别重视论坛与书评区建设,强化作者与读者之间的交流,这实际上为后续的 IP 改编提供了粉丝基础。随着移动媒体的兴起与社交媒体的广泛发展,这种交往互动得到进一步升级,为了迎合热衷互动的"Z 世代"("95 后""00 后"),文学网站与 APP 推出了"本章说"、书友圈等社交功能。"本章说"又称阅读弹幕,实际上就是段评,由于网络小说每段字数较少,常常一句话就是一段,因此,这种段评在小说中就呈现为星罗棋布的效果。相对传统章节之后的跟帖评论,"本章说"的特点就在于交往性更强,以前读者需要退出阅读界面转到书评区评论,现在则可根据剧情中的槽点及时评论或分享,带来的后果就是读者评论数量的大幅增长,网络小说《大王饶命》是"起点中文网"首部评论数量达到百万级的作品。截至 2020 年 4 月,据称起点平台上已累计产生了 7700 万条段评数据,这种互动量是非常惊人的。这种交往性带来的重要变化就是,文学网站或

[①] 参看吴过主编:《沉浮聊天室》,武汉:长江文艺出版社,2000 年。

APP 很大程度上成为一种社交软件了,试图最大限度地实现社交功能,阅读生活成为社交生活的一个接入口,与此同时,读者社交的需求甚至超越了阅读的需求,阅读 APP 的书友圈已经成为"Z 世代"社交生活的聚居地。

中国网络文学的这种交往性不仅是文学现实,也构成了它独有的特征,这可以从双重视野来看,这既是它与印刷文学的区别,也是它与西方电子文学的区别。

印刷文学当然也会强调文学交往,或者说文学本身就是交往行为,但主要是一种想象性的交往。在印刷文学语境中,作者与读者是割裂的,因为缺乏一个可以验证的语境,"作者的对象总是虚构的",读者同样如此,"也不得不虚构他心中的作者",这是一种延时的,甚至跨越数千年的阅读:"等到我的朋友捧读我的信时,我的心绪和写信时的心情可能已完全不同了,我甚至可能已经去世。文本传达讯息时,作者是死是活都没有关系了。"[①]不仅如此,印刷文学还有意识地屏蔽交往性,作者与读者之间的割裂成为艺术家的刻意追求,这是有效实现个人心灵独语、摆脱世界奴役的保证:"只要艺术家抱着严肃的态度,就会不断尝试切断他与观众之间的对话。""沉默是艺术家超脱尘俗的最后姿态:凭借沉默,他解除了自己与世界的奴役关系,这个世界对他的工作而言,是作为赞助商、客户、消费者、反对者、仲裁者和毁灭者出现的。"[②]这种孤独者的自我哲学,具有浓重的精英主义与先知者的身份想象,预设了读者的被动性与缄默,他们只是"沉默的大多数":"只要最上乘的艺术用本质上属于神职人员的目标来界定自己,那么就预设并证实了这样一批人的存在:他们是相对被动、

[①]沃尔特·翁:《口语文化与书面文化:语词的技术化》,何道宽译,北京:北京大学出版社,2008 年版,第 77 页。
[②]苏珊·桑塔格:《沉默的美学》,海南:南海出版公司,2006 年版,第 52—53 页。

未经充分启蒙、染有窥淫癖的门外汉,被定期召集起来观看、聆听、阅读和倾听——然后被打发走。"①

中国网络文学的交往性也与西方电子文学有重要区别,后者也注重互动,但突出的是主客之间"交互",而不是主体之间的"交往","交互"与"交往"存在词义交叉,但交互(Interaction)偏重主体与对象(文本/系统)的"操作—反馈"关系,被西方学者视为开放性文本、创造性读者的美学范式。与之相应的是,西方电子文学凸显技术主义:"与互联网和文学写作同时相关的专业主要是那种实验性非常强的、注重媒体技术的、非线性'电子文学'。"②技术主义强化了文学的精英性,相比印刷文学来说,它的精英性更加突出,不仅有文学要求,也有技术要求,由此排除了那些不能技术操作的传统作家;它也追求交互性(操作性),但实际上排斥了(大众)交互性,读者需要非凡的努力才能"遍历"文本。西方的"电子文学协会"(ELO,the Electronic Literature Organization)在定义其新领域的核心主题时,提出的是利用计算机/网络的潜能开发重要的文学方面(Important literary aspect)。海勒斯(N. Katherine Hayles)认为这个定义是同义反复的(Tautological),因为它预设了对"重要的方面"的先在理解,而这种预设只能是源于印刷文化传统。③ 荷兰学者贺麦晓(Michel Hockx)深刻地指出,这实际上延续了将作者视为创造性天才的传统认知④,换句话说,西方电子文学在激烈反传统的同时也遵循了传统的个人化逻辑。与

---

①苏珊·桑塔格:《沉默的美学》,海南:南海出版公司,2006年版,第54页。
②许苗苗:《网络文学研究:跨界与沟通——贺麦晓教授访谈录》,《文艺研究》2014年第9期。
③N. Katherine Hayles. *Electronic Literature: New Horizons for the Literary*. Notre Dame: University of Notre Dame Press, 2008, p.3.
④Michel Hockx. *Internet literature in China*. New York: Columbia University Press, 2015. p.6.

之相比,中国网络文学呈现的是网络媒介带来以社群交往为基础的文学活动形态。贺麦晓曾对中西网络诗歌做过一番比较,他发现两者差异较大,中国网络诗歌主要是论坛、交流意义上的,西方网络诗歌则偏重技术,诗歌网站常被视为一个在线诗歌工作室(Poetry workshop),而不是一个社交网络(Social network),其主要目标是提高诗人的工作(Work)与关键技能(Critical skills)[1]。精英、小众的诗歌尚且有这种区别,小说等其他文学体裁的网络文学就更是如此了。

可以看出,交往性是中国网络文学的独有特点,它呈现了互联网这一特殊交流媒介兴起后文学活动的深刻变迁,这成为一种中国经验,具有不可取代的世界意义。对中国网络文学的本质属性的认识应从"网络性"走向"交往性"。从交往性来理解中国网络文学,交往人群的数量的多少、交往频率的密度大小,决定了它可以有多种类型、多种发展的可能性,网络类型文学会占据一定的优势,但并不是它的全部,以交往性为指向,中国网络文学呈现出"家族相似性"[2]。

三、ACT:中国网络文学的起点及其"中国性"

在这次争论中,学者欧阳友权的观点也值得注意,他主要从文学的首次触网入手,认为应追溯到海外华文网络文学,中国网络文学的起点应是1991年全球第一家中文电子周刊《华夏文摘》。不过,这一说法遭到邵燕君的质疑,认为《华夏文摘》最早是把纸质文学搬到网上,后来虽然有了部分原创,但仍然是一个以编辑审核制为中心的"网刊"[3]。她的置疑是

---

[1] Michel Hockx, *Internet literature in China*, New York, Columbia University Press, 2015. p. 143—145.
[2] 家族相似性反对本质主义观念,笔者在这里只是借用此一说法,表明不管是从历史还是逻辑来看,中国网络文学都存在多种类型。
[3] 邵燕君:《再论中国网络文学的起始点是金庸客栈》,《文艺报》2020年11月6日。

有道理的,这一点可从当事人方舟子的回忆得到佐证:"国内的网友若读不到《华夏文摘》,也没什么可惜的,因为它摘录的,主要还是国内报刊上面的文章。"①总体来看,虽然《华夏文摘》是最早的电子期刊,但创作者是在电脑上写作的,然后编辑通过邮件系统发布给读者,其封闭性的运作模式与纸媒无根本区别。不过我认为欧阳友权在论辩中提出的"生于北美—成于本土—走向世界"的模式是成立的,中国网络文学的源头正是在海外华文网络文学之中。

在我看来,1993 年的 ACT 构成了中国网络文学的起点。

据方舟子回忆:"1993 年,海外华人为了能够在网络上找到一个以中文交流的地方,在 USENET 上开设了 ait. chinese. text(简称 ACT)。在中文国际网络上,ACT 是经常被提起的一个名词,也是国际网络中最早采用中文张贴的新闻组,可以说,有了 ACT,才有了中文国际网络。"②新闻组,英文名为 Usenet 或 News Group,实际上就是一个交往的超级电子论坛,不同用户通过软件连接到服务器上,阅读并参与讨论。ACT 在 1992 年夏天建成,但最初几个月均为测试贴和技术性文章,从 1993 年起开始形成一个国际交流网络,成为中国留学生的主要聚集点与海外华文网络文学的重镇。我之所以把它看成是中国网络文学的起点,就在于它形成了中国网络文学的本质属性——交往性,具体表现在这样几个方面:

一是文学交往场域的形成。从 1993 年起,ACT 进入了长达两年多的鼎盛时期,人们在这里"发表习作、讨论、聊天乃至骂大街":

---

①方舟子:《中文国际网络纵横谈》,http://www.sinovision.net/home/space/do/blog/uid/15681/id/155944.html,2012 年 6 月 27 日。

②方舟子:《中文国际网络纵横谈》,http://www.sinovision.net/home/space/do/blog/uid/15681/id/155944.html,2012 年 6 月 27 日。

也正因为三教九流毕集,而又不限论题,才使得 ACT 的张贴如此丰富多彩:……有发表文学创作的,有抄书的,有聊天的,有感慨的,有吵架的,有骂大街的,有讲故事说笑话的,有交流日常生活经验的,有对联猜谜的……ACT 盛行的是嬉笑怒骂的文风……所以 ACT 虽然多姿多彩,然而又万变不离其宗,这个宗,也就是掐架。有人说 ACT 是茶馆,也有人说 ACT 是男厕所,但我却以为把 ACT 比作大学生宿舍更恰当些。那里的氛围,总让我想起大学时代宿舍熄灯以后躺在被窝里的吹牛、抬扛,只不过面对面地交流不像网上交流那么肆无忌惮,火药味没有那么浓而已。①

注意这里提到的讨论、聊天、"掐架"、吹牛、抬杠,体现的正是网络媒介的交往性,表明作家、读者之间有充分的交流与互动,作品的生产、传播与阅读均产生于交往中。

二是这种交往性对创作及文本产生了相应影响。网络文学刚兴起时,陶东风认为:"如果一个作家先把作品写好了,再发到网上,或者网站直接把纸媒体上的作品输入计算机再上网,都不是网络文学","因为这根本不能体现网络这个特殊的交流媒体的特性,也体现不出网络交流对于作家的思维活动与写作过程的内在影响"②。这种说法是有道理的,这是不能将上传到网络上的纸质文学看成网络文学的重要原因之一。当时 ACT 的创作情况如何呢?据方舟子回忆:

他们不曾把网络当文坛,也不会刻意追求什么文学的思想性和

---

① 方舟子:《中文国际网络纵横谈》,http://www.sinovision.net/home/space/do/blog/uid/15681/id/155944.html,2012 年 6 月 27 日。
② 陶东风:《网络交流的真实与虚幻》,《粤海风》2003 年第 5 期。

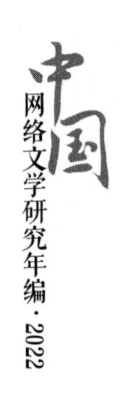

艺术性,之所以要张贴,或者是为了交流,或者是为了发泄,鲜有出于创作的冲动。所用的形式,大体上是随意为之的随笔、杂感;其内容,从评论世界大事、鸡毛蒜皮到相互进行人身攻击,无奇不有;而其特色,则是嬉笑怒骂皆成文章,无所顾忌。①

另一位当事人少君有相似说法:

……在中文网络的早期,交流的目的远甚于创作,以男性为主的作者大抵抱着"玩一把"的发泄心态,风行的是诙谐、幽默,一句妙语往往比一篇佳作更受瞩目。这个时期的中文网络小说的代表人物之一图雅就以其俏皮的京味而被称为"网上王朔"。②

从上面可以看出,写作的动机(交流、发泄)、文体(随笔、杂感)、内容(评论、日常与掐架)、特色(嬉笑怒骂)无不与交往性相关,这正是网络交流影响的结果。

当然,这并不意味着当时的人们意识到了网络文学的本质属性。方舟子认为:"严格地说,这些随写随发、聊天对骂式的文字,当然都算不上文学。严格意义上的网络文学,是要等出现了像《新语丝》《橄榄树》这样严肃的文学刊物,有了比较正式的发表渠道,拥有一批有艺术追求的作者之后,才真正地诞生的。"③这说明他们仍受印刷文学观念的影响,没有意

---

① 方舟子:《中文国际网络纵横谈》,http://www.sinovision.net/home/space/do/blog/uid/15681/id/155944.html,2012年6月27日。
② 少君:《早期的华文网络文学史》,https://new.qq.com/omn/20201121/20201121A0D1J200.html,2020年7月30日查询。
③ 方舟子:《中文国际网络纵横谈》,http://www.sinovision.net/home/space/do/blog/uid/15681/id/155944.html,2012年6月27日。

识到文学已经发生变化了,网刊实际带有浓重的纸媒逻辑,而这种体现了交往性、"随写随发、聊天对骂式的文字"才是真正的网络文学。

三是在这种交往场域中形成了读者群体、作家群体及代表作。当时ACT的读者数量保持在五万左右,并形成了所谓的"网文八大家":冬冬、凯丽(男)、晓拂(女)、不光、图雅、散宜生、嚎、方舟子等,他们也形成了自己的风格,创作了一大批杰出作品。

综合上述三方面,我们可以认为中国网络文学的交往性起源于ACT。相比"金庸客栈",它有三个理由作为起点:一是1993年的ACT是更早的网络文学社区。二是"金庸客栈"只是金庸粉丝聚集地,缺乏作者与读者的交往与写作现场,它当然有一定的交往性,不过这种交往性还不充分,是一种残缺的交往性,而ACT的交往场域已经成型,真正形成了读写互动的共同体。三是"金庸客栈"侧重大众文学,ACT作为起点却包含了中国网络文学发展的多种可能性,既有精英创作,也有大众文学。首先从精英向的写作来看,ACT孕育了后来的文学基因。据《三联生活周刊》主编朱伟的回忆,朱威廉筹办"榕树下"网站时聘请陈村主持,原因之一就在于陈村跟网络论坛的契合性:"朱威廉找到陈村,不仅因为他在文坛有人缘,有人脉,足可召唤、团聚起一批最前沿的知名作家,更因为他在报刊上能随意嬉笑怒骂,鼓舌如簧的文字能力。陈村能写适应网络的年轻的文字,在同辈作家中,心态也最年轻。""(陈村)十年间写了几百上千篇随笔,提笔便来,又锻炼出他才思活泼如少年,足以与网上各路好事之徒花言巧语、打情骂俏、匕首投枪。"[1]这与ACT嬉笑怒骂的风格是一致的,这种风格也在此后各种BBS文学中得到了传承,"今何在"等人是其中的高手。其次从大众向的写作来看,值得注意的是,ACT同样包含了大量对

---

[1] 陈村:《那就和自己好好玩一场》,《三联生活周刊》2016年第52期。

金庸的讨论,当时 ACT 中"金庸评论"是"永远不灭的话题"①。这种金庸讨论及其趣缘社群,显然也蕴含着邵燕君、吉云飞所说的商业文学基因,如果要把"金庸客栈"作为源头,ACT 无疑是更早的"金庸客栈",但与"金庸客栈"不同的地方在于它孕育了网络文学发展的多种可能。在 ACT 衰败后,如方舟子所说:"ACT 其实早已完成了其历史使命,在这个无所不包的大帝国尸体上,衍生出了无数的独立王国:文学创作有各种电子刊物,抄书摘录有各种电子文库,交流讨论有各邮件讨论组和万维网论坛,骂街则有某些论坛和苟延残喘的 ACT。"②1993 年的 ACT 作为一个起点,它蕴含着网络文学的全部丰富性,网络文学的起点并不是由某一个时间点(如 1998 年、1996 年或 1993 年)决定,而是其中蕴含的交流机制,这一机制孕育了网络文学与传统文学的区别,这实际上也是网络媒介革命的后果,不管是精英文学还是大众文学,都会面临活态化的转型。

邵燕君女士在反驳欧阳友权时认为海外网络文学并不是中国网络文学的起源,提出中国网络文学的"中国性",认为这是"中国人如何在首发于欧美的全球化和互联网的文学浪潮中,以独特的方式创造出本土的回应和发明"③。她强调网络文学的"中国性"是重要的,不过她所说的"中国性"与"本土发明"主要是指当下蔚为大观的"网络文学工业",而从 ACT 来看,它恰好呈现出了引人注目的"中国性"。当时英语网络世界普遍使用的是 UNIX 网络运行系统,在其中畅通无阻的电脑文件是被称为"美标"的 ASCII(美国信息交换标准编码)。"美标"不能编写汉语,大陆

---

①方舟子:《中文国际网络纵横谈》,http://www.sinovision.net/home/space/do/blog/uid/15681/id/155944.html,2012 年 6 月 27 日。

②方舟子:《中文国际网络纵横谈》,http://www.sinovision.net/home/space/do/blog/uid/15681/id/155944.html,2012 年 6 月 27 日。

③邵燕君:《再论中国网络文学的起始点是金庸客栈》,《文艺报》2020 年 11 月 6 日。

留学生魏亚桂等人开发了汉字处理软件和 HZ(汉码)的编码法,解决了在 UNIX 系统中汉字输入、传输和显示的问题,与此同时,他们也专门创立了 ACT,这个在成千上万的英语网络新闻组中唯一的中文交往网络,而它之所以成立,是因为海外留学生因怀念祖国与母语而交往的需要。出于对母语的热爱,每个人都会自觉地在 ACT 上写中文,"以至在那里用英文张贴也被视为一种罪过"[①]。在"五四"时期,海外留学生仰慕西方文化,以文学进化论的理念,全力介绍与引进西方文学,而在世界网络文学兴起的背景下,这些海外留学生并没有去尝试各种超文本、多媒体的西方电子文学实验,而纯粹出于交往的需要,产生了以交往性为本质特征的并具有中国特色的网络文学,但这同样是一种开创,如果说"五四"文学开启了中国文学的现代性转型,以 ACT 为起点的中国网络文学,则在网络社会兴起后开创了一种具有"中国性"的网络文学传统。在我看来,也许这种"中国性"并不是"网络文学工业",而是"交往性",这是网络媒介真正带来的革命,网络文学工业是资本入局并充分利用交往性的结果,资本是重要因素,但交往性才是基础。网络文学的"交往性"也可以说重建了中国文学传统。借《诗》以言志是先秦外交中的常见行为,此后历代文人集会、宴饮、赠答、唱和、联句也成为重要文化现象。钱钟书说:"从六朝到清代这个长时期里,诗歌愈来愈变成社交的必需品。"[②]这跟西方有些不同,朱光潜认为,"朋友的交情与君臣的恩谊在西方诗中不甚重要",但中国诗歌中"赠答酬唱的作品,往往占其大半"[③]。对传统文人来说,文学既是抒发性灵的工具,也是维系公共关系的媒介,与之相比,网络文学进

[①] 方舟子:《中文国际网络纵横谈》,http://www.sinovision.net/home/space/do/blog/uid/15681/id/155944.html,2012 年 6 月 27 日。
[②] 钱钟书:《宋诗选注》,北京:三联书店,2002 年,第 66 页。
[③] 朱光潜:《中西诗在情趣上的比较》,载杨辛等编选《朱光潜选集》,天津:天津人民出版社,1993 年,第 55—56 页。

一步强化了交往性。随着社交媒体日渐深入地发展,相比精英、小众与个人化的西方电子文学,以交往性为本质特征的中国网络文学会呈现出越来越重要的社会意义、文学价值与世界性因素。

情感回馈与消费赋权：网络文学阅读中的权力让渡

许苗苗

文学是人类活动在审美和情感领域的投射，它的表现与媒介环境密不可分，媒介变迁将文学活动带入新的文化环境中。在印刷媒介时代，阅读以书本为中心，其背后的编审和出版体系、批评研究的专业角度和话语权成为读者意见的代理和中介。当前产业化的网络文学受消费主义引导，并得到粉丝文化推动。网络小说的表现形式虽然类似于印刷媒介时代的通俗小说，却因屏幕与纸张的区别、定价购买与订阅打赏的差异等，赋予读者更大的权力。文学阅读活动在网络中产生跨媒介的新变。

一、"代理阅读"：被遮蔽的权力

印刷媒介时代的阅读是文学活动的最后阶段，在书刊出版发行之后展开。读者翻开的书本，是一个传播路径清晰、形态稳定的完成品。出版社和期刊号的层层烙印，成为它们来源的认证和定位的依据。因此，印刷出版物给人以确定、完善且权威的印象。无论随意浏览还是专门研究，读者的目光往往集中于单一对象，只有极少数作品才有不同版本，而阅读同一作品的不同版本更是个别专业人员的研究行为。人们对一部文学作品风格、题材等的判断，主要来自语言。虽然被固定在书页里，但语言可再现、可类比，也就能够脱离原始媒介，获得二次传播。因此，在精准传递作者意愿的印刷媒介时代，一部文学作品想要逸出作者权威，只能通过语言，或是文中格言警句得到读者公众自发的口头传播；或是借助评论家，

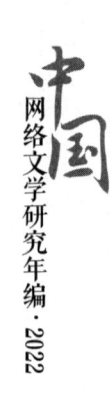

使作品成为专业阅读对象,通过大众媒体或学术语言的引用再次进入传播系统。

在印刷媒介时代,一部部文学作品虽然面对公众,但公众群体却缺乏反馈渠道,读者的人际传播范围和影响力都极为有限。因此,由评论家代替大众发声成为印刷媒体的常态,评论家是"专业读者",他们的意见在很大程度上成为公众的代言。印刷品阅读是一种"代理阅读",是伴随专业读者而产生的再创作,它以赏析、评论、读后感为标志。"代理阅读"是一种批评文本再生产,大众读者必须阅读批评家的文本、找寻契合点,并将其作为自我意见接受下来,只有这样才能将个人阅读意见纳入社会阅读中,从而反馈整体。从这个角度看,能在印刷媒介中发声的只有作者,没有读者;只有评论家的专业观点,没有公众感受。印刷文学阅读变成新一轮评论写作的起点,评论家隐去实质的作者身份,扮演读者代理人;而广大读者被隐形、被静音、被约略的印数所遮蔽。这种反复的话语生产划出了"文学圈"与大众阅读的边界,圈内人垄断着写作、评论和阅读,以术语搭建封闭的回路,在文体边界上越来越自律,在语言等方面越来越精细化。在代理阅读的机制中,本应来自个人的嗟哦吟咏演化成繁复的评论语汇,甚至成为只有受过专门训练才能参与的精密学术程式。

印刷媒介的强大力量将文学概念体系明晰化,并通过书本和教学将其普及。我们如今认识的文学带有不可磨灭的书刊痕迹:版次和页码是研究对象的凭据,选本和文集是典范篇章的标准。因此,印刷媒介的传播等级和次序,也就被视作文学活动的轨迹。然而,如果我们从历史和社会功能等方面看,文学活动的初衷却与是否进入媒介传播没有太大关系。早先的民歌和风雅意在怨刺与传情,唐诗宋词的酬唱则颇有一部分产自社交往的过程。它们或摹写现实,或比附起兴,或被作为文人社交和上进的资本。与其说"写作、作品、阅读"的过程是文学活动,不如说是媒介传播过程。这种以媒介传播替代文学活动的过程,随着文学的经典化和印刷媒介的普及更为根深蒂固。在这一过程中,无论手稿、缣帛还是"腹有诗书"的鸿儒,承载文本的媒体都是珍贵而稀缺的,其气质来自所传播信息的可信度,也即对原作的精准还原。

可见,我们对文学的认识很大程度上受制于媒介,印刷媒介以具体的书本传播代替抽象的文学活动过程,黑白分明的印刷品塑造了文本自身不容更改、无可辩驳的权威。当然,人们对文学活动的认识也并未就此定型。例如新批评学派认为作品因语言而具备脱离创作与解读的独立性;接受美学流派将读者看作文学作品社会功能实现的关键要素。因此,媒介对文学的主导以及各要素在文学活动中主动性的冲突始终存在。文学活动不应依附于媒介,但其某些特性却可能因媒介差异而突显出来。

正是因为媒介的关键作用,在媒介上革新的网络文学更加值得关注。它不像印刷品那样提供一本可供随手翻阅的对象,却将作品在读者心目中的价值和影响力发挥到最大——以源源不断的打赏收入和向其他媒体出让版权的价格来表现。因此,在网络文学中,阅读才是关键。从口传到印刷再到网络,文学活动的层次与方向发生数次转变。阅读作为其中不可或缺的一维,从被动、延迟的行为逐渐变得主动且与创作同步。如果我们熟悉中文网络文学概念的发展,会发现读者的阅读和支付,直接关系到网络作者、整个行业乃至网文概念的存续。因此,网络读者的行为和偏好不仅不会被忽视,反而成为网文生产流程中最受重视的环节。在一定程度上可以说,在线阅读、评论以及对后续衍生品的消费,是网络文学活动的起点。

但需要注意的是,有资格对网络作品发言的并非所有读者,只有专业

付费网站才给读者发声的权力;盗版网站虽然也提供文本内容,却没有评论区。这里暗含着只有订阅VIP章节的付费者才有权评判的逻辑。由专业话语和文学性等建立起来的阅读评价标准,在网络文学阅读中转为由付费体系支撑的阅读评价标准,以往的"无专业准备即无权发言"变成"不付费即无权发言"。所谓读者依然被部分群体代理,只是代理人的身份从专业研究者转换为消费者,在这一转变过程中实现了代理权的让渡。

二、表态式反馈与虚拟人格展演

文学概念在印刷文明中获得定义并建构起话语等级,新媒体也必然以新方式在文学概念体系内重新建构、调配或拓展。既然以媒介特性替代文学活动特性的态度值得警惕,那么看待网络文学就不应只是泛泛地以帖子替代网民的真实意愿。

来自印刷文化的代理阅读及其产物——专业评论文章,由受过训练的专业文人写作,采用高度规范的书面语。尽管风格有温文与激昂的差别,但总体上是文本之间逻辑理性的较量。网络阅读则不同,读者直面作者和其他读者,采用的是口语和书面语夹杂的网络语言。这使得网络评论在很大程度上表现为人与人之间的即时较量,最常见的就是情感强烈、直接表态站队的点赞和吐槽。与充斥着术语和修辞的印刷媒介相比,网络媒介采用幽默、醒目、冲击力强的网络语言,本身就是对即时表态的鼓励。没有哪个网络平台不重视评论和反馈,论坛里的回帖点赞、微博中的一键转发、公众号的"赞赏""喜欢"等功能,都是基于表态的正负面情绪来提取数据。网络媒体技术越来越倾向于将用户带入数据生产,这种生产在网文平台上的表现,首先是直观的作品点击量,其次就是"撒花""占楼""签到"或"辣鸡"(垃圾)之类的表态。无论作者或读者,都已经习惯于将意见表达简化为等级清晰、爱憎分明的"选择题"。

当然,读者产生情绪和公开表达并不对等,因此无论在网页还是手机终端,网文的阅读反馈与点击量都远远不成比例。以"晋江文学城"作者 Priest 的《默读》①为例,该作品 2016 年 6 月开始连载,免费章节点击量超过三千万,总收藏数超过一百万,总评论数五十五万条。作品 2017 年 1 月更新完毕,如今虽然已完结五年有余,但评论区仍然热度不减,仅 2021 年 9 月 28 日 12 点—18 点时段内就发布新评论二十条。② 但遗憾的是,评论内容大都是"骆队(作品主角)太可爱了吧""补分""本色出演"之类的。尽管《默读》风头正劲、积累长久,但数千万点击量背后表达的反馈言论只是勉强超过点击量的 1%,可以从中大致看出,绝大多数读者只是简单沉默地阅读和消费网文,并不太关注"互动"或"话语权"。观察作品评论区,除了感受到读者的情绪倾向外,很难捕捉到关于作品的实质性点评,能称得上"评论"的更是少之又少。难怪不少网文平台都采取高度概略的点赞或打分体系,以此度量读者的偏好。即便是《默读》这样的当红热文,在原发站点"晋江文学城"收获的读者长评③也仅有 967 篇,约占总收藏比例的千分之一。也就是说,百万收藏并跟进此文的忠实读者中,仅有个别人写出超过一千字的"评论",连载区 99%的所谓"书评"都是不超一行的占位、留痕、宣泄和喟叹。网页上几十万条评论看似洋洋洒洒,实则千篇一律。是网络读者无暇交流,还是他们缺乏表达意愿? 为什么面

---

①晋江文学城《默读》连载页面:http://www.jjwxc.net/onebook.php?novelid=2771073,搜索时间 2021 年 7 月 11 日。

②晋江文学城《默读》连载页面:http://www.jjwxc.net/onebook.php?novelid=2771073,记录时间 2020 年 2 月 18 日。

③不同网站对"长评"的认定标准不同,有些网站以 300 字为限,晋江文学城规定 1000 字以上为长评,这也是该网站作品评论中长评比例低的原因。但整体看,在原文连载网页中,以词语为主的情绪化反馈仍然占绝对优势。

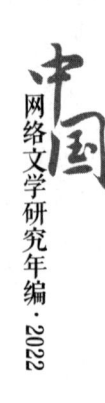

对当红网文,这些本应差异化极强的网民,却甘愿以一两个感叹词进入"黑""红"阵营？我们或许应当换一个思路,从网络阅读行为心理以及媒体呈现方式角度来思考。

与书本阅读相比,在线阅读是一种虚拟公共场合的行为,读者不仅面对文本,还面对其他人的阅读反馈。对于网络读者来说,他人的评价是从高度套路化的海量网文中寻找自己感兴趣文字的依据。因此,有价值的网文反馈往往是那些态度分明、具备强烈情绪感染力和说服力的文字。网文阅读反馈具备动态性,追文弃文、赞赏转发等,也有鲜明的立场倾向。通过最外显、最浅表、最直接的感叹词,网络读者在网友间召唤同好,以求构建兴趣相似、行动一致的网络行动群体。所以,与其将网络小说页面留言看成对作品的批评,不如将其视作一种社交互动或虚拟社群中的行为操演。就像戈夫曼对人在日常生活中自我呈现的分析[1]那样,网络空间也有舞台作用,网民在虚拟世界里以情绪和行动凸显个性。网络阅读的表态式反馈也受到来自媒体技术的鼓励。网络赋予人们主动发布并传播信息的权力,网络读者不再处于传播链的终点,而是直接向作者发声甚至参与创作。在这一过程中,明确表态是互联网企业点击、流量、排行榜的依据。可以说,网民以言论和行动构成影响网站内容的大数据,进而参与网络文化的生产和迭代升级。

网文的连载形式使读文成为一种"追"的过程,再勤勉的作者每天也只发布几千字,读者总是面对不完整的内容,评论也只针对眼前一两个章节,所以无法像读书那样前后勾连、宏观把握。另外,正版网站区分免费章节和付费章节,能坚持留言的都是忠实读者,对他们来说,阅读带有竞赛性和时效性,在章节发布后第一时间留言更有意义。由于对作品十分

---

[1]参见[加]戈夫曼:《日常生活中的自我呈现》,冯钢译,北京大学出版社,2008年。

熟悉,他们的评论从不回顾前因后果,往往只针对俏皮话联想或情感线的突然波折等容易概括引用的部分。这也导致连载页面的讨论以短小的情绪片断为主,乍一看不知所云。与之相比,读者阅读纸质书刊面对的是前后有序、因果相继的作品,因而能从总体上把握逻辑和结构。同时,读书往往是在独处中完成的,因此,无论专业批评还是个人读后感,都必然经过酝酿和斟酌,相对更有理性和深度。而网络为读者提供了一种完全不同的阅读环境,地点分散,文本开放、随时变动———一旦作者发现作品有问题随时会在线修改。网站为应对不同审查重点,也鼓励作者随时增删修改已发布的章节,这加剧了在线作品的不确定性和不完整性。读者只能对某一时间某个章节的某些内容反馈,所以出现了争分夺秒的即时反应和情绪激烈的态度表达。

　　长篇网文虽然形似通俗小说,但其阅读行为和接受方式因媒介差异而与之有着本质的不同。如果用麦克卢汉的"冷热媒介"理论①划分,互联网文字表达上比印刷品信息更概略、更"冷"。因此,网络小说不够清晰的文本更容易调动受众参与,读者通过在线追更、实时评论等方式,在每章留下情感印记,将原生态的体验暴露出来,这就成为网络公共空间里人格自我呈现的常见行为。这些或赞叹或不屑的表态,与印刷媒介时代孤立、私密的阅读完全不同,它们是读者与作者、读者与其他读者的交流过程。同时,这种表态又因用词的简略和集体的匿名性而更显理直气壮,表达更极端,与印刷文化以书面语建构的专业评价方式泾渭分明。这就是当前网上阅读与纸媒阅读之间最显著的差异。

―――――――――

　　①参见美国学者麦克卢汉《理解媒介:论人的延伸》(何道宽译,译林出版社,2011年)中对冷热媒介的论述。

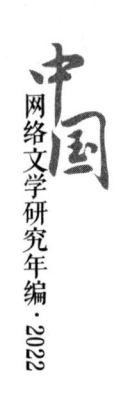

三、从媒介引导到趣缘驱动

"去代理阅读"行为虽然反映出网络与纸媒阅读的本质区别,但表态式言论只是大部分人的第一反应,并非网上反馈的全部。在互联网的多样话语空间里,如果我们跳出单个平台,综观网文阅读活动整体,会发现网上其实并不缺乏与报刊文章类似的严密逻辑和深度反思,只是读者的反馈会由于网络媒体的不同而呈现多层次、多样式的区别。网民在原文连载页面读罢新作、发完感慨后,有一部分会转而聚集到贴吧、龙空、豆瓣之类专门的圈子或板块中,针对作品展开二次讨论。从即时表态到二次讨论,是读者借助网络媒体平台进行自我身份认定和兴趣群组划分的过程。

百度贴吧号称"聚集志同道合的人"①,网民可以就任何感兴趣的主题找到或者创建相应的贴吧页面。因此,这个空间宽泛散漫,汇聚着同一关键词之下的绝大部分话题。在百度贴吧里,网文页面多由"书粉"发起,以作者或书名为题,主要采取问答形式。前面提到的《默读》即有同名贴吧,获 18117 人关注,帖子 278987 个②,内容多围绕人物性格、情感走向等,也常有缺乏耐心的读者在读到一半时"求剧透"。这些帖子不拘泥时间,既有连载期内的疑问,也有完本后的总评和对 IP 衍生剧集等的评价。其语言风格与原文连载页面近似,往往也是爱憎分明、表达激烈,但常采取对话、问答形式。

在主推网文版权运营的橙瓜网上,作品页面并不提供小说内容,而是标注首发网站、以往荣誉、榜单排名等。尽管页面提供了大量客观数据,

---

① 百度贴吧广告语:https://tieba.baidu.com/ ,搜索时间 2020 年 11 月 20 日。
② 百度默读吧:https://tieba.baidu.com/ f? kw = %E9%BB%98%E8%AF%BB&ie = utf −8,搜索时间 2020 年 11 月 12 日。

但读者的反馈互动依然是页面重要板块之一。《默读》页面共有41528名读者打卡、102人评分、62条讨论。网站鼓励为作品贴标签,《默读》前几位标签是"好书、坑太多、受不住、节奏爽快……"①,近似连载网站里的表态反馈。橙瓜网的读者评论量不多,但其能跳出具体作品,横向评比相似的作家和小说,并对榜单分类、排名规则等给出基于整体的意见。这种将理性的宏观议论与情感标签区分开的页面设计,反映出网站既需要做成面向业内人士的专业评论站点,又不敢放弃大众网民的人气支撑。橙瓜网通过功能设计细分出大众阅读偏好与专业人员基于市场潮流的判断和评价,为网文从业者提供一定的参考。

龙空网是以网文评论为主的站点,其用户既非贴吧那些纯凭兴趣发言的粉丝,也非橙瓜那样的业内人士,大多则是身兼作者和读者双重身份的。因此,在龙空"原创评论区"中,不仅有作品讨论,更以大神对谈、创作指南以及新手求教为特色,常见新手作者写到一半"卡文"前来求援的讨论话题,这里充分体现出网文的"习作"性质。写作者通过阅读借鉴拓宽思路,也借助文本梳耙找寻新的契机。"推书试读"板块是龙空的特色栏目,通过发布网民自编附带评点的书单,整理类型网文中的代表作、源流和脉络等。在由龙空子频道演变的"优书网"上,《默读》页面显示被收入73个书单、评论6页103条。② 其中使用的标签与文学网站类似,有"单元剧模式""推理罪案类"等,而与粉丝页面常见的点赞、吐槽等表态式标签完全不同。考虑到书单的参考价值,龙空网评相当于同行评议,具有公众言说的性质,行文语气都就事论事,力争以理服人。

---

①橙瓜网《默读》页面,http://www.chenggua.com/rendering/taoshu/book/detail.html?buid=5acc721f464df778ba2acc37&page=4#y_commentsBox,统计时间2020年12月20日。

②优书网《默读》页面:https://www.yousuu.com/book/48185,统计时间2021年6月19日。

"作品榜单"是以上几个文学网站的必备栏目。其中,贴吧和橙瓜榜单依据站内用户打分和搜索量抓取数据生成;龙空书单则由用户自制。三个站点的读者批评反馈沿着一条情绪浓度递减、理性说服增强的线索变化。

区别于以上站点,号称"文青聚集地"的豆瓣网不以臧否和排行为主,而以重视条分缕析、有理有据的小文章知名。在这里,用户可看到类似报刊书评的完善清晰、条理分明的分析文章。豆瓣《默读》页面读者反馈分类极细,有原文摘录 31 条、短评 16403 条、书评 350 篇、读书笔记 140 篇,并获得 534 个豆列(类似书单)推荐。[①] 在豆瓣网评论中,300 字以下篇幅的称为"短评",进入"书评"栏目的文章必须超过 1000 字,且需要正式的标题——命名反映出清晰的文体意识,它们是与报刊"书评"相类的"文章",而不是"帖子"。这些豆瓣书评一方面预设自身是作品共同读者的代言人,以正式的文章形式向作者发声;另一方面也力图摆脱网络常见的自说自话,力图与想象中的同好者达成共识。豆瓣网着力营造近似图书阅读的环境,因此,《默读》评论主要列在"豆瓣读书"板块里百花文艺出版社 2018 年出版的《默读》图书细目下,言下之意就是这些都是"书评"而非网文评论,是独立言说而非意在双向交流的文本。虽然这些评论发布在网络,但豆瓣的网文评论写作引经据典、力求"客观公正",沿袭专业文学批评者立于读者和作者之间的"代理"角色。这些高度修辞的书面化评论,是否还能算作"网文"评论? 它们针对的到底是印刷的成品"书"还是线上多变的"文"? 从留言看,评论者不以为意,他们一致忽略媒介差异,将与故事原型相关的小说言辞、影视手法、视觉效果等融会

[①] 豆瓣网读书频道《默读》页面,https://book.douban.com/subject/27608412/ ,统计时间 2020 年 2 月 19 日。蒋胜男:《燕云台》,浙江文艺出版社,2016 年。

贯通。

网络作品的知名度离不开网民的主动评点和转发推广,各类文学网站虽然定位不同,却都十分注重激发读者的行动力。我们可以看到有关网文的在线阅读反馈文字从简短到繁复、从激情感慨到平和论理、从表达个性到呼吁同好者发声,这一变化过程并非随机显现,而是源于平台的板块设置、功能划分等,选择性地暴露出受众的行为差异。因此,在网络小说首发连载网站的评论区里,多是以原文为中心的爱憎表态,豆瓣网突出印刷品的理性全面,百度贴吧成为宽泛的粉丝交流地,橙瓜提供行业数据,龙空则注重写作技巧和题材创新度等方面的评议。

即便针对同一部作品,读者的关注点也各不相同。面对海量随机访问的网民,系统提供的阅读大数据虽有价值,但如何分类却成为问题。不同网络平台通过联想推送将读者吸引到不同作品之下,再通过对留言表态的鼓励措施,使看似混沌一体、无序离散的网文阅读群体自行划类分组,庞大的数据也因此具有标识性和参考价值。网络阅读是一种以作品为中心的主动选择式阅读,气质各异的读者不可能乖乖地按网站的设计行动,必须将决定权交到他们本人手中,让读者自行脱离无差异的大众行列,走进依据趣缘划分的文化群落。

四、消费时代的读者权力

我国网络文学的民间写作性质使它溢出纯文学范畴,显现出强烈的通俗文学属性,而通俗文学的兴盛与读者的消费意愿和习惯密切相关。网文读者通过情感干预、参与式塑造以及金钱资助等方式赢得话语权,迫使网文作者对这些阅读需求做出回应。

情感干预是网文读者对网文角色情感配置的认同、否定、二次组合和

同人改写等。这种围绕作品的自发再创作有助于提升作品的话题性和关注度,对创作起激励作用。参与式塑造指故事连载期间,读者结成联盟集思广益,猜想情节走向。作者既要顾及"书粉"情绪,又不能顺应被预先猜中的结局,双方展开奇思妙想的较量。这种良性竞赛机制使作品更新提速,激励作者跳出类型化小说常见的模式。当然,有时作者也会将遭遇剧透的抓狂暴露出来,在自揭其短的同时也加强了与读者的情感联系。从评点到竞猜,读者对网络作品的参与行为逐步增强,金钱资助则从权力角度赋予读者参与网络作品的正当性。

为网文打赏付费虽然是经济行为,却与因金钱而来的权力施受不同,它反映了网络阅读的平等。对于熟悉网络生态的人来说,读网文是否需要花钱是读者与作者关系模式的选择问题。在免费文本唾手可得的情况下,付费读者的需求已不限于故事本身,他们通过打赏作品、"包养"作者时付出的金钱,换取与作者对等的话语权。网络作者付出时间和精力,网络读者付出时间和金钱,网络文学是写作端和阅读端双方互不亏欠的共同产物。付费者首先阅读最新章节、有私信作者的渠道,并有信心看到自己的意见在后续写作中得到重视。在消费社会逻辑中,付费行为使消费者拥有公开对产品品头论足的资格,表现在网络文学中,即只有付费读者才有权批评和解读作品。在慷慨解囊的读者的簇拥下,网络文学成为适应最广大受众审美需求的通俗小说产业。面向市场的网络写作虽然存在流于俗套的可能性,但蓬勃的前景和充足的资金使创作者摆脱为稻粱谋的窘迫,树立潜心钻研故事魅力的信心。随着商业化网络文学的日益壮大,行业内的争夺和深耕必然促进以满足细分市场不同层次读者的兴趣为目标,最终反映在作品内容的丰富和艺术水准的提升上。

网络作者回应读者需求的最直接方式,是在不同媒介中应用差异语体。我们可以《燕云台》的网络和书本两种媒介形式为例。纸质版本由浙江文艺出版社于2016年推出,封面简介为"长篇历史小说,契丹太后萧燕燕传",勒口标注作者蒋胜男为"作家、编剧、浙江省网络作家协会副主席"①。作为历史小说家,蒋胜男在《燕云台》一书中采用全知讲述者的口吻,语言平实质朴,是标准的书面文风,符合她作家、国家二级编剧的身份。然而在"晋江文学城"里,我们却看到一个"网络原生蒋胜男"。她在作品封面页上写道:"还是三姐妹的恩怨情仇,还是青梅暖男和皇帝截爱的故事……只有相爱,没有相杀,皇帝没有开后宫一直托以江山……我知道你知道我要写谁,可你不知道我会怎么写……PPPS:这是一个会经常抽风变异风格的文案。"②亲昵的语气、活泼的口吻,中英文夹杂的用词和欲言又止的省略号,以及"女强、甜文"之类的时尚标签,完全与书本里那个作者身份迥异,因此颇符合晋江主流读者的言语偏好。《燕云台》在晋江文学城贴出未签约的37节,题名分别是《萧家有女一》《萧家有女二》《韩子德让一》《韩子德让二》等。虽然略有重复,但考虑到连载期间不能在每次更新后立即读到后续,以序号指示内容进度的方式会更简单明确,其未完成状态也会提示人们保持关注、持续追更。而在同名图书里,与以上四节对应的是《燕燕驯马》《韩子德让》两章。作为一次性出版的文学"成品",书籍内容完整、前后关联,题名的概括性更强。因此,在线和出版网文之间的区别绝不仅仅限于介质,也会表现在文本自身。

满足网络读者的需求,不仅体现在作者顺应媒介受众偏好调整写作风格上,有时还表现为作品内容和写作手法的探索。以知名网络作家无罪的写作为例,其最初为人所知的是根据网游《星际争霸》(英文简称

---

① 晋江原创网《燕云台》页面,http://www.jjwxc.net/onebook.php?novelid=2702801.
② 无罪:《剑王朝》,长江出版社,2017年,第4页。

SC)撰写的《SC之彼岸花》,随后的电竞文《流氓高手》《流氓高手Ⅱ》赢得大批粉丝。但随着游戏自身热度的衰减,无罪开始尝试其他类型,接连在都市、玄幻、修真等栏目发布新作,并转签其他网站平台。新题材的探索虽然未必全部成功,但有大批粉丝不离不弃,甚至追随其转站,这种忠诚的支持显然给予他尝试的勇气。在类型之外,无罪也尝试写作风格的转变。《剑王朝》是一部讲述秦统一前各国剑客修炼比武的仙侠小说,基调颇有些悲壮。然而,文中却在秦、赵两国剑客决斗前插入这样一段对话:"中年男子(赵国剑客)击掌欢呼'……一言不顺心意便杀死一个不可多得的修行者,夜司首好像没有什么心胸。'夜策冷(秦国女剑客)微嘲道:'女子要什么心胸?有胸就够了。'……"①此处的"夜司首"并非龙门客栈的风骚老板娘,而是一袭白衣、一尘不染的夺命杀手。这个冷面女剑客突然口吐荤段子,完全解构了前文以黑夜、冷雨、鲜血营造的悲壮氛围。我们当然可以将冷酷、残忍和猥昵的对比看成作者的"幽默搞笑",但他之所以敢将已进入决斗情绪的读者骤然抽离现场,用意绝不仅限于搞笑,而是意图模糊语义,使之具备更宽泛的解读余地:爱搞笑的读段子,爱武侠的读招式,部分女性读者还可能读出对身体消费的戏谑和嘲弄。作者通过在创作中破除性别刻板印象的方式,使原本明确面向男性的作品向更多元的读者开放。

为处理海量数据、制造宣传重点,网站经常制造简单概略的标签,"男频""女频"之类看似方便搜索,实际上却建立起阅读的性别壁垒。被描绘为"网游竞技小说第一人"的无罪,想当然是"男性向"写作者。而他放弃驾轻就熟的网游套路、打破编辑对仙侠作品男频文的预期,这一行动

---

① 申丹、韩加明、王丽亚:《英美小说叙事理论研究》,北京大学出版社,2005年,第69页。

建立在对粉丝群体忠诚度的信心之上。虽然网络文本具备随时可修改的开放性，但动辄上百万字的篇幅依然使改变成为一种需要极大勇气的投入。成名作者究竟应当在稳妥的类型里因袭套路，还是谋求新的突破，大部分动力来自对"书粉"喜好的判断。在网络读者构成的异质性、兴趣的差异化等一般数据之外，粉丝型读者对文本的宽容和对作者个人的支持具有更积极的意义。在粉丝的鼓励下，创造力旺盛的大神作者会更加自信，相信"真爱粉""死忠粉"会在自己思变的探索中始终陪伴，也试图用创新吸引更多读者的关注。作者通过将网语或当下流行梗插入历史情境，以玩笑解构固化审美预期等方式，使娱乐性的网文获得在虚构中映射现实的能力。

以往的研究较少关注媒介与文学的关系，尤其是"新批评"潮流以降，文学创作被看作天才内心的灵光闪现，作品也只是纯文字内容的意义组合。但如果我们反观文学特别是小说发展历程，便不难发现，媒介和读者始终对文学发挥作用。早在维多利亚时代，小说就因为全本印刷成本高而采取分册出版的形式。这要求作品每一段都要引人入胜，结尾更要给走到终局的读者一个满意的交代。对"好故事"的需求酝酿出小说"情节曲折、悬念迭出"的特点，而这也正是当时最伟大小说家狄更斯的特色。[①] 当前网络小说同样采取分段收费模式，因而也有着与前者相似的特点：每一章不长却断在关键处，内容一个个小高潮营造整体吸引力，激发读者刨根究底的欲望和不断翻页、连续付费的行动。在媒介技术和读者付费意愿的推进下，"大神粉丝""爆款热文"以及产业的高额金钱回报成为我们如今所见网络文学的基本支撑。

---

① 申丹、韩加明、王丽亚：《英美小说叙事理论研究》，北京大学出版社，2005 年，第 69 页。

互联网赋予文学活动全新的面貌,阅读的新属性在变迁的媒介环境中诞生。多介质、去代理和跨平台的阅读,造就读者反馈只言片语和长篇大论并存,情感反应和理性评论竞技、个体情绪和客观数据共存的状态。由于网络文学即写即发的特性,作者懒怠或勤勉的性格、新奇或迎合的思路、温文或俏皮的文笔等,全部暴露在读者的注视中。阅读新上线作品时,哪怕资深书友也只能苦等更新,无法直接翻到最后一页饱览大结局。这种匮乏的诱惑、等待的煎熬、更新的喜悦,在"书粉"与作者之间制造出强烈的情感联系。读网文不仅是读文字、读作品,而且附带着读者与作者的人际互动,这使网络文学活动具备强烈的粉丝文化特征。上瘾的"书粉"以留言恳求、人气激励、榜单排位等方式,将自己的阅读需求直接推送到作者面前。网络传递着带有温度的情感,促使作者不得不回应。因此,网络写作中作者与读者之间的亲密度是以往印刷媒介无法比拟的。

在以受众为生产动力的网络文化中,文学活动发生了明显改变,阅读从读者看书过渡到读者与作者的交流;文本从个人灵感的产出变成与网民共同的创造。借助粉丝文化的情感感受力[1]和新媒介手段营造的新型社交模式,网民群体以积极阅读、主动评论、参与式写作等方式,在印刷文学体系之外开拓出新媒体文学的天地。但同时,对作品的阅读和评判权从专业读者向付费读者的转移和让渡,以及随之而来的将付费与道德挂钩、将数量与价值对等逻辑引发的新问题也不容忽视,值得我们进一步研究。

---

[1] 陶东风:《粉丝文化读本》,北京大学出版社,2009年,第134页。

网生文化与网络文学的早期生态

乔焕江

网络文学的起点到底应该是什么？是 1998 年痞子蔡的《第一次的亲密接触》，还是 1997 年开始连载的罗森的《风姿物语》？最近网文研究界对这个问题的追问，看起来似乎是在根据某些历史细节正本清源，实际上，这个所谓"本源"，只能算是网络文学主流形态的"镜像起源"——想象一个文本的或文学技术的确切起点，不能不说是对网文当下既成形态的屈从与辩护。如葛兰西所言，"文学不能产生文学"，它不可能是"孤雌繁殖"，它需要历史与革命的"阳性因素"。对于中国网络文学的发生来说，这个"阳性因素"只能是 20 世纪 90 年代以来的历史变迁，即使是与网络文学密切相关的网络互联技术，也必须在与这个具体的历史情势的互动中才能把握其在网文实践中的真实面相与确切作用。换句话说，与其沉迷于为某种形态的网络文学寻找单一起点，不如回到网络文学得以滋生的历史文化语境，尝试在 20 世纪 90 年代中后期开始出现的网络文化中把握网络文学的多样化源头。

早期网络空间与网络文学的多发状态

1983 年，未来学家阿尔文·托夫勒的《第三次浪潮》中译本由生活·读书·新知三联书店出版，其所预言之信息技术即将推动社会形态变革的理论，虽然还只能在人们的观念领域激起猜想，但实际上，中国政府很快就意识到信息革命的战略性意义。20 世纪 80 年代后期，中国科学院

高能物理研究所已经实现通过卫星向欧洲发送电子邮件,随后,在科研教育领域开始发展局部网络,最有代表性的是中国科学院高能物理研究所网络(IHEP)和中关村地区教育与科研示范网络(NCFC)。20世纪90年代初,美国领先全球制定了"信息高速公路"战略,到1994年4月,中国的NCFC即通过64K专线,实现了与国际互联网的全功能链接。但此后一年,仍然"是非开放性的学术网络阶段,主要用于科研、教育领域。1995年5月,邮电部宣布向社会开放接入服务,从此进入完全开放的市场化阶段。这成为1995年中国互联网最重要的变化,从此,上网、用网成为机构、个人的新时尚"。当年年底,中国内地互联网注册用户已接近四千个。此后几年,互联网业在国家一系列政策的推动下发展迅猛,到2000年,内地网络用户已达一千六百九十万个。网络的确已经作为一种新的"尺度",结构性地参与了新闻传播、商业、金融等领域的重塑。理解网络文学在国内的规模性发生,首先应当在这一大的战略性发展的背景下展开,只有充分认识到这一宏观历史语境,才能认识到中国网络文学的意义为什么已经远远超出了传统的文学场域,才能理解为什么中国网络文学会成为世界各国文学生产中一枝独秀的景观,也才能理解在由媒介技术革新、资本等全球性要素推动的网络文学发展中,网络文学的中国经验所具有的创造性意义、价值和问题。

在互联网发展的汹涌浪潮中,中国的网络文学也很快以多样的探索形式呈现出杂然并陈又生机无限的态势。国内第一份上网的中文刊物是1995年1月正式发刊的《神州学人》电子版,这看起来顺理成章,因为当时主要的读者群仍然是身在海外的留学生。此外,国内少数领风气之先的网络文学写手在互联网开始初步民用之后,也时常在《新语丝》等海外网刊、ACT等网络空间发表文章,有的甚至为其担任编辑。身在广东的早期知名"网虫"笨狸（Banly，即后来的著名 IT 评论家）就很典型。虽是一介平民，但笨狸早在 1994 年互联网刚接入国内就开始上网，1995 年开始网络杂文写作并担任《新语丝》和《书屋》的编辑。1997 年创办的电子杂志《无梦岛周报》，作为网络写作个人站点在国内是领风气之先的，网易开通个人主页服务之后，该周报后更名为《激流》，作者基本每周末写作上传原创文章，时有诗词杂文等文学作品夹杂其中。北美网络文学的一些特点也自然影响到早期中国网络写手对网络空间和网络文学的理解，如笨狸在其论述网络文学的名作《织网成文》中详细梳理网络文学的特征、价值观，基本上还是对北美华文网络文学体现出的价值观的认同，如"网络文学创作独特的价值观：不为名，不为利，只为了可以向更多人表达自己的理念和情绪"；再如"网络文学同样是一种游历于网络之间的个体生命对理想网络的渴望，这种追求不是技术性的未来展望，而更多的是感性且更具有人道主义的精神需求"。又如他对网络文学特征的四点概括："自由灵动"（包括"技巧的自由"和"内容的自由"）、"生动幽默"、"短小精悍"、"谈天说地边缘化"。这些看法总体上也还是在价值观念上表现为对自由、平等等社会价值的认同，但在具体写作态度、生产方式等方面则往往构成了对传统文学的挑战。

自 20 世纪 90 年代中期到 21 世纪初，尽管互联网正处在一个生长和不断技术更新的阶段，但也在各种 BBS、虚拟社区、个人网页、博客中出现了多种多样的网络文学写作探索实践，甚至出现了如"榕树下"这样专门的文学网站，一些网络写手（如网络文学"三驾马车"和安妮宝贝等）也在网上因极高的人气而名声大噪。而互联网对距离和阻隔的跨越，也使台湾网络文学进入大陆网民的视野，蔡智恒等网络写手的作品迅速吸引了大量读者，并进而影响到中国网络小说的发展方向。其中，蔡智恒的网络

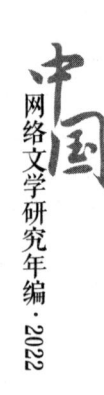

小说《第一次的亲密接触》被中国各大论坛转载,引得众多网友跟帖,这是"网络文学第一次在大陆引起轰动,很多人因为这部作品才知晓了网络文学。……该书的出版成为一个标志性事件,意味着BBS作为早期第一个成熟的互联网应用正式'轰动中国';1998年也被称为互联网界真正意义上的'BBS元年'"(欧阳友权、袁星洁编《中国网络文学编年史》)。除此之外,一些新出现的门户网站如新浪、网易等也开始通过频道设置、提供平台空间乃至评奖等方式参与到网络文学生产中来,很多传统作家也开始尝试进入网络空间。从1997年前后互联网规模效应逐步显现到2003年起点中文网全面收费制这段时间,中国网络文学的发展可谓群芳争艳、形态繁多。但也正是在这种众声喧哗的状态中,一些形态与某些可能对此后网络文学生产产生重要影响的要素遇合,而机缘巧合地逐渐上升为主要形态。

总体来看,这一时期网络文学的生产基本上处在从自发向自觉、从免费到商业化试水转化的探索阶段。一方面,基于个人兴趣的自发性尝试、写作目标群体不明确、文本形式多样化的探索几乎同时出现;另一方面,一些网站初步的商业化尝试,以及商业网站的平台设计对网络文学的生产也产生了一定潜在的制约和影响。就网络文学的语言形式来说,一些论坛在发展一段时间之后,也往往会形成论坛网友公认的语言范式,并进而潜在地规约着帖子作者的话语方式乃至价值取向,逐渐形成一些类型模式的雏形。在开始阶段,无论是BBS还是虚拟社区版块,虽然设有版主,但多是由论坛中活跃的、令人信服的网友担任,其身份并非传统文学期刊编辑的专业守门人,论坛帖子只要不触及敏感的话题、不违反国家互联网法规,就可以在论坛中发表,因而其中的文学作品主要是由作者个人兴趣驱动有感而发,大多不会精心构思,也没有明确分类的目标读者,这也自然导致在论坛和社区中的作品良莠不齐,总体水平并不太高。网易个人主页的开发和开放,缔造了大量业余文学创作者的个人空间,很多人在闲暇时用心经营自己的网页,上传或在网页提供的输入界面直接创作属于自己的作品。严格地说,这些文字不能笼统地称为作品。一是因为网络上可以采取匿名方式,很多网友把自己的空间变成记录生活片段、情感吐露甚至情绪发泄的私密空间,这样的文字大多缺少必要的谋篇布局,也不考虑读者阅读的效果,大多可归类于自我呓语;二是由于当时存储技术的限制,网站不可能为每个网友提供免费的大容量空间,书写板对每篇文章的字节有一定限制,且在从写作到上传期间,文档的保存和修改都较为烦琐,因此很多作品基本上都是一气呵成,不做过多的修改,其粗糙之处在所难免。值得注意的是,由于个人主页的基本版式主要由网站后台设计,虽然网站也会提供不同的页面版式供用户网友挑选,也提供一些素材供网友修饰装点自己选定的版式,但版式的总体数量是有限的,功能设置也大同小异。网站虽然也会鼓励网友自行设计一些版式上传到网站,但设计版式需要掌握一些相应的编程技术语言,因此,多数网友仍然只对从网站汇集来的版式进行选择。这就使得网友在获得相对自由的书写空间的同时,也在一定程度上为网站设计的平台所限制和规约。

出于描述上的方便,我们可以按照在这一阶段网络文学实践依托的不同平台分为三大版块,即论坛社区(BBS)、文学网站和个人博客。个人博客中的网络文学写作除了门户网站有意识将一些影响力大的写手邀请到门户下的博客写作,从而产生一定程度的公共影响,其他绝大多数是个体写作并由个体或少数朋友阅读,其状态也纷繁复杂,难以定性。我们遵从网络文学发展的既成轨迹,着重对这一时期 BBS 和文学网站的情况加以描述。

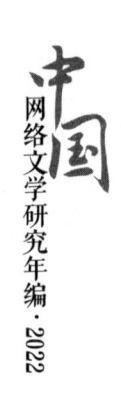

猫扑与天涯：网生文化与类型小说的情感结构

首先来看发生在 BBS 上的一些动向。BBS 是早期网友会聚的主要空间，由于论坛形式为作者和读者提供了前所未有的免费自由交流空间，在长时间的交流和碰撞中逐步形成一些网友集体默认的语言方式和价值趣味。正是在这种类似延续民间诙谐文化的网生文化沃土上，一种交互式写作的新形式就此开始出现，而正是在这种交互式写作和阅读中，渐次产生了一些网络类型小说的雏形。后来大行其道的类型小说自然有其更为密切的源头，但它得以成长和呼应的特定情感结构，甚至小说自身基本的人物设定、情节逻辑，都是早期网生文化孕育的结果。早期在网友中拥有高度影响力的社区以"猫扑大杂烩"和"天涯虚拟社区"为典型代表，我们着重了解一下这两个大型论坛中的某些重要动向。

1997 年 10 月创建的猫扑，最开始只是一个不知名的电视和电脑游戏爱好者小社区，后来推出的猫扑大杂烩则变成一个"无主题、无对象界限"的 BBS，迅速会聚了海量网友，到 2003 年 9 月注册用户已接近 800 万个，现已超过 1.3 亿个。猫扑自称"网络流行文化发源地"，虽有自我夸大之嫌，但绝非毫无根据。实际上，很多后来人们常用的网络流行语，的确是在猫扑中诞生的。猫扑的推介语"猫扑有三宝，BT、YY、没烦恼"，代表了这个早期城市草根社区的主要精神趋向，猫扑的网友自称 Mopper，论坛显然逐渐自发演进成为他们借以摆脱现实压力的亚文化空间。"有一个地方，聚集着这么一群人。他们思维活跃，见解独到；他们能把我们生活中看似不起眼的细节分析得令人拍手称快；他们 BT，却不是变态，而是跳跃性思维。他们称自己为 Mopper。"（熊猫盼盼《爱生活，爱猫扑——mop.com》）BT（"变态"的汉语拼音首字母）和 YY（"意淫"的汉语拼音首字母)可谓猫扑自生长的话语规则,但这两个网络流行语的字母缩写与其汉语词汇并不完全一致:"这个 BT 不是低级趣味,而是指出人意料而非重复的创意、跳跃性的思维、善意而有智慧的调侃来营造出的个性帖子,在猫扑上风行一时,创造了不少网络潮流语句。"而 YY 也并非仅指性幻想,虽然它的产生与网友们的性幻想有关,但很快就超出了性的狭窄范围,而是"泛指一切超越现实的幻想,可以视为一种网络空间的'白日梦'。……YY 的基本功能是在幻象空间中满足读者的一切欲望,无论是高雅的还是低俗的,都可以在 YY 中获得想象性满足"。(蓝蓝《猫扑进化史》)

早期的 Mopper 们多为集中在上海、北京等地的都市草根 IT 男。正值计算机互联网事业发展迅猛时代,他们大多工作时间长、强度大,工作空间和日常生活封闭单调、枯燥乏味,于是猫扑的虚拟世界成了他们释放自我、调节情绪的空间。Mopper 们的口号是"BT 有理,YY 无罪",因为在这里,跳脱的思维、调侃的语言更能打破日常的刻板,传奇的经历、神秘的故事更能挑起大家的兴趣。一些平日里的情感幻想一旦被某个 Mopper 的话题引发,立刻会有众多 Mopper 参与进来,纷纷跟帖"建楼",或是催"楼主"更新事件进展,或是给"楼主"提出意见建议。如果事件按照大家的想象发展下去并最终出现冀望的结局,往往会引起众 Mopper 的狂欢并成为更多 Mopper 相互推荐的经典精华热帖。时常有网友抛出一件自己(或拟想的)日常生活中经历的事件引子,如偶遇心仪的女孩、奇特的遭遇、神秘的人物、诡异的经历之类,然后在跟帖网友的好奇追问和共同期待中不断续帖,最后形成一个相对完整的故事,而因为见证甚至参与了事件的发展过程,Mopper 们往往具有很强的代入感。

在猫扑中出现的这些故事,有三类更能吸引大量网友关注,其中影响力最大的首推都市情感类。IT 男的工作环境中女性本就较少,加之超时长的工作使他们接触异性的机会也不多,对异性的欲望和幻想自然比较强烈,因此,在地铁或电梯偶遇、公司新来的女文员甚至女上司都会成为白日梦的对象,如何与偶遇对象发展一段恋情,经常以近乎网络直播的方式每天由"楼主"发布最新进展,很多 Mopper 跟帖鼓励、给出建议或"脑补"演绎出更细致的情节可能,共同推动着情节的发展。由于跟帖往往特别多,猫扑还设置了"只看楼主"的看帖功能,既便于后关注该事件的网友跟上节奏,又使得事件最终可以作为完整的故事被阅读。其他产生较大影响力的两类则富有神秘或传奇色彩,一类是鬼怪故事,一类是黑道传奇。这两类故事突破了 Mopper 们的狭小生活空间,新鲜刺激的情节满足了他们对世界和社会的探索欲望和好奇心,且叙述者往往以亲历或见证人的口吻讲述故事,使网友们产生很强的代入感,而每天只能提供的一两个连续性很强的片段,又会引起他们强烈的阅读欲望,因而时常也是应者云集。直到今天,猫扑仍然保留着一个"鬼话"版块。应该说,这已经就是后来网络类型小说生产模式的雏形,无论是故事本身的内容取向、话语风格,还是故事生产演绎过程中与读者的交往互动及其对粉丝人气的积攒,甚至包括猫扑推出的 Mopper 可以使用道具如"救生圈""醒目灯"等提高帖子的关注度等形式,这些经验都被后来商业化的类型小说所借鉴使用。不过,猫扑作为论坛一直保持免费共享的网友共同体原则,前面提到的道具虽然需要以猫扑币(又称猫皮,MP)购买,但猫扑币并不需要网友购买,而是一种社区奖励机制。"积累 MP,是猫扑激励社区成员参与的一个重要手段。一般来说,想要获得 MP,需要大量地参加社区活动、发帖子,但另外一种更快的获得 MP 的方式是做'赏金猎人',即通过回答别人悬赏的问题来获得 MP 奖励。当某社区成员需要解决一个问题时,就在猫扑发帖并许以一定数量的 MP 作为酬谢。对此感兴趣的成员可以根据自己掌握的知识与信息来回答问题,提问人会将相应的 MP 奖励给给出满意答案的成员。"(彭兰《猫扑社区刍议》)猫扑币通过参与社区建设获得,且可以在 Mopper 之间以"异动"的方式自由转让,这就保证了社区内免费共享信息、网友间义务互助合作,因而最大限度保障了网友在论坛生产中的主体地位。

如果说,猫扑主要代表了以 IT 男为主的草根网友自发的网络文学生产可能,天涯虚拟社区(简称天涯社区)的面相代表了 20 世纪 90 年代知识生产的民间主流的主要动向。创立于 1999 年 3 月的天涯社区,很快就成为中国"最有影响力的论坛"。与当时猫扑主要会聚 70 后、80 后青年不同,天涯社区的用户年龄跨度更大,因而话题的社会化程度更高,加之在创建之初曾与同在海南的思想性、人文性、社会关怀兼具的《天涯》杂志有内容合作,一些学者和作家也纷纷化名加入(如"天涯纵横"的版主就是化名老冷的李陀,蒋子丹等著名作家也以网友的身份在论坛发帖,一批以民间立场自居的或民间的知识分子也纷纷把天涯社区作为自己话语实践的主要阵地),从而使天涯社区形成了开放、包容、充满人文情怀的特色,一些版块如"天涯杂谈""关天茶舍""舞文弄墨""闲闲书话""煮酒论史"等的设置,明显体现出非功利的人文价值取向。对于论坛的组织管理,天涯社区总编胡彬曾有一个形象的说法:"打个比方,我们好比物业公司,网民是业主,我们只是为他们做做保洁、管理环境,让大家乐于在那里发言交流。"从传统的守门人到网络社区的物业服务,天涯社区充分调动和发挥网友主体创造力的意图非常明确,这使得天涯社区至今仍然保持着相当的影响力,很多产生重大影响的社会事件都是由天涯社区网友首发。在这样的氛围中,一些著名的网络作家如慕容雪村、当年明月、

宁财神、十年砍柴、步非烟等,也陆续从天涯社区走向大众视野。慕容雪村的《成都,今夜请将我遗忘》首发于"舞文弄墨",当年明月的《明朝那些事儿》一度连载于"煮酒论史",而天涯社区另一颇受网友喜爱的版块"莲蓬鬼话"则成为国内负有盛名的悬疑文学圣地,天下霸唱的《鬼吹灯》就是从这里走出的网络文学经典名作。相比猫扑草根网民自发形成的BT和YY文化,天涯社区的文学话语实践则更带有一些人文气息,其基于社会公正对社会复杂性的关注也较为明显。某种程度上,天涯社区中的许多文学实践暗含着富有人文精神的文学传统与民间诉求及其通俗趣味遇合的可能。

可以说,正是论坛的免费开放、资源共享,以及淡化守门人角色而由网友共同体完成优胜劣汰等诸多策略,使得这一空间中的网络文学实践产生了基于网友主体创造性、汇聚网友智慧和趣味的类型文学初始状态。

除了前述的猫扑和天涯社区,西陆BBS也是对网络文学发展非常重要的一个空间。2000年以后,在西陆以低廉价格提供的个人论坛空间聚集了早期重要的一批文学BBS版块,其中一批网络玄幻文学(文化)爱好者更是成为后来网络玄幻文学规模化发展的重要基础。在早期由网络技术支撑的理想主义和网友群体的文化热闹非凡,但这一网络文学自发成长的良好趋势并没有得以长久延续,在积聚起巨大的人气之后,资本也敏锐地从中窥到巨大商机。猫扑很快于2004年被千橡集团收购,随后开始大规模商业化;天涯社区商业化步伐较慢(2007年4月始与谷歌合作),但也面临着其他商业网站的觊觎,一些有影响力的网络类型文学名作屡被挖走,《鬼吹灯》很快被起点中文网买走,当年明月也与新浪签约,改在新浪博客连载。随着后来一批文学网站的商业化步伐加快,原本热闹非凡的论坛很快被抢走了风头。

从"文学在网络"到网络书站

这一阶段纷纷创建的文学网站也是多样化的。从内容来看,传统文学、网络原创各有阵地,个人趣味、群落同好精彩纷呈;从运营模式来看,有免费共享,有版权转让,也有网友付费,可谓形态各样。我们选取几种不同类型文学网站的典型代表分别加以分析。

中国第一个原创文学网站是人所共知的榕树下,该网站发端于1997年12月25日由美籍华人朱威廉在 PC home 网站创建的文学个人主页。在创建榕树下之前,朱威廉刚刚将自己创办的国内首家外资广告公司"联美广告"以1245万美元的价格出售给国际广告业巨头奥姆尼康集团。优裕的经济条件,使他的榕树下在一段时间内保持着非营利的性质,个人爱好和精神寄托是网页和网站创建的主要动机,因此,榕树下网站在开始的时候只是朱威廉一个人在打理。如果不是有着强烈的文学爱好,甚至如果不是有一个文学的理想,很难想象一个人如何坚持这样需要物质和精力高度投入而又无功利的工作。读者来稿越来越多,朱威廉没有足够的时间和精力应对,1997年7月,榕树下申请注册了自己的顶级域名 www.rongshu.com,并开始聘请朱威廉发现的一些有写作实力的网络写手(如李寻欢、安妮宝贝等)建立编辑团队。榕树下网站虽然在成立初期一段时间内仍然没有进行商业化,但联美广告的出资也为后来号称"华语文学门户网站"的榕树下的多舛命运埋下了伏笔。在这个初始阶段,我们看到,榕树下并没有走向网络技术时空特有的众生喧哗和群体狂欢,它所实行的编辑审稿制度,显然是对传统纸质文学生产机制的借鉴和延续,这一点,从榕树下当时的栏目设置和所发表作品的思想内容和美学趣味中能看到明显的痕迹。榕树下显然对传统文学机制保持着足够的尊

重,尽管朱威廉曾想建立一个更加民主化的文学王国,希望通过榕树下让更多普通人得以抒写并发表自己的生活情感,但他又非常自觉地置身于文学传统之中。对于网络文学这一概念,朱威廉曾表示:"我觉得它的名称改成'文学在网络'更贴切一些。所谓网络文学,就是赋予文学更广阔的天地,赋予大家更平等的机会,让文学有更肥沃的土壤,让它在大众的生活中去自由地生长。"也许正是基于这一认识,榕树下即使作为一个从出身来说已具有商业性的网站,也没将网络文学的创作和阅读过程本身视为营利手段。网站为作者提供免费发表平台,网络读者完全免费阅读并可以留下评论,似乎是一个自由、民主的文学交流的网络空间。

相对来说,榕树下努力通过使网络文学作品进入纸质文学的传统出版发行渠道即通过版权转让来获取一定比例的收益,这更显示出它对传统文学生产机制的认同或妥协。不过,榕树下毕竟是一个网络空间,虽然一定程度上仍然设置了文学守门人的角色,但对网友中的文学爱好者来说,这个门槛毕竟低了很多,加之编辑们本身就是在网络中成长起来的写手,因此,在选稿编辑的过程中,并不会完全遵照传统纸质文学杂志的标准。相对来说,文学的通俗面向、对个体日常生活乃至网络生活的反映、网络空间的语言技巧、对读者情绪的照顾等,更是榕树下网络文学相对于纯文学独具的特点。当然,网络文学的"网络性"与纯文学的"文学性"之间,或者说,网络文学的平民性与纯文学的精英化之间并非融合无间。在榕树下自1999年开始举办的几届网络原创文学大赛的评选过程中,评委中的精英作家和网络写手之间的意见不一致,尽管最终还是文学精英把握了决定权,但两者之间的矛盾仍可见一斑。可以说,即使在榕树下这种意图与文学传统接续的文学网站,网络平民文学对精英文学的挑战也是实际存在的。但在总体上,它并没有另起炉灶将网络文学自身完全商业化,而是仍然希望通过杀进传统文学生产机制以获取主流文学的承认,并在传统媒体中扩张自己的力量,以期在传统媒介产业(传统纸媒、实体书出版乃至广播和影视)中分一杯羹。它的这一选择也使得当其运营出现一些困难的时候,其所选择的买家恰恰是国际出版集团贝塔斯曼,而从这里走出的网络作家如李寻欢、安妮宝贝等人多是通过出版实体书而名利双收。后来,安妮宝贝试图摆脱网络写手的身份,屡次声称自己就是作家,而取消了网络这一重身份;李寻欢则换回原名路金波,很快变身文化经理人,并成为著名的畅销书出版商,他旗下的韩寒、安妮宝贝、饶雪漫、安意如、石康等写手,通过实体书的出版和分销,赚得盆满钵满,并通过成功定位青少年读者,缔造了经久不衰的青春文学现象。

在内地互联网发展的起步阶段,网易等门户网站和一些 BBS 曾经一度给用户提供免费的空间站点或论坛版块,而围绕某些专门收集发表某些特定类型文学作品的书站,许多有相近阅读喜好的网友遂借此形成一些类型化的创作阅读群落。号称"中国首家永久免费原创文学门户"的"幻剑书盟"就是由书情小筑、石头书城、小书亭、凝风天下先于 2000 年结盟,后于 2001 年合并而成,合并后的幻剑书盟以奇幻、武侠小说作为网站的主打类型,最开始的免费策略使其聚集了海量的读者,一些被誉为"大神"级的写手如唐家三少、萧鼎等都曾在幻剑书盟连载作品。西陆网的 BBS 也是早期的网络文学平台,从这里走出的"自娱自乐""红尘阁""一意孤行"等文学论坛加盟 2000 年 8 月创办的"龙的天空",并成立了"龙的天空"原创联盟网站,而"一度以'西陆'为基地,并于 2001 年 11 月创建玄幻小说协会的吴文辉、宝剑锋(林庭锋)等玄幻文学爱好者,2002

年5月独立建站,并改名为原创小说协会——起点中文网,简称'起点中文网'"(马季《网络文学透视与备忘》)。

关于奇幻和玄幻文学等幻想类作品在中国网络文学中的发生,是一个非常值得注意的问题。不少研究者都提到电影《指环王》系列的上映以及J.K.罗琳《哈利·波特》系列小说在中国青少年中引发的奇幻文学热,也有研究者注意到在此之前流行欧美的桌游《龙与地下城》引入中国,这是一款参与者角色扮演的策略游戏,有着"西方风格的架空异世界"设定,"经由中国最早的一批网民进行传播,直接影响了中国网络奇幻文学的产生"。(邵燕君编《破壁书》)在西方奇幻小说和游戏的刺激下,也由于香港作家黄易的玄幻武侠小说的风行(起点中文网的创始人吴文辉就将黄易视为"网络小说的鼻祖"),东方式的玄幻架空历史小说开始出现。在这些事实的关联背后,其实有着更深刻的文化逻辑。奇幻、玄幻、历史架空等幻想类型小说的兴起,直接的动因是欧美奇幻类型小说、中国港台玄幻武侠小说、电子和网络游戏等流行文化的影响和刺激,这从另一方面则提示我们注意这类小说作者群和读者群的代际变化。由代际转换这一线索,我们大概能够发现特定历史阶段的权力和文化逻辑如何限定了网络文学的类型走向,而类型文学又以什么样的方式嵌入历史之中。来自欧美日的流行文化以及电子网络游戏文化无疑是这些地区相当成熟的文化工业的大众文化产品,其进入中国,正是全球化的消费主义文化逻辑的应然结果;而对于当时正处在成长期的中国80后、90后独生子女来说,其伦理观念的养成往往局限在一个家庭之内,凸显个性化的教育策略又使他们不会更多受到集体主义的影响,因而实际上存在着一个世界观的断层。后革命时代革命传统经验抽象而陌生,愈演愈烈的功利化世界又并不情愿认同,架空历史的奇幻或玄幻小说和游戏世界,自然也就成了他们想象、书写或者代入体验别样世界的一个便捷出口。由此，幻想类型小说在新世纪的中国异军突起，收获数量巨大的青少年拥趸，也就不是什么难以理解的事情。

当然，玄幻文学在网络文学完全类型化之后成为其中绝对的领军类型，与起点中文网比较早的商业化运营策略也有很大的关系。初期的网络书站主要是上传香港和台湾的武侠、玄幻、言情等题材的通俗小说供网友分享阅读，偶或有原创文学的版块，数量也不多。随着互联网用户激增，网络文学作者和读者的数量也飞速增长，日益增长的阅读需求使供给不足的问题显现出来，而低门槛激发的写作欲望也使得网络原创小说的数量越来越多，少数同好的义务编辑已经不足以应付这一局面，网站服务运营需要的成本投入也成为严峻的现实问题。应该说，这是促生一批主打类型文学网站的客观条件，也是促使文学网站成立后很快就不得不开始商业化探索的驱动力。比如以言情著称的"晋江文学城"，就从原本挂靠在由晋江电信局技术支持的晋江信息港中一个文学版块演进为独立的类型文学网站。"当数量有限的台湾言情小说渐渐不能满足读者的阅读需求时，一些原创作品便开始在论坛生长出来。2003年，原创作品吸引的流量越来越大，管理者决定设立与'晋江文学城'对应的'晋江原创网'。"（肖映萱《晋江文学城冰心站长驾到》）实际上，一旦原创网站建立，网友的写作热情会更大地释放出来，而阅读者也会云集而来，这对网站编辑、管理、流量服务等各个方面提出更高的要求，而这些当然就需要一定的资金支持。很多在初期完全免费的文学网站都面临着这个问题，坚持免费的网站，有的靠广告收入试图维持网站的运营，有的靠网友捐款或募资，有的靠版权中介赚取一定份额的版税；开始探索商业化模式的网站，有的靠线下出版实体书试图在传统出版市场分一杯羹，有的则开始在

网站本身运营原创内容试水付费阅读模式。但21世纪初开始的文学网站的商业化尝试并没有从总体上改变早期网络文学多样化的生态景观,对于一些有着文学理想的文学网站运营者而言,是否赢利并不是他们打理网站的首要目标,而维持自己打造的网络创作和阅读空间,更是他们的实际想法。比如红袖添香网的创始人孙鹏,出于文学梦想而与朋友们创建了这个后来以女性向言情小说著称的网站。"孙鹏觉得做文学网站不是赚钱的事情,这种想法一直到2003年,红袖添香正式成立公司才开始改变。那一年,孙鹏才第一次进行几十万的规模融资,来应付房租、服务器、人力等开支。一年之后,慢慢发展到了四五个员工。但红袖添香依然缓慢地发展着,他当时的想法依然是:'我们不需要发展,饿不死我们。'"(张守刚《"红袖添香"的寻资之路》)红袖添香的这种态度也使得它在文学网站被大规模商业化时期对有意向的资本收购非常挑剔,直到2008年7月才接受盛大的投资。

总体来说,从1997年到2003年左右这一阶段,中国的网络文学呈现出生机勃勃的多样化实践并存的生态化景观,出现了博客或个人主页中的个体写作、基于网络虚拟空间自发交互性的论坛故事,出现了基于传统文学理想又兼容普通人趣味和爱好的传统型文学网站,也出现了基于群落爱好的专门化的类型文学网站。尽管在2000年互联网泡沫破裂之后,很多网站不得不开始商业化的尝试,但仍然处于探索阶段,并没有从根本上改变网络文学多样化发展的可能。只是在盛大网络2004年开始收编起点中文网等知名文学网站并成立盛大文学公司垄断网络文学生产之后,类型小说才在资本的推动下迅速成为网络文学的主要形态。然而,被收编的不只是网站,早期网生文化所形成的用户群体及其虚拟社区交往习惯、情感结构和语言方式,作为巨大的隐形文化财富,也被纳入资本主导的网络文学生产模式之中。不过,正如巴赫金所说的,每一种思想都不会绝对死亡。早期网络文学多样化的探索所代表的文学可能及其传递的文化诉求,总会在合适的历史情势中迎来自己的"复活节"。

第一份中文网络杂志

——《华夏文摘》研究

黄绍坚

《华夏文摘》（周刊）是世界上第一份中文网络杂志，也是在海外的中国留学生和海外华人中影响最广的中文媒体之一。至2002年9月27日，《华夏文摘》已出版正刊600期，另有增刊307期。1999年4月25日，海外著名网络作家少君（钱建军）在美国哈佛大学燕京学社的一次题为"网络文学的前景与问题"的演讲中说："如果你问在美、加、澳、日留学的近二十万中国留学生，大概几乎没有人会说他没看过这份杂志。其影响力超过任何一种中文媒体。"[1]

《华夏文摘》很早就被介绍到国内。1994年，美国BDI德州国际科技咨询公司的田溯宁博士在《科技导报》上发表文章，题为《美国"信息高速公路"计划及对中国现代化的启示》，其中谈道："最重要的是，中国留学生还在Internet上，创立了世界上第一份'中文电子期刊'——《华夏文摘》，每星期一刊向近一万个用户发递，这使古老的汉字文化可以在现代的电子网上传递。"[2]其后，美国密苏里大学的张可文与新加坡南洋理工大学的郝晓鸣合作撰写的《电子刊物的崛起与中华文化传播》（登载于《新闻与传播研究》1995年第2期）、上海社会科学院文学所的王周生撰写的《信息时代与文学》（登载于《上海社会科学院学术季刊》1995年第4

---

[1] 少君：《〈网络哈佛〉——哈佛大学纪行》，"今日作家网"（中国作协主办），http://www.chinawriter.org/jzss/zjzj/qsj/qsj17.htm。

[2] 田溯宁：《美国"信息高速公路"计划及对中国现代化的启示》，《科技导报》，1994年第2期。

期)等论文,对《华夏文摘》都有简略的介绍。遗憾的是,可能由于在国内不能直接从网络上阅读《华夏文摘》,对这样一个重要的中文网络媒体,国内学术界至今没有系统地了解和研究。本文正是试图填补这一空白。

一、《华夏文摘》的创办

《华夏文摘》由"中国电脑新闻网络"(China News Digest,简称 CND)于 1991 年 4 月 5 日创办。

众所周知,我国直到 1994 年 4 月 20 日才由中关村地区教育与科研示范网络(NCFC)首次实现了与国际互联网的直接互联[①],从 1995 年 5 月起,才向社会开放网络接入并提供全面服务[②]。也就是说,直到《华夏文摘》创办整整三年后,中国互联网事业才开始起步。那么,作为中文网络杂志的《华夏文摘》为什么能创办得如此之早?笔者认为,主要有以下三个原因:(1)它有组织基础,即 CND;(2)它有技术支持,即较成熟的汉字输入技术和汉字互联网传输技术;(3)它有读者需求,即日益增多的在海外的广大中国留学生和海外华人对母语文化的认同和渴望。

(一)《华夏文摘》的组织基础——CND

1989 年 3 月 6 日,加拿大的朱若鹏,美国的熊波、邹孜野和另一位在加拿大的中国留学生(姓名不详)等四人共同成立了"新闻文摘电脑网络"(News Digest),每天用英语免费向海外中国留学生、各大学图书馆及各国研究中国问题的学者,提供世界各地新闻媒体发布的有关中国情况的新闻[③]。

[①] 鄂大伟:《Internet 互联网技术与应用》,东南大学出版社,1999 年,第 3—4 页。
[②] 闵大洪:《全球化时代中文网络的价值》,《新闻与传播研究》,2001 年第 1 期。
[③]《华夏文摘》编辑部:《〈华夏文摘〉发刊词》,《华夏文摘》,第 1 期(1991 年 4 月 5 日出版)。

1989年7月至8月,"新闻文摘电脑网络"先后与"中国学生电讯"（Electronic Newsletter for Chinese Student,简称 ENCS)、"中国新闻组"（China News Group,简称 CNG）合并,正式取名为"中国电脑新闻网络"（China News Digest,简称 CND）。① 后来,CND 作为非营利组织在美国马里兰州注册。②

到1991年,CND 的英语读者已有一万多人,分布在二十多个国家和地区。③ 在此基础上,CND 决定创办一份免费的网络中文杂志,即《华夏文摘》。1991年3月,由朱若鹏任第一届主编的《华夏文摘》八人编辑部成立。④ 1991年4月5日,《华夏文摘》创刊号正式出版,首期编辑为朱若鹏。主办者称,《华夏文摘》"是一个微型的综合性杂志,力图包容政治、经济、文化、艺术、科学等各个方面","所刊载的文稿主要取自海内外各家中文刊物","在每个周末通过全球电脑网络传送给读者"。

(二)《华夏文摘》的技术支持——较成熟的汉字输入技术和汉字互联网传输技术

在汉字输入技术与汉字互联网传输技术方面,有四位早期中文互联网技术的开拓者的贡献在国内鲜为人知。这四位开拓者是严永欣、倪鸿波、黎广祥和魏亚桂。

严永欣,中国科技大学1977级近代物理系毕业生,20世纪80年代到美国留学。他认为当时流行的中文书写软件如 Word Star（WS,即联想汉

---

① 鲁冰夫:《电脑中文杂志〈华夏文摘〉》,《华夏文摘》增刊,第34期（1994年4月5日出版）。

② "About China News Digest International, Inc. (CND)", http://www.CND.org/.

③《华夏文摘》编辑部:《〈华夏文摘〉发刊词》,《华夏文摘》,第1期（1991年4月5日出版）。

④《华夏文摘》编辑部:《〈华夏文摘〉编辑电脑"键"谈会》,《华夏文摘》,第100期（1993年2月26日出版）。

字)等过于专业,一般人很难学会使用,于是在1989年4月自己开发出了简便易学、占用内存小的"下里巴人"(早期称"BYX")中文书写程序,并在互联网上公布,供大家免费下载使用。① 这一程序一度在海外华人和留学生中广泛流行。

倪鸿波,1987年到澳大利亚留学。他研制出了"南极星"(NJStar)汉字处理软件。几乎所有重要的海外中文电子刊物,如《华夏文摘》《枫华园》《新语丝》《橄榄树》等,都曾使用"南极星"软件开展编辑出版工作。1992年,倪鸿波在澳大利亚悉尼注册成立"南极星(澳大利亚)软件公司"(NJStar Software Co. Pty Ltd.)②,商业活动似乎开展得非常成功。

黎广祥,20世纪80年代末在美国苹果电脑公司工作。当时,Usenet上有一个用英语讨论中国问题的新闻组 Society. Culture. China(简称SCC),是海外华人和中国留学生在早期互联网上聚会的重要场所。1989年6月,黎广祥在 SCC 上用 ASCⅡ码("美国信息交换标准编码"的英文字头缩写)贴了一篇中文文章,讨论在网络上传输中文的问题。③ 这可能是互联网上出现的第一篇中文文章。

这里应该简要地介绍一下互联网上的中文编码问题。中文编码主要有三种:第一种是"国标码"(GB),主要是中国和新加坡等使用简体汉字的国家和地区使用;第二种是"大五码"(BIG5),主要是中国台、港、澳等使用繁体汉字的地区使用;第三种是"HZ 码",主要是海外华人和留学生使用。GB 码用两个 ASCⅡ码加首位"1"来表示一个汉字(即双字节8位编码),当它在互联网上用"简单邮政传输协议"(SMTP)传输时,要用

---

①严永欣:《BYX 1.0 使用说明》,http://www.math.psu.edu/local_doc/chinese/cxterm-old/samples/gb/byxinfo.

②公司网址为 http://www.njstar.com.

③魏亚桂:《顾左右而言他——中文网风起打架之末》,《国风》,第8期(1997年7月27日出版)。

Uudecode 编码后再传输，同样，到达终点后要用 Uudecode 解码，这样难免会在编码、解码过程中出现乱码现象。HZ 码则只使用两个 ASCⅡ码来表示一个汉字（即双字节 7 位编码），但这样容易将中文与英文及符号搞混，于是，它在"汉字群"的前后分别加上"逃出码"（用"~｝"表示）和"逃入码"（用"~｛"表示），即在"逃出码"和"逃入码"之间的 ASCⅡ码表示的是汉字，其余的 ASCⅡ码仍然表示英文或符号。这样，整个中文文件在网络上传输时，从表面上看俨然是一个标准的 ASCⅡ码文件，既不容易出错，也与绝大多数英文软件兼容。这是 HZ 码最大的优点。黎广祥提出 HZ 码的最初设想，并与魏亚桂一起提出了初步的"ZW"（"中文"的拼音字头）汉字输入方案，为互联网早期的汉字传输做出了重要贡献。其后，斯坦福大学的李枫峰参照日文的类似方案，提出了更完善的"HZ 码"方案①。

贡献最大的当数魏亚桂。他 20 世纪 80 年代到美国印第安纳大学留学，先在生物系学习，后转入计算机系。他的重要贡献表现在三个方面：(1) 和黎广祥一起完善了上述 HZ 码的设想；(2) 他于 1989 年 8—11 月间开发出了输入和显示 HZ 码的汉字处理软件 ZWDOS 第一版（后有升级版本）；(3) 他在美国印第安纳大学的系统管理员 Steve Mosier 先生的帮助下，于 1992 年 6 月 28 日在 Usenet 上建立了一个新闻组 Alt. Chinese. Text，即大名鼎鼎的 ACT。②

这些早期中文互联网技术的开拓者与《华夏文摘》保持着密切的联系。他们开发出的软件每出一个新版本，往往首先免费供给《华夏文摘》编辑部试用，严永欣、倪鸿波和魏亚桂还是《华夏文摘》的读者和技术咨询，其中魏亚桂担任过 CND 的第二任总编。③。

---

① 魏亚桂：《漫谈中文编码》，《华夏文摘》，第 101 期（1993 年 3 月 5 日出版）。
② 魏亚桂：《顾左右而言他——中文网风起打架之末》，《国风》，第 8 期（1997 年 7 月 27 日出版）。
③ 鲁冰夫：《电脑中文杂志〈华夏文摘〉》，《华夏文摘》增刊，第 34 期（1994 年 4 月 5 日出版）。

值得一提的是,直到 2001 年 1 月,从第 510 期(2001 年 1 月 5 日出版)起,《华夏文摘》才不再使用传统的 HZ 码编排,文章的行头和行尾见不到逃出码"~}"和逃入码"~{"符号,版面焕然一新。①

另外,CND 也积极开展汉字互联网传输试验。早在 1990 年春天,美国肯塔基州立大学的中国留学生朱刚应用"下里巴人"软件,通过 Bitnet(比特网)第一次成功地将《小草》歌词发送给 CND 的同伴们,这是早期互联网传输中文的试验之一。②

(三)《华夏文摘》的读者需求——日益增多的在海外的广大中国留学生和海外华人对母语文化的认同和渴望

20 世纪 80 年代至 90 年代中期,中国内地的大量学生出国留学,出现"出国热"现象。到《华夏文摘》创办的 1991 年,中国内地公派留学生和自费留学生累计已达 17 万人之多,其后仍在增长,详见表一:

表一:1982—1995 年中国内地出国的留学生累计人数增长表(含自费留学和公派留学)

资料来源:国内各权威报刊、新华社电讯等③。　　　　　　　单位:人

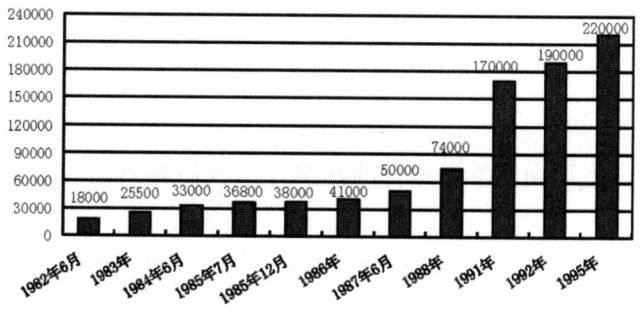

年份	人数
1982年6月	18000
1983年	25500
1984年6月	33000
1985年7月	36800
1985年12月	38000
1986年	41000
1987年6月	50000
1988年	74000
1991年	170000
1992年	190000
1995年	220000

---

①《华夏文摘》,第 510 期(2001 年 1 月 5 日出版)。
②《华夏文摘》编辑部:《〈华夏文摘〉编辑电脑"键"谈会》,《华夏文摘》,第 100 期(1993 年 2 月 26 日出版)。
③钱宁:《留学美国——一个时代的故事》,江苏文艺出版社,1996 年,第 79—81 页。

在庞大的留学生队伍和海外华人中存在着一种对母语文化的认同和渴望。留学美国的老王回忆说,魏亚桂设计出 DOS 状态下输入 HZ 码的汉字软件 ZWDOS 后,他开始疯狂上网,每天"午饭后往办公室门上挂一'请勿打扰',闷头往网上发《中医药膳学》。里头非常用字多多,中文 DOS 一字字敲入,乐此不疲。对门的老板不知我在干什么,对我说,大家对你关门谢客有意见"①。在海外初期中文网络文学享有盛名的图雅,在 ACT 贴的第一个帖子,题目竟然是《"毛主席万岁"》。他说,小时候遇到高兴和兴奋的事情,最高级的语言就是"毛主席万岁"。如今到了美国,居然还可以用自己的语言与那么多人聊天,这种高兴劲儿,除了喊"毛主席万岁",再也没有什么词可以形容了。②

留学精英群体的存在及他们对母语文化的认同和渴望,是《华夏文摘》,也是互联网早期许多中文网络杂志产生和存在的重要原因之一。《华夏文摘》编辑部在一篇文章中坦承:"《华夏文摘》虽然诞生在海外,但她的根仍然在'华夏'。"③编辑谢天蔚编完第 100 期后说:"在美国这样的社会里,时间就是金钱,为什么有那么多的'傻子'愿意花那么多的时间来做这件事呢? 不是好玩,只是感到亲切,感到这是我们自己的杂志。特别在这异国的土地上,用我们自己的母语来抒发自己的思乡之情特别亲切。"④

这一点,也得到留学生出身的网络作家和海内外研究者的认同。留

---

① 老王:《网事如风》,"沉心斋文摘"(http://www.webjb.org/php/wen_zhai/wzdis.pl? article=1483)。

② 万精油:《每周一题的出笼》,《国风》,第 9 期(1997 年 8 月 17 日出版)。

③《华夏文摘》编辑部:《〈华夏文摘〉的心愿》,《华夏文摘》,第 40 期(1992 年 1 月 3 日出版)。

④ 鲁冰夫:《电脑中文杂志〈华夏文摘〉》,《华夏文摘》增刊,第 34 期(1994 年 4 月 5 日出版)。

学生出身的方舟子说:"身处外语环境,分散在世界各个角落——那个赖以栖身的角落可能连一份像样的中文报刊都没有,留学生们更有在网络上发表、交流和阅读的迫切需要……这一切注定了海外的电子出版的繁荣。"[1]美国南加州大学东亚语言文学系的陆丙甫说:"电网中文杂志(笔者注:中文网络杂志)的意义绝不限于散居全球的华夏子女的'心灵安慰'和感情纽带。更重要的,它是我们同自己原属文化间的纽带。"[2]厦门大学中文系的黄鸣奋教授在国家社会科学基金项目的最终研究成果《超文本诗学》一书中也说:"促使《华夏文摘》、《郁金香》(笔者注:这是中国留荷同学会于1994年12月创办的综合电子月刊)等杂志的编委及其作者群在谋生之余孜孜不倦地耕耘电子文学领域的动力,与其说是身居异邦的怀旧心理,还不如说是难以消释的文化情结,即对华文或汉语的认同。对于这些人来说,外语用得再熟练也毕竟是'外'语,只有汉语才是母语,它不仅构筑了他们的文化家园,而且决定了他们的文化存在。"[3]

二、《华夏文摘》的编辑

正是这种对母语文化的认同和渴望,加上网络杂志的特性,使《华夏文摘》的编辑呈现四个特点:

(一)《华夏文摘》不存在传统意义上的"编辑部"和"印刷厂"

作为一份中文网络杂志,《华夏文摘》创办之初,没有自己的电脑工作站,只是编辑们各显神通,在各自就读的大学的网站里申请了电子信箱

---

[1]方舟子:《海外的中文电子刊物——中文国际网络纵横谈之二》。方舟子原注:原载《中国青年报·电脑周刊》,发表时有删节。"新语丝"之"方舟子诗文集"(http://www.xys.org/xys/netters/Fang-Zhouzi/Net/emagazine.txt)。
[2]陆丙甫:《百花齐放的环球电网中文杂志一览》,《华夏文摘》,第200期(1995年1月27日出版)。
[3]黄鸣奋:《超文本诗学》,厦门大学出版社,2001年,第314页。

作为稿件的接收地址。编辑好的每一期《华夏文摘》,则通过电子邮件直接发送给订户。

直到1993年3月,由留学加拿大的范小生发起成立了"《华夏文摘》之友",开展为《华夏文摘》添置专用电脑的募捐活动,一个多月间,共收到各方捐款14300多美元。① 1993年6月,CND购买的工作站SUN Space II(兼容机)正式联网使用②,《华夏文摘》才有了自己的电脑工作站。

《华夏文摘》的编辑理浩说:"刨根究底,'《华夏文摘》编辑部'在物理意义上不过是(美国)圣地亚哥超级计算中心的那台SUN 工作站(CND.ORG)硬盘上一个微小的区域而已……《华夏文摘》的印刷厂既无厂房又无印刷设备,然而遍布全球的读者们只要乐意,在半小时内都可以自行印出精美而统一格式的PS版本。"③

(二)《华夏文摘》的编辑具有较高的学历,且全都是义务工作者

《〈华夏文摘〉发刊词》称:《华夏文摘》"所有编辑人员都没有任何报酬,全部是志愿工作者"。十二年来,《华夏文摘》始终坚持了这一点。鲁冰夫介绍说:"所有编辑人员都是业余工作者。他们或者正在攻读硕士或博士学位,或者已经获得学位并在从事自己与《华夏文摘》无关的专业工作……在《华夏文摘》编辑部,谁都可以当责任编辑,只要你愿意奉献出你的时间。"④

---

① 《华夏文摘》编辑部:《"〈华夏文摘〉之友"宣告成立》,《华夏文摘》,第101期(1993年3月5日出版)。鲁冰夫:《电脑中文杂志〈华夏文摘〉》,《华夏文摘》增刊,第34期(1994年4月5日出版)。

② 鲁冰夫:《电脑中文杂志〈华夏文摘〉》,《华夏文摘》增刊,第34期(1994年4月5日出版)。

③ 理浩:《一期〈华夏文摘〉是怎样诞生的》,《华夏文摘》增刊,第34期(1994年4月5日出版)。

④ 鲁冰夫:《电脑中文杂志〈华夏文摘〉》,《华夏文摘》增刊,第34期(1994年4月5日出版)。

1996年3月,时任《华夏文摘》主编的温冰在自己的刊物上发表了一篇深情的回忆文章《CND的七年》。他在文章中写道:"CND白手起家,七年来从来没有过固定的经费来源……CND通过电脑网络运行,没有办公室,也没有雇员。CND最大的资产就是我们的义务工作人员……我们实在是一些很普通的人,有的有工作,有的还在学校里攻读学位。我们大都担负着养家糊口的重任,总免不了要为房租房款、水电煤气、孩子教育以及自己前途等操心费神。但是,一个活跃的义务工作人员每周至少投入30个小时为CND工作……CND所有工作人员都用自己的计算机和网络账号上网工作……而我们为CND所做的工作是得不到分文报酬的。"①在文章中,温冰谈的虽然是CND,但CND主办的各种电子刊物中,最重要、最具影响的就是《华夏文摘》。

(三)《华夏文摘》的编辑分布在世界各地,许多编辑之间甚至从未见过面

至2002年9月27日,《华夏文摘》已出版正刊600期。据笔者统计,共有来自6个国家的68位义务工作者编辑了这600期杂志(不含增刊),详见表二:

表二:《华夏文摘》正刊历任编辑所在国家统计表(截至2002年9月第600期)
资料来源:《华夏文摘》第1期至第600期。　　　　　　　　　　单位:人

编辑所在国家	美国	加拿大	澳大利亚	英国	芬兰	瑞典	总计
人	47	12	3	3	2	1	68

注:编辑以其最初所在国家进行统计,如华新民由加拿大前往美国、陈天寒由英国前往美国,在此表中均将华新民列入加拿大、陈天寒列入英国进行统计。

---

①温冰:《CND的七年》,《华夏文摘》,第259期(1996年3月15日出版)。

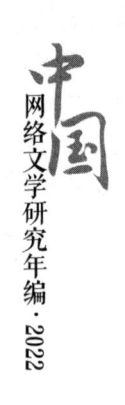

此外，如在法国的戴捷等人，因只担任校对工作，故未被统计在内。

据鲁冰夫介绍，因为《华夏文摘》的编辑分布在世界各地，因此，"绝大多数编辑人员互相从未见过面，也从未有机会电话交谈，编辑们通过电脑通讯网相识，组成了一个志同道合的编辑集体"①。

（四）《华夏文摘》的责任编辑实行轮换制，并拥有较大的自主权

《华夏文摘》实行的是责任编辑制，直接对每一期《华夏文摘》负责的是该期的责任编辑，一般每任责任编辑负责两期的编辑工作。责任编辑的助手是校对，也是一任两期。当然，责任编辑允许连任。

《华夏文摘》每期的责任编辑提前两三个星期收集文章，提前一个星期将样稿发给其他编辑进行讨论。责任编辑有权决定本期的一切内容。在样稿公布之前，其他人无从得知其中的内容。而且，在定稿时万一出现争论，每位编辑都有发言权，在主编出面而争议仍不能平息时，实行一人一票表决制，责任编辑、校对和主编都必须服从这最终裁决。②

三、《华夏文摘》的读者

由于对母语文化的认同和渴望，以及网络杂志的特性，《华夏文摘》的读者具有三个特点：

（一）《华夏文摘》在其创办的前六年里，读者数量增长很快

在创刊的头六年多里（1991年4月至1996年12月），《华夏文摘》的读者呈现快速增长的态势，详见表三：

---

①鲁冰夫：《电脑中文杂志〈华夏文摘〉》，《华夏文摘》增刊，第34期（1994年4月5日出版）。

②鲁冰夫：《电脑中文杂志〈华夏文摘〉》，《华夏文摘》增刊，第34期（1994年4月5日出版）。

表三:《华夏文摘》直接订户数增长一览表(截至 1996 年 12 月)

资料来源:1.《〈华夏文摘〉周年回顾与展望》。《华夏文摘》第 53 期(1992 年 4 月 3 日出版);

2.《〈华夏文摘〉小档案》。《华夏文摘》第 100 期(1993 年 2 月 26 日出版);

3.《CND〈华夏文摘〉200 期编者、读者庆会》。《华夏文摘》第 200 期(1995 年 1 月 27 日出版);

4. 唐泓:《〈华夏文摘〉出版 300 期以来各种发行渠道的统计数字》。《华夏文摘》第 300 期(1996 年 12 月 2 日出版)。

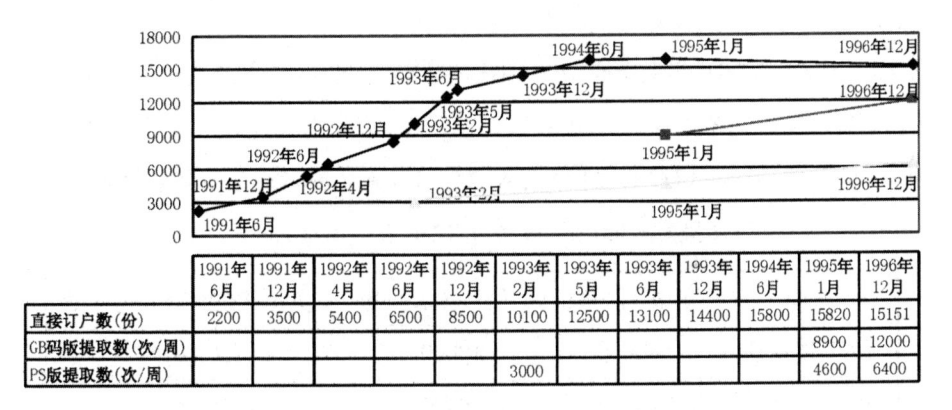

	1991年6月	1991年12月	1992年4月	1992年6月	1992年12月	1993年2月	1993年5月	1993年6月	1993年12月	1994年6月	1995年1月	1996年12月
直接订户数(份)	2200	3500	5400	6500	8500	10100	12500	13100	14400	15800	15820	15151
GB码版提取数(次/周)											8900	12000
PS版提取数(次/周)						3000					4600	6400

在《华夏文摘》兴盛的 1996 年 12 月,有 15151 人成为它的直接订户,它的读者分布在 48 个国家和地区,总数超过 150000 人。它的万维网网页每周被访问 1511000 次,同时,它的 GB 码版每周被提取 12000 次,PS 版每周被提取 6400 次①。

---

①唐泓:《〈华夏文摘〉出版 300 期以来各种发行渠道的统计数字》,《华夏文摘》,第 300 期(1996 年 12 月 27 日出版)。

（二）《华夏文摘》的读者分布在世界各地

《华夏文摘》读者的另一个特点，是其读者分布在世界各地，详见表四：

表四：《华夏文摘》读者总数及分布统计表（截至1996年12月）

资料来源：1.《〈华夏文摘〉周年回顾与展望》。《华夏文摘》第53期（1992年4月3日出版）；

2.《〈华夏文摘〉小档案》。《华夏文摘》第100期（1993年2月26日出版）；

3.《CND读者群的地理分布》。《华夏文摘》增刊第34期（1994年4月5日出版）；

4.《CND〈华夏文摘〉200期编者、读者庆会》。《华夏文摘》第200期（1995年1月27日出版）；

5. 唐泓：《〈华夏文摘〉出版300期以来各种发行渠道的统计数字》。《华夏文摘》第300期（1996年12月2日出版）。

时间	直接订户数	估计读者总数	读者所在国家和地区数
1992年4月	5400份	10000人	20多个
1993年2月	10100份	35400人	30多个
1994年4月	14821份	不详	33个
1995年1月	15820份	不详	40多个
1996年12月	15151份	150000人以上	48个

由于中国大陆地区一般无法从网络上直接阅读《华夏文摘》，所以在上述统计数字中，中国大陆地区读者只占很小比例。例如，1994年4月，

《华夏文摘》有直接订户 14821 份,中国大陆地区仅 9 份①;1996 年 12 月,《华夏文摘》有直接订户 15151 份,中国大陆地区仅 437 份②。

(三)《华夏文摘》发展史上的一些大事,是由读者促成的

具体表现在几件事上:

(1)如前文所述,1993 年 6 月,《华夏文摘》购买的电脑工作站主要靠的是读者的捐款;

(2)1993 年 7 月,《华夏文摘》出版了增刊第 22 期"中文新闻组 ACT 文选专辑",据该期编辑李晓渝介绍,为 ACT 出文选,其主意来自美国宾夕法尼亚州立大学的读者王锋;在该期编辑过程中,又得到在加拿大的读者黄宇的帮助③;

(3)1996 年 3 月,在读者尹汀的帮助下,波士顿的布鲁克林公共图书馆柯立芝角分部将《华夏文摘》打印本作为馆内的一种杂志提供给公众阅读。这是《华夏文摘》第一次正式被公共图书馆收藏④。

应特别指出的是,上述关于《华夏文摘》读者的分析,只截止到 1996 年 12 月。在这之后,《华夏文摘》未再公布其读者情况。笔者曾通过电子邮件与《华夏文摘》编辑部联系,希望获得有关数据以便继续开展研究,但对方没有回信,故其后具体情况不得而知。

---

①《华夏文摘》编辑部:《CND 读者群的地理分布》,《华夏文摘》增刊,第 34 期(1994 年 4 月 5 日出版)。

②唐泓:《〈华夏文摘〉出版 300 期以来各种发行渠道的统计数字》,《华夏文摘》,第 300 期(1996 年 12 月 27 日出版)。

③李晓渝:《中文新闻组 Alt. Chinese. Text 文选专刊代序》,《华夏文摘》增刊,第 22 期(1993 年 7 月 11 日出版)。

④尹汀:《〈华夏文摘〉进了公共图书馆》,《华夏文摘》,第 275 期(1996 年 7 月 5 日出版)。

四、《华夏文摘》的主要内容和性质

虽然号称"中文网络杂志",其实除了通过网络发行外,《华夏文摘》的内容与传统的纸质刊物并无不同,即都以文字为主,它甚至还不如传统的纸质刊物,因为它不登图片、相片,也没有题图和插花。也就是说,《华夏文摘》的正刊和副刊均不采用超媒体(hypermedia)和超文本(hypertext)这两项网络媒体特有的技术;任何一期《华夏文摘》都可以很容易地输出文字打印本。

作为一份文摘类杂志,《华夏文摘》所刊载的文稿主要取自海内外各家中文刊物。他们联系了北美和欧洲的数家中文杂志,并得到了转载文章的许可和具体协助。同时,他们还从国内各种期刊上选摘文章。① 当然,正如方舟子所指出的:"是否事先征得过这些报刊的同意,不得而知。"②

《〈华夏文摘〉发刊词》称:《华夏文摘》"是一个微型的综合性杂志,力图包容政治、经济、文化、艺术、科学等各个方面",因此,在《华夏文摘》正刊里,包罗了方方面面的文章,要从其正刊中对《华夏文摘》的主要内容和刊物性质下结论是困难的。但是,《华夏文摘》同时发行专题性的增刊,每期增刊一个专题。笔者认为,从其增刊中就比较容易对《华夏文摘》的性质做出判断。为此,笔者将《华夏文摘》的增刊主题,归纳为三个方面进行统计:一是"中国当代社会",包括社会热点话题、中国的国际关系等;二是"文学",包括留学生创作的文学作品和海内外华文作家作品

---

①鲁冰夫:《电脑中文杂志〈华夏文摘〉》,《华夏文摘》增刊,第 34 期(1994 年 4 月 5 日出版)。

②方舟子:《海外的中文电子刊物——中文国际网络纵横谈之二》。方舟子原注:原载《中国青年报》"电脑周刊",发表时有删节。"新语丝"之"方舟子诗文集"(http://www.xys.org/xys/netters/Fang-Zhouzi/Net/emagazine.txt)。

介绍;三是"其他",指无法归入上述方面的其他内容,包括留学生活指导、互联网介绍、ACT 文选、卢刚事件、顾城事件、甲午战争、抗日战争、《社会契约论》和国际热点话题等。

五、《华夏文摘》的发展阶段及近期特点

从 1991 年 4 月创办至今(2002 年撰文时),《华夏文摘》已走过前后十二年。笔者认为,《华夏文摘》的这十二年可以分为四个时期:

(一)初创期(1991 年 4 月—1992 年 3 月)

创办初期,《华夏文摘》曾遭遇所有新办杂志同样的问题:稿源、编辑水平、市场……尤其作为一份免费的网络杂志,《华夏文摘》还面临着新困难:没有职业编辑,没有稿酬,没有用以扩大影响的广告预算……甚至没有前人的经验教训可以借鉴,因为《华夏文摘》是世界上第一份中文网络杂志。

因此,《华夏文摘》初创期水平不高,在所难免。读者反馈中,有善意的批评:"我是《华夏文摘》之忠实读者,但是我在很大程度上觉得贵刊的文摘面很窄……故我建议贵刊能够扩大文摘来源,使其能够吸引更多的读者。"①也有冷嘲热讽:"这帮人,吃饱了撑的,自封编辑,办起了《华夏文摘》。"对此,早期的编辑晨剑大为感慨:"'吃饱了'谈不上,'撑'是实实在在的。撑了五个月了!主编撑不住了,换一个再撑。"②苦撑的原因很简单:"新的文章很难投到《华夏文摘》来。不仅没有一分钱的稿费,还要花时间输到计算机上去。好文章就更难喽。"③在完成外国大学严格正规的学术训练之余,要去餐馆洗盘子来养活自己。洗完盘子回到住处或学

---

①来源于德国的读者王孟和的来信,《华夏文摘》,第 21 期(1991 年 8 月 23 日出版)。
②晨剑:《编后语》,《华夏文摘》,第 23 期(1991 年 9 月 6 日出版)。
③晨剑:《编后语》,《华夏文摘》,第 24 期(1991 年 9 月 13 日出版)。

校,拖着疲惫的身躯上网,"学雷锋",为华人办一份完全免费的电子周刊。一周一次,从未中断——笔者对他们的爱国、良知和毅力表示钦佩。

(二)发展期(1992年3月—1993年2月)

1992年3月30日,《华夏文摘》出版增刊第1期"参考消息专辑"。从此,以专题形式出版的增刊随即成为《华夏文摘》出版的一种重要形式。① 同月,《华夏文摘》开展"乡情"有奖征文活动,至同年6月结束。1992年7月,《华夏文摘》出版增刊第5期"乡情专辑",收入此次有奖征文活动的获奖作品等。②

显然,这些活动扩大了《华夏文摘》的影响。1992年4月,《华夏文摘》的直接订数首次超过5000份(参见表三:《〈华夏文摘〉直接订户数增长一览表》)。笔者认为,这标志着《华夏文摘》进入发展期。

(三)繁荣期(1993年2月—1996年12月)

1993年2月6日,《华夏文摘》推出增刊第14期"海外留学生作品专辑"。③ 同月,《华夏文摘》的直接订数首次超过10000份(参见表三:《〈华夏文摘〉直接订户数增长一览表》)。笔者认为,这标志着《华夏文摘》进入繁荣期。

《华夏文摘》之所以很快进入发展期和繁荣期,笔者认为最主要的原因有两个:(1)如前文所述,在庞大的留学生队伍和海外华人中存在着一种对母语文化的认同和渴望,《华夏文摘》的出现正满足了他们的这一需求;(2)从1992年6月28日ACT建立起,《华夏文摘》就同时张贴在ACT上发行。1993年后,随着上ACT的人越来越多,《华夏文摘》的影响也越

---

① 《华夏文摘》增刊,第1期(1992年3月30日出版)。
② 《华夏文摘》增刊,第5期(1992年7月6日出版)。
③ "海外留学生作品专辑"收小说《镜子》(赵太)、随笔《论中西文化之异同》(还新)、小说《新春》(老陕)等三篇,《华夏文摘》增刊,第14期(1993年2月6日出版)

来越大。①

(四)衰退期(1997年初至今)

笔者认为《华夏文摘》处于衰退期,因为在这一时期里,《华夏文摘》表现出如下四个特点:

(1)读者数可能有所下降。如前文所述,《华夏文摘》曾详细公布了1996年12月之前其读者增长的相关数据,但1997年后不再公布这类数据。据笔者估计,《华夏文摘》的读者数在1997年后可能有所下降,如果情况果真如此,原因可能有以下两方面:①中文网络杂志日渐增多和万维网的日益繁荣,使读者有了更多的选择;②中国大陆地区至今未能从网络上直接阅读到《华夏文摘》,使《华夏文摘》的影响无法进一步扩大。

(2)如前文所述,《华夏文摘》的责任编辑纯属义务工作,因此实行轮换制,一般每任负责2期杂志的编辑工作。正常情况下,每年52期杂志,需编辑26人。但笔者注意到:近年来,每年义务充当《华夏文摘》编辑的人数呈下降趋势,每年新增加的编辑人数减少,在任的编辑工作任务加重,这表明《华夏文摘》的编辑部处于萎缩状态。详见表五:

表五:《华夏文摘》正刊编辑及出版刊物情况统计表(截至2002年9月第600期)
资料来源:《华夏文摘》第1期至第600期。
注:2002年第562期和第580期《华夏文摘》文件打不开,故编辑、出版情况不详。

---

① 方舟子:《海外的中文电子刊物——中文国际网络纵横谈之二》。方舟子原注:原载《中国青年报》"电脑周刊",发表时有删节。"新语丝"之"方舟子诗文集"(http://www.xys.org/xys/netters/Fang-Zhouzi/Net/emagazine.txt)。

年份	当年编辑（人）	当年共出版刊物数（期）	当年新增编辑（人）	当年编辑4期以上刊物的编辑（人）
1991	14	39	14	4
1992	19	52	15	5
1993	15	53	7	7
1994	19	52	10	4
1995	13	52	4	4
1996	12	52	3	4
1997	7	52	1	6
1998	9	52	4	5
1999	7	53	2	5
2000	9	52	3	6
2001	7	52	1	5
2002	6	39	1	4

此外,笔者还注意到:《华夏文摘》编辑部中在任的编辑工作任务加重,有些人甚至到了超负荷的地步,详见表六:

表六:《华夏文摘》1997年—2002年每年编辑8期以上正刊编辑名单及其编辑期数一览表

资料来源:《华夏文摘》第301期(1997年1月3日)至第600期。

注:2002年第562期和第580期《华夏文摘》文件打不开,故编辑、出版情况不详。两人共同担任某期杂志责任编辑,每人按0.5期计算。　　　　单位:期

编辑姓名	所在国家或地区	1997年	1998年	1999年	2000年	2001年	2002年
徐名扬	澳大利亚	15.5	15	15	12		
萧同	美国	8.5	9				
李彤彬	美国	11	13	12	8		
唐泓	美国						15
赵桦	美国			11			
1997年	1998年	1999年	2000年	2001年	2002年		
吴峰	美国				9		
吕青	加拿大				8		
顾铮	美国					13	
思语	美国					12	8
陈天寒	英→美				12		

3.按本文第四部分所述分类方法对《华夏文摘》增刊主题进行统计，笔者发现：《华夏文摘》关注的焦点范围日渐缩小，主题趋于单调。

4.《华夏文摘》缺乏有影响的新闻活动。

六、《华夏文摘》的贡献

(一)《华夏文摘》是世界上第一份中文网络杂志，并得到了广泛的认同

如前文所述，《华夏文摘》是公认的世界上第一份中文网络杂志。[1]

---

[1] 方舟子曾辨析说："最近一位网友说，他们学校中国学生学者联谊会的通讯早在那之前就已在网络上传播。某个地方的中文通讯很早就已上网是有可能的，但是首次在世界范围内发行并引起了较大反响的，应该还是《华夏文摘》。"[方舟子：《海外的中文电子刊物——中文国际网络纵横谈之二》。方舟子原注：原载《中国青年报》"电脑周刊"，发表时有删节。"新语丝"之"方舟子诗文集"(http://www.xys.org/xys/netters/Fang-Zhou-zi/Net/emagazine.txt)]。

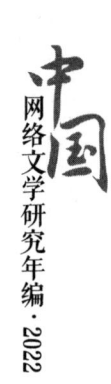

《华夏文摘》编辑部对此显然也非常看重。从1991年4月16日出版的《华夏文摘》第3期起,《华夏文摘》在每一期的刊头都标明"全球首家电脑中文周刊(或期刊)"。

作为一份中文网络杂志,《华夏文摘》得到了广泛的认同。1995年11月,《华夏文摘》和《枫华园》(加拿大中国学者学生联合会主办的综合电子半月刊)这两种中文电子刊物被美国图书馆界和世界上最大的电脑图书网络系统 OCLC(Online Computer Library Center)正式编目,从此,世界上四千多所大学与公共图书馆的读者都可以在图书馆的网络上阅读《华夏文摘》和《枫华园》的每一期刊物。[①] 又,如前文所述,1996年3月,《华夏文摘》第一次被公共图书馆收藏。

(二)《华夏文摘》发表了世界上第一篇中文网络文学作品和第一篇中文网络小说

关于什么是网络文学,有各种不同的意见,说来话长。在这里,笔者采用的定义:网络文学是网民在网络上原创发表的、以网民为阅读对象的文学作品。

据此定义,笔者认为,第一篇中文网络文学作品是《不愿做儿皇帝》。这是一篇杂文,作者是美国普林斯顿大学的张郎郎,发表于1991年4月16日出版的《华夏文摘》第3期。

关于这一点,因为事关中文网络文学研究的起点,笔者不得不进行必要的辨析。有人认为,旅美作家少君(钱建军)的作品《奋斗与平等》(发表于1991年4月26日出版的《华夏文摘》第4期),是第一篇网络小说。华侨大学教授顾圣皓在《少君的创作与人生追求》一文中说:"少君……

---

① 永毅:《美国图书馆电脑网络的突破——〈华夏文摘〉〈枫华园〉被正式编目》,《华夏文摘》,第242期(1995年11月17日出版)。

的《奋斗与平等》,是全球第一家中文电子周刊《华夏文摘》上的第一篇留学生小说。"①北美《自由人报》总编陈瑞琳在《网上走来一少君——兼论少君的〈人生自白〉》一文中说:"1988年赴美留学的少君,堪称这一代海外新移民读书创业的杰出代表。追溯他的网络创作活动,正式始于1991年4月所写的第一篇留学生小说《奋斗与平等》,这也是今天网络文学研究中所发现的第一篇中文网络小说。"②南京大学中文系郭媛媛也说:"颇负盛名的少君,1991年4月在网上发表了,据有关研究者认为是第一篇中文网络小说的《奋斗与平等》(亦为全球第一家中文电子周刊《华夏文摘》上的第一篇留学生小说)。"③

笔者认为,这种看法很值得商榷。《奋斗与平等》是否属于小说颇可怀疑,与作者在《中国之春》1991年2月号上发表的同类文章《愿上帝保佑我们》对比之后,笔者认为《奋斗与平等》应该是一篇散文,记载了第三者口述的奋斗和"成功"的经历,与近两年流行的"口述实录"相似——这种文体,虽非"少君"首创,但其弘扬之功,还是值得肯定的。

关于《奋斗与平等》是"第一篇网络小说"的说法,少君本人也是提倡者之一。1999年4月25日,少君在美国哈佛大学燕京学社所作的题为"网络文学的前景与问题"的演讲中说:"《华夏文摘》,在思国怀乡深情中应运而生……从一九九一年第四期的第一篇留学生小说《奋斗与平等》到后来连载十四期的《回国求职随笔》,都在留学生和华人社会中引起极

---

①顾圣皓:《少君的创作与人生追求》,《华文文学》,2000年第1期,第41页。注:原作以"《在大地和天空之间翱翔》——记北美华文作家少君"为题,发表于美国《达拉斯新闻》1997年3月21日副刊。"今日作家"网(中国作协主办)(http://www.chinawriter.org/jzss/zjzj/qsj/qsj1.htm)。

②陈瑞琳:《网上走来一少君——兼论少君的〈人生自白〉》,"宇华网"(http://www.yuhuaweb.com/culttempf.asp?nid=4037&colid=104)。

③郭媛媛:《点击:少君个人主页》,"今日作家网"(中国作协主办)(http://www.chinawriter.org/jzss/zjzj/qsj/qsj26.htm)。

大的反响。"这一演讲,后来被少君本人写成文章《〈网络哈佛〉——哈佛大学纪行》。①

细论起来,《奋斗与平等》讲述了一位在美华人通过自己的奋斗,终于赢得体面的中产阶级生活的故事。文章的最后,口述者"我"发表了一番自以为是的言论。这篇文章发表之后,立即有与文中主人公相似背景(在美国的技术研究所任高级工程师)的读者来信反映:"读后觉得十分反感……我想,你就是再发了,变成个百万富翁,也大可不必这样趾高气扬地对同胞说话。"②

因此,笔者认为,少君的作品《奋斗与平等》不能算是第一篇中文网络小说。据前文所述"网络文学"定义的标准,笔者认为,第一篇中文网络小说应是小小说《鼠类文明》(作者佚名),发表于1991年11月1日出版的《华夏文摘》第31期。

(三)《华夏文摘》最早提出了"万维网"的译名

1994年6月4日,CND 的万维网服务站正式开通。《华夏文摘》在启事中,第一次将 WORLD WIDE WEB 译为"万维天罗地网",简称"万维网",这三个汉字拼音的开头,也是"WWW"③。这一中文译名后来被广泛接受。

(四)《华夏文摘》成为在海外的中国留学生和海外华人发表作品、表达情感的重要场所,并保存了大量珍贵史料

截至2002年9月,《华夏文摘》共出版正刊600期、增刊307期,它是

---

①少君:《〈网络哈佛〉——哈佛大学纪行》。"今日作家网"(中国作协主办),http://www.chinawriter.org/jzss/zjzj/qsj/qsj17.htm.

②牛异(GM 公司俄勒冈州动力研究所高级工程师):《读者来函》,《华夏文摘》,第5期(1991年5月3日出版)。

③《华夏文摘》编辑部:《CND 开始万维网服务》,《华夏文摘》,第166期(1994年6月3日出版)。

在海外的中国留学生和海外华人中影响最广的中文媒体之一。作为一个综合性的中文网络周刊,《华夏文摘》已经成为在海外的中国留学生和海外华人发表作品、表达情感的重要场所。

不仅如此,《华夏文摘》还保存了大量的珍贵史料。这些珍贵史料包括三个方面:

1. 留学生文学作品方面。如《华夏文摘》增刊第 5 期"乡情专辑"(1992 年 7 月 6 日出版)、增刊第 14 期"海外留学生作品专辑"(1993 年 2 月 6 日出版)、增刊第 27 期"留学生文学专辑"(1993 年 10 月 10 日出版)、增刊第 29 期"留学生作品专集"(1993 年 12 月 25 日出版)、增刊第 35 期"归国见闻与感想专集"(1994 年 5 月 15 日出版)、增刊第 76 期"留学生文学专集"(1996 年 1 月 21 日出版)、增刊第 80 期"留学生文学专辑之二"(1996 年 4 月 1 日出版)等。

2. 中文互联网方面。如《华夏文摘》增刊第 13 期"信息与生活专辑"(1993 年 1 月 31 日出版)、增刊第 18 期"信息与生活专辑之二"(1993 年 4 月 26 日出版)、增刊第 22 期"中文新闻组 ACT 文选专辑"(1993 年 7 月 11 日出版)、增刊第 24 期"怎样获取、阅读及打印《华夏文摘》专辑"(1993 年 8 月 7 日出版)、增刊第 34 期"电脑网络与电子刊物专辑"(1994 年 4 月 5 日出版)等。此外,陆丙甫《百花齐放的环球电网中文杂志》一文刊登在《华夏文摘》第 200 期(1995 年 1 月 27 日出版)上,较全面地介绍了当时全球中文电子刊物的概况和联系方法。

3.《华夏文摘》自身资料方面。《华夏文摘》将已发表的文章分门别类,建立了一个"华夏文库"。截至 2002 年 9 月,"华夏文库"共收录了 220 位作者和 35 个专栏的文章。

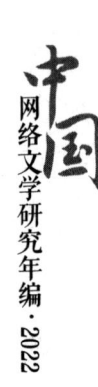

作为一份仍在继续出版的中文网络杂志,本文只是对《华夏文摘》的初步研究,研究资料截至 2002 年 9 月 27 日《华夏文摘》第 600 期(另有增刊 307 期)。

网络作家职业生涯周期年龄规律研究
——基于中国作协会员中网络作家样本数据得出的结论

陈 峰 乔 石 撒雪晴 夏恩君

引言

近年来,随着我国数字技术的蓬勃发展,文学在"资本""互联网"技术的助力下以网络文学的"新形态"达到了前所未有的繁荣。据统计,我国网络文学用户超过4.6亿人,网络文学作品总数超过2500万部,网络作家群体超过2130万人,网络文学成为当代普通人记录当代中国的重要载体,在满足人民群众精神文化需求方面发挥了无可替代的重要作用,被认为是社会主义文学的重要组成部分和世界四大文化现象之一。[1]

网络文学的繁荣是多因素导致的,其中众多网络作家的辛勤创作是根本原因之一。网络作家是指与网络文学网站签约,在互联网上创作、发表作品赚取收入的职业书写者。[2]近年来,新文艺群体的亮相受到了党和国家的高度关注,对于网络作家来说,从宣传部门到文学管理部门都高度重视,成立机构、增设人员、加强沟通、跟进服务,多部门相继出台网络作家人才扶持政策。但是,由于对网络作家职业生涯的研究匮乏,出台的政策多是延续了传统文学的扶持思路,适合网络作家职业特点的扶持手段还很有限,在此情况下,加强对网络作家职业生涯的研究显得颇为急迫。通过对网络作家职业生涯周期的研究,可以分析网络作家在职业生涯早期、中期、后期不同阶段的职业特点,从而针对不同阶段采取不同的激励措施,更好地促进网络文学人才的成长;从网络作家个人角度来说,

掌握网络作家职业生涯的年龄特点,可以更加有针对性地制定自己的职业生涯策略。

1. 文献综述

1.1 职业生涯周期管理研究概述

职业生涯是指一个人在一生中关于职业的选择,变化以及目标实现的过程,包括了职业发展的情况,如发展的过程、状态和结果等。[3]职业生涯管理研究绕不开年龄这个重要因素,通过对年龄的划分可以将网络作家职业生涯分为早期阶段、中期阶段、后期阶段[4],不同阶段有不同特征,也存在不同问题。伯格的《真实的叙述:琼生的人生与职业生涯》是较早论述作家职业生涯文章,其观点后来被郭晖等人质疑。[5]随着职业生涯内涵的不断扩展,研究者们建立了一系列动静结合的职业生涯理论模型,形成了一些比较成熟的理论体系,提出的职业生涯发展阶段理论主要是解释个体的成长与职业成长关系的理论,它扎根于发展心理学,与人的生命周期(也就是年龄)密不可分。[6]Cooke 梳理了 16 种职业生涯发展阶段模型,认为第一阶段是职业的探索阶段,主要集中在个体的学习,身体的成长阶段;第二阶段是适应阶段,适应工作,发展巩固自己的职业地位;第三阶段是发展阶段,内容就比较丰富,不尽相同了。[7]后来我国周文霞、郑美群、姚裕群等研究者提出职业生涯管理周期理论,并就周期中每个阶段进行了分析。关于网络作家的职业生涯的讨论散见于网络帖子中,如张天笑的《网络作家职业发展的变迁》等,他指出收入微薄是大多数人并不能把网络作家作为自己第一职业的重要原因,网络作家需要正确的引导与扶持,这样才能成为更多人的第一职业。

1.2 人才年龄曲线研究

职业生涯周期与年龄相关,通过对人才的年龄及其成果的研究,利用实证分析可构建理论模型研究相关的年龄规律,其中对科研人才科研创造峰值年龄变化规律的研究被认为是科学社会学研究的主要内容和前沿方向。[8]通过对人才成果曲线的研究可以找出对应的年龄规律。

人才的创造成果与年龄存在相关性。[9—14]相关人员对人文与社会科学领域学者、物理学家、化学家、知名人士、科学精英等群体的创作成果和年龄关系分析后,认为存在相关性[10,15—19];但有人对心理学家、经济学家、艺术家等的创作成果和创作年龄状况进行研究后认为不具有相关性,原因可能是选取的样本不同造成的。存在相关性是进一步研究的基础,经过咨询多名网络文学研究专家学者的意见,多数认为二者具有相关性。

人才年龄曲线形状有三种。一是单峰形状,表示人才的创造成果产出随着年龄的变化呈现出先增加后减少的趋势,此时曲线存在一个创造成果年龄高峰值,在此高峰值前曲线为单调递增的函数,在此高峰值后曲线为单调递减函数,图形呈现一种"倒U"形[14,20,21]。二是多峰形状,表示人才的创作成果随着年龄的变化会出现多个高峰点,此时人才开发策略更加丰富,手段更加多样[20—30]。三是直线(线性关系)形状[20,31]。经过分析,人才年龄曲线出现多种状态的原因是多方面的,采用不同数据类型会导致数据出现不同峰值;纵向数据会使年龄曲线出现单峰形状;横向数据会使年龄曲线出现多峰形状;采取纵向数据会忽视时代的差异性,采取横向数据会忽略群体的差异性[10,32]。

人才年龄曲线的"峰值"主要集中在40岁。人才年龄曲线的"峰值"是人才的"最佳创作年龄区",在此阶段从事创造活动,会比在别的年龄阶段更容易取得成功。文学、音乐、经济、科技、管理等领域的从业者人才

曲线峰值往往在40岁以下[31—41],这些职业是"年轻人的游戏"。历史、哲学、神学、音乐和文学等领域的从业者的人才曲线峰值一般超过40岁[20,25,32,42—48],被认为是"成熟者的乐园"。

网络作家是一门新兴职业,针对网络作家职业生涯的研究较少,在少数研究网络文学的文章中会偶尔被提到,比如沈乔在"2017年中国网络文学作家影响力榜"研究中指出2018年新出现上榜男作家15位,有一半是"90后"。[49]网络作家村村民平均年龄为31岁,35岁以下的占77%,"90后"已经成为网络文学创作的中坚力量。[50]通过对多位网络文学界专家的访谈可知网络作家群体多为年轻人。

2. 研究设计

2.1 样本和数据来源

网络作家通过笔名与公众见面,其真实身份、性别、年龄、职业往往很难知晓,外加人员流动性很大,研究对象难以选取。为了研究方便,必须固定某些条件,采用抽样方式来研究网络作家职业生涯的年龄规律。样本需在一定时间内相对固定,具有代表性,还要体现出较强的职业特点。经分析和向专家学者咨询后,中国作协会员中网络作家是较为理想的研究样本。中国作家协会会员有一万多人,其中网络文学会员有270人(截至2019年)。从社会承认过程来看,中国作协在吸纳会员过程中,会对入会申请者的入会前身份、作品数量和质量、推荐途径等进行审核把关,后经专家认同后在社会某特定范围内进行公示,从而完成的一种程序认证。网络作家会员身份的取得要经历市场承认、公众承认、权威承认和组织承认等多种承认形式,是一种综合承认。入会过程中填写的真实、有效、翔实的信息为网络作家职业生涯周期年龄研究提供了必要基础。

2.2 研究内容和方法

以中国作协会员中网络作家信息为基础,利用 Python 语言编写程序自动地抓取万维网关于作家作品和完结时间信息,在认真整理校对后,形成研究表格数据。利用统计学,使用 MINITAB 分析统计软件,对网络作家职业生涯周期相关的职业生涯进入年龄、最佳创作年龄、职业退出年龄的数据分布形式、模型和规律特点进行研究并做了相关分析,对数据进行显著性检验、总效果度量、回归系数显著性检验以及回归方程的残差分析和验证。

3. 研究过程与内容

网络作家职业生涯周期管理包含职业生涯早期、中期和后期的管理,职业生涯的各个阶段都有不同的特点和问题,网络作家要想取得职业成功需要在不同的职业阶段采取不同的应对措施。通过分析网络作家作品完结时间和作品创作时的年龄,可以得出三个职业生涯时期的年龄规律。

3.1 网络作家职业生涯早期职业进入年龄探析

职业生涯早期是指从进入职业前的职业选择、职业培训到进入组织的这一段时期。职业生涯早期员工的工作满意度对组织承诺具有显著的正向影响,对其离职倾向具有显著的负向影响。[51]对于网络作家来说,其首部作品完成时间可视作职业进入时间。网络作家的首部作品是其创作能力的综合体现,是经过创作、发表、签约、推广从而获得收益一系列成果的展现。

3.1.1 数据说明

在样本数据中,将网络作家完成首部作品日期减去出生日期,可得到网络作家首部作品创作年龄表。部分数据如表一所示(全部数据 261

条)。

表一 网络作家首部作品创作年龄表

编号	笔名	作品名称	创作时间(年)	创作年龄(岁)
1	安××贝	《告××安》	2000	27
2	紫××槿	《凯××尾》	2005	27
3	千×烟	《爱××豆》	2004	36
4	笑××起	《海×花》	2005	33
5	当××月	《明朝×××儿1》	2006	27
……	……	……	……	……
261	齐×	《工××主》	2011	42

3.1.2 网络作家职业进入年龄数据分布识别

在 MINITAB 软件中使用"统计—可靠性分析"功能对表一中数据与已知的 11 种数据分布进行拟合,可知对数正态、3 参数对数正态、对数 Logistic、3 参数对数 Logistic 分布与数据拟合效果较好。再根据拟合优度表的 AD 值数据进一步判断,可知网络作家职业进入年龄数据与 3 参数对数 Logistic 分布拟合效果最佳,其 AD 值为 0.702。

在 MINITAB 软件中利用"统计—可靠性—分布分析"功能,可得出网络作家首部作品创作年龄概率图,由图 1 可得到位置参数 $\mu = 2.99$,尺度参数 $\sigma = 0.16$;阈值参数 $T = 8.42$。

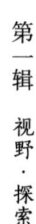

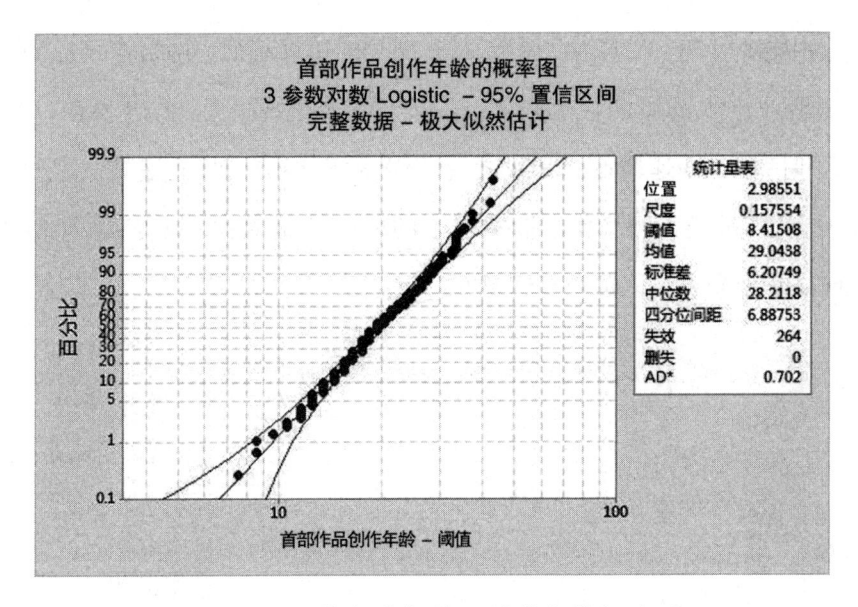

图 1　网络作家首部作品创作年龄概率图

将估计所得参数值带入 3 参数对数 Logistic 分布概率密度函数公式，可得网络作家职业进入年龄概率密度函数式为：

$$f(t)=\frac{exp\left\{\dfrac{ln(t-8.42)-2.99}{0.16}\right\}}{0.16(t-8.42)\left(1+exp\left\{\dfrac{ln(t-8.42)-2.99}{0.16}\right\}\right)^2} \quad (1)$$

3.1.4 网络作家职业进入年龄分析

利用 MINITAB 软件对网络作家首部作品创作年龄数据进一步处理，可以得到 PDF 图、经验积累分布函数图。

由图 2 可知，PDF 为凸函数，具有明显的单峰特征。网络作家在 18—49 岁职业进入的可能性比较大，在 28 岁可能性最大。在 28 岁前，PDF 随着年龄增长而递增；在 28 岁之后，PDF 随着年龄增长而递减。表明在 28 岁前，年龄越大网络作家职业进入的可能性越大；在 28 岁后，年龄越大网络作家职业进入的可能性越小。

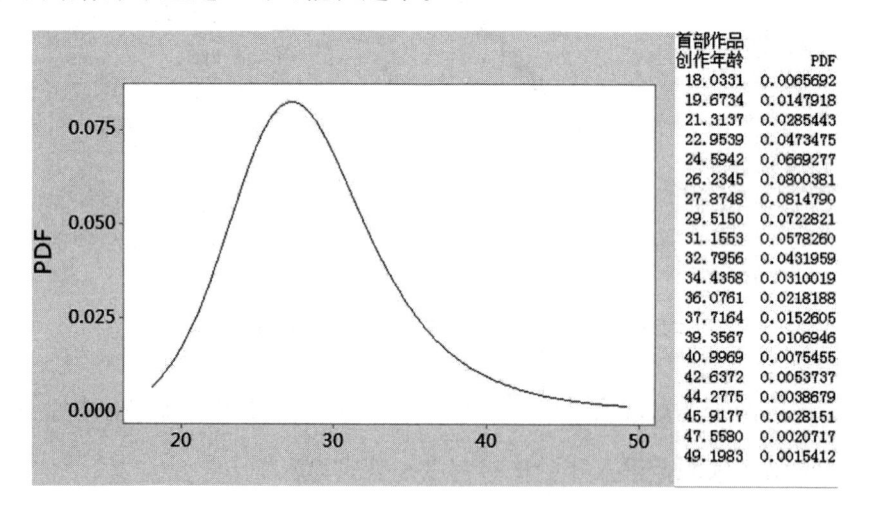

首部作品创作年龄	PDF
18.0331	0.0065692
19.6734	0.0147918
21.3137	0.0285443
22.9539	0.0473475
24.5942	0.0669277
26.2345	0.0800381
27.8748	0.0814790
29.5150	0.0722821
31.1553	0.0578260
32.7956	0.0431959
34.4358	0.0310019
36.0761	0.0218188
37.7164	0.0152605
39.3567	0.0106946
40.9969	0.0075455
42.6372	0.0053737
44.2775	0.0038679
45.9177	0.0028151
47.5580	0.0020717
49.1983	0.0015412

图 2　网络作家首部作品创作年龄概率密度函数图

由图 3 可知，80% 的网络作家在 33 岁前完成了首部作品的创作，即大多数的网络作家职业进入年龄小于 33 岁。23—35 岁是网络作家们职业集中进入的年龄。

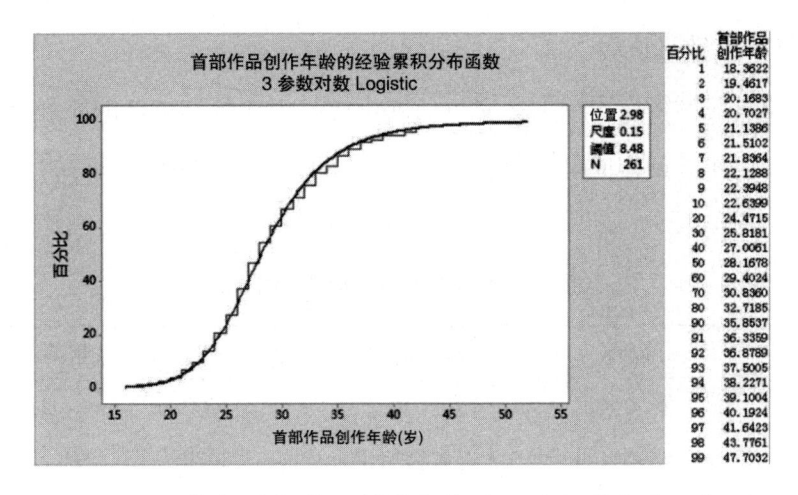

图3 网络作家首部作品创作年龄的经验积累分布函数图

综上可知,网络作家职业生涯早期职业进入年龄多在28岁,职业进入年龄区间为18—49岁;有超过80%的网络作家职业生涯进入年龄小于33岁。

3.2 网络作家职业生涯中期创作最佳年龄探析

职业生涯中期有两种界定方法,一个是根据个人职业发展状况来区分,一个是根据年龄来划分。根据职业生涯发展状况区分的时间段差异比较大,一般都是根据年龄来划分职业生涯[52]。职业生涯中期是个人职业生涯中时间跨度最长的一段时期,为28—45岁;在这一时期个人已选定了今后的职业发展方向并在这一方向上保持持续不断的努力以争取在这一领域得到较为稳定的地位;职业生涯中期是变化最多的一个时期[53],多元主义者的工作重心变得更加多样化;社群主义者的转变更加彻底[54]。职业生涯中期网络作家会达到创作的高峰,此时的年龄称谓最佳创作年龄,随后会遇到职业生涯高原,进入瓶颈期,了解最佳创作年龄,可以把握好时机,更好地展现自身才华。

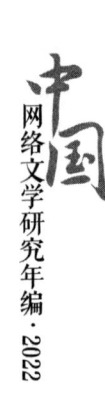

3.2.1 数据说明

通过对网络作家出生日期与其创作作品创作日期数据的整理,可以得到网络作家创作成果年龄表,部分内容如表(共有数据1767条)。

表二　网络作家创作成果年龄表

编号	笔名	作品名称	创作时间(年)	年龄(岁)
1	安××贝	《告××安》	2000	27
2	安××贝	《七×××生》	2000	27
3	安××贝	《彼×花》	2001	28
4	千×烟	《安××口》	2006	36
5	晴×	《大××飞》	2008	35
……	……	……	……	……
1767	齐×	《何×××缨》	2019	50

3.2.2 网络作家创作最佳年龄数据模型建立

利用 MINITAB 软件中"统计—可靠性分析"功能对网络作家创作成果年龄数据与已知的11种分布形式进行数据拟合并结合拟合优度表综合判断,由此可知数据与3参数对数正态分布拟合效果最佳,其 AD 值为 2.319。随后利用 MINITAB 软件"统计—可靠性—分布分析"功能可得出网络作家创作年龄概率图(图4),由图可知位置参数 $\mu=4.16$,尺度参数 $\sigma=0.09$,阈值参数 $T=-31.90$(四舍五入,保留两位小数)。

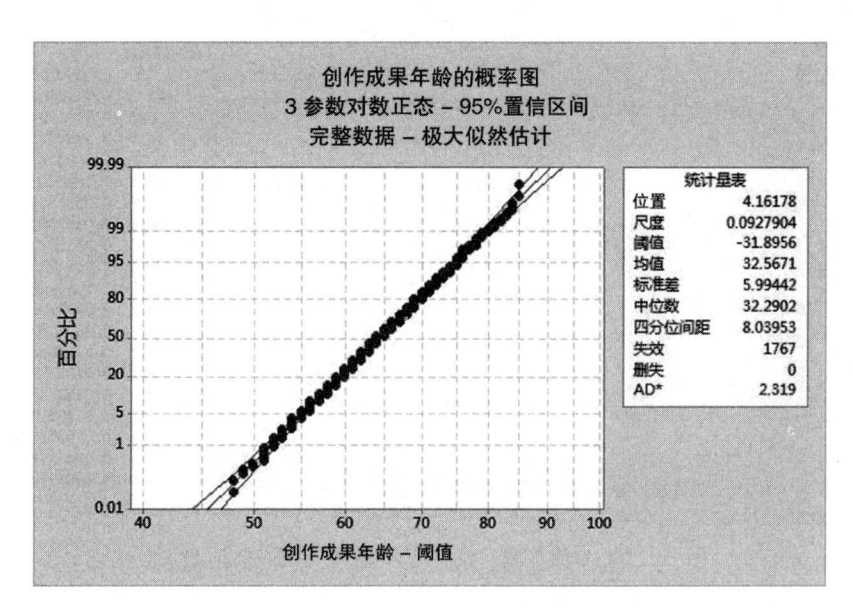

图4 网络作家创作成果年龄概率图

将所求参数代入3参数对数正态分布概率密度函数公式,可以得到网络作家创作成果年龄数据模型为:

$$f(t)=\frac{1}{0.09\sqrt{2\pi}}\frac{1}{t+31.9}e^{\frac{[ln(t+31.9)-4.16]^2}{2(0.09)^2}} \quad (2)$$

3.2.3 网络作家创作最佳年龄分析

利用 MINITAB 软件对网络作家创作成果年龄数据进行分析,可得到相应的 PDF 图、经验积累分布函数图。

图5为网络作家人才年龄曲线,PDF 为凸函数,形状为单峰形状。曲线存在峰值为32岁,即网络作家最佳创作年龄为32岁。在32岁前,PDF 随着年龄增加而递增;在32岁之后,PDF 随着年龄增长而递减。从网络文学作品角度可以推断网络作家的最佳创作年龄为32岁,在32岁之前其创作能力会随着年龄增加而逐渐增强;在32岁之后,其创作能力随着年龄增加而逐渐衰退。

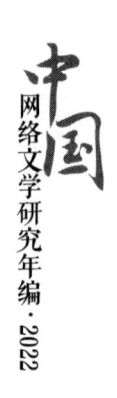

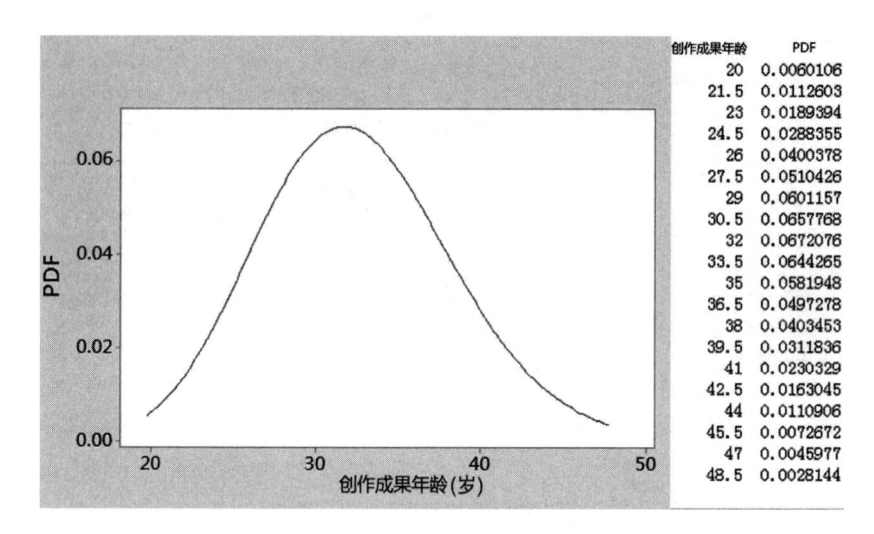

图 5 网络作家创作成果年龄概率密度函数图

由图 6 可知,大多数(90%)网络文学作品在创作的时候网络作家的年龄都低于 40 岁。

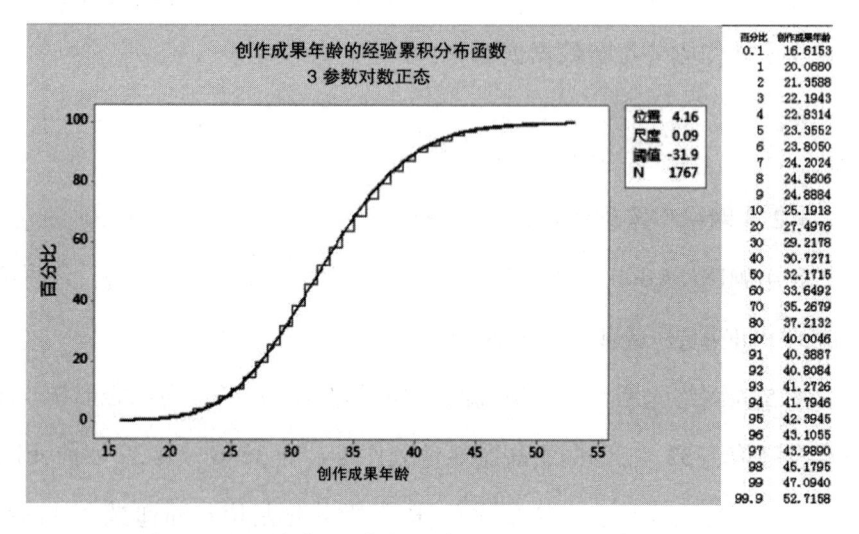

图 6 网络作家创作成果年龄的积累分布函数图

综上可知,32 岁是网络作家的最佳创作年龄;大多数的网络文学作品是在网络作家们 40 岁之前创作的;通过分析网络作家职业进入年龄

(28岁)和达到创作高峰年龄(32岁),基本上网络作家经过4年多的创作就可以达到创作的一个高峰期。

3.3 网络作家职业生涯后期退出年龄探析

职业生涯后期是个人职业生涯走下坡路的一段时间,此时由于生理和心理的原因,精力不再充沛,心理也会有消极等待安于现状的念头。此阶段需要考虑转型或者退休,此阶段一个重要的年龄节点就是职业退出年龄。网络作家长时间创作,会产生一些职业病,比如腰肌劳损(志鸟村)、颈椎受损、视力下降(管平潮),甚至英年早逝(剑游太虚、格子里的夜晚等)。网络作家如果感觉精力、体力、创造力难以支撑,想要离开得比较轻松和体面,就需要在合适的年龄考虑职业退出。

3.3.1 数据说明

网络作家的职业退出原因有很多,有个人的原因、网络文学网站的原因、社会层面的原因、法律法规的影响等,选取一个确定和可行的判断标准就是看其是否仍在创作。作为一名网络作家,其创作状态无非三种,一是持续创作中,数据标识为0;二是不再继续创作,比如逝世或者明确声明过"退圈",数据标识1;三是创作过,但是近期无作品,为了研究方便,需要对此类情况进行界定。根据网络作家"日更"的职业特点,如果一个网络作家超过两年未创作,可视为其不再创作,此时标识为1。将网络作家最近一部作品的时间与出生日期整理后,可以得到网络作家最近作品(截止到2019年)创作年龄表(如表三所示,所有数据共261条)。

表三 网络作家最近作品创作年龄表

序号	笔名	作品名称	创作时间(年)	年龄(岁)	标识
1	安××贝	《夏××谷》	2019	46	0
2	紫××槿	《死××使》	2010	32	1
3	千×烟	《中××芜》	2014	46	1
4	笑××起	《海×花》	2005	33	1
5	当××月	《明×××儿7》	2009	30	1
……	……	……	……	……	1
261	齐×	《何×××缨》	2019	50	0

3.3.2 网络作家职业退出年龄数据模型建立

利用MINITAB软件"统计—可靠性分析"功能对表3中数据与已知的11种分布进行数据拟合,并结合拟合优度表AD值(146.540)综合判断可知网络作家职业退出年龄数据与3参数对数Logistic分布拟合效果最佳。利用"统计—可靠性—分布分析"功能,可得网络作家职业退出年龄概率图,并可求得位置参数 $\mu=3.27$,尺度参数 $\sigma=0.27$,阈值参数 $T=15.46$。

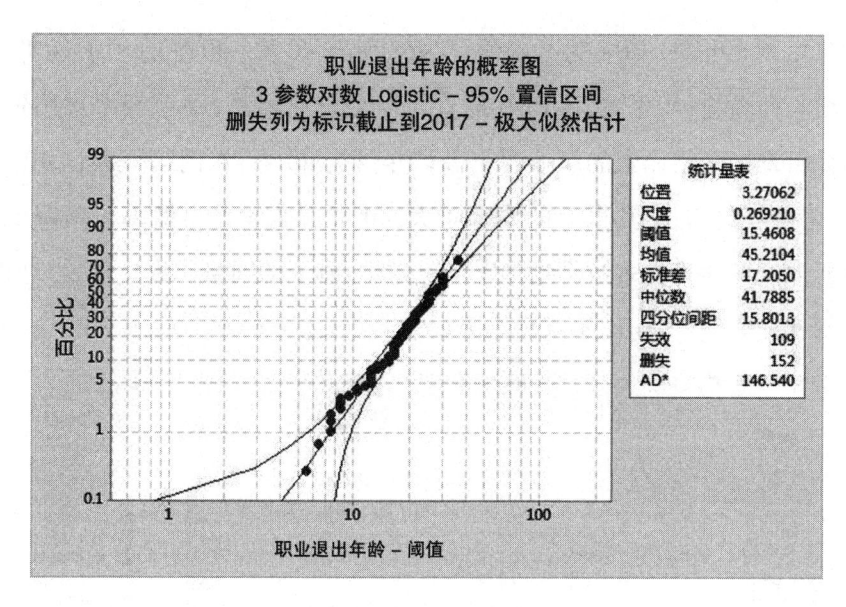

图 7 网络作家职业退出年龄概率图

将估计所得参数值带入三参数对数 Logistic 分布公式,可得网络作家职业退出年龄概率密度函数式为:

$$f(t) = \frac{exp\left\{\frac{ln(t-15.46)-3.27}{0.27}\right\}}{0.27(t-15.46)\left(1+exp\left\{\frac{ln(t-15.46)-3.27}{0.27}\right\}\right)^2} \quad (3)$$

3.3.4 网络作家职业退出年龄分析

利用 MINITAB 软件对网络作家职业退出年龄数据分析,可以生成的相应的 PDF 图、经验积累分布函数图。

由图8可知,PDF为凸函数,高峰点处于40岁;40岁前PDF随着年龄增长而递增;40岁之后PDF随着年龄增长而递减;是单峰甩尾图形。由此可推知网络作家的职业退出高峰年龄为40岁;在网络作家们40岁前,随着年龄增长,其退出的概率越大;40岁后职业退出概率有所降低。分析原因可能为大多数网络作家已经退出,剩下的网络作家生理、心理因素都比较好,从事创作愿望高等因素。

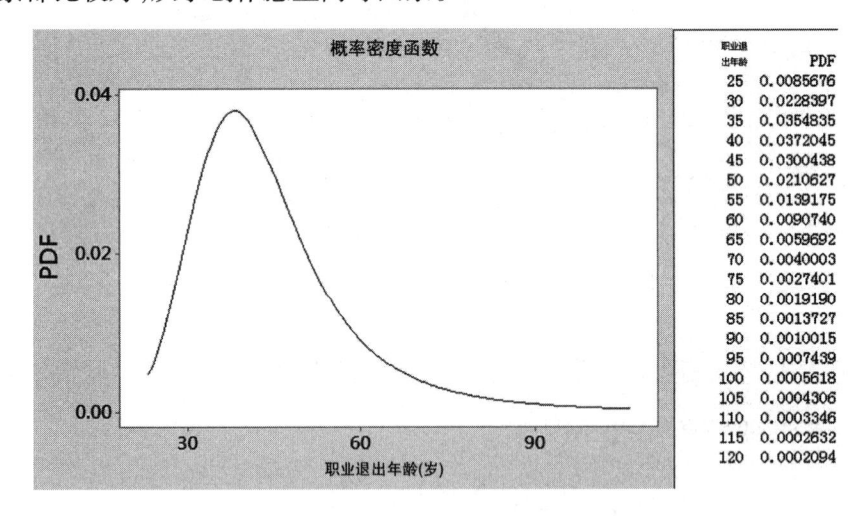

职业退出年龄	PDF
25	0.0085676
30	0.0228397
35	0.0354835
40	0.0372045
45	0.0300438
50	0.0210627
55	0.0139175
60	0.0090740
65	0.0059692
70	0.0040003
75	0.0027401
80	0.0019190
85	0.0013727
90	0.0010015
95	0.0007439
100	0.0005618
105	0.0004306
110	0.0003346
115	0.0002632
120	0.0002094

图8 网络作家职业退出年龄概率密度函数图

由图9可知,80%的网络作家在54岁前退出了网络作家职业,图形中曲线两头较为平缓,中间变化剧烈;在30岁之前,只有10%的网络作家退出;30—50岁期间退出的概率从10%上升到80%。由此可知年龄作为一种具有生物学基础的自然标志,在判断网络作家职业退出问题时可以作为参考因素之一。

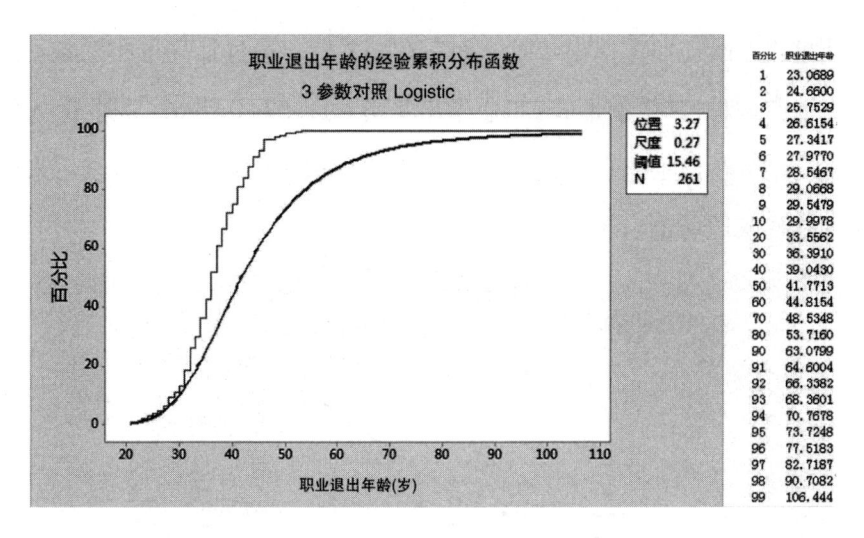

图9　网络作家职业退出年龄经验积累分布函数图

综上可知,年龄对网络作家的职业生涯具有重要影响作用,其职业退出年龄高峰为40岁,大多数网络作家在54岁前结束了其网络作家职业生涯。

3.4 网络作家职业年龄间的相关性分析

网络作家的职业生涯早期、中期、后期构成了完整的职业生涯周期,在已知的上述三个年龄之间做相关性分析,可以深入开展对三种年龄关系的研究。网络作家职业能干多久,可否干到国家规定的退休年龄,从事网络文学创作是否越早越好?通过年龄的相关性分析可以得出部分答案。

3.4.1 线性回归方程模型的建立

将网络作家职业进入年龄作为自变量(x),将网络作家职业退出年龄作为因变量(y),利用 MINITAB 软件对数据做相关性分析,可得两个变量的拟合线图,如图10。

由图10可知存在一条上升的曲线,大致使得点密集的分布在这条直线的两侧;点在直线两侧分布的具体位置是随机的,由此可推断网络作家

职业进入年龄与职业退出年龄之间存在相关性。通过计算可在二者之间建立回归方程,其模型形式:职业退出年龄=11.57+0.7982(职业进入年龄)。此为描述性模型,可用于解释二者之间的关系情况,也可以用来预测网络作家职业退出年龄。

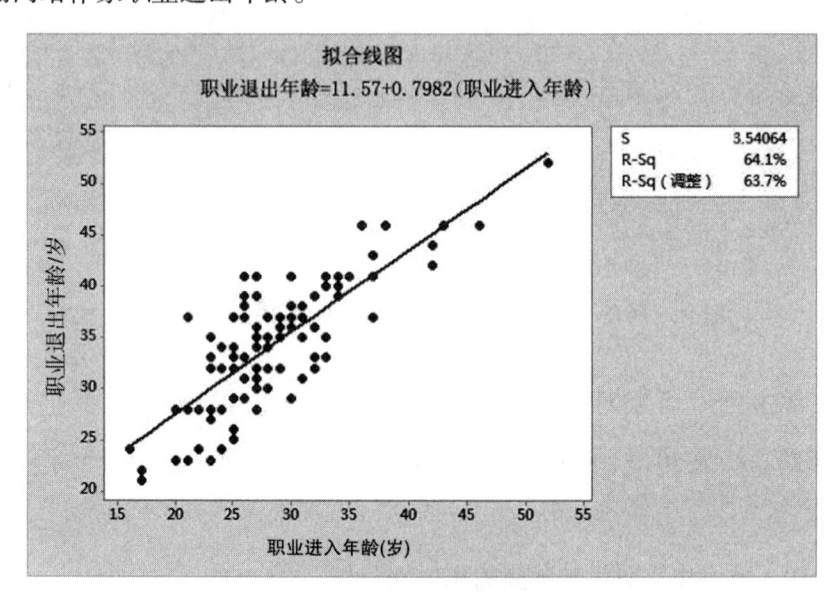

图10　网络作家职业退出年龄和职业进入年龄的拟合线图

3.4.2 线性回归方程模型总效果的度量

为了对线性回归方程的正确性进一步检验,需要对线性回归方程总效果进行度量,为此本文选取 R^2、R_{adj}^2 和 S 三个指标进行判断。经过数值分析,网络作家职业进入年龄与职业退出年龄回归方程的总体效果度量指标为 $S=3.54064$,$R-Sq=64.1\%$,$R-Sq(adj)=63.7\%$。可以看出 $R-Sq$ 与 $R-Sq(adj)$ 很接近,且 $R-Sq(adj)=63.7\%$,说明拟合的模型可以解释职业退出年龄中 63.7% 的变异,回归的效果较好,同时拟合模型的 $S=3.54064$,上下2倍 S 即约为7,在此情况下,可以认为回归方程的拟合总效果良好。

3.4.3 线性回归方程模型与回归系数的显著性检验

为验证所建立回归方程的有效性,需对回归方程进行显著性检验。由表四可知 $p=0.000<0.05(\alpha)$,可认为该回归方程效果显著。

表四　简单线性回归方程的 ANOVA 表

来源	自由度	SS(偏差平方和)	MA(均方和)	F 比	P
回归	1	2392.40	2392.40	190.84	0
残差	107	1341.36	12.54		
合计	108	3733.76			

对简单线性回归系数进行检验主要使用 t 检验法。检验结果如表五所示。本回归系数检测 P 值为 0,因此认为自变量网络作家职业进入年龄(x)与职业退出年龄(y)的回归方程中的回归系数 0.7982 是有意义的。

表五　回归系数显著性检验结果

自变量	系数	系数标准误	T	P
常量	11.57	1.68	6.88	0.000
职业进入年龄 x	0.7982	0.0578	13.81	0.000

3.4.4 线性回归方程模型的残差诊断

职业退出年龄的残差图如图 11 所示。图中右上角的残差对于拟合值的散点图显示散点散布在水平矩形中,表明残差保持等方差性;左上角的残差正态概率图显示 $P=0.142>0.05$,可以认为残差是服从正态分布的;左下角的残差直方图可辅助检查残差大致分布情况;右下角的残差与

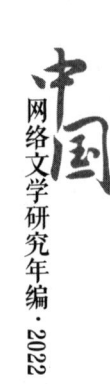

观测值顺序图中残差值是随机波动的,说明残差值之间是相互独立的。由以上残差图分析可以得出结论:线性回归方程与数据的拟合很好,符合前文假定。

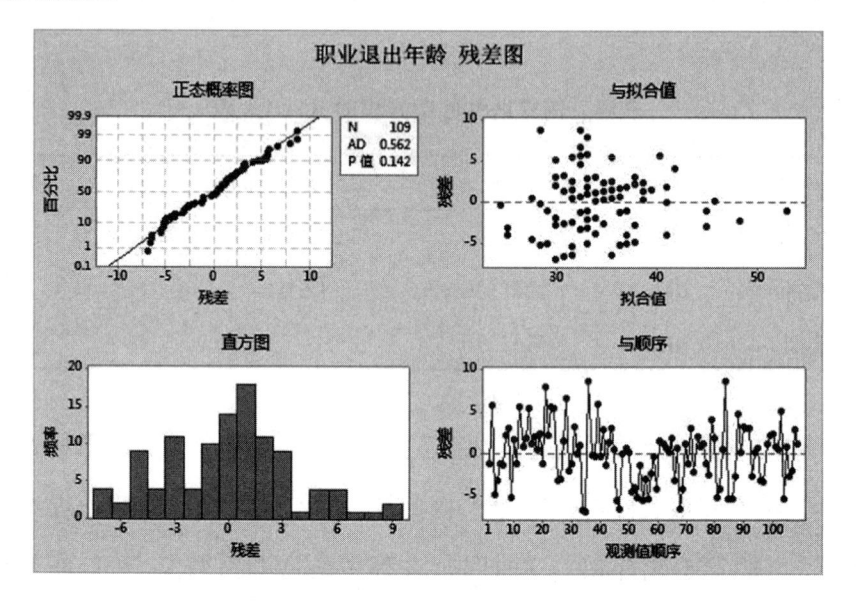

图11 网络作家职业退出年龄残差图

3.4.5 结论

通过对网络作家职业进入年龄与职业退出年龄的相关性检验可知,二者存在正相关性,可以构建二者的线性回归方程模型。根据回归方程显著性检验结果可知,网络作家职业退出年龄与职业进入年龄是"同向"的,从数据来看,越早从事网络文学创作的网络作家会相应地早退出网络作家行业。网络作家的职业生涯存在"早进入,早退出"的规律。

4. 结论与展望

4.1 研究结论

网络作家是一门新兴职业,对网络作家职业生涯的研究具有重要的现实意义。本文以中国作协会员中网络作家为研究样本,通过研究网络作家职业生涯早期职业进入年龄、职业生涯中期创作最佳年龄、职业生涯后期职业退出年龄三个重要的年龄节点,得到了部分规律。

网络作家职业生涯早期职业进入年龄高峰为28岁,绝大多数的网络作家在33岁前已经完成职业进入;网络作家人才曲线为单峰形状,存在峰值32岁,即创作高峰年龄为32岁,此时容易出现职业生涯高原现象;网络作家职业生涯后期的职业退出高峰年龄为40岁,大多数网络作家在54岁前退出了网络作家行业。网络作家职业生涯周期年龄规律明显,从数据上看有"早进入,早退出"的特点。

4.2 展望

网络作家职业生涯管理研究包含很多内容,从年龄角度入手分析可以得到很多有用的结论,通过这些结论可以借助网络作家年龄这个较为观测的指标,对网络作家的创作情况进行一定的预测,并通过分析不同职业生涯期的特点,找出存在的问题,制定相应的扶持政策,从个人、网络文学网站、网络文学管理机构、政府等不同角度出发,采取相应的策略促进人才的成长,最大限度地实现网络作家的人才开发,从而帮助网络作家创作出更多、更好的文学作品,繁荣社会主义新文学。

参考文献:

[1]竺立军.我国青年群体的网络文学消费动机研究——基于显示性需要理论视角[J].中国青年研究,2019,(01):100-106.

[2]陈峰,包宏烈,夏恩君.数字文学网站与网络作家签约类型及时限的确定方法探析[J].科技和产业,2022,22(06),307-314.

[3]王天哲.职业生涯规划与就业指导[M].西安:西北大学出版

社,2014年.

[4]周文霞. 职业生涯管理(第二版)[M]. 上海:复旦大学出版社,2020.

[5]郭晖,钱志富,王晓芬. 对"真实的叙述:琼生的人生与职业生涯"一文另两点质疑[J]. 宁波大学学报(人文科学版),2012,25(5):53-58.

[6]白艳莉. 西方职业生涯发展阶段理论及其对组织人力资源管理的启示[J]. 现代管理科学,2010,000(008):35-37.

[7]DONNA, K., COOKE. *Measuring career stage* [J]. Human Resource Management Review, 1994,

[8]门伟莉,张志强. 科研创造峰值年龄变化规律研究综述[J]. 科学研究,2013,31(11):7.

[9]SHARON, A. T. *Adult Academic Achievement in Relation To Formal Education and Age* [J]. Adult Education, 1971, 21(4):231-237.

[10]HEERINGEN A V, DIJKWEL P A. *The relationships between age, mobility and scientific productivity. Part I* [J]. Scientometrics, 1987, 11(5-6):267-280.

[11]K S D. *Age and outstanding achievement: what do we know after a century of research?* [J]. Psychological bulletin, 1988, 104(2):

[12]LEHMAN. H. C. *Age and Achievement in Harry R. Moody. Aging-Concepts and Controversies* [M]. California:Pine Forge Press, 1994.

[13]MCCANN S J H. *The precocity-longevity hypothesis: Earlier peaks in career achievement predict shorter lives* [J]. Personality and Social Psychology Bulletin, 2001, 27(11):1429-1439.

[14]刘俊婉,郑晓敏,王菲菲,等. 科学精英科研生产力和影响力的社会年龄分析——以中国科学院院士为例[J]. 情报杂志,2015,000(11):30-5,61.

[15]COLE S. *Age and Scientific Performance*[J]. American Journal of Sociology,1979,84(4):958-977.

[16]KYVIK S. *Productivity differences fields of learning, and Lotka´s law*[J]. entometrics,1989,15(3):205-214.

[17]SIMONTON D K. *Creative productivity through the adult years*[J]. Generations (San Francisco, Calif),1991,15:13-16.

[18]WALLNER B, FIEDER M, IBER K. *Age profile, personnel costs and scientific productivity at the University of Vienna*[J]. entometrics,2003,58(1):143-153.

[19]阎光才. 学术生命周期与年龄作为政策的工具[J]. 北京大学教育评论,2016,(14):138.

[20]SIMONTON, DEAN K. *Creative productivity, age, and stress: a biographical time-series analysis of 10 classical composers*[J]. Journal of Personality & Social Psychology,1977,35(11):791-804.

[21]刘俊婉,金碧辉. 高被引科学家论文产出力的年龄分析[J]. 科研管理,2009,30(03):96-103.

[22]钟祖荣. 现代人才学[M]. 杭州:浙江教育出版社,1988.

[23]金碧辉,李玲,朱献有,等. 从科技论文著者群体的年龄分布看我国科技队伍的构成状况[J]. 科学通报,2002,047(10):795-800.

[24]何见得. 人才资源开发有效对策基础理论研究[D]. 南京:河海大学出版社,2002.

[25]周大亚. 学术大师的启示——中国社会科学院学术大师学术年龄特点分析[J]. 社会科学管理与评论, 2004, (01): 41-48.

[26]吴晓东. 诺贝尔生理学或医学奖得主的创造峰值年龄研究[J]. 中国科学院院刊, 2009, 24(6): 655-658.

[27]林曾. 夕阳无限好——从美国大学教授发表期刊文章看年龄与科研能力之间的关系[J]. 北京大学教育评论, 2009, (1): 108-123.

[28]魏钦恭, 秦广强, 李飞. "科学是年轻人的游戏"?——对科研人员年龄与论文产出之间关系的研究[J]. 青年研究, 2012, (01): 13-23.

[29]缪亚军, 戚巍, 钟琪. 科学家学术年龄特征研究——基于学术生产力与影响力的二维视角[J]. 科学学研究, 2013, 31(02): 177-183.

[30]高芳祎. 华人精英科学家成长过程特征及影响因素研究[D]. 上海:华东师范大学, 2015.

[31]DIAMOND A M. *An economic model of the life-cycle research productivity of scientists*[J]. Scientometrics, 1984, 6(3): 189-196.

[32]OVER R. *Does research productivity decline with age?*[J]. 1982, 11(5): 511-520.

[33]HENDRIK, P., VAN, et al. *The Golden Age of Nobel Economists*[J]. The American Economist, 1999.

[34]LEHMAN H C. *Book Reviews: Age and Achievement*[J]. Scientific Monthly, 1954, 78.

[35]赵红州. 关于科学家社会年龄问题的研究[J]. 自然辩证法通讯, 1979, (04): 29-44.

[36]夏老长. 作家人才学[M]. 南京:河海大学出版社, 1989.

[37]SIMONTON, KEITH D. *Creative life cycles in literature: Poets versus novelists or conceptualists versus experimentalists?* [J]. Psychology of Aesthetics Creativity & the Arts, 2007, 1(3): 133-139.

[38]岳洪江, 梁立明, 刘思峰, 等. 中国管理科学研究队伍的年龄结构研究 [J]. 科研管理, 2011, 32(04): 120-127.

[39]EBADI A, SCHIFFAUEROVA A. *How to boost scientific production? A statistical analysis of research funding and other influencing factors* [J]. Scientometrics, 2016, 106.

[40]高国庆, 赵现梁. 高层次文艺人才成长规律探析及启示 [J]. 艺术家, 2018, 000(007):121-122.

[41]周建中. 科研人员成果产出与年龄相关吗?——基于文献综述的研究 [J]. 自然辩证法通讯, 2019, 41(9): 87-92.

[42]WAYNE D. *Creative productivity between the ages of 20 and 80 years* [J]. Journal of Gerontology, 1966, (1): 1.

[43]SIMONTON, D. K. *Age and Literary Creativity: A Cross-Cultural and Trans-historical Survey* [J]. Journal of Cross-Cultural Psychology, 1975, 6(3): 259-277.

[44]KYVIK S. *Age and scientific productivity. Differences between fields of learning* [J]. 1990, 19(1): 37-55.

[45]STEPHAN P E, LEVIN S G. *Age and the Nobel prize revisited* [J]. Scientometrics, 1993, 28(3): 387-399.

[46]王健. 上海市哲学社会科学优秀成果奖分析报告 [J]. 社会观察, 2003,(1): 34-35.

[47]WEINBERG B A, GALENSON D W. *Creative Careers: The Life*

Cycles of Nobel Laureates in Economics［J］. Nber Working Papers，2005.

［48］王丽华. 图书馆学情报学领域男女研究者成果取得与年龄的关系探究［J］. 河北科技图苑，2015，28(6)：44-46.

［49］沈乔. 中国网络作家现状及未来发展趋势解析［J］. 网络文学评论，2019，(02)：90-96.

［50］万雅雯，徐军. 中国网络作家组织化载体建设研究——以中国网络作家村、重庆市网络作家协会为例［J］. 中央社会主义学院学报，2020，(02)：195-205.

［51］李宪印，杨博旭，姜丽萍，等. 职业生涯早期员工的工作满意度、组织承诺与离职倾向关系研究［J］. 中国软科学，2018，(01)：163-170.

［52］曹振杰. 职业生涯设计与管理［M］. 职业生涯设计与管理，2006.

［53］徐建华，付娇. 图书馆员的职业生涯开发与管理［J］. 中国图书馆学报，2003，(01)：18-21.

［54］约瑟夫·赫曼诺维奇，郭二榕. 学术职业的概念化：主观职业生涯的意义［J］. 北京大学教育评论，2020，18(03)：121-129.

第二辑

现象·思潮

网络文学亟待建立自己的评价体系和标准

欧阳友权

一、"现象级"网络文学期待批评入场

伴随网络媒体在中国的快速普及,在不到30年的时间里,我国网络文学已发展成为一支不可小觑的文学新军,并且是当代文学中最具活力和创新力的文学形态,其创造的海量作品和各项亮眼数据,形成了一个个网络奇观和文学热点,对当代文学和网络文化都产生了重要影响。据最新发布的第48次互联网发展状况统计报告,截至2021年6月底,我国网民规模达10.11亿人,较上年底增长2175万人,互联网普及率达71.6%,较上年同期提升1.2个百分点,手机网民规模达10.07亿人,网民使用手机上网的比例为99.6%,其中有4.61亿个网络文学用户。另据中国作协《2020中国网络文学蓝皮书》和第五届中国"网络文学+"大会发布的《2020中国网络文学发展报告》,截至2020年底,我国已累计创作2905.9万部网络文学作品,有累计超2130万人上网写作,日均活跃用户约为757.75万人,网络文学市场规模达到249.8亿元,网络文学IP的累计改编量为8059部,其中年度内由网络小说改编为纸质出版物、动漫、影视剧、游戏和其他类型文创产品的共有724部。如此令人惊叹的文学生产规模和增长效率,其所改变的不仅是文学发展格局,还有人们对文学的重新认知和未来文学的可能走向。更为重要的是,当浩瀚的网文作品覆盖大众娱乐市场并大踏步走出国门、笑傲世界的时候,它自身的局限性与不

确定性，可能会让人质疑其作为有价值文学节点的历史合法性，进而制约其成长空间。

由于历史短暂导致实践创新超越观念转型，网络文学的喷涌而出让人猝不及防，文学界对此显然心理准备不足。一直以来，人们对网络文学的评价都是见仁见智，甚至差异很大。持正面评价的观点认为，网络文学是媒体变迁、时代进步的必然产物，它是一次文学生产力的大解放，其所创造的通俗化的大众小说满足了广大普通读者的休闲娱乐需要，体现了"以人民为中心"的创作导向，并且发展成为一种新的文创产业，拉动了文化消费，繁荣了泛娱乐市场，并以"讲好中国故事"的方式走出国门，成为中国文化对外传播的一支新生力量，在世界文化市场中占有一席之地，因而网络文学的成就和意义不可低估，应该得到充分肯定和鼓励，这可称作"网文价值"论。与之对立的观点是"网文低俗"论，该观点认为，网络文学算不上"文学"，最多只能算"准文学"，甚或视之为"非文学"，认为网络写作无门槛，发表时缺少"把关人"，上网搞文学创作要么像"玩票"，是网络冲浪、找乐"抖机灵儿"的产物；要么是寻找"钱途"，为了养家糊口或发财致富才去网上码字，然后靠字数变现，完全是商业利益驱动的结果，因而网络文学充斥铜臭味而缺少文学性，甚至是粗俗、媚俗、低俗的代名词，是"文字垃圾"。这些观点各持其理，也都能找到事实依据，但它们是否客观、公允，谁能决断？靠什么去评判？如果没有科学的评价标准，只能是自说自话，难以对网络文学的价值做出客观判断，得出大家公认的结论。

网络文学批评面临的困境不仅如此，还有文学理论批评的薄弱和隔膜。相比于创作的繁荣发展，网络文学批评起步不早，成果偏少，与创作极不相称。传统批评家介入网络文学批评的人不多，入场较晚，一些学院派批评者甚或认为研究网络文学是旁门左道,算不上学术,这导致网络文学理论与批评队伍阵容不大且增长较慢。而那些"转行"网络文学批评的学人,有的一时无法摆脱传统批评的套路,习惯于用评价传统文学的方式方法、标准模式和表达形式去评价网络文学,难免东向而望,不见西墙,虽劬劳执着却难中肯綮,对网络文学的解读与评判助益甚微。基于此,笔者曾多次撰文呼吁,研究和评价网络文学的前提是"从上网开始,从阅读出发",批评家首先要"入场",需"走进"而非"走近"网络文学,进网站,读作品,参与网络文学行业活动,与创作者和网站经营者交朋友,了解这一文学类型的作者状况、创作方式、传播形态、商业模式、营销策略乃至各类新技术手段和 APP 应用等。做网络文学的内行,才有可能真正成为一个懂网文、说行话的内行批评家。

另外,我们所说的网络文学批评比较薄弱,主要是指传统的线下评论、纸介发表的批评比较薄弱。事实上,网络文学评论的主阵地在线上,而不是在线下。如会说话的肘子 2021 年的新作《夜的命名术》4 月 18 日上线后,当月即吸引 65 万人阅读、评论,有 15 万人付费订阅,任何一个作品的线下评论都难以如此快地达到这样的人气量级。网络在线评论已经是数字化媒介时代最主要的文学评论方式,开放的新媒体平台为网络文学批评提供了便捷的自由表达空间。

线上评论的优势有二:一是参与者众多,二是互动性强。但线上批评也有其局限性。网络空间众声喧哗、言人人殊,会滋生许多非文艺、非理性的粗口骂战,甚至为了刷分控评、赚取流量而刻意拉踩、煽动舆论。网络互动中的"即时评""本章说"快人快语,即兴表达,如鲁迅所言,"好处说好,坏处说坏",自有其便捷、犀利、率真之长,但也存在蜻蜓点水、不深入透彻,或言不及义、不得要领,甚至粗言恶语、偏激失当之局限,例如近

年来出现的"饭圈"文化、粉丝骂战,便让正常的在线交流走偏了方向。要避免这些负面现象的发生,除了进行行之有效的网络治理外,更需要构建网文的评价体系和标准,进而用正确的评价体系和批评标准来规范网络文学评论,让线下与线上、离线与在线的批评均运行在规则的轨道之上,形成网络文学的良好生态和有序发展。

二、建立批评标准是网络文学高质量发展的需要

时至今日,我国的网络文学已经走过了"跑马圈地"式的粗放发展的规模扩张期,而进入品质写作、强调文学性诉求的高质量发展阶段。此时,从学理上解读网络文学,建构理论逻辑与历史实践相统一的网络文艺学体系,就不仅是网络文学自身实现可持续发展的必然要求,也是时代赋予网络文学研究者的历史使命。于是,建立网络文学评价体系和批评标准不仅十分必要,而且十分紧迫。

首先,网络文学的速度写作和"巨存在"体量亟待批评介入和学理疏瀹。网络创作的低门槛和"弱把关"体制,有效释放了社会底层的文学创造力,庞大的创作族群生产了浩瀚的文学作品,打造了世界文学的"中国奇观",也是人类文学史上的"网络奇观"。但网站平台中的数千万部网文作品,有的只能算"文字"而非"文学"。那些日更不辍的"键盘侠",为了完成既定的码字量,为了互联网上期待阅读的万千粉丝,当然更是为了创作者自己更大的消费市场收益,常常来不及精心构思、仔细打磨便仓促就章,草率、粗疏、"灌水"凑字数的现象便在所难免。文学网站特别是那些大型网站收藏的网络小说,以玄幻、奇幻、仙侠、修真、历史架空等幻想类作品居多,反映现实生活、表现时代精神的现实题材作品不占主流。尽管近年来政府倡导现实题材创作,"玄幻霸屏"现象有所改观,但思想性、

艺术性、可读性俱佳的优秀之作依然不多。例如,笔者进入起点中文网统计,截至 2021 年 12 月 11 日,起点中文网收藏的玄幻、奇幻、仙侠、武侠等幻想类小说达 1162801 部,现实题材类小说只有 43492 部。从近年来"净网行动""剑网行动""扫黄打非"等网络治理情况看,网络文学领域盗版侵权、抄袭剽窃、洗稿融梗等现象一直存在并屡打不绝。在作品内容导向和艺术质量上,"三观"有偏、导向不正或炒卖"三俗"现象一直是政府职能部门根治的重点。热衷于写职场腹黑、滥情、后宫争宠或谄媚市场、搜异猎奇以迎合受众的现象也时有所见,耽美耽改、历史虚无主义、不良亚文化以及由不健康网文作品和粉丝文化引发的诸如"饭圈"乱象、打投控评、"爱豆"引战、流量应援等,干扰了网络文学的健康发展,带偏了网络文化方向,也严重影响了网络正常生态。这时候,呼唤网络文学批评激浊扬清、及时"止损",对于实现网络文学高质量发展就显得至关重要。

从作品本身看,优质内容生产不能没有批评入场。批量生产的网文作品良莠不齐,好的作品得不到推介和充分传播,低劣之作难以被及时甄别和有效批评,这使得网络文学长期处于自生自灭状态。网络文学以类型小说为主打,每一类小说都有相对稳定的读者群,每一类网文作者,无论是专写玄幻、修真,还是擅长穿越、架空,都在千方百计地为自己的粉丝写出他们喜爱的故事桥段,为读者量身定制出"三千洪荒流""十万种田文",或自设"玛丽苏""虐恋梗"。"套路文"的长期霸屏,迎合式"投喂"市场,不仅会掣肘艺术的创新,还将败坏读者胃口。有的创作为了商业利益放弃文学追求和艺术责任,不顾及作品的社会效果,"这些故事在平台算法的帮助下,精准地推荐给每一个符合其口味的观众,让我们大笑/幻想/震惊……当我们为免费享受平台提供的内容而窃喜时,却不知自己早

已成为平台操控的一分子,我们的数据和习惯成了被无节制开发的矿产"。这样的作品,会对受众特别是青少年读者产生不利影响,这就需要刚健有为的文学批评去辨识它们,分析其危害,需要运用一定的评价标准去检验、引导和规制。

再从文学职能看,需要有批评的精神力量引导网络文学走出"奶嘴乐"消费误区。娱乐化的"爽感"是当下网络文学的底色,其对满足大众打发闲暇的娱乐需求是有积极作用的。但过度娱乐的消极影响也显而易见,其必然结果是,要么走向尼尔·波兹曼所说的"娱乐至死"——理性、秩序和逻辑的公共话语日渐被肤浅、无聊、碎片化的娱乐所代替,长此以往,人类将变成娱乐化物种;要么落入布热津斯基布下的"奶嘴乐"圈套——资本为社会底层人群生产出大量的"奶嘴",让充满感官刺激、令人沉迷的消遣娱乐产品,比如偶像剧、真人秀视听娱乐、电视、网络、短视频(包括网络文学)充斥大众日常生活,使他们沉浸在"奶嘴乐"的自我安慰中,丧失对社会生活的思考能力和奋发向上的进取心。一味追求娱乐、"爽感"的网络文学要避免落入这样的误区,就需要强健的文学批评来矫治和引导。

网络创作要用积极健康的作品引领时代风尚和人的精神世界,就需要增强文艺评论的战斗力、说服力和影响力。因而,有没有网络文学批评,有什么样的网络文学批评,用什么样的评价体系和标准来评价网络文学,就不是一个可以忽视的小问题。网络文学要实现高质量发展,就必须强化批评实践,尽快补齐网络文学批评体系的标准建设这块短板。如习近平在文艺工作座谈会上的讲话中所倡导的:"打磨好批评这把'利器',把好文艺批评的方向盘,运用历史的、人民的、艺术的、美学的观点评判和鉴赏作品,在艺术质量和水平上敢于实事求是,对各种不良文艺作品、现象、思潮敢于表明态度,在大是大非问题上敢于表明立场,倡导说真话、讲道理,营造开展文艺批评的良好氛围。"

三、网络文学需要什么样的评价体系和批评标准

如果我们承认网络文学依然是"文学",那就意味着评价它需要运用文学的标准,即文学史上被公认的行之有效的批评尺度,如孔子所说的"思无邪"(《论语·为政》)、"辞达而已"(《论语·卫灵公》),孟子的"知人论世"(《孟子·万章下》)、"以意逆志"(《孟子·万章上》),刘勰提出的"六观"(《文心雕龙·知音》),恩格斯提出的"美学观点和历史观点"的标准,习近平提出的"历史的、人民的、艺术的、美学的"批评标准,还有现当代文学中的真善美统一的批评标准、思想性与艺术性标准等,都是我们在评价网络文学时需要借鉴、传承或遵循的;同时,如果我们承认网络文学是"网络"文学,那我们在建构网络文学批评标准时,还应该兼顾网络的特点。我们知道,大凡文学创作,都需要创作者有深厚的生活积累,有对历史和现实的深入体察与洞悉,还要有对传统文学经验的传承与借鉴,以便让笔下的作品达成"较大的思想深度和意识到的历史内容,同莎士比亚剧作的情节的生动性和丰富性的完美的融合"。评价网络文学作品仍然需要坚持思想性、艺术性、可读性与影响力相统一,做到"思想精深、艺术精湛、制作精良"。这些是任何一种文学批评或作品评价都应该坚持的基本标准和原则,网络文学批评也不能例外。例如,2015年国家新闻出版广电总局首次组织开展"优秀网络文学原创作品推介"时就提出:"推介的作品应具有较好的思想主题,题材多样,艺术上有所创新,既包括了一批紧跟时代步伐、弘扬主旋律、彰显民族正气的作品,又包括了创作形式独特、题材内容新颖、深受读者喜爱的知名作品。"中宣部出版

局2021年"优秀现实题材和历史题材网络文学出版工程"评选设置的评价标准中要求:思想性、文学性、可读性有机统一,作品具有较高的文学性、艺术性,既能满足人民文化需求,又能增强人民精神力量,既有较好的市场反响,又有较高的文化价值、社会价值;作品导向正确、质量过硬,能以文学的力量温暖人、鼓舞人、启迪人,有助于提升人们思想认识、文化修养、审美水准、道德水平,作品导向正确、质量上乘、语言规范等。这说明衡量网络文学作品依然需要坚持传统的评价标准,特别是思想性标准和艺术性标准,它们构成了网络文学评价标准的"核心层"。

同时,网络文学批评不能忽视"网络"媒介在批评中的特殊性,这种特殊性是由网络文学的特殊性决定的。

相较于传统文学,网络文学的特殊性主要有三:第一是它的商业属性。如果说大凡文学都具有"文学"与"经济"的二重性功能,那么,网络文学的经济功能就更为明显也更加重要。可以说,中国网络文学能发展到今天这个局面,文化资本的市场化形塑功不可没——从2003年起点中文网创立"VIP付费阅读"的商业模式,到中文在线、掌阅科技、阅文集团成长为上市公司,再到网络文学IP版权分发、多媒体改编形成泛娱乐文创产业链和产业集群,终而成就可与好莱坞影业、日本动漫、韩剧相提并论的世界网络文学的"中国时代",商业绩效的杠杆作用已成为中国网络文学不可或缺的经济驱动。在这个过程中,如何实现经济效益与社会效益的双效合一,是所有网文创作尤其是文学网站平台需要认真对待和正确解决的课题。

第二是它的网生性。互联网不仅是文学的媒介和载体,还是文学的"生产场"和"孵化器"。网络文学的运行机制不再是传统的"你写—我读"的"一次性创作,完整发表",而是"读写互动"并"以读制写","读"与

"写"的互动交流可以直接干预作家的创作过程,影响作品的故事走向或人设格局。例如,辰东的《圣墟》连载五年之后,于2021年2月11日宣告完结,但许多粉丝对故事结局不满,要求不一样的大结局的呼声太高,辰东不得不于3月19日重写大结局,由此两度成为网文圈热门话题。此时,网络创作已不是抽象、模糊的适应读者市场的问题,而是读者具体、微观、有针对性地介入作品创作,并极大地影响了作者的故事创意与写作心态。在一定意义上说,许多网文作品都是由作家和粉丝共同完成的,特别是"本章说""即时段章评""IP唤醒计划""AI智能伴读"等社交类APP出现后,网络传媒的交互作用在网络文学中的地位得以进一步凸显,它们已经融入文学生产过程和作品本体,因而评价网络文学时就不能没有网生性维度。

第三是量化计算、精准推送的影响力评价。由于网络传播的技术性特征,一个作品的影响面、接受度、受众人群分布、粉丝反应、市场效果等等,均是可以量化计算的,如作品点击量、付费阅读数、月票数、盟主数、打赏数、免费阅读的频次与时长、贴吧话题数、长评短评情况等。"网络"这个媒介的"常量"始终渗透在网络文学评价体系的各个维度及其批评标准的每个要素之中,一部作品的文学影响力、社会影响力、读者影响力等,均可以在传播效果中得到立竿见影的认知与评估,这是任何一种传统文学都不可能实现的。网络文学的这三个特殊的本体构成,预设或规制了评价网络文学时市场、技术、传播等新的维度,由此便需增设相应的标准,即依托市场绩效的产业性、源于技术传媒的网生性和聚焦传播效果的影响力等。

基于以上分析,评价网络文学便有了完整的五大标准:思想性、艺术性、产业性、网生性和影响力。前二者是网络文学与传统文学共有的评价

标准,后三者是网络文学所独有的三个评价标准,由此形成了网络文学评价的体系化结构。于是,我们可以尝试提出批评标准的"议程设置":评价网络文学的思想性标准、艺术性标准构成了网络文学评价体系的核心层;评价网络文学的网生性标准和产业性标准,构成这个评价体系的中间层;而网络作家作品的影响力标准则可置于该评价体系的外围层。

需要注意的是,我们基于"网络"和"网络文学"这个特定语境,设置了相应的批评标准,并将它们置于特定评价体系中,以此划分出核心层、中间层、外围层等不同层级,目的在于更好地理解它们之于网络文学评价的特定维度和功能形态,并不意味着以此区分各要素、各层级的重要程度和整体疏密关系。在实际评价过程中,每一个评价标准都只能在整体系统中发挥作用,而不是脱离整体,让各评价要素彼此疏离、互不相干。比如我们评价某一部网络小说,考辨其思想性时必须看作者如何用艺术的方式来审美地表达某种思想和观点,让这种思想和观点产生吸引关注、打动人心的感人力量;同样,评价作品的产业绩效、网生表现和传媒影响力时,如果脱离了作品的思想倾向和艺术价值,所有的评价都将是无意义的。亦即是说,只有在表现思想性、艺术性上是有效的,其产业性、网生性和影响力才是有意义、有价值的;与之相关,一部网文作品如果失去了产业绩效,没有了网络特点,丧失了应有的传播效果和影响力,其思想性和艺术性也将沦为"空转",失去根基,无从附着和依凭。

并且,这个评价体系的标准构成主要是针对网络文学作品评价,对于网络作家评价、文学网站平台评价、网文 IP 改编的延伸评价等,还可以是有所选择、有所侧重,甚至需要增设新的维度和标准的。网络文学的不确定性与可成长性,网文作品题材、内容的多样性与复杂性,决定了批评标准的相对性,我们所要做的和能做的,是从创作实践和作品实际出发,实事求是地做出客观判断,而不是胶柱鼓瑟,把评价体系和批评标准视为僵化的教条。

第二辑 现象·思潮

网络文学评论:方向与方法

何 弘

习近平总书记在中国文联十一大、中国作协十大开幕式上的重要讲话中明确指出:"要加强马克思主义文艺理论和评论建设,增强朝气锐气,发挥引导创作、推出精品、提高审美、引领风尚的作用。"此前,中宣部等五部门联合印发《关于加强新时代文艺评论工作的指导意见》,强调"重视网络文艺评论队伍建设,培养新时代文艺评论新力量"。网络文学对大众有着广泛影响,作者队伍庞大,受众人数众多,是满足人们精神文化需求的重要文艺样式,在国际传播方面也有突出表现,日益成为社会主义文学的重要组成部分。当前,网络文学成就突出,问题同样不容忽视。加速网络文学的主流化、精品化进程,实现高质量发展,是当前网络文学工作的重要任务,对网络文学能否担负起文化强国建设的重要使命意义重大。与网络文学高速发展的实际相比,网络文学评论相对滞后。如何加强网络文学评论,是做好网络文学工作必须认真思考和解决的问题。

一、正确认识网络文学的发展现状和趋势

作为互联网和新媒体催生的新文学样式,网络文学诞生20多年来,有近2000万人在各类文学网站上注册,期望成为网络作家,一圆自己的文学梦。其中累计超过200万人与网站签约,成为签约作者,从事网络文学写作,目前仍坚持写作的活跃作者有数十万之众。网络文学累计作品已有近3000万部,并以每天1亿多字,全年约500亿字的速度增长。网

络文学的读者达4.67亿之众,而且是影视、游戏、动漫等文娱产业的重要内容源头,影响到社会的各个方面。①

网络文学发端于20世纪90年代。最初,一些留学北美人员通过电子邮件系统分发文学作品。待BBS兴起,不少人开始在各种论坛上贴自己写的文章。到90年代后期,各类文学网站如雨后春笋般涌现,预示着全民写作、全民阅读的时代即将到来。这时的网络文学写作基本延续传统文学的路子,写作者通过网络这个新平台表达自己的思想情感,此一时期的网络文学被称为"文青写作"。

新世纪之初,众多文学网站为了维持生存,开始寻找自己的商业模式。一些以发表武侠、玄幻类作品为主的网站因读者较多且黏附性较强而建立了VIP收费阅读模式,为网络文学的商业化发展奠定了基础,同时也吸引商业资本进入网络文学领域。2004年,盛大文学完成对众多小网站的收购,网络文学进入资本主导的高度类型化阶段。今天,网络文学被一般性地理解为类型小说,严格来说是资本作用的结果。也因此,网络文学完成了从"文青写作"到"故事讲述"的转变。网络文学"快""长""爽"的特点,从根本上讲是付费阅读机制下"更新—追更"模式的必然产物。这个时期网络文学处于自然发育、野蛮生长状态,在快速发展的同时,良莠不齐、泥沙俱下的问题也非常突出。

2014年文艺工作座谈会召开,习近平总书记明确指出:"互联网技术和新媒体改变了文艺形态,催生了一大批新的文艺类型,也带来文艺观念和文艺实践的深刻变化。由于文字数码化、书籍图像化、阅读网络化等发展,文艺乃至社会文化面临着重大变革。要适应形势发展,抓好网络文艺

---

① 数据参见中国作协网络文学中心《2020中国网络文学蓝皮书》,《文艺报》2021年6月2日第3版。

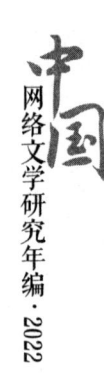

创作生产,加强正面引导力度。""民营文化工作室、民营文化经纪机构、网络文艺社群等新的文艺组织大量涌现,网络作家、签约作家、自由撰稿人、独立制片人、独立演员歌手、自由美术工作者等新的文艺群体十分活跃。这些人中很有可能产生文艺名家,古今中外很多文艺名家都是从社会和人民中产生的。我们要扩大工作覆盖面,延伸联系手臂,用全新的眼光看待他们,用全新的政策和方法团结、吸引他们,引导他们成为繁荣社会主义文艺的有生力量。"①在文联十大、作协九大开幕式上的讲话中,习近平总书记再次强调:"要加强联络,延伸工作手臂,加强对新文艺组织、新文艺群体的团结引导,把千千万万文艺从业者、爱好者凝聚起来,不断增强组织吸引力。"②从此,"两新"和网络文学工作日益受到重视,团结引导成为网络文学工作的主要内容,网络文学逐渐步入有序发展的轨道。网络文学发展也开始从有没有、多不多向好不好、精不精转变。随着创作引导和行业规范力度的不断加强,网络作家的责任意识、使命意识不断增强,网络文学主流化、精品化的发展趋势逐渐明朗。

当前,网络文学的总体态势不断向好,网络作家传播正能量、弘扬社会主义核心价值观的自觉意识不断增强,作品的思想性和艺术性都有较大提高。现实题材作品数量持续增长,网络文学题材结构更趋优化。特别是,网络文学对现实经验和时代精神的表现力进一步提高,作品可读性不断增强。幻想类小说开始融入科幻元素,更加注重内在逻辑性和思想深度,积极传播正能量,进一步开拓新的细分类型,吸引了一大批"95后"年轻读者。历史类小说不再过度依赖穿越、重生等手段,抵制历史虚无主

---

①习近平《在文艺工作座谈会上的讲话》,习近平《论党的宣传思想工作》102页,中央文献出版社。
②习近平《在中国文联十大、中国作协九大开幕式上的讲话》,习近平《论党的宣传思想工作》273页,中央文献出版社。

义的自觉性不断提高,正面书写历史的作品不断涌现。同时,网络文学对影视、游戏、动漫等行业的带动作用不断增强。据不完全统计,2020年根据网络小说改编的影视剧目在140部左右,热度最高的网剧中,根据网络文学改编的比例达60%。网络文学的海外传播规模也不断扩大,成为中华文化海外传播的重要力量。截至2020年底,共向海外输出网文作品10000余部,网站订阅和阅读APP用户1亿多,覆盖世界大部分国家和地区。

"十四五"规划和2035年远景目标纲要明确提出推进社会主义文化强国建设。网络文学能产生巨大社会影响,不仅在于有一大批深受读者喜爱的优秀作品,更在于它是影视、游戏、动漫及很多新兴文化产业的重要内容源头,在我国文化事业和文化产业的总格局中有着重要的位置,可以在文化强国建设中发挥重要作用。而网络文学要想真正在文化强国建设中承担起自身的使命,必须实现高质量发展。网络文学高质量发展,需要完成向主流化、精品化方向的转变,充分发挥对文化产业的带动作用,不断扩大海外传播。网络文学评论在这些方面可发挥积极作用,迫切需要进一步加强。

二、当前网络文学评论需要关注的主要问题

根据当前网络文学的发展状况,网络文学评论重点关注以下问题,对推动网络文学高质量发展具有重要意义。

1. 作品的思想和价值导向问题

网络文学之所以很快走上类型化的发展道路,固然有资本力量的推动,更重要的是其自身从诞生之初就带有很强的"游戏性",创作在很大程度上服从的是游戏逻辑。因此,武侠、修仙、玄幻、奇幻类作品成了网络

文学的主要类型,历史类创作也更多采用戏说、穿越、架空等手段,现实题材创作也大量使用金手指、开系统、赋能等手段,情节也常常以升级、换地图的方式展开。网络文学内在的"游戏逻辑"使其能更好地满足读者的消遣需求,但因与"现实逻辑"存在明显的差异,很容易出现思想导向和价值导向的偏差。早期的大量网络文学作品张扬丛林法则、表现强者为王的观念等,都与此密切相关。近年来,随着引导力度的不断加大,网络作家传播正能量、弘扬社会主义核心价值观、表现中华优秀传统文化的自觉性不断提高,但网络文学进入门槛低,写作者众,作品思想倾向、价值导向方面容易出现问题,需要保持警惕。

"三俗"是一个长期存在的问题,并非网络文学独有的,所有大众文艺形式都容易产生此种倾向。作为类型文学,网络文学的商业属性、消遣属性更受重视,"三俗"现象监管稍松就会沉渣泛起。急于成名、急于获利的作者千方百计讨好读者,刻意媚俗,用低俗、庸俗的内容博取眼球。免费阅读模式和自媒体近来发展很快,急于获取大流量,进而实现流量变现,"三俗"作品一时充斥其间。

历史虚无主义是一个需要时时保持警惕的问题。历史虚无主义的本质是否定历史发展客观规律和人民群众历史作用的历史唯心主义,要害在于从根本上否定马克思主义指导地位和中国走向社会主义的历史必然性,否定中国共产党的领导。历史题材是网络小说创作的一大类别。网络作家考虑娱乐、消遣功能更多,与传统文学的正面书写不同,戏说、穿越、重生、架空等是网络历史小说写作常用的表现手段。但网络小说历史虚无主义倾向产生的原因并不在于表达手段本身,而在于作者不能很好地用唯物史观看待历史事件和历史人物,用不着边际的想象去描写历史,无视历史发展逻辑,看不到人民群众在历史进程中的作用。比如过分重视作品的代入感和"爽感",着意满足读者的英雄情结,把主人公写得超凡入圣,过分夸大其能力、作用,甚至改变历史进程;或者着意满足读者的情感需求,以情感决定论看待历史,宣扬爱情至上,把情感问题视为各种政治、社会、历史问题的根源,背离历史语境和历史公论,产生历史虚无主义倾向。

腐文化等不良亚文化现象也是需要关注的问题。互联网传播的一个显著特点是消除了物理隔阂,使分散在世界各地原本难以联系沟通的个体可以很便捷地交流,一些有特殊偏好的小众群体很容易找到自己的同好,形成亚文化圈子。其中有些亚文化对社会大众没有不良影响,但诸如腐文化等亚文化,对社会有着消极、不良的影响,有些甚至有悖公序良俗和社会伦理道德。此类亚文化现象在不同时期有不同表现,向社会大众蔓延会产生严重的不良后果。网络文学评论要发挥引导作用,将其引上健康发展的轨道。

最后还应注意的是,玄幻、仙侠、盗墓等幻想类作品和历史类作品对传承中华传统文化发挥了积极作用,但其中也有不少封建糟粕和怪力乱神的内容,与今天人类文明的发展水平严重不符。

2. 作品质量问题

网络文学具有很强的商业属性,而商业化的文学通常会走类型化的路子。不仅网络文学如此,20世纪早期以报刊为主要载体的"鸳鸯蝴蝶派""黑幕小说"等,20世纪下半叶港台的武侠小说、言情小说等,走的同样是类型化的路子。类型化极易导致跟风严重,出现模式化、同质化的问题。这个问题今天已成为影响网络文学高质量发展的一大顽疾。

再有就是网络文学"快""长""爽"的问题。严格来说,"快""长""爽"是网络文学的特点,并不一定是问题。在VIP付费阅读模式下,网

络文学形成了作者每天更新、读者日日追更并在线互动的"创作—阅读"模式,网络文学阅读对很多读者来说成为一种陪伴式的消遣方式。这样的情况下,"快""爽"就成为吸引读者的利器,"小白文"也因此泛滥。而在 VIP 模式下,传统文学二三十万字甚至五六十万字的规模,只相当于招徕读者的免费部分,无法获得收益。而读者喜爱的作品,无论是作者、平台还是读者,都希望继续进行下去,于是作品越写越长。其实,长不是问题,问题在于长变成了简单重复、粗糙注水,严重影响了作品质量。总体来说,对"快""长""爽"的过度追求已成为影响网络文学作品的质量的重要问题。

在网络文学的发展历程中,其娱乐消遣属性被关注较多,其精神建构方面的作用和意义则未受到应有的重视。作为一种新兴文学样式,网络文学在满足人们娱乐消遣需求的同时,同样可以为人们提供精神鼓舞,满足人们更高层次的审美需求。换句话说,网络文学可以在精神建构方面发挥作用,成为代表网络时代文化发展水平的文学样式。这是网络文学高质量发展的关键。

3. 加强现实题材创作与维护类型生态问题

近年来,网络文学现实题材创作数量和质量不断提高。但如何以网络文学的方式表现现实生活、讲好新时代的故事,依然没有很好的办法。当前的网络文学现实题材写作,或者回到传统的路子,写二三十万的规模,通过实体书出版和影视改编获得收益;或者以穿越、重生、赋能手段去处理现实问题,"爽感"有了,但消解了现实问题的难度,在表现现实的力度和深度方面存在欠缺。因此,网络文学现实题材创作仍有许多问题需要探索,全面提升现实题材创作水平任重道远。

在强调现实题材创作的同时,如何维护好网络文学的类型生态,也是需要重视的问题。多年来,网络文学以其丰富的类型满足了不同读者的阅读需求。保持类型的丰富性和创新性是网络文学维持活力的关键。网络文学之所以能在这么短的时间内产生这么大的影响,想象力的张扬是一个重要因素。网络文学的持续发展,既需要充分的内容创新,也需要不断的类型创新。

还有一个问题常被忽视。当前网络文学被简单地理解为类型文学,但数字化的网络传播方式给文学带来的变化必然是革命性的。不断探索网络传播给文学带来的可能性,丰富和发展文学的表达方式,是网络文学理论评论应当关注的一个重要问题。

4. 行业发展问题

中国网络文学这些年快速发展的基础是 VIP 付费阅读模式的建立。近两年,读者人数增速放缓,人均用户付费额降低,维持网络文学快速增长的产业模式遇到瓶颈,付费阅读所提供的发展动能越来越小。一些平台开始想办法争取盗版用户、不愿付费用户,通过广告获取收益的"免费阅读"模式出现并快速发展,仅两年时间即带来高达 60% 的用户增长量。同时,短视频、直播、音频等与网络文学阅读展开直接竞争,网络文学产业依靠文字阅读获取收益的独立性降低,而作为内容支撑的基础性、龙头性意义增强,开始向跨业态的发展的产业形态转型。于是,网络文学的发展可能出现依靠免费阅读维持中低端市场,依靠头部作者的 IP 通过影视、动漫、游戏及相关产业开发获益的模式。免费阅读模式面临的一个问题是不太注重作品的质量,吸引眼球和流量成为考虑的重点。自媒体文更是"三俗"问题突出,严重冲击网络文学行业秩序。对 IP 改编的依赖,有可能使网络文学成为文娱产业的附庸,降低网络文学的独立性,影响作品的文学性。

5. 理论评论问题

网络文学发展虽然已有 20 多年的历程,但大家对网络文学的理解其实存在很大的差异。有些人把网络文学理解为所有在网上发表的文学作品,有些人则认为网络文学就是在线创作、发表、阅读的类型小说。有些人认为网络文学这个概念本身就不成立,网络文学、传统文学本质上都是文学,并没有什么不同,总有一天"网络文学"这个概念会消失,剩下的只有文学;有些人则认为网络文学代表文学的发展方向,最终会取代传统文学。还有些人认为网络文学就是通俗文学,只适合写玄幻、武侠、穿越类作品,不适合现实题材创作。

认识上的混乱,必然影响网络文学的发展,网络文学理论评论有必要进行深入辨析,在一定范围内达成共识。从文学发展史看,决定文本形态的根本因素是传播介质和传播形式,口头、书写、印刷,媒介传播方式的变化决定了不同时代主要文学样式的不同。网络传播相对过往的各种传播方式,是一次重大革命,必然会对文本形态产生根本性影响,它决定了网络文学必然有着不同于以往所有文学样式的新特点,是一种全新的文学样式。

同时还要看到,传播方式、阅读方式变化不仅会影响文本形态,更会影响读者的审美趣味。正如不能用对诗歌的审美要求小说一样,对网络文学的审美也不能简单套用传统文学的标准。因此,建立适应网络文学特点的评论体系、评价标准就成为网络文学理论评论的当务之急。

三、网络文学评论如何开展

网络文学评论该如何开展,需要深入探讨。今天的网络文学评论,粉丝评论且不说,专业的评论其实更多的还是学术研究,主要是文艺学或媒介研究方面的专家把网络文学作为一种文化或文艺现象进行观察,从事现当代文学的学者关注网络文学的反倒不多。针对具体文本的评论,近年来逐渐增多,但如何处理超长规模的海量文字,是个难题。即使能够用传统文学评论文本细读的方式完成阅读,但套用传统文学的审美规范、文本分析来处理网络文学作品,结论往往失之偏颇。因此,我们有必要深入探讨网络文学评论究竟该做些什么。

1. 深入研究阐释习近平总书记关于网络文学的重要论述

网络文学的主流化、精品化发展,是从2014年习近平总书记主持召开文艺工作座谈会并发表重要讲话开始的。习近平总书记在讲话中对网络文艺和新的文艺组织、新的文艺群体做出了全面、深入的论述,对如何做好相关工作做出了明确指示。习近平总书记关于网络文艺的重要论述,是我们做好网络文学和网络作家工作的基本遵循和指南。深刻理解习近平总书记关于网络文艺论述的精神,对准确把握网络文学给文艺观念和文艺实践带来的深刻变化及其在当代文学中的地位、作用、价值,对如何引导网络文学高质量发展等,都具有十分重要的意义。

2. 积极进行正面引导

网络文学评论的一个重要作用是对创作的思想和价值引领。网络文学走上类型化的发展路子,资本发挥了很大的作用。资本更看重网络文学的商业属性,使其娱乐、消遣功能得到了充分体现。网络文学评论要在准确把握网络文学发展现状的基础上,正确认识网络文学的本质及表现特征,对其发展趋势做出准确研判,探讨网络文学发展的各种可能性,引导网络文学在精神建构方面发挥作用,加快主流化、精品化进程。要加强对不同题材、不同类型的特点开展有针对性的研究,着力解决同质化、模式化等问题,使网络文学保持生机与活力。

3. 大力推介优秀作品

文本分析是网络文学评论的基础工作,也是重要内容。但当前的网络文学评论,在这方面工作做得并不好。这固然有网络文学作品体量巨大的因素,但更主要的原因还是工作不够深入。网络文学评论要加强文本分析、解读,积极推介优秀作品,发挥示范导向作用。推介优秀作品要坚持思想性和艺术性相统一,把社会效益、社会价值放在首位,不以点击量论英雄,不用简单的商业标准取代艺术标准。IP 改编可有效扩大网络文学影响,充分发挥其社会效益、经济效益。网络文学评论要在引导 IP 改编方面积极发挥作用。网络文学精品的经典化离不开优秀作品阐释、推介及 IP 改编,网络文学评论在此方面大有可为,这对确立网络文学在当代文学及文学史中的地位意义重大。

4. 坚决批判错误倾向

网络文学发展迅速,规模庞大,但良莠不齐、总体质量偏低、部分作品价值观存在偏差等问题始终存在。网络文学评论要坚持批评精神,不被资本市场左右,不被算法数据左右,敢于旗帜鲜明地表明态度和立场,坚决批判"三俗"、历史虚无主义等错误倾向,"剜烂苹果"。批评要坚持讲真话、讲道理、讲正气,以理服人。要坚持具体问题具体分析,正确区分政治原则问题和思想认识问题、艺术表达问题和价值观念问题,是什么问题就解决什么问题,在什么范围发生就在什么范围解决,准确把握尺度分寸。

5. 尽快建立评论体系和评价标准

随着网络文学评论逐渐得到重视,越来越多的评论家进入该领域。但目前的网络文学评论,无论是理论范式、评价标准还是评论方法,基本仍在使用传统文学评论的规范。虽然文学在本质上有其共同的特点和规律,有相通的地方,但正如不能用评价诗歌的标准评价小说一样,用评价传统文学的标准评价网络文学,肯定有很多不适应的地方。因此,从网络文学的文体特点、传播规律、市场规律出发,探索建立适应网络文学特点的评论体系和评价标准,已成为当务之急。

建立评论体系和评价标准,关键是要把人民作为文艺审美的鉴赏家和评判者,在尊重文学规律、传播规律和审美差异的基础上,形成评价共识、审美共识。网络文学文本量巨大,完全基于人工阅读进行评论评价,难度极大。因此,健全完善基于大数据的评价方式,对网络文学研究和评论来说,十分重要。但要特别注意防范资本、平台等对网络算法的操控,让大数据为我所用,又不唯数据是从。

6. 创新用好评论平台

专业网络文学评论人员偏少,阵地缺乏。在用好传统文艺评论阵地的同时,也要考虑创办专业网络文学评论期刊,以更好地设置议题、引导话题,针对网络文学发展的重要现象、重点作品、焦点问题,开展专业权威的评论,发挥导向作用。

当前的专业文学评论,话语学术化,传播局限在专业圈子内,抵达性差,有效性不足。网络文学是通过互联网传播的大众文学样式,网络文学评论一定是深入创作现场,充分利用网络新媒体进行传播,建立新媒体评论平台,推出形式多样、生动活泼的全媒体评论产品。

网络文学与平台利益联系密切,有较强的粉丝效应。基于网络和新媒体的网络文学评论,要特别注意平台控评、粉丝刷榜等现象,强化专业评论的导向作用,形成与大众评论的积极互动,建立多元共生的评论生态。

明确方向,创新方法,是做好网络文学评论的关键,对推动网络文学的主流化、精品化、经典化意义重大,也将为文化强国建设发挥积极作用。

讲好科技故事　展现时代风采

黄发有

进入新时代,我国科技领域捷报频传,关键核心技术攻关屡获新突破,重大创新成果不断涌现。"嫦娥五号"实现地外天体采样返回,"天问一号"开启火星探测,时速600公里高速磁浮试验样车成功试跑,港珠澳大桥开通营运……新时代科技事业的新发展不仅引发社会大众广泛关注,也激发了一大批作家的创作热情。在文学领域,科技强国主题创作蔚为大观,报告文学、网络文学、科幻文学通过对重大工程、国之重器、中国速度、中国奇迹的书写,记录下科技进步的铿锵足音。

书写大国重器背后的精神伟力

每一项科技创新,都是对深度、高度、速度的一次极限挑战;每一项重大工程、国之重器,都离不开一代代科技工作者攻坚克难、锐意创新的接续奋斗。

近年来,从记录航空航天事业发展的陈新《嫦娥揽月》、赵雁《筑梦九天:中国载人航天发展纪实》,反映港珠澳大桥建设的何建明《大桥》、曾平标《中国桥——港珠澳大桥圆梦之路》,到讲述中国超级计算机研发的龚盛辉、曾凡解《决战崛起——中国超算强国之路》,展现中国核电发展历程的王敬东、朱向军《"华龙"腾飞》……一批关于中国科技重大突破的报告文学,通过细致详尽的记录和生动曲折的叙事,写出科技创新的非凡历程,留下一份份生动翔实的时代记录。

撰写科技题材报告文学,尤其考验创作者的脚力、眼力、脑力、笔力。作家许晨在太平洋"蛟龙探海"现场与科学家、潜航员、水手朝夕相处,以《第四极——中国"蛟龙"号挑战深海》生动记录"蛟龙"号的来龙去脉和深潜人的攻坚克难。沙志亮《和平方舟——人民海军866医院船使命任务全记录》展现人民海军866医院船在海外进行医疗救援与文化交流的漫长航程。为了写这部作品,身为老海军战士的沙志亮用142天的时间跟随"和平方舟"号医院船履行使命,乘风破浪。

在这些作品中,你能读出社会主义国家集中力量办大事的制度优势,读出关键核心技术一定要掌握在自己手里的坚定信念,读出科学家们在艰苦环境中不断创造奇迹的自信自强……重大工程和国之重器不仅是科学家智慧的结晶,还是他们意志、人格与精神的承载。王宏甲《中国天眼:南仁东传》中,南仁东以奉献人民的情怀凝聚团队,在困境中发扬自力更生、永不言弃的精神;刘国强《祖国至上——战略科学家黄大年"飞行记录"》中,海归科学家黄大年为了祖国科学事业的发展鞠躬尽瘁,献出生命;王鸿鹏、马娜《中国机器人》中,蒋新松、王天然、曲道奎等科学家在反复的挫折和失败中寻求突破与超越,推动中国机器人事业前行;龚盛辉《中国北斗》中,从总设计师到普通技术员,北斗工程的参建人员多达30余万,他们精诚合作、勇攀高峰,熔铸起新时代北斗精神。科技题材文学的重要贡献,就是写出了科学家独立自主的探索精神和为民造福的家国情怀,鼓舞人心,催人奋进。

创业创新与奋斗人生的双重变奏

网络文学是新媒介技术支持下的文学果实,不少网络文学的作者和读者都对科技怀有天然的亲近感。网络文学对科技题材的开掘颇为立

体,内容上和行业故事、青春故事相融合,叙事上发挥类型优势,注重年轻读者的阅读习惯,写出了科技题材的青春气息和热血气质。这突出表现在三个方面。

一是把科技与工业、企业、创业结合,书写科技创新对各行各业的强大推动作用,讴歌迎难而上、自强不息的进取精神。齐橙《大国重工》梳理了我国重工业披荆斩棘的发展历程,见证了工业人忍辱负重、追求卓越的光辉岁月。郭羽、刘波《网络英雄传》中,年轻的互联网创业者抓住网络技术变革的重要机遇,以模式创新开疆拓土,展现了互联网科技人才筚路蓝缕的韧性和坚毅。

二是重视科技在现实中的应用,聚焦平凡人生的奋斗故事。《南方有乔木》中,无人机技术的突破和新型应用推动情节发展,新技术变革激发主人公开发新产品的创意灵感,也成为主人公与爱人感情发展、相互激励、并肩奋斗的重要纽带。《大国战隼》将飞行员的成长历程与空军战机的发展史融为一体。主人公在困难面前,以坚定的信念顶住世俗压力,不断超越自我,与其孜孜不倦地提升飞行技术的叙事主线相得益彰。

三是发挥类型优势,实现"行业文"与"升级流"的结合。"行业文"是现实题材网络文学的一个重要类型,注重书写行业的迭代发展和从业者的经历经验;"升级流"则是网络文学的经典写作模式,以主人公历经磨难、不断成长的故事赢得读者共鸣。二者结合,成为科技题材网络文学创作的重要趋势。科技行业的发展史与主人公的成长史相互促进,给奋斗故事增添丰富的底色。晨飒《重卡雄风》在展示重卡行业变迁与三线建设成就的过程中,讲述了主人公在重卡研制、销售领域一路征战的故事。匪迦《北斗星辰》中的几位主人公是大学同学,毕业后以各自的方式参与北斗工程建设,在漫长的奋斗之旅中相互支持。作品以北斗导航系统研发为主线，以国际合作和产业发展为辅线，人物在技术攻关和行业发展的潮流中百炼成钢。

以想象力打开科技书写的未来视野

新世纪以来，中国科幻小说异军突起，创作势头强劲。一方面，国家科技实力的提升带动了整个社会重视科学、求索新知的良好氛围，推动科学普及工作的开展和全民科学素养的提升，为科幻小说带来快速发展的历史机遇；另一方面，科幻小说的创作水平和影响力不断提升，其传播接受不再局限于"科幻迷"的小圈子，而是不断向外辐射，科幻影视、漫画等也取得长足进步。

相较于其他科技题材文学作品，科幻题材尤其凸显"向未来"的创作自觉。科幻文学是建立在科学地基上的未来想象，对未来的预言常常来自当下科技的启示，对科技现实的观照又因未来视角的加入而拓展了广度和深度，从而在更大的坐标系中思考科技发展、思考人与科技的关系等命题。

近年来的科幻文学创作中，王晋康《宇宙晶卵》讲述少年绝境求生的成长历程，不仅表现了人类探索未知世界的不懈追求，还呈现了一个硅基生命体的生成过程及其与人类的冲突和合作。刘慈欣《黄金原野》讲述地球居民通过网络虚拟现实技术，用19年时间关注"黄金原野号"飞船上的飞行员爱丽丝，并倾注无限深情的故事。尽管科技飞速发展、日新月异，但人性的光辉依然带给我们持久感动。陈楸帆《巴鳞》中的巴鳞是一种类人生物，它会逼真地模仿人类动作，却对人紧闭心扉。主人公为了能够和巴鳞进行有效沟通，试图用巴鳞的听觉、视觉和感知系统来认识世界。尊重差异、和而不同，这种东方式的智慧为科幻小说带来别样意趣。

科幻文学以其大开大合的时空想象和放眼宇宙的宏大视野,赋予科技题材更恢弘的气象。值得一提的是,当代中国科幻创作在仰望宇宙星空的同时,也脚踏中国大地,从民族文化和本土特色出发,注重文体上的探索,力求彰显中国风格与中国气派。新时代的科幻小说和网络文学一起,在对外传播方面表现突出,成为展现中国形象、传播中国声音的生动形式。

讲好科技故事,展现时代风貌。新时代文学在书写科技强国的过程中开拓了文学视野,提升了文学格局,锤炼了文学扎根生活、书写时代的坚实质地。科技领域的新突破集中体现了时代精神,文学领域的科技书写以丰富的形式凝聚奋进力量,激励人们用科技创造未来、用奋斗实现梦想。

建构网络小说的类型学批评

张永禄

网络类型小说是指电子阅读时代,由一些在网上诞生的体量较大,经过时间沉淀后在艺术上形成了具有稳定规约性的叙事语法(模态)、价值取向和审美风貌,并能给读者带来相应爽感期待的大众小说样式。从阅读市场来看,网络文学(小说)可谓当今的"主流文学"[①]。中国网络文学经过20余年的发展,成为世界文化工业的"四大奇迹"之一,主要就是由网络类型小说带来的。对于网络类型研究的批评和研究是网络文学研究工作者重中之重。如何有效开展网络类型小说的研究和批评工作呢?这是当前网文界研究的热点,也是难点。用艾布拉姆斯提出的"四因素"说或国内学者单小曦的"五因素"说作为理论框架,比较易于理解和接受。从作者维度看,它是人人都可以成为作家的创意观体现,小说创作的身份从作家降格为写手,普通人通过模仿训练等路径实现作家的普遍化,特别是人工智能写作的兴起,写作越来越成为稀松平常的事;从读者角度看,网络文学作为文化工业的产物,是文化快销品,网文粉丝的阅读建立在爽文化理论和机制上;从文本角度看,用类型理论考量网络小说,发掘不同小说类型的艺术特征与价值意涵,在艺术成规与创新之间体会辩证法独有的魅力;从世界角度看,主要指网络小说提供新的世界观设定及其运行逻辑;从媒介角度来说,它是数字媒介文艺,是新媒介(媒体)文学。本文主要立足于网络文学的文本,试图用小说类型学理论,尝试探讨网络类型

[①] 邵燕君:《新世纪第一个十年的小说研究》,北京大学出版社,2016年,第253页。

小说类型学批评批评的可能路径、方法和价值。

一、当代网络小说批评困境和突围可能

当代批评面临的最大困境或许是长篇小说的类型化大变局,这对批评家发起了很大的挑战,令他们再也无法回避或保持沉默。第一个挑战是来自阅读量。这个"量"是指海量的作品数量,有数据表明,"我国500余家大小网站聚集了超千万网络文学作者,其中签约作者约70万人,各类网站平台储藏的原创作品达2590余万部"①,网络每年流传的长篇原创网文230万部之多。"量"大也体现在小说越写越长,出现了超长篇现象,淡然的《宇宙与生命》2730多万字,明宇的《带着农场混异界》2600多万字,暴雪风雷的《从零开始》2000多万字,傅啸尘的《武神空间》、莫默的《武炼巅峰》、鱼人二代的《校花的贴身高手》都是1000万字以上。有学者统计,仅起点中文网超500万字的80部,200万字以上的1049部,100—200万字的1100部,100万字以上的2149部;纵横中文网超过100万字的1200部,起点女生网超过100万字的540部,红袖添香超过100万字的400多部,言情小说(吧)超过100万字的150部,以至于不得不感叹:"这些网站的随便一家都比几千年来中国超过100万字的小说多,可见超长篇之盛。"②海量的网文数量和超长篇出现,对读者的阅读提出极大挑战,对于批评家来说更是如此。巨量对象使得传统批评要求精读、多次阅读几乎不再可能。今天的批评家即便是穷尽一生精力,难尽网文的万分之一。传统批评提倡要尽可能占有材料,要反复阅读,通过细读的方式来把握文学作品的微言大义基本变得何其艰难。

---

① 欧阳友权:《最是一年春好处——2020年网络文学述评》,《文艺报》2021年1月29日。

② 聂庆璞:《网络超长篇:商业化催生的注水写作》,《学习与探索》2012年第2期。

第二个挑战是来自批评方法和手段。网络类型小说的出现,对当代文学的产生、消费、传播和评价等有很大冲击。时至今日,仍有不少文学批评家瞧不起网络文学,提出当代文学要重新提倡文学性。但在笔者看来,作为当代文学重要组成的网络文学对以文学性为旨归的传统当代文学(或精英文学)无疑构成了新的挑战。

这种挑战简要归纳起来:一是破除了精英主义作家观念,树立了人人都可以成为作家的可能与信心。随着对写作内部规律的不断解密、数字技术的迭代发展,出现了比较成熟的写作软件,大大提升了作家的写作效率。在写作机器人(或写作软件)的帮助下,"作家"的门槛越来越开放,队伍越来越庞大,各个行业、各个领域、各个年龄阶段都在涌现自己的作家。仅注册网络作家就有1700多万①,这个数量是传统文学界不可想象的。二是作家和读者关系的改善。传统文学活动中,作家和读者的关系比较疏远和松散,作家对读者影响较大,但读者对作家的创作影响却微乎其微。在读者眼中,作家还是不乏神秘感。但在网络模式下,作家和读者可以建立密切的互动关系,读者成为作家的粉丝,参与其创作,提供写作素材,和作家讨论人物走向等,作家会按照读者们的建议和阅读需求来修正自己的写作路径,有些作家甚至请读者部分代笔。三是就文本而言,网络写作部分改变了文本的形态。因技术助力,不仅可以实现超文本形态的写作,还可以实现多种艺术模态的混合,音频、视频等的综合立体呈现。同时,原有文体内部也发生了变化。比如有了写作软件和收费阅读机制,长篇小说的长度大幅增加,一部长篇通常200—300万字,有的作品写到1400多万字,写了10多年还在写,比如愤怒的香蕉写作的爆款《赘婿》,

---

①牛春梅:《我国网络文学驻站作者达1755万人》,2019年8月10日。中国作家网:http://www.chinawriter.com.cn/n1/2019/0810/c404023-31286906.html.

而1.7亿字的《宇宙巨校闪级生》根本离不开机器写作。四是数字化写作在处理人和世界的关系上,提供了不同于传统文学的现实主义、浪漫主义世界观,提出了更为丰富和多样的世界观设定、世界观系统和世界观运行机制。而与此相应的打怪升级换地图、金手指、穿越等新的写作手法,与新的认知世界、解释世界的哲学基础和理念模式密不可分。五是改变了文学的价值和功能,文学对于人性的深度探索模式在消解和变异。作为大众文学新形态的数字化写作,网络文学的"文学性"被"故事性"取代,文学的审美愉悦被爽感取乐取代。有的网文研究者敏锐地指出,传统小说的人物、环境和情节到了网络文学就发生了很大置换,人物从典型走向类型,情节让位于故事,环境被切换为场景。[①] 因此,传统文学批评理论和方法对网络文学就显得束手无策了。比如居于主导性的语言审美批评与文化研究的批评路子不能直接适应网络小说类型化创作现实。对于前者,语言审美是基于精致语言内部巨大隐喻性可能而言的,因网络小说追求的不是文学性而是故事性,不以含蓄的表达和意义深奥为写作诉求,而以带来阅读快感的直白与新颖为目的,因此强调个体主体的审美感知的语言论很难适用于网络小说的批评,更何况其"非科学性"特征使批评失去基本标尺,容易成为批评家本人的自说自话。而对于后者,其"非审美性"取向被诟病,因其过于倚重社会学、经济学和政治学等方法,在数字人文思维的驱动下,大量的图表与冰冷的数字让文学批评的审美情感品格大大流失。

近年来网络文学批评虽然发展很快,取得了一定的成就,但和发展迅猛、体量庞大的网络文学创作相比,就显得不相适应,也存在一些明显问

[①] 韩模永:《网络小说三要素的变迁及其现实主义的反思》,《学习与探索》2019年第6期。

题。比如简单地套用传统文学批评的理论与方法,不愿俯身研读作品而造成批评理论滞后、批评观念创新缺乏、批评方法老套、批评标准失范、批评价值紊乱等。网文研究者和批评界越来越认识到:建构网络文学评价体系,设置网络文学批评的标准与原则,强化网络文学批评的特征与方式,创新网络作家作品和类型化创作的评论,以及正视网络文学发展中的问题和局限等①是网络文学批评工作亟待解答的焦点问题。而从类型学视野开展对网络作家作品的研究无疑是批评的基础的"入场工作"。但目前网络小说的类型研究虽然体现了一定的类型观念和方法,有利于研究者走进网络文学作品、发现网络小说的艺术与思想特征,但已有研究基本属于经验状态,很难把网络小说的艺术形式、审美性与思想性对接起来,对超文本和巨型文本的把握更是难免捉襟见肘,往往只见树木不见森林。这就在客观上需要网络小说有专门的类型学研究作为学理基础。

二、网络小说类型学批评构想

面对网络时代和市场经济与文学联袂的产物,类型小说的繁荣需要我们改变研究思路,放弃传统的文本细读,把文学性研究转向故事性研究,从宏观研究和微观研究中走出一条新的道路即做好"类"的研究,而建立网络小说的类型学批评方法不失为一条有效的路子。

何谓类型学批评方法? 即把分享相同叙事语法和价值取向的小说类集合体作为对象,按照类型学的原则和方法,研究其一般叙事成规和具体文本差异等艺术形式,进而探索艺术形式背后的价值一般和价值具体及其辩证逻辑的新人文科学研究与批评方法。类型是我们开展一般研究常用的思维方式或惯用手段,比如题材类型、主题类型、人物形象类型、故事

---

①欧阳友权:《网络文学批评的五个焦点问题》,《社会科学家》2018 年第 5 期。

情节类型、作品结构类型等。但这里的"类型"是指在一定历史时期形成相当规模，具有相同或相似叙事语法或成规，并呈现出较为独特审美文化风格和形成稳定的阅读期待与审美反映的小说集合体。从研究和批评的意义上讲，这里的类型是自觉的，既是学术范式，也是研究方法。学术范式在当今各个学科领域，比如哲学、语言学、宗教学、建筑学、历史学、电影学等比较流行，只是在文学领域则相对寥落。作为方法论，它是一种中观研究方法，既摆脱了既往研究中的经验性、狭隘性的束缚，又能比较全面地审视事物发展的量和度。类型学研究方法是新的人文科学方法，它一方面恪守了对人文价值的追求，另一方面又追求研究方法的科学性。为保证这一新的学术质素和品格，小说类型学批评倚重结构主义和文化学方法的结合，把类型和价值联结，实现了形式和内容的贯通。

网络小说类型学批评的基本目标和任务是通过对指认的某一类型小说叙事的恒定因素和可变因素的分析比较，寻找其共同或主导性的叙事因子（或叙事语法），即艺术共性的寻找和文化价值的发掘，以有效勾画出该小说类型的艺术发展倾向，以及相对于其他类型的艺术总体倾向的独特性，从而说明什么是真正的艺术独创性。同时，在"类型关乎价值"的思路下，通过对现代小说类型审美地承担现代性价值理念的考察，展示现代小说类型形成和发展的历史过程与内在矛盾，从新的视角论证审美现代性的复杂性和可能困境。至于具体作品的批评，我们则不妨把它放到相应的类型长河中，用该类型的叙事成规作为参照系，这样能既更有效地考察其继承性、规范性，也能更科学地衡量其创新性、突破性。这样的文学批评就既是专业的，又是科学的。

类型学批评作为一种专业性的文学批评方法，有自己相对稳定的操作程式，大体分为如下三步：

第一步,类型指认,即先确认研究对象属于哪一类型。不同的类型,其叙事语法和语义结构有自身的规定性,这是展开研究的类型语境。语境错位的研究不仅可能事倍功半,还可能盲人摸象。早在20世纪30年代郑振铎就警告一些批评家不能拿《红楼梦》的标准来要求《水浒传》,大体就是这个意思,因为世情小说和英雄传奇是两种不同的小说类型。从我国古代到现代的小说分类延续已久,至今仍沿用按体裁分类的传统和经验,只要看一看文学史或小说史的分类体例和操作手法就不难而知了。具体到当前的网络小说的类型,相比较而言,因其前所未有的繁荣与繁复,类型清理工作量很大。评论家白烨结合现有作品,把网站上林林总总的小说大体归为十大门类:一是官场职场,二是架空穿越,三是武侠仙侠,四是玄幻科幻,五是神秘灵异,六是惊悚悬疑,七是游戏竞技,八是军事谍战,九是都市情爱,十是青春成长。① 中南大学研究团队对国内排名前100的文学网站进行小说类型调研与文本挖掘,划分出网络小说的主要类型70类、子类型133类、类型标签544类。这种分类和界定工作很基础,也很有必要,但类型划分的标准何在?对于兼类、跨类小说如何处理?既有的类型和传统文学类型有何关系?这都是研究中不能回避的问题。

鉴于此,笔者尝试提出网络小说分类的基本思路、分类原则与分层操作等初步设想。网络小说的分类操作按三类递进思路。首先,把小说分类和自然科学分类区别开来。作为人文科学,它本质上是"意义生产"的方法,当代小说分类既要符合现代学术的一般逻辑准则(比如AT分类法),又要体现人文科学性的"意义生产"性,努力实现特定小说类型的深层结构与一般价值对位。其基本理路:分类→结构→价值。其次,确立小说分类的原则,按照一般学科研究方式,网络小说的分类原则应该包括:

---

① 参见韩小惠:《文学类型化意味着什么?》,《光明日报》2010年9月7日。

形式与内容相结合、稳定性与可变性相结合、规律性和变异性相结合、逻辑与惯例相结合。① 最后,建构三层分类理路:第一个层面在体裁(文体)意义上区分网络小说和其他网络文类,以确定研究对象。第二个层面在表现社会生活的向度上,以人文价值诉求的强度、规范和相应叙事成规的有无来区分基本的小说类型,这是网络小说分类最为核心的工作,比如白烨做的10组19种分类,贺予飞的16种基本类型(玄幻、奇幻、武侠、仙侠、都市、现实、军事、历史、游戏、体育、科幻、灵异、二次元、同人、女生、短篇)。② 结合相关研究成果,笔者初步认为,网络小说传统的基本类型有武侠小说、言情小说、侦探小说、历史小说、科幻小说、职场小说、成长小说、世情小说、神魔小说,新生的小说类型则有仙侠小说、玄幻小说、奇幻小说、耽美小说、悬疑小说、谍战小说、同人小说、网游小说等。当然,它们能否成为具有类型学价值的类型,还需要以是否具备独立的叙事语法和价值沉淀为依据进行专门考释,这无疑是浩大的网络小说类型批评工程,这里暂不展开。

第三个层面辨析成熟小说类型内部富有活力的变体③情况,也就是子类小说,比如网络武侠小说下面有玄幻武侠、奇幻武侠、修仙武侠、言情武侠、耽美武侠、悬疑武侠和网游武侠等;再比如有研究者按照游戏者或游戏内容的时空关系把网游小说分为生活日志类网游小说、未来幻想类网游小说、科幻类和游戏灵异类网游小说。④ 有了这个基础,才可能对更

---

① 限于篇幅,这里不便展开,具体可参见张永禄《类型学视野下的中国现代小说研究》,上海大学出版社,2012年,第184—186页。
② 贺予飞:《基于商业生态系统的网络文学产业发展研究》,中南大学2018年博士论文。
③ 小说的正体与变体是一组相对的辩证概念,具体可参见张永禄、葛红兵《类型学视野下小说的正体与变体》,《当代文坛》2017年第5期。
④ 刘小源:《来自二次元的网络小说及其类型分析》,东方出版中心,2019年,第185页。

为复杂的网络小说的兼类、跨类、变体等现象进行学理研究。

第二步,寻找某一类型自我规定性的成熟叙事语法与价值成规。这是类型批评最见功力的环节,需要批评家有广博的阅读视野和强大的归纳能力。海量和巨型的网络小说外表形态千姿百态,但内部既定不变的艺术法则却是有限的,就好比变形金刚,你可以摆出千奇百怪的姿态来,但是其关节点却是固定不变的。结合俄国学者普罗普的故事形态学、托多罗夫的叙事学中的句法理论和格雷马斯的深层语义学等,我们不妨从句法结构、语义结构和行动元模态等三个维度来建构网络小说类型的叙事基本语法的分析方法:基本句法分析上,参考托多罗夫的句法研究和格雷马斯的表层结构构成要素,结合汉语句式表达习惯,把类型小说的基本叙事句法浓缩为具有高度因果情节链的五要素:心有欠缺、产生欲望、锻炼能力、实现目标(目标失败)、得到奖赏(接受惩罚或受到原谅)。[1]

为便于理解,不妨用该方法分析当下走红的网游小说的基本句法。网游小说(网络游戏小说)是热爱并富有游戏经验的作者和读者,将网络游戏的基本设定和内容框架移植到成长小说等类型叙事中,以获得游戏快感的网络小说类型。[2] 以蝴蝶蓝《全职高手》为例,这部小说讲的是退役网游高手叶修重建职业战队,克服重重困难,带领团队问鼎电竞职业联赛冠军的故事。《全职高手》一开始就是男主叶修从闪耀的地位跌落到人生低谷,被迫在一个小网吧做管理员(心有欠缺),在朋友的帮助和粉丝的激励下,心灰意冷的叶修重新激发热情,在10区组队练级以试图进入职业赛(产生欲望),但一个没有俱乐部支持的民间团体需要克服人

---

[1] 张永禄:《类型学视野下的中国现代小说研究》,上海大学出版社,2012年,第214页。

[2] 此处对刘小源的定义有参考,特此致谢。参见刘小源《来自二次元的网络小说及其类型分析》,东方出版中心,2019年,第182页。

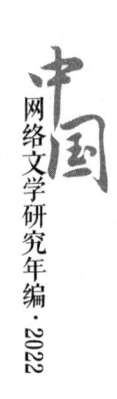

员、经费、装备等诸多困难以及个人家庭等问题(锻炼能力),但历尽艰难的叶修团队最后获得联赛冠军(得到奖赏)。小说的主要情节就是要他们克服一个又一个困难,打赢 N 场比赛的快意事件的叠加,这是网络小说打怪升级、换地图的系统模式在网游小说上的具体体现,符合网络小说"讲故事"的整体风格和意趣。

我们把网游小说的基本叙事语法归纳为:游戏化的 VR 世界,打赛升级的图景,快意游戏的生命激情。"游戏化的 VR 世界"是网游小说的故事展开背景,说明这是一个高度科技化的后人类世界,虚构与真实的界限模糊,游戏与生活开始合流。该类故事的主线就是围绕大职业联赛而不断进入比赛升级、换装备升级、打怪升级等上升模式,这是人物展开活动的方式。网游小说的价值取向则是游戏训练和打赛过程中的"爽感"体验,赢得比赛或问鼎冠军不过是故事叙事弧线的 G 点,但真正的快感是主人公和阅读者在游戏过程中打怪或决战对方高手中显示的智力、速度、技术等胜人一筹的个体性"本质力量"的游戏化表征。

在这个叙事模式中,按照格雷马斯的语义矩阵,基本语义就是现实 VS 虚拟,平庸 VS 卓越。现实中的 Z 世代其实大多平庸且空虚(因沉迷游戏而耽误学业的在校学生)。[①] 多数沉迷游戏者往往幻想通过游戏的练级晋升来实现成功梦想,并获得同龄人(特别是心仪对象)的青睐与崇拜。网游小说不排斥主人公的后天努力,但更崇尚天才论,似乎有了天赋就可以免去艰苦卓绝的付出。近年越来越多的网游小说对传统成长小说中锻炼能力环节的叙事大大弱化,这可能也和某种"躺平"的心理情绪有

[①] 李涛:《网络游戏为何流行于乡童世界——中国西部底层乡校再生产的日常研究》,《探索与争鸣》2020 年第 2 期。研究者通过对乡村中学的田野调查发现,有 30.9%持农业户籍儿童自评对玩网络游戏的成瘾状态属中等以上,部分班主任、教师甚至估算近八成本班学生网络游戏上瘾,三成属严重者。笔者认为这种情况在城市的普通中学、职业中学是普遍存在的。

一定关系。人物之间的关系围绕夺冠这一目标,形成了竞争型的多重而动态的对手关系,不再是信仰、阶级的对立,但国族和民族的身份却很鲜明(比如骷髅精灵的《英雄联盟:我的时代》)。围绕目标和荣耀,他们成为对手,但天才的魅力光芒和荣耀分享,可以通过重新组合竞争者成为合作伙伴,因而这一类小说带有很强的青春小说的色彩,或者说他们吸取了传统成长小说的叙事模式,让天赋型的主角在游戏的世界里"开挂",主角的金手指或异能令游戏迷们晕眩或兴奋不已,代入感由此而生。第三步,价值观照,这是类型学批评的点睛之笔。我们假设,成熟的网络小说类型和价值取向存在内在关联性。对于当代网络批评家而言,重要的任务之一是从艺术形式与价值关系入手,对网生代(特别是Z世代)的观念、思想、情感和价值取向与网络文艺类型发展的复杂关系做出研究,对中国当代"审美革命"的复杂性和辩证性做出深入分析,从而在审美形式向意义之维掘进。这是一个非常广阔的空间,需要借助文化研究和人类学理论方法。文化研究学者王晓明就指出:"'网游'已经改变了许许多多今天的青年人甚至中年人,并且正在更深刻地改变未来的更多的青年和中年人。……《传奇》和《魔兽世界》们势必要把尤奈斯库和博尔赫斯们挤到一边,充任文学感受和小说构思的首席样板吧?由此强化的那种习惯在室内的方寸之地和仿佛无边的虚拟世界之间来来回回并以此组织其他生活感受的心智方式,对于未来的中国文学,也必然有更深远的影响吧?"[①]

王晓明指涉的是代表性的网游小说,新产生的玄幻小说、同人小说等网络小说类型也大体如此。这就需要用类型学知识和方法,结合经典文本作价值挖掘。网生代们把游戏作为自我认同与人生意义的符号,他们

[①] 王晓明:《从尤奈库斯到〈魔兽世界〉》,《上海文学》2011年第4期。

通过游戏竞技的方式开展情感交流而打上了鲜明的时代与世代烙印，传统观念所鄙视的游戏被他们作为人生的目标与追求，最高的审美境界则是游戏快感，他们在宣扬"游戏如人生，人生是游戏"的价值观的同时，也无意识流露了某种幻灭感。网络小说的主要作者大都是来自三、四线城市的青年，他们家境一般，工作一般，希望有一天能像小说的主人公一样完成人生的逆袭，成为白金作家或大神写手，以一部小说走红或火爆，然后完成 IP 化与财富积累。而这些爽文、爽点正好符合生活中"佛系"青年、"躺平"青年的心理和情感需求。考察 21 世纪以来的青年形象，从 20 世纪末的奋斗者（《平凡的世界》中的孙少平和孙少安等）到 21 世纪变为失败者（《涂自强的个人悲伤》中的涂自强）再到佛系青年，复至当下网文中盛行的逆袭者（如修仙的凡人、暴富的赘婿，走向人生巅峰的竞技高手们），完成了黑格尔意义上的正—反—合逻辑。这个逻辑背后是这些青年借用网游小说表达自己的情绪与幻灭，但这种幻灭感不是传统现实主义自我嘲讽的悲剧性叙事，恰恰相反，他们采用的是戏剧式的、以想象的狂欢和破坏性叙事来完成失败者的逆袭表演。这无疑隐喻了某种代表性的情感结构。

同时，网游小说也让我们思索，后工业化时代的后人类的主体性问题，当技术和人彼此高度镶嵌，技术在不断智能化，人日益被技术化，现实和虚拟（VR）的界限模糊后，人究竟"是"什么？从这个意义上讲，网生代们通过网络小说讲述的是他们的人生故事，进一步把文学与文统、文脉与文运做谱系性的考量，诚如有些学者所言："中国网络文学是 21 世纪以来中国文运的变化表，反映了其如何追根溯源、不忘本来开启未来，在未来已来和外来既来的合力之中源流之变、重塑运道中的变革轨迹，同时更为隐秘地映照中国国运的变化。"①通过 Z 世代们讲述的网络故事是了解当代青年的重要途径,通过网络文学认知当代中国社会及其情感结构,是网络文学的根本价值所在。

三、网络小说类型学批评的使命和价值

网络小说的类型学批评作为一种理论假设,有较大的理想成分和静态色彩。很多批评家认为,网络作家没有经过专门的创作教育,他们在写作中不会按照类型理论老实"就范",总是为了显示自己独特的"个性"或独创而"别出心裁"。事实上,这也是网络小说类型学批评要解决的实际问题。这个实际问题中,最为显著的应该属于"变体"现象和类型融合(兼类小说)现象,这正是小说类型发展最具活力之所在。我们给出的类型批评的一般法则不过是提供了一把批评的尺子和基本参照。在这把基本尺子的考量下,正好可以研究作家本人的创作"出轨"所在和内外原因及得失,进而衡量其创作在类型长河中的地位。而对于兼类小说,网络小说批评家要做的则是,考察主导性类型和非主导性类型,考量各自类型中那些重复的因素(可以兼类的理据)和不可重合的因素(构成差异性和复杂性的表现),进而通过语义矩阵和结构模态来清理作家的创作"心思"与技术创意,窥探其复杂叙事的魅力。② 提倡网络小说类型学批评的基本目的,不外是通过类型学的科学研究,客观上把握当下网络小说的一般艺术特征,便于对不同类的艺术规律及其价值有相对明晰和宏观的认知。但其根本目的则是对具体小说的研判,把特定小说类型的基本类型

---

①庄庸等:《爽文时代:中国网络文学阅读潮流研究》(第 1 季),中国青年出版社,2021 年,第 9 页。
②张永禄、葛红兵:《兼类小说的诗学观察》,《华中师范大学学报》(人文社科版)2010 年第 3 期。

特征作为参照系和属于该类型的小说做比较,分析其变异的部分,考量其变异的艺术创新动机和社会历史动因,因而获得对具体小说文本的快捷而准确的艺术与价值判断,从而进一步获得对该小说的艺术价值的科学合理的评价,这是小说类型学批评的基本使命。

总体看来,开展网络小说的类型学批评,不仅有较强的理论意义,也有重要的现实意义。理论上讲,它有助于梳理网络小说类型演变的历史,考察其发展机制,为网络小说类型史积累成果和方法。作为小说学的分支之一,网络小说类型学批评体系的建构可以拓宽小说学理论视野,深化小说研究。韦勒克和沃伦在《文学理论》中把类型研究看作"文学研究中最有前途的领域"①。他们虽然无法预料中国当下小说的主流是以类型小说为代表的网络文学,但鉴于网络小说和传统通俗小说的继承与发展的密切关系,笔者以为,韦勒克和沃伦的预言对网络小说的批评和研究也是有指导意义的。

今天,网络小说入史已被提上议程。我们设想的网络小说史的研究是对网络小说类型史的有效阐释。这就需要做到对当代小说的形式变迁的共时性与历时性的统一、形式化与内容的同一、整体风貌和经典文本的协调。网络小说史的研究可能遇到的最大麻烦在于历史文本(旧的类型)与当下文本(变异了的新类型)经常性的断裂。类型理论则可以将这种断裂以自己特有的观照视角和理论优势连接起来。"一方面,过去存在的文本及其意义有可能成为当下文本意义阐释的重要基础;另一方面……通过对类型变化的历史编码,就可能使得我们回溯和描述其发展、

---

① [美]雷·韦勒克、奥·沃伦:《文学理论》,刘象愚等译,生活·读书·新知三联书店,1984年,第301页。

变化轨迹"。① 这样一来,小说类型史就能克服当下的孤立的、碎片化状态,走向打通内外、融汇古今的整体性研究。

从实践上讲,网络小说类型学批评重要的现实意义则主要体现在文学产业化发展上。网络文学的各种类型都是在需要中产生的,属于文化工业产品,掌握了类型批评的理论和方法,可以帮助出版界、网络文学网站在选题策划上实现类型的可持续开发。策划者和编辑们根据各种网络小说类型的艺术发展规律、市场发展前景和阅读市场的读者反映来推进和开发类型小说、文本及其 IP。这方面很多出版社和文学网站已有较好的表现和丰富的经验,比如阅文集团就形成了以市场为导向,以 VIP 在线收费为机制,写手(特别是大神)、读者(特别是粉丝)和编辑实时交流,实现了写、读、编"一体化"的新型"共同写作"模式。有了类型理论的指导,未来的文学市场可能会更加合理和自觉。青年学者贺予飞对国内排名前 100 的文学网站进行了 8 年跟踪调查,发现"网络文学作品的主要类型由 37 类增至 70 类,基础类型由 12 类增至 16 类,细分类型品种由 133 种增至 544 种,品类增长率高,基础类型稳定,作品精细化趋势明显"②。她的研究发现了网络小说类型命名随意、分类过于琐细、分类比较混乱等情况。长久来看,用科学的理论指导和规约网络小说市场也越来越迫切,小说类型学批评越来越有用武之地。

有了类型学理论的指导,网络作家们能清楚自己的类型特长和短板,做到扬长避短。同时,在适合自己特长的小说类型上,既可以做到类型创意的纵深发展而非自我重复,也可以在创意探索上事半功倍。比如阎连

---

①葛红兵、肖青峰:《小说类型理论与批评实践——小说类型学研究论纲》,《上海大学学报》(社会科学版) 2008 年第 5 期。

②贺予飞:《基于商业生态系统的网络文学产业发展研究》,中南大学 2018 年博士论文。

科读创意写作书系时感慨道:"看了这套书,感到非常沮丧,因为在我五十岁的时候忽然发现,一栋七层高的楼房像我这代人是从楼梯一层层走上来的,但其实它是有电梯的。"[1]对于作家来说,掌握类型理论及批评,并不必然导致创作的桎梏和僵化,而是意味着更有效率和更具方法性的引导与启迪。当代写作的网络化、市场化和类型化大潮的合流,是有志于通过写作实现人生价值和写作理想的时代机遇。有志于成功的作家,需要抛弃对于类型的成见,辩证理解和准确把握成规与创新的关系,"优秀的作家在一定程度上遵守已有的类型,而在一定程度上又扩张它"[2],"伟大的作家很少是类型的发明者……他们都是在别人创立的类型里创作出自己的作品"[3]。富有历史感和语境性的网络作家只要清楚地认识到网络类型小说是当今的主流文学,好的类型化网络创作是时代潮流和艺术规律的期许。有了类型理论和类型批评的"定心丸",网络作家们就可能在时代的大江大河中创造新的类型文学和类型奇迹。

结　语

小说类型学既充分尊重小说发展的历史事实,又勇于直面网络小说阅读和批评的实际困境,试图确立小说批评的科学体系。作为文学的科学研究,它既要符合一般科学研究的原则和方法,遵循相对客观的标准,按照形式逻辑乃至数理逻辑的思维方法和相应的理论框架,从网络文学丰富的经验层面上升到抽象而理性的层面。在这个科学化过程中,需要

---

[1] 叶伟民:《阎连科:学习写作有电梯可乘,每个人都可以成为作家》,http://zhuanlan.zhihu.com/p/44122544。

[2] [美]雷·韦勒克、奥·沃伦:《文学理论》,刘象愚等译,生活·读书·新知三联书店1984年版,第268—269页。

[3] [美]雷·韦勒克、奥·沃伦:《文学理论》,刘象愚等译,生活·读书·新知三联书店1984年版,第301页。

提升量化研究比例。这些年兴起的数字人文研究的理念和方法为其提供了思路和启发,比如笔者曾尝试用统计学工具和爬虫技术等对几千部网络武侠小说中基于性别不同而带来的审美情势和倾向差异表现等做量化探究和处理,希望增强网络武侠小说叙事语法判定的科学性。当然,小说类型学批评毕竟是人文科学研究,也不能过于倚重量化结果,更需要用人文的理性之光穿越量化数字,克服量化研究可能带来的肤浅与呆板。二者结合起来,将为小说类型和具体文本的"内部构造"寻找到"可判定"的规律化和形式化研究方法,从而确立小说类型学的批评模式和操作程序。

但是,我们也要清醒地认识到,建构网络小说类型学批评方法体系任重而道远,当前最大的难点有二:一是如何运用现代数字技术提取类型学批评元素和批评模态并使之可视化,以解决海量文本处理的难题;二是类型与价值的对位研究,即具体的小说类型如何形式地分享了现代价值的一隅,比如言情小说之于现代的欲望、网游小说之于后现代的绝望等。目前的研究离上述理论设计尚存在很大差距,或者说,中国网络小说的类型学批评才刚刚起步。但我们相信,随着越来越多的研究和批评者加入类型学批评的行列,能极大促进类型学理论和批评"从结构主义和分解主义的热病中康复"[1],网络小说的类型学批评范式的建立将指日可待。

---

[1][英]阿拉斯泰尔·福勒:《类型理论的未来:功能和构建形式》,[美]拉尔夫·科恩:《文学理论的未来》,陈锡麟等译,中国社会科学出版社,1993年,第369—390页。

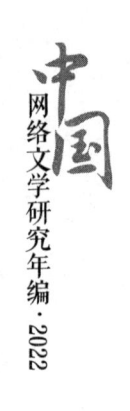

时空拓展、功能转换与媒介变革

——中国网络小说的"长度"问题研究

房 伟

纵观当代小说发展,小说篇幅变长是不争的事实。茅盾文学奖规定:"参评作品须为成书出版的长篇小说,版面字数 13 万字以上。"[①]很多当代长篇小说远超该篇幅,如张炜的《你在高原》39 卷,长达450 万字[②]。网络文学领域,百万字网络小说只是"中短体量",大部分网文有"超级长度"[③]。有学者提出"网络超长篇"概念,专指百万字以上,甚至千万字篇幅的网络小说。[④] "超长度"已成网络小说标志之一。据聂庆璞统计,仅纵横中文网超过 100 万字的网络超长篇小说就有 1200 部以上。[⑤] 然而,早期网文以情感散文与短故事为主,篇幅并不长。[⑥] 伴随小说与新媒介、资本的结合,类型逐渐丰富,形态日趋复杂,体量不断膨胀,才形成今天的"超级长度"。网络小说并非突变为"超级长度",它经历了作者、读者、资

[①]《关于征集第十届茅盾文学奖参评作品的公告》,2019 年 3 月 15 日,http://www.chinawriter.com.cn/n1/2019/0315/c403937-30977003.html,2022 年 4 月 11 日。
[②]逄春阶、卞文超:《作家眼中的〈你在高原〉》,《大众日报》2011 年 8 月 21 日。
[③]例如,天蚕土豆的《斗破苍穹》532 万字,横扫天涯的《天道图书馆》630 万字,忘语的《凡人修仙传》771 万字,老鹰吃小鸡的《全球高武》835 万字,鱼人二代的《校花的贴身高手》甚至达到 1900 万字。
[④]参见禹建湘《网络文学关键词 100》,中央编译出版社,2014 年,第 174 页。
[⑤]聂庆璞:《网络超长篇:商业化催生的注水写作》,《学习与探索》2013 年第 2 期。
[⑥]比如《第一次亲密接触》5 万字,《成都,今夜请将我忘记》10 万字,《悟空传》也只有 23 万字。

本的博弈和适应过程。[1] 有学者认为,"超长"是艺术堕落,除了迎合市场,不能给文学审美和艺术创新带来进步。[2] 也有学者认为,盲目批判网文超长度,是对新生事物的"理论失语"。[3] 从学理角度清晰把握"网文长度"问题,有利于认清网文的独特属性,也有利于提高网络文学经典化品质,促使其良性发展。

具体而言,长篇小说的"长度",表现为语言文字规模与叙事时空规模的双重性。语言文字规模指小说物理计量的字节长度;叙事时空规模则指小说文体表现内容的"时间跨度"、小说故事空间和生活空间的"广阔度",即如吴义勤所言,"长篇小说的'长度'既是一个'时间'概念,又是'空间'概念,这两者可以说都联系着叙事文学的本质"[4]。二者都涉及知识体量、媒介特质、艺术功能、读写思维、受众心理等问题。中国网络小说的"长度"问题更复杂,既有通俗文学传统的影响,更反映了互联网媒介对小说反映容量与艺术思维的深刻改变。与传统文学相比,网络小说"语言文字规模"的扩大与"叙事时空规模"的膨胀,呈现出三个特点:首先,互联网时代的社会转型,为网络文学的长度变化提供了丰富的故事容量;其次,虚拟性"集缀"结构、仿真性描写功能、叙事节奏的快感机制的改变,是其三大"功能变化";再次,媒介变革导致的传播科技发展、资本运作方式改变、作者与读者定位的变化、虚拟共同体的"延宕效应",更是

---

[1] 网评家 Weid 指出:"2001 年时,好多网文作者想一个月怎么写得出 6 万字?……那个时代,如果三天内就 6 万字,当时 90% 的作者做不到。"参见邵燕君、李强等《见证与评说——龙的天空创始人,网评家 Weid 访谈录》,第 102 页,见《创始者说:网络文学网站创始人访谈录》,邵燕君、肖映萱主编,北京大学出版社,2020 年版。
[2] 参见黄思索《网络小说的"超长"之忧》,《创作与评论》2014 年第 20 期。
[3] 参见郭帅《长度、难度与限度——对网络小说超长之忧的再思考》,《创作与评论》2015 年第 4 期。
[4] 吴义勤:《难度·长度·速度·限度——关于长篇小说文体问题的思考》,《当代作家评论》2002 年第 4 期。

影响网络小说长度的关键因素。由此,我们从时空拓展、功能转换与媒介变革三个方面谈谈网络小说"长度"揭示的问题。

一

中国网络时代的社会进步,为网络小说的故事容量扩张打下了坚实的类型化基础。不可否认,网络时代为"后发现代中国"带来历史机遇,也带来知识类型的信息爆炸。网络文学的繁荣,首先是中国政治稳定开放、经济繁荣导致的类型文学发育的结果。没有几十年来中国社会的巨大发展,就没有网络文学的昌盛,更无以谈其"超级长度"文体特征。

20世纪80年代中后期,经济社会崛起,文学意识形态作用弱化,消费功能凸显,精英文学影响力衰弱,港台通俗小说风行一时。20世纪90年代,大学扩招,中小学教育规模变大,知识人口不断增加。[①] 劳动力、商品和资本的自由流动,也产生了新的通俗文化诉求。然而,那时通俗文学由纸媒、影视等传统媒介推进,主要有青春、历史、武侠等几个类型,也受到港台文化制约。2001年,中国加入世贸组织,恰逢其时,互联网为中国小说提供新机遇。一方面,中国自信增强,融入全球体系,经济体量庞大,出现超级规模城市群和经济带[②],文化经济呼唤"中国故事"特色的文化产业;另一方面,互联网深度介入经济,极大地丰富了社会讯息,知识形态改变社会结构和普通人意识,也呼唤着文学艺术变革。

互联网时代中国异常丰富的社会体验,带来了网络文学反映社会的

[①] "数据显示,从1964年第二次人口普查到2010年,40多年间,我国每10万人口中大专及以上人口就增加了21.5倍。"参见程远顺《浅析人口文化素质对经济增长的影响研究》,《企业导报》2012年第15期。

[②] "我国正在形成'5+9+6'的城市群空间组织新格局,即重点建设5个国家级城市群,稳步建设9个区域性城市群,引导培育6个地区性城市群。"参见方创琳《以都市圈为鼎支撑中国城市群高质量发展》,《张江科技评论》2020年第6期。

宽广度与时间跨度的变化。社会宽广度而言,军事、言情、武侠、侦探、历史都是通俗文学固有题材,悬疑、国术、穿越、架空、盗墓、玄幻等新类型领域,拓展了网文表现空间,既表现了近几十年科学技术对世界的改变,也显示了传统与现代、西方与中国多重因素下,中国文化想象的多样性与开放性。比如,玄幻、盗墓类型与佛道文化及杂学传承有关,推理悬疑类型有西方心理学影响,穿越、架空题材与时空多维化有关。"地球村"观念让人类联系更紧密,"多维宇宙"理念增强中国人对历史时间和"异时空"的好奇心。自然科学的知识衍生,也使得网文文本容量暴增,有学者认为,数学思维的排列组合能力、论证推理能力,有助于网文作者构建超长篇小说世界①。这些类型还有交叉变种。例如,"玄幻"衍生灵幻、洪荒、修真、克苏鲁等亚类型;"科幻"来自西方文学,发展出末日、机甲、竞技、游戏等类型;"社会小说"演变出都市、底层、鉴宝、职场、工业流、医务文等类型。它表现了当下中国复杂职业分工与生活形态(如工业流等类型表现中国工业建设想象,盗墓鉴宝等类型与中国文物市场发育及收藏、鉴定等职业有关),也反映出五四新文学对网络文学的潜在影响(如现实主义的流变)。

陈平原曾说:"现代类型研究的主要任务,在我看来,不是教育和裁判,而是理解与说明。"②类型繁盛的背后是知识爆炸,也表现中国网文"探索世界"的热情。这些类型既关注政治、经济与社会生活的知识增殖,也延伸到亚文化、虚拟文化和科技想象领域。夏烈认为,互联网时代的虚拟艺术和技术预示着"第三世界"和"第三自然"的到来。③ 知识性

---

① 参见王泽庆《网络超长篇小说的多维度透视》,《山西大学学报》(哲学社会科学版)2018年第1期。
② 陈平原:《小说史:理论与实践》,北京大学出版社,1993年,第157页。
③ 夏烈:《网络文学时代的类型文学》,《山花》2016年第15期。

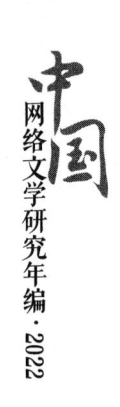

容量剧增,在现实主义、科幻、历史等类型尤为突出。比如,孔二狗的《东北往事》等"新社会小说"对底层现实的描写;骁骑校的《橙红年代》揭示现代都市的光怪陆离;齐橙的《大国重工》、任怨的《神工》对重工业发展的讲述;何常在的《浩荡》与阿耐的《大江东去》对中国改革开放四十年社会巨变的观察,都有着精彩表现。特别是《大江东去》,以经济改革为主线,涉及十多个领域,刻画了国企领导、农民企业家、个体户、政府官员、知识分子等上百个栩栩如生的人物。很多科幻作品都有庞大世界观和宇宙观:咬狗的《全球进化》的"盖亚意识""逆进化"等知识虚构,将科幻与故事、人物融合;天瑞说符的《死在火星上》,虚构"中国太空故事",且附上数百篇天文、生物、科技方面专著与论文名单。这都显示了网络时代"新知识"对小说反映社会"宽广度"的巨大冲击。

从时间跨度而言,由于互联网时代视野的拓展,网络小说表现出重述中国史和世界史的双重兴趣。它们有时利用"穿越"的"时空融合术",重审民族时间经验,进而重审人类历史。如《回到原始部落当村长》有考古学趣味,《荣誉之剑》重写罗马故事,《德意志的荣耀》对二战历史颇有研究。对中国史"再想象"的穿越小说,有《上品寒士》《新宋》等。这些小说也有对传统知识的"复活",《大学士》生动地再现了古代士人"考试生涯",《雪中悍刀行》"汲取魏晋时期典章制度、文化精神与人物形象等传统资源,颇得魏晋风流之旨"[1]。儒家思想与典籍、道家的符箓咒语、佛教法器经文,也表现于穿越与玄幻等诸多门类。徐公子胜治"天地人神鬼灵"系列小说,展现出对道家文化的理解;《赘婿》表现出对儒学现代转化的思考;中国古典诗文传统,影响《甄嬛传》《芈月传》等言情、历史等类型

---

[1] 刘奎:《〈雪中悍刀行〉的魏晋风流——兼议网络文学与传统的关系》,《中国当代文学研究》2020年第1期。

的风格;《盗墓笔记》将风水堪舆、墓葬考古与神话传说结合。这些小说的"超级时间跨度","不同于西方化历史观,也不同于革命叙事历史观和解构性历史观,而是一股塑造'文化复兴现代中国'的巨大民族文化心理潜流"①。克洛德·拉尔谈及中国人的历史观时,认为"宽广的历史全景"和以中国为中心的"内观法"是其独特内涵,不同于欧洲史家"专注一国"的态度。② 网络小说有着广阔的时间跨度与空间宽广度,中国网络作家正试图以"全景式"和"内观法"的中国史观建构,重审"中国"与"世界"。

互联网时代知识类型的丰富发展,为网络小说社会宽广度与时间跨度增加容量打下了客观基础。这也是对所有文学形态提出的新机遇和新挑战。相比传统小说,网文"超级长度"的特质,更在于小说艺术功能的变化与媒介变革的革命性影响。

二

艺术功能而言,网络小说超级长度模式,又分两种倾向,一种继承经典现实主义,塑造庞大严谨的理性小说世界;另一种继承"故事集缀"特征,以故事相串联。清末民初,现代"新章回"小说继承《儒林外史》,是一个个短篇故事集合的"故事集缀","全书无主干,仅驱使各种人物,行列而来,事与其来俱起,亦与其去俱讫,虽云长篇,颇同短制"③。"短篇集缀"适应报章连载,易敷衍成篇,很多网络小说也通过"故事集缀"形成集合丛。"一天一更"模式,更是对纸媒连载形式的模仿和发展。同时,这种集缀式结构,其单个故事内部情节缜密、描写细腻,因果线清晰,有的还

---

① 房伟:《穿越的悖论与暧昧的征服——从网络穿越历史小说谈起》,《南方文坛》2012年第1期。
② 参见克洛德·拉尔《中国人思维中的时间经验知觉和历史观》,见《文化与时间》,郑乐平、胡建平译,浙江人民出版社,1988年,第54—55页。
③ 鲁迅:《中国小说史略》,《鲁迅全集》第9卷,人民文学出版社,1982年,第221页。

有较发达的环境与心理描写。这又与章回小说松散冗长的结构不同,进一步拓展了小说容量。很多网络小说也直接利用"章节回目",如梦入神机的国术小说《龙蛇演义》,第一章题目"起伏蹲身若奔马,凌空虚顶形神开",第一百五十一章题目"宗师",灵活多变,既有章回武侠小说韵味,又有现代小说风格。猫腻的《庆余年》章节题目更简洁,第一章题目"故事会",第二章题目"无名黄书",有的概括内容,有的提纲挈领,写出本章关键点。

具体而言,网络小说"故事集缀"结构,多借助虚拟性形式,表现宇宙观的改变,及网络时代虚拟时空感。首先,"穿越"的"集缀"方式最常见。"穿越"不仅是科幻性质的小说梗,更是情节模式或叙事结构法。它是网络传播时空同步融合思维的产物,且结合了后发现代中国的个体欲望与家国情怀。很多穿越小说,写现代中国人穿越晚清、晚明等时刻,实现民族崛起和个人成长,如灰熊猫的《伐清》、老白牛的《明末边军一小兵》等。即使这些故事集中于穿越时空,也表现为不同地域空间故事的集缀。例如,《篡清》分为"崛起关外""京城初露锋芒""血刃南洋""建基朝鲜""甲午血战""风雷两江"等不同空间的故事。除此之外,作者还可以在不同时空,甚至不同宇宙位面,实现人物和故事的转移升级,形成"超长篇"(这种"拉长文本"策略,被称为"换地图")。比如,《圣武星辰》融合修真、玄幻、科幻、穿越诸多类型,主人公李牧穿梭于神州大陆、地球、星辰驿站、百鬼星、星风城等领域,对星河领域时空进行秩序重建。《从姑获鸟开始》利用"天干地支"集缀时空,设定阎浮世界巨型宝树,每个果实对应一个时空,分别以19世纪美国旧金山,明代万历年间中国,清代嘉庆年间的南洋等时空展开故事。《凡人修仙传》共十一卷,每一卷都标识主人公韩立的修仙时空,第一卷《七玄风云门》写韩立的七玄门经历,第二卷《初踏修仙路》写韩立在嘉元城的生活,《魔界入侵》写黄枫谷的修炼,《灵界百族》则是有关灵界的经历。这些不同时空故事,共同形成韩立"步步升级"的修仙过程。

其次,网络小说"故事集缀"模式,还发展出衍生性"副文本"(热奈特语)与"副本"(电子游戏术语)无限流两类形式,进一步膨胀了文本规模。古典小说与现代通俗小说也有"后传"和"前传"这类衍生文本。它们独立成书,与正本故事形成有效序列。电子文本超级容量,导致其"番外篇""后传""前传"更复杂,有的展现主要人物前史和后传不同故事,有的将次要人物与情节"敷衍集缀"成新故事,有的阐释道具装置。《凡人修仙传》的《凡人外传》包括《外传一》《外传二》《凡人仙界篇外传一》。另外有《凡人必备手册》介绍功法、法宝、阵法等内容,类似游戏攻略。此外还有《七界外传》作为《凡人修仙传》前传,"副文本"规模庞大,近40万字。有的"副文本"发展为系列作品,如《斗罗大陆》,后传《绝世唐门》《龙王传说》,主人公和故事均与《斗罗大陆》无关,仅借助基本设定完成衍生。无限流作品,"穿越"成为拼贴方式,形成类似游戏"副本"设定,使得小说成为不同世界的衍生集合。"副本集缀"发展网文"同人小说"传统,模仿诸多成名影视与文学作品。例如,《无限恐怖》描写郑吒、楚轩等人,穿越《生化危机》《异形》《咒怨》等电影世界,在游戏般的战斗之中寻找生命意义。

描写功能的再造,也是网文长度延展的重要因素。传统通俗小说重视情节,多是概括性叙事,视角单一、结构粗糙,既缺乏景物和外在世界描述,也缺乏内在心理刻画,即使有描写,也是"叙述常用白话散文,描写常用文言韵文"[1],缺乏真实感。西方现代小说则由注重描写发展到注重讲

---

[1] 王春桂、刘炳泽:《中国通俗小说概论》,北岳文艺出版社,1993年,第189页。

述。热奈特曾言:"描写自然是叙述的奴隶,须臾不可缺少,但始终服服帖帖,永远不得自由。"①后期现代小说叙述浓缩描写和讲述,如海明威的《午后之死》,大量细节省略和叙述简省,更使得描写被讲述侵蚀。"描写"过分忠于现实描摹,会出现"自然主义"流弊。卢卡奇甚至认为"叙述要分清主次,描写则抹杀差别"②,认为重视描写的作家,缺乏多样统一的世界观。

网络小说描写功能的再塑造,是建立在网络文学虚拟性之上的"仿真性描写",即展现沉浸式仿真体验。这也是虚拟性渗透文学功能的例证。它类似电子游戏画面呈现,不追求意义/表象、真/假的对立,而是将读者代入故事场景,铺陈成"有趣味"细节。它围绕核心情节,整合叙事与描写,淡化叙述技巧追求(如限制性叙述),凸显描写场景功能。因为紧密结合节奏,叙事速度并未减慢,反而更快速。"仿真性描写"删减分散注意力的环境和心理描写,却重视场面描写:"环境描写和人物心理描写几乎不再出现,取而代之的是剧本式的对话和动态或者极具画面感的场景描写。"这使得读者阅读文字时,可获得"类似游戏实战的体验式阅读快感"③。热奈特定义了叙事时长(duration)概念。查特曼进一步指出,"时长"涉及读出叙事花费的时间与故事事件本身持续时间之间的关系,共有五种可能,即概述、省略、场景、拉伸、停顿。"场景"的话语时间与故事时间相等,"拉伸"指话语时间长于故事时间,"停顿"的故事时间为零。④ 传统章回小说喜欢"概述性情节",现代小说家更愿用"拉伸"

---

①徐岱:《小说叙事学》,中国社会科学出版社,1992年,第197页。
②卢卡契:《叙述与描写——为讨论自然主义和形式主义而作》,刘半九译,《卢卡契文学论文集》(一),中国社会科学院编译,中国社会科学出版社,1980年,第56页。
③唐小娟:《网络写作新文类研究》,中国社会科学出版社,2018年,第16页。
④参见西摩·查特曼《故事与话语》,徐强译,中国人民大学出版社,2013年,第52—53页。

"省略""停顿",放大个人感官、回忆与幻想,甚至潜意识地观察心灵世界。网络小说除了巨量概述情节,也注重场景描写,让读者沉溺于想象世界中。早期网络小说篇幅不长,更注重对话,有BBS、QQ等聊天工具交流痕迹。后期网络小说越来越长,注重人物刻画,场景对话,更重视场景。这在玄幻和军事类型中表现突出,例如,《魔武士》塑造逼真的魔幻世界,《上品寒士》有大量参禅论道场景描写,《宋时归》的战争场景占据相当篇幅。从一百六十章《风起》到二百零三章《内禅》,四十三个章节,三十多万字篇幅,涉及上百个人物,作家就描写了"汴梁宫变"一个事件。这种对情节极度铺排的"敷衍描写",有通俗文学传统影响。既有金圣叹评《水浒》时"大落墨法""极不省法"等古典描写技法的影子,也与早期"说书技艺"有暗合之处,如"敷衍处有规模,有收拾""热闹处敷衍得越长久"等,表现"'小说'艺人要善于敷衍出一幅幅生动细腻的场景"[1]。陈汝衡论及"评话艺术"也认为,"评话家为求得热闹动人,就必须格外细致、生动地描摹,尽可改窜原书情节,使得原书故事放大若干倍"[2]。这些传统的小说功能对塑造虚拟"仿真性场景"都起到了促进作用。

　　网络小说的长度诉求,还影响到叙事节奏的快感机制。传统通俗小说讲究情节跌宕起伏,速度有快有慢。某些小说不仅有主干情节,而且有大量无关细节,有的丰富故事的真实性,表现生活气息,有的则是旁逸斜出的冗余。很多网络小说也继承这一特性。比如,《甄嬛传》《清朝经济适用男》《平凡的清穿日子》等女性网文,都有这种来自《红楼梦》与《金瓶梅》的"慢节奏"风格。然而,更能代表网文叙事节奏特点的还有一类"快节奏"小说。这类小说由一个又一个"高潮"集缀组成,叙事不断发

---

[1] 王庆华:《话本小说文体研究》,华东师范大学出版社,2006年,第55页。
[2] 陈汝衡:《说书史话》,作家出版社,1958年,第140页。

展,最高潮就是小说结束。比如,玄幻类"打怪升级"试炼模式。很多网络历史小说也有这类特点。如天使奥斯卡的《篡清》。大到宫廷官制,小到流行饮食、赶大车技巧、镖行规矩、土匪武器,小说复活了栩栩如生的晚清场景。叙述节奏却不慢,以现代青年徐一凡穿越晚清为起点,开头是"大盛魁被马贼围困",接着是一个个危机与抗争,直到结尾义军推翻清朝。章回有"梁子"与"柁子"的技法,"梁子"指完整小说提纲,"柁子"则是精彩段落的"爽点"[①]。网络小说每章平均5000字以上,一章要有一个"爽点",甚至几个"爽点"集合,才能吸引读者不断更、不弃更。这种"全高潮"快节奏特征,极大地增强了阅读代入感与刺激快感,有效地拓展了小说长度。

三

媒介变革导致的网文传播科技发展,资本运作方式的改变,作者与读者定位的变化,以及虚拟共同体的"延宕效应",更是影响网络小说文体长度的关键因素。小说篇幅变长,首先体现网络文字传播和平台建设的技术发展:"在汉字输入技术与比特(BIT)传播技术基础上,'以机换笔'的创作方式应运而生。"[②]早期海外网文多为"短篇体量",即与电脑网络屏幕阅读、电子刊物无法超链接翻页有关。早期非盈利精英网站(如"榕树下"),短篇故事和短散文也占相当比重。网文商业化之后,特别是微信、支付宝等支付手段变革,促使"机读"跨越"移动阅读",阅读及其相关收益更便捷,这也激发了阅读对"文本长度"的诉求,长篇网文开始成为主流。与此同时,网文科技带来的读写变化,导致写作和阅读速度都加快

[①] 参见徐斯年《演述江湖帮会秘史的说书人——姚民哀》,南京出版社,1994年,第24页。

[②] 贺予飞:《中国网络文学起源说的质疑与辨正》,《南方文坛》2022年第1期。

了,也导致作者书写能力与容量需求变大。键盘代替钢笔,字符输入更快捷,从纸媒"翻页阅读"到"机读屏"阅读,再到"移动屏"阅读,阅读速度大大提升。从鼠标滑轮对阅读的增速,到"手指触摸"的移动阅读,阅读速度提升的同时,也很难让读者"长时间关注",思考经典意义的"慢读"和"重读"。"向上翻页"的不适感,让读者更倾向快速"向下翻页",体验"速度"带来的信息占有愉悦。机读时期,一面网页即一章,字数平均5000—8000字,日更新一或两章,正好满足阅读兴奋与审美疲劳临界点。移动阅读的字符明显变大,适应阅读零散化需求,及眼睛舒适度需要。媒介的改变,还使得阅读空间扩大,人们不再需要图书馆、自修室、书房这样有文字仪式感的地方。通过台式电脑、笔记本电脑、手机等,人们可在办公室、网吧、公交或地铁上,随时随地阅读。阅读空间多样化,也驱使小说篇幅变长,以便读者在不同空间保持"故事跨度"的精神愉悦。

其次,网文"长度"变化,反映了网络传媒之下文化资本盈利方式变革。资本介入文学,利润是最终目标:"牟利,从一开始就是书商与印刷商的主要宗旨,这是不能忽略的事实。第一个印刷合资事业(即傅斯特与修埃佛创设者)的故事,可以为证。"[1]经济回报成了作家千方百计拉长小说的内在推动力:"至少有两种考虑很可能对作家作长篇累牍的描写具有鼓励作用:首先,很清楚,重复的写法可以有助于他的没受过什么教育的读者易于理解他的意思;其次,因为付给他报酬的已不再是庇护人而是书商,因此,迅速和丰富便成为最大的经济长处。"[2]然而,资本利用网络技术,创造了新文学盈利模式。网站"一天一更""千字收费分账"方

---

[1] 费夫贺、马尔坦:《印刷书的诞生》,李鸿志译,广西师范大学出版社,2006年,第249页。

[2] 伊恩·P. 瓦特:《小说的兴起》,高原、董红钧译,三联书店,1992年,第54页,第221页。

式,类似报纸连载,避免电子书盗版,并在较低廉价格点上刺激读者持续消费。"点击、订阅、打赏"配合,也让作者、读者和经营者结合更紧密。这需要小说章节有相当体量,才能形成稳定持续的利润区间。由 VIP 收费体系转变为 IP 融合营销体系,更要求网文创作内容异常丰富。炼句立意等精英创作习惯,逐渐被网文作者抛弃。从"网络有效传播"角度考虑,"长度"也有必要性:"开始一般是 30 万到 50 万字,读者需要更长的小说,就慢慢写到 100 万字,再后来,网络读者可能有几千几万人,你写几十万字,在这里面很可能就传不开了,你要写到差不多 100 万字才能传开。但当这个读者群更庞大的时候,你可能要写 300 万字甚至更长,才能在读者群里传开。"① 与长度匹配,小说发表频率变快,创作时间变得更长。通俗文学史上有很多长期连载小说,如《春明外史》连载 57 个月,更极端的例子,如《蜀山剑侠传》从 1931 年连载到 1949 年,共三百多回。然而,与超长字节长度配合,网络小说持续写作时间普遍变长,网站"日更新"策略,也导致实际连载更新频率远超民国时期章回小说。起点付费模式刚出现时,很多小说还保持在两到三年完结状态,但很快小说连载时间被不断刷新,如《凡人修仙传》2007 年 3 月开笔,2017 年 9 月完成《大结局》,跨越十年多。2011 年,《赘婿》首发于起点中文网,截至 2021 年 8 月,小说更新至 1093 章,尚未完成。

再次,在媒介变革的影响下,网文作者的"自我定位"与读者"参与诉求"也发生很大变化。写手不再追求稀缺性精英品质,更注重读者接受与资本回报。意识形态功能弱化,也导致网络作家将自己定位为"现代

---

① 周志雄、流浪的蛤蟆:《我的职业操守是不断地推陈出新——流浪的蛤蟆访谈录》,见《网络文学研究》第 1 辑,周志雄编,山东人民出版社,2015 年,第 93 页。

说书人"①,不追求文体精美凝练。与作者相比,读者"参与诉求"大大增加。瑞安认为"交互性"和"反应性"是与叙事最相关的数字系统属性,它们"打破了叙事的线性流动,消除了设计者的控制"②。为强调电脑用户(无论作者还是读者)有效参与性,考斯基马还提出读者作为"共同叙事者"③的概念,这些特点都拓展了网文的容量。强化的读者介入性,还产生了"粉丝化读者"。小说长度越长,粉丝读者忠诚度越高。读者不但是文学消费者,还从传统意义印刷权威的崇拜者,变成更具产业性的"粉丝"。现代印刷业创造出瓦特说的"印刷体崇拜":"印刷,作为文学交流的一种方式,具有两个基于其完全非人格的特点,它们可被称为权威性和印刷的幻觉。"④网络时代,读者更易与作家互动,"网络共同体"共时性交流中,成为对作家有忠实度的"粉丝型读者"。费斯克指出,粉丝是"过度的读者"(excessive reader)。⑤ 网络文学粉丝读者,与费斯克所言的追星粉丝不同在于,这些读者更是资本意义的"高级文本用户"。他们希望与作者和其他读者形成亲密互动关系(如网上书友会),甚至形成"巨额打赏"过量性行为。⑥ 读者对阅读时间投入,也就表现为"零碎时间"与"粉

---

①参见荀超《会说话的肘子:写书要有"倾述欲",我就是个网文"说书人"》,2020年8月24日,http://baijiahao.baidu.com/s?id=16759017681316734337&wfr=spider&for=pc,2022年4月11日。

②玛丽-劳里·瑞安:《叙事与数码:学会用媒介思维》,见《当代叙事理论指南》,詹姆斯·费伦、彼得·J.拉比诺维茨编,申丹等译,北京大学出版社,2007年,第602页。

③潘丽丹:《后经典语境中的数字叙事理论研究》,《文学界》(理论版)2012年第8期。

④伊恩·P.瓦特:《小说的兴起》,高原、董红钧译,三联书店,1992年,第54页,第221页。

⑤陶东风:《粉丝文化读本》,北京大学出版社,2009年,第8页。

⑥比如,梦入神机的《星河大帝》,曾一次性被狂热粉丝读者打赏100万元人民币。参见戴维《爱看网络小说的"土豪"一口气打赏了作者100万元人民币》,《都市快报》2013年8月15日。

丝性时间"不同"时长占比"的结合。"零碎时间"虽零散,但有一定的延续性,"粉丝时间"投入性更强,二者大大延续了网络文学阅读时长。

最后,文学阅读塑造"脱域"时空,抚慰现实创伤:"文学阅读行为既有利于和社会融为一体,又无法适应社会生活。它临时割断了读者个人与周围世界的联系,但又使读者与生活中的宇宙建立起新的关系。"①这种"脱域"性在互联网时代更为激进,如兰尼尔所说,虚拟实在(VR)的整个重点是"分享想象,生活在一个可以互相表达图像和听觉的世界"②。这表现为网络平台对"虚拟共同体"的经营。很多学者认为,通俗小说对现代民族国家想象有重要的塑形作用,比如"以《海上花列传》为代表的上海叙述实际上是以报章连载小说的形式表达出文学对上海城市的想象"③。与五四新文学相比,通俗小说的想象空间,其意识形态性满足于"文字娱乐"需要。它们更愿让读者在"想象时空"脱离现实烦恼。张蕾曾指出:"在个人/国家的结构中,故事集缀小说在两者之间打开了一个公共的社会空间,群体就是公共社会空间中的众生相,它既不突出个性,也不太考虑国家问题。故事集缀小说的社会性质是与生俱来的。"④现代章回小说倾向塑造带有民间意识、未被意识形态高度整合过的、混沌多义的"公共空间"。网络小说则通过网络平台建立"类现实"的虚拟社区,形成读者和作者强有力交互性,其虚拟特质决定其"想象共同体"更具激进脱域性。正如储卉娟所说,作为"网络说书人"的网文作家,对"虚拟共同体"有着强烈的想象性塑造:"如果我们把互联网上基于写作—阅读而参与的'实践共同体'(詹金斯语)看成说书人,把类型本身看成所要讲出的

---

①罗贝尔·埃斯卡皮:《文学社会学》,于沛选编,浙江人民出版社,1987年,第91页。
②克里斯托夫·霍洛克斯:《麦克卢汉与虚拟实在》,刘千立译,北京大学出版社,2005年,第74页。
③郭冰茹:《中国现代小说文体的发生》,广东高等教育出版社,2020年,第10页。
④张蕾:《"故事集缀"型章回体小说研究》,北京大学出版社,2012年,第292页。

故事,这个新的说书人与传统社会的张十五们就有了明显的区别:他不断讲述的,不是情节和人物,而是正在生成的集体想象。"①

由此,阅读一部"漫长"的小说,就是共享一个虚拟世界。人们不仅在网上阅读,更通过阅读延续"虚拟生活"。网络为读者和作者共同打造虚拟交流平台,类似古代瓦肆勾栏"说书场"。读者身处无限回应中,既有作者的回应、其他读者的回应,也有自我的回应。庞大的文本变成自我繁殖的"幻象森林"。对"交流"的渴望,对共识的共鸣,让读者不断"延宕"阅读时间。共识体验可以是"男性向"的家国叙事,荒诞不经的神鬼传奇,也可以是"女性向"的爱情白日梦与职场故事。读者沉浸于虚拟共同体想象,或变身为"粉丝读者",追求某种稳定价值感,或成为"延宕性读者",留恋于似真实幻的交流场域,摆脱现实孤独和生存压力。与精英文学不同,网文更依赖网络平台"仿真性",作者塑造虚拟想象的能力越强,越要模仿日常生活模式,一天一更,不断延续,将读者不知不觉代入脱域化虚拟社区,才能"反向强化"共同体共鸣,持续吸引读者进行时间和资本的投入。

综上所述,网络小说长度问题有三个维度,一是网络时代中国的社会变革与知识转型,为网络长文的出现打下内容基础;二是网络文学的艺术功能的变化,即仿真性描写功能的再造、"虚拟体验"式集缀结构的形成、叙事节奏的快感机制的改变;三是网文传播科技、资本运作方式、作者与读者定位、虚拟共同体,成为网络媒介变革影响下"网络超长篇形态"的关键因素。由此我们也看出,网络小说的"文体长度",既表现为通俗文学传统、新文学传统与网络媒介雅俗互动的结果,也预示互联网时代人类

---

① 储卉娟:《说书人与梦工厂——技术、法律与网络文学生产》,社会科学文献出版社,2019年,第247页。

与小说的想象性关系变革。"超级长度"既表现新媒介刺激下的资本策略,也昭示着意识形态、资本与读者、作者的激烈博弈。这里有对共同体想象的再造,也有着反抗、质疑和冲突。

当然,"超长度"不是网络小说唯一的长度形式,超长度必须放在有效性、原创性与艺术性维度下考察,才能更好地促进网络文学经典化发展。网络文学虽然被狭义地定义为"网络通俗类型文学",但网络作为天然传播载体,最终会成为所有文学表述的平台。无效的"超长度"只是冗长"注水文本",缺乏原创性与艺术性的网络文学,也最终会走入自我重复的怪圈。例如,"无限流"作品,过分强调文本寄生,有抄袭嫌疑,缺乏原创性。我们也看到网文出现另一种倾向,即"网络短篇"回流。现代通俗小说家适应报章需要,也有很多通俗短篇,如包天笑的《一缕麻》、恽铁樵的《工人小史》等。网络短篇小说较小众,有早期网文后现代风格,将二次元体验、科幻情绪,与先锋化短篇文本结合,显示了网络阅读目标人群细分化倾向,也表现出雅俗互动格局下文学对抗资本收编的"文体变法"。例如,海归女作家七英俊的《穿云》《变人记》等精短网络小说。中国网络小说是世界文学范畴的新现象,也显示了网文与中国互联网时代语境不可分割的关系。作为叙事艺术门类,小说天生有一种探索外部世界的精神,中国网络小说的长度变化,无疑给我们提供了一个观察小说文类发展的参考范例。

"主动幻想":作为新空间形式中的"文学"的剧本杀

李 玮

文学叙事是否只能是静态、封闭的意义结构？文学主体是否只能是被塑造出来的、先验的、决定性的存在？在印刷媒介承载的文学发展史中，孤立的文学写作方式，使得文本的时空呈现封闭的静态。虽然印刷媒介文学也呈现出诸多先锋性探索，比如打破闭环的结构，呈现发散的或是断裂的时间和空间，但是，在静态文本中，无论作家如何具有开放叙事空间，呈现多重主体的动机，文本都改变不了单一作家言说的基本属性。或集中，或发散，或清晰，或模糊，印刷媒介文本总会存在一个"主人公"，并围绕该中心构筑时空和勾连事件。巴赫金曾指出被动施加的"主人公"的空间形式，只能成就在"以我为中心"的消极状态，是被动的被施加的幻想世界[①]，即读者只能在作者创造的以"主人公"为中心的整体世界中，被动地感知或共情。"被动幻想"的过程中，"主体"不能与"他人"的意识进行交互和对话，一切事件都被"主人公"的愿景和情感所笼罩。如果不把"文学"仅仅当作一种"再现"，而是把它当作意义的输出和表达，正如柄谷行人在论述文学文体时所启发的，文学叙事存在的空间性探索，也许不只是在文学内部增强风格的多样性，文学的空间结构，其实也是认知

[①]巴赫金在《审美活动中的作者与主人公》中对文学作品中的作者和主人公的关系进行了批判，他指出，围绕主人公设置封闭的意义统一体的叙事，使得"主人公变得消极无为，正好像部分对于包含它并完成它的整体只能处在消极状态一样"……(《巴赫金全集》，晓河、贾泽林、张杰、樊锦鑫等译，第一卷，河北教育出版社，1998年，第110页)

世界的结构方式。① 我们可以认为,"被动幻想"的叙事空间形式,本质上是"中心化"的外部结构和主体内面的表达。

在理论层面,围绕消解各种形式的霸权,已有诸多理论。强调"对话"、强调"主体间性"就是其中之一,但如果这种"对话"和"间性"不能在审美层面上加以实现,不能转化为对身体化、内部的"自我"反观和生成,那么这种公共空间仍避免不了抽象和空洞。在这一意义上,中国"剧本杀"以创新的文学空间形式,为"对话"创造了审美的可能。当文本的"主角"消失时,人物呈现出未完成的状态,情节成为一种参与和互动的"讨论",意义在选择和对话中生成,并由此形成对意义世界的审美反观。本文以"主动幻想"来概括剧本杀上述叙事创新的特征,认为剧本杀实现了审美意义上主体间性的可能,它开创了具有先锋性的叙事方式,为文学、文化发展的提供了新的可能。

一、注重"文学性"的中国剧本杀

中国剧本杀最早脱胎于桌游,业内会将从英国翻译过来的《死穿白》(*Death wears white*)作为国内剧本杀的启蒙本。之所以许多剧本杀资深玩家会将之认为是最早的剧本杀,是因为《死穿白》更接近于真人角色扮演。2016年,明星推理真人秀《明星大侦探》使这种游戏样式得到普及。2017年初第一家剧本杀实体店在上海开业。2018年,《我是谜》《百变大侦探》等线上剧本杀项目先后获得了融资,资本的进入使其行业知名度进一步提升。2019年全国的剧本杀店数量由2400家迅速飙升至1.2万家。截至2021年5月底,美团、大众点评线上收录、在营业状态的剧本杀

---

① 参见"文类之死灭"。[日]柄谷行人:《日本现代文学的起源》,赵京华译,中央编译出版社,2013年,第147—162页。

实体门店约 1.3 万家,全国剧本杀实体门店约 3 万家。根据小黑探平台数据,2020 年年末,小黑探平台上架剧本总数已逾 3000 本。与之发展趋势相呼应的是平台剧本交易金额,2020 年全年小黑探平台剧本总交易金额达近亿元。① 2019 年中国剧本杀市场规模超过百亿元,同比增长 68.0%。2020 年受疫情影响,市场规模以 7% 的增幅增至 117.4 亿元。②

不过,就内容而言,当下中国剧本杀与最初的交互性的游戏剧本有了很大不同。《2021 年中国剧本杀行业报告》分析,中国"剧本杀的核心在于剧本,因此这不仅是一款线下游戏,更是一类文创产品。如今泛娱乐产业以 IP 为核心,影视、网游、小说等领域都有众多具有影响力的 IP,运营优秀的 IP 或因其主角人设或因其故事情节吸引大量粉丝,粉丝也会积极为 IP 跨领域的转化保驾护航。"③也就是说,中国剧本杀的发展不再满足于参与性的推理游戏,更强调"剧本",关注"内容"向度。

当下中国剧本杀主题不再局限于谋杀探案,而是拓展到儿童教育、家国情怀、人类命运,甚至是各种哲学思考的各个领域。如《粟米苍生》④将背景设定 1942—1943 年的河南饥荒,《像水消失在水中》⑤思考新中国成立后动荡历史中的人物命运和情感悲剧,《我们都将死于 29 岁》⑥以北岛的诗"那时我们有梦,关于文学,关于爱情,关于穿越世界的旅行,如今我们深夜饮酒,杯子碰在一起,都是梦破碎的声音"点题,《人类成长计划》⑦

---

①《2021 年中国剧本杀行业报告》https://36kr.com/p/1122210116644873.
②《剧本杀成年轻群体社交新潮流》,《新快报》,2021 年 4 月 30 日。
③《2021 年中国剧本杀行业报告》https://36kr.com/p/1122210116644873.
④作者:安生,汽水文创工作室出品。下文出自同一作品,内容引文不再标注。
⑤作者:安可,麻心汤圆工作室出品。下文出自同一作品,内容引文不再标注。
⑥作者:杨顺舟,W-工作室出品。下文出自同一作品,内容引文不再标注。
⑦作者:Rainstop King,北京 MASTER KEY 剧本推理出品。下文出自同一作品,内容引文不再标注。

讨论人类文明发展走向,《美丽新世界》①则思考教育之恶的问题……无论是《像水消失在水中》对博尔赫斯的援引,还是《美丽新世界》对鲁迅"就令萤火一般,也可以在黑暗里发一点光,不必等候炬火"的援引,都表明,诸多剧本杀的创作直面人生,正视困境,不满足于娱乐性。在文字表述上,当下中国剧本杀已不再满足于仅提示人物背景和故事线索,而是调用了诸多文学修辞,在肖像描写、动作描写和心理描写方面着力,同时也开始运用隐喻、象征等手法,创造适应不同情景和意义表达的语言风格。

中国"剧本杀"的文学化特色还表现为"剧本杀"与网络文学越来越多地融合在一起。大约从 2008 开始,中国网络文学 IP(Intellectual Property)的运作模式开始萌芽,即重视内容知识产权的影响力,并将该内容运用推广到文化产业全领域,实现某项内容知识产权的联动效应。IP 运作模式于 2010 年,通过网络文学影视剧改编达到了巅峰,《美人心计》《千山暮雪》《步步惊心》等一系列由网络文学改编而来的影视剧获得关注。盛大文学旗下作品《致我们终将逝去的青春》被改编成同名电影,取得了 7.18 亿高票房,并实现了票房、口碑双丰收。同时,在游戏领域,网文 IP 的游戏开发主要是以故事中提供的人物、情节、环境为蓝本,设计开发成同一主题的游戏,类型包括浏览器页面、客户端和移动端游戏。网络文学 IP 不仅为游戏提供丰富的想象力元素和精巧架构,而且网络文学原有的流量也给游戏增加了人气。这几年的剧本杀传入中国后也受到网络文学这一发展趋势的影响。一方面,剧本杀引入了许多 IP,如在网文创作界和影视改编领域取得很好成绩的《步步惊心》《琅琊榜》《元龙》等被改编成剧本杀。网络文学改编成剧本杀,使得剧本杀整体的文学丰富性得到了提升。另一方面,当故事立意、情感细腻等成为高端剧本杀的发展

---

① 作者:沐黎、游三,鲜焰文化出品。下文出自同一作品,内容引文不再标注。

倾向时,剧本杀的作者群体和读者群体发生变动,诸多网络文学作家转而写作剧本杀,诸多具有文学诉求的读者也开始期待剧本杀实现除游戏、交往之外的文学功能。

当下中国"剧本杀"意义表达的深刻性和语言风格的多样性,正表明剧本杀本质固然是一种游戏,但它们同时成就一种"新文学"的可能。表面上看,剧本杀接近于剧本,剧本杀介绍各个人物的背景,并设计各个人物的故事线,大型剧本杀会为人物设计台词和动作。但不同于脱胎于印刷文学的剧本,剧本杀中的人物不设置"主角",并且以保证每个人的发声和参与作为剧本杀文本的根本要求。为了呈现"剧本杀"的冲突性,"剧本杀"的参与角色观点、性格或利益具有冲突性,并且为了保证每一个玩家的参与感,"剧本杀"文本赋予这些具有不同观点、立场的人物以相同的"发声"的权利。

在实际操作层面,剧本杀要求每一位参与者都认真阅读剧本,代入角色,并按照线索设置参与互动。大型剧本杀会设置主持人 DM 主导故事进展的节奏,把握故事延展的流畅性,或是设置 NPC 助力故事的演绎。在游戏功能层面,剧本杀保证参与者的参与、解密体验,也实现了社交功能。而同时,当参与者认真阅读剧本,揣摩人物心理,体验人物情感,并代入人物参与故事进程,特别是通过互动产生新的情感、心理碰撞、通过再创造的言行、选择决定人物命运和故事结局走向时,剧本杀的参与过程就不纯粹是社交游戏。剧本杀参与者在沉浸剧情人物的同时,也实现了对自我的反观,并且在故事互动中实现了对世界有距离的思考。

剧本杀体验反馈表达了参与者的痛苦、感动或沉思……如知乎上

《金陵有座东君书院》①的测评写道:"亲情、友情、爱情、家国情,一个六人本怎么能完美地诠释这么多种情感呢?"②"历史,从不会记录小人物的故事,但他们就是历史的故事。"③《兵临城下》④的玩家体验之一是"我玩的团长本,全程很投入。DM 读日记的时候我就入戏了,慷慨激昂一股脑要守城。可是等第一遍梦醒的时候我被恶心到了。往前一步就要舍弃一城百姓,后退一步就要背离民族大义。还有只剩半边身子的副官,那些不愿意客死他乡的士兵,惨遭凌辱的爱人……我不知道什么是对的,什么是错的。我有舍生取义的一腔热血,却要屈服于现实……"⑤《像水消失在水中》的玩家体验是"剧本就像一本短篇小说一样,质感很强,每一个细节都经得起推敲,剧情特别赞,随着剧情进展慢慢体会到角色的无奈,会联想到现实生活中,做选择的话是因为生死还是因为信念?故事里每个人都在做抉择,而每个人在做选择的时候都是不容易的。⑥这些反馈都表明,虽然剧本杀是一种游戏,但如今已经发展成为康德—席勒意义上的具有审美功能的"游戏",参与者在剧本杀中所体验到的是关于人类、家国、历史或个体的意义思考,是自身对这些意义既沉浸(关乎身体和情感)又有距离(是游戏和虚构)的审美观照。

---

① 作者:十四先生、申老师、铁头阿土,黑羽毛工作室出品。下文出自同一作品,内容引文不再标注。

② 《金陵有座东君书院》剧本杀测评:成长就是将美好的东西撕碎给人看。——知乎(zhihu.com)。

③ 剧本杀《金陵有座东君书院》:鲜衣怒马少年时,不负韶华行且知。——知乎(zhi—hu.com)。

④ 作者:猫斯图,逆火,老玉米联合工作室出品。下文出自同一作品,内容引文不再标注。

⑤ 剧本杀《兵临城下》测评:在中国历史的至暗时刻,你是否愿意站出来?——知乎(zhihu.com)。

⑥ 作者:Susu 苏颜末。https://www.bilibili.com/read/cv11351085/,出处:bilibili.

二、未完成的"人":"主角"的消失

剧本杀不仅具有文学性,而且以新的空间形式开创了新的文学叙事。当剧本杀叙事不再依赖静态、封闭的印刷传媒,而是在群体互动中展开,并且因保证参与者平等参与的需要,去主角、去叙事中心,强调情感、情节和意义的互动时,剧本杀的叙事处理打破了既有叙事"范式"的束缚,在角色、视角、情节和意义生成等诸多方面都具有创造性。

塑造"主角",是书面小说叙事的一般法则。围绕"主角",展开种种事件,才能构成一定的意义总体。这个"主角",可以是特殊的个例,也可以是普遍的典型,她/他的存在是文本的"中心",是主要行动元,助手/敌人等起到辅助意义生成的作用。20世纪30年代的"速写体"曾强调群像描写,不过速写体所改变的不过是以个人为"主角"的写作方式,文本以群像为"主角",他们有统一的性格、情感和愿望,在一定意义上,这些群像不过是一个大写的"单数"。对于这种多样化、个别化和交互式世界的追求,是否要从"消解主角"做起。从这一问题出发,中国剧本杀所呈现的"先锋性"就值得关注。

《像水消失在水中》(下文称为《在水中》)是一个极为复杂的故事,故事的复杂性正表现为文本的每一个人物面向波动的历史,都深陷命运的捉弄,于是各有各的不甘、挣扎和选择。文本呈现人物命运的交织,同时也呈现出每个人的选择都影响着周围人的命运,反之亦然,但每一个选择都面临责任、伦理、情感的困境。如果复盘故事的梗概,大体是:1975年,乡村教师伏岂蒿被批斗,双臂被扯断后仍坚持"这世上没有不爱国家的卫风",捍卫从事谍报工作的好友卫风声誉,挺直腰板撒手人寰。他的两个学生陈芸箔和殷步熹目睹献出生命的老师,各有所悟。卫风于改革

开放后回国，心灰之余在警察局任基层警察。抚养父母双亡的陈芸箹和殷步熹，并隐姓埋名照顾他之前的爱人杨伯兮和孩子杨和。1994 年，杨和（后改名杨未晞，成为记者）和殷步熹（政法部门工作人员）结婚，并生下女儿殷洵美。同年，姜其羽出生。2000 年，姜的父母在海关工作被高层逼迫，不得不在买卖器官的黑恶势力交易中私自开了一把保护伞。这件事被在政法部门工作的殷步熹和做基层警察的陈芸箹发现。精明强干的陈芸箹一度取得了突破性进展，但在关键时刻，对方弃卒保帅，以“抚养姜其羽”的虚假承诺换取其父母在狱中双双自杀，证人线就此切断。殷被强行调去西部，杨未晞将自己叛逆的七岁女儿殷洵美送入“替孩子养成良好习惯”的教养院。殷洵美在教养院受尽折磨，吞牙膏自杀未遂并因为被踢击而导致肾脏破裂。同时陈芸箹遭陷害，百口莫辩中持枪拒捕，独自逃亡。为了给女儿换肾，殷步熹开始堕落。陈芸箹遇到乞讨的姜其羽，便知道姜的父母在某种程度上是因自己而死，感慨之余假装自己是人贩子，欺骗姜其羽演了一出“追逃”大戏，换取姜其羽被电视直播，受到关注，因而获得良好的成长环境。陈芸箹锒铛入狱后只有卫风偷偷照顾她。误解陈芸箹的姜其羽，与殷洵美阴差阳错相恋，但姜在成长后追查儿童拐卖事件的过程中，逐渐聚拢起故事的人物，矛盾和真相也逐渐浮现……

但值得注意的是，跌宕起伏的故事情节并不是文本最重要的内容，文本给予每一个人物充分的“内视角”的呈现。但“内视角”所呈现的是从属于每个人独立的意识，它们自成逻辑，有属于自己的前瞻和判断、犹疑和思考。但人物的前瞻性，并不具有完整的意义功能，如传统文本所做的，让人物的每一步内部和外部的思考和行动都传达意义的输出。剧本杀中的人物呈绝对限制的状态，每个人物的逻辑和整体意义的生成之间并不具有必然的联系。并且在很多时候与情节主线呈游离的状态。殷洵美所关心的是"脸好大。让我百度一下日系妆是怎么化的",或是"小区楼下那只小野猫一岁半了,感觉没有小时候可爱……"她的心中只有她童年的创伤和对姜其羽无望的爱情。而杨未晞"对于未来,家境普通又是单亲的你十分恐惧。害怕成为那刚跳出炉的香灰,快速暗下去,撞上冷风,就成了地上又暗又灰的渣"。卫凤则惦念狱中的陈芸箚袜子破了,叮嘱狱警袜子在衣服夹层。如果说殷洵美呈现历史的断裂,那么具有类似经历的卫凤、陈芸箚则呈现出历史的连续性。她们交织存在,不同的声音在同一个时空相会。

由于多个"内视角"的存在,并且由于这些"内视角"本身也许出现观点的差异和情感的冲突。姜其羽、殷洵美是男女朋友,但各有各自的忧伤,甚至在姜其羽看来殷洵美少女的叛逆十分做作,他所感兴趣的是自己的创伤,有关拐卖儿童的消息,他并不想与殷洵美分享;陈芸箚和殷步熹共同目睹伏岂嵩惨死,也共同咬着牙发誓不给老师丢人。陈芸箚遭人陷害,把自己掷出去,保全卫凤、殷步熹和姜其羽。而殷步熹则在堂堂正正和保护妻儿之间选择了后者……文本让每一种声音都充分地展开,而声音和声音之间形成了冲突和矛盾。每个人物都有自己的热望和守护,他们的行动和选择无不是对一种伦理观的坚持。个人的和家庭的、私利和家国、公理正义和个体道义,在不同人物的"内视角"呈现中,剧本杀不再"非此即彼",而是让不同的声音说话。传统文本中"价值中心是整个主人公与之相关的整个事件。一切伦理和认识的价值都应从属于这一整体……"①而剧本杀则让不同的伦理和认识形成各自自足的线索。这些

---

① [俄]巴赫金:《审美活动中的作者与主人公》,《巴赫金全集》,晓河、贾泽林、张杰、樊锦鑫等译,第一卷,河北教育出版社,1998年,第109页。

线索又以历史的、巧合的方式被编织在一起,并以此让复数的"内视角"产生对话和反观。

也就是说,剧本杀中的人物,固然有自己完整的思想和行动线索,但他们在未参与"交互"和"对话"之前,他们都处于未完成的状态,他们固有的"以自我为中心"的思考和行动都是不完整的。《在水中》中的殷洵美对童年创伤和少女情事的执着,在"内视角"中是完整的,但在卫风—杨未晞的历史线观照下,在陈芸箬—姜其羽的社会政治线的衬托下,殷洵美的逻辑就显出偏见,殷在参与"交互"和"对话"的过程中才开始她的"成长";《粟米苍生》中,1943年初冬饥荒背景下的林珊珊痛恨自己的父亲林泰清,认为母亲就是被他不知不觉活活饿病的,在逃荒路上她时刻小心林泰清,并想方设法夺取林泰清霸占的粮食。但林泰清的逻辑是:必须让女儿恨自己,否则以女儿的善良,必然会牺牲自己……在一重重"对话"中林珊珊认识到极端环境下亲情的复杂和伟大……

在传统叙事文本中,人物的意识被具体地限定,越细致、完备,这个人物越被认为丰满、圆熟。但反过来想,细致、圆熟的人物,是被精心塑成的一个人物,她/他自身的逻辑越完善,她/他越封闭,所有的事件都被精心编织为一个整体,她/他的审美功能只能是"共情",而不再具有未完成和交互的功能。而在剧本杀中,人物细密的心理、细节性的动作,固然能够引发"共情",但这种"共情"在多重对话中,会成为被"反观"的对象。由此,剧本杀破除了人物在表现形式中的消极性,人物不是被动的静态的整体,而是一个未完成的"整体"和"局部"的辩证统一体。《在水中》少年殷步熹每个月省下一元七毛钱,攒了半年买了一把二手吉他,穿着租来的衣服,参加文艺会演,却因旧布鞋感到自卑,他因杨未晞的爱情克服自卑,和杨未晞一起读《直布罗陀海峡的水手》,看到在精彩处留下的指甲印感到惊喜和心照不宣……然后二人结合,迎来三口之家。这一系列细节构成了殷步熹精彩但封闭的局部和整体,但殷步熹为了维护这一整体的细节,恰恰成为另一种整体的"开端":陈芸箬的悲剧、姜其羽的噩运。"共情"被打破,人物的命运被有距离地反观,复杂的意味由此生成。

三、对话和反观:情节的不稳定结构

在以"主角"为中心的文本中,作者竭力把散见于设定的认识世界、散见于开放的伦理行为事件整个地汇聚起来,集中主人公和他的生活,并用他本人所无法看到的那些因素加以充实而形成一个整体。这些因素有圆满的外表形象、外貌、身后的背景、他对死亡事件及绝对未来的态度,等等;还要充分阐明并完成这个整体,但不是用他自己不断前瞻的生活所获得的含义、成就、结果和业绩,而是用除此之外的因素来阐明和完成。[①]但巴赫金指出文本这种处理方式的问题在于,"在生活中,我们并不是自足的整体,相反,每一时刻都体现未完成性,并且是在和他人交互的状态中的未完成性,我们无时无刻不在紧张地期待着、捕捉着我们的生活在他人意识层面上的反映……我们的生活是前瞻的,是面向未来事件的,是不满足于自身的,是从来也不与自己的现状相重合而不变化的"。[②] 由此,巴赫金认为,作者的意识不能统摄主人公及其整个事件,不要让作者的伦理、审美成为主人公、文本世界立场的全部。他主张主人公和整个的文本世界并不应该具有一个必然的、整体的联系,主人公和文本世界中其他人物、事件要素之间的对话性需要被加以呈现,否则主人公只会成为作者理

[①][俄]巴赫金:《审美活动中的作者与主人公》,《巴赫金全集》,晓河、贾泽林、张杰、樊锦鑫等译,第一卷,河北教育出版社,1998年,第110页。

[②][俄]巴赫金:《审美活动中的作者与主人公》,《巴赫金全集》,晓河、贾泽林、张杰、樊锦鑫等译,第一卷,河北教育出版社,1998年,第112页。

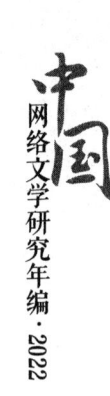

念的一个代言人。

在传统印刷文本中,集中、静态的写作和阅读方式使得叙事的线索难免会围绕"主角",即使在许多先锋性文本中,叙事的开放性也只表现为作者有意打破了叙事的完整性,通过线索的混乱和开放性结局来反抗的叙事的垄断性。有意为之的破坏,虽然表达了对封闭叙事的突破,但同时也容易造成意义的破碎化。自20世纪80年代末期开始的中国先锋小说的探索所面临的困境之一即为意义功能问题。相较而言,剧本杀,以多重"声部",未完成的复数主体为基础,在叙事过程中,不仅摆脱了圆滑、封闭的情节(因果编织)设置,突出"对话""选择"在构成因果,传达意义方面的作用,而且能够通过选择的开放性实现对意义世界的反观功能。

剧本杀中人物命运因果线的编织是在交互的选择中逐渐完成的。初级本是以谋杀探案为主题的剧本杀,每个人的角色都是由玩家主动参与完成,凶手是否能够被指认取决于参与者的交流、讨论、观察和辨析。高级本是有着更深刻主题的剧本杀,在处理家国和个人情感的关系,在选择正义的方式,在推进关于人性的思考等方面,都通过参与者交互性的沟通和主动的选择来展开故事的走向。在《在水中》,陈芸箔所面临的正义的困境,是个体性的,她生活在殷步熹的影子里,为了帮助殷,做了警察,调查器官走私案。陈芸箔查出了姜其羽父母参与走私并亲自审问,自以为正义。姜其羽父母自杀后,陈得知:他们本来是不想死,要举发幕后黑手的,但那个人用姜其羽要挟他们,说他们俩进了监狱要在孩子的档案上挂一辈子,姜其羽就毁了。但他可以帮忙削掉档案上这一笔,还会给姜其羽置办好之后的房子和生活费,姜的父母听到这里,只犹豫了一个晚上,就答应了。这时,她才思考"什么是正义",思考自己"只是从你(殷步熹)那里听了一些道听途说的句子,就认为他们罪无可恕,一点没有回环余地"

……直到陈芸箔死,她也并没有解决这个伦理问题,她只是在有限的交互中反观了自我,她的转变与其说是一种"成长",不如说是自我与他人的"敞开"。

向自我和他人"敞开",意味着整个意义世界的开放性,即整个故事意义性的编织是在永远的"未完成"的状态下展开的。冲突和矛盾、歧路和困境一直伴随着情节的展开,而解决的通道不在作者手中,而在参与者的"选择"中。选择并承担后果,选择并反观命运,是剧本杀情节展开的重要特征。剧本杀活动过程中,对每个人的命运都设置了"灵魂拷问"环节,让每个人重新审视选择的艰难。《在水中》的结局,六人的灵魂面临老和尚的拷问,孰是孰非在反观和对话中加以思考,并投票决定谁活下去。《兵临城下》是抗日主题,面对注定打不胜的战争,是抵抗还是投降。朔县的县长、骑兵团团长在艰难的环境下宣布对日寇作战,结果导致日军屠城,心上人身首异处。剧本让角色重生,让他们重新投票选择是战还是降。被送入儿童教养院的孩子受到极大的伤害,被救出后,《美丽新世界》让孩子们重新面对同伴和父母……

由此,开放性结局的设定,让参与者自己思考、反思自己的选择,并决定最终结局是剧本杀一个突出的特点。《在水中》的作者这样描述自己对结局的处理,"至于结局的留白,是我思虑再三的结果……《在水中》的游戏结局,大家依据自己对人物的理解自由投票,这是我对诸君的信任和尊重,也是玩家该有的权利。但是在我心中,殷步熹、姜其羽、卫风……他们有一套成型的选择逻辑,有对生死执念的强弱区分,有的人想活下去,有的人不想,有的人想不想活下去可能取决于另一个人有没有在投票中活下来,他们应该有一个确定的,和命运与性格相关且富有美感的结局"。《兵临城下》让参与者反观自己抵抗的命运,并再次提供一次重生

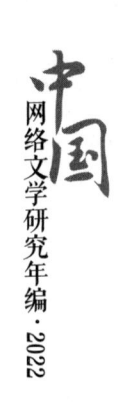

选择的机会。而《美丽新世界》的结尾则让参与者认识到真正的选择是在"现实"中:"自己的选择和结局没有关系,他可能选择了抗争或者是放弃,遵循父母的要求去生活,但是现实的结局完全不一样,结局是一个非常现实向的内容,基本上每个人都是必然的结局,这个结局的设置是来自现实的残酷……"

剧本杀强调每个人物行动的合理性和重要性,任何角色行动逻辑的设定都和人物性格相关,人物的命运也由人物的主题话语所包容和渗透,剧本杀也充分尊重每个人物对事件的关注和选择的无奈或偶然,考虑到人物命运的某种偶然性和被动性。但同时,剧本杀通过交互和对话使人物行动的理由不再单纯地局限在个人偶然的、被动的内部,而是在反观的整体中,在与他人(或是"现实")的交互中完成,于是成为一种富有美感的行动。正如"小黑探"对某个剧本杀的推荐:"每个人物都非常重要,最后的立意也让我们不得不去反思,我们最后的选择是真的对吗?真的可以去选择这个吗?是真心的内心深处的决定,还是只是为了苟活去做的?"①

四、主动幻想:审美主体间性的实现

剧本杀总是让人联想到近几年出现的"沉浸式戏剧"。沉浸式戏剧,如孟京辉的《死水边的美人鱼》,将观众拉入戏剧演出内部,和演员一起参与和经历演出。这种形式能够使观众产生复杂的、多种感官并重的体验,但值得注意的是,虽然观众被代入,但观众对整个的演出和意义表达其实并没有特别的介入作用。也就是说,谁是观众并不影响演出的进程。亦有研究者强调剧本杀为参与者提供了沉浸式体验。就对故事全身心、

---

①77:《〈七个乌鸦〉还愣神呢?轮到你咯!》,GODAN 微信公众号,2022 年 1 月 5 日。

全感官的投入来说,剧本杀的确较之传统文本和剧本更具有参与性和代入性。但是如果仅就这个方面认识剧本杀的特质,反而抹杀了剧本杀更重要的功能。

沉浸式体验更有利于"移情"的发生。超越自我之外,感受他人的悲欢,身体的战栗,精神的震动,移情能够让阅读者和参与者短暂地超越自我现实的束缚。但仅有"移情"是不够的,被动地代入,完全沉浸所产生的效果,要么是仍然自我和他人相区隔的"同情",要么是满足自我缺失的"白日梦"。"移情"向审美观照迈步的关键在于,移情后的反思和反观。一方面充分了解他人的痛苦和选择的艰难,认识命运的不稳定性;另一方面通过主动地选择和思考,反观人物和自我,如此才能完成对人和事件的审美化观照。而剧本杀在提供参与和代入体验的同时,通过交互、对话,在未完成性和反观性上,反而区别于沉浸式的"被动幻想",能够实现对自我和故事人物双重有距离的审美观照,更接近于巴赫金意义上具有主动性的、积极的幻想。

《金陵有座东君书院》中组织者手册中说:"我们想表达的绝不是一场简简单单的儿女私情就能诠释的人生场景,我们探索的是对生活敏锐而真切的体验。"剧本中6个角色的设置,是南唐后主李煜自我人格的分化。逃避与面对、恐惧与沉勇、抗争与妥协……剧本杀让参与者感受书院中的儿女情长、家国破败时的生离死别、人生抉择时的艰难和痛苦,但在参与的"选择"中,参与者同时也在反观自己对历史沉浮的认识,对历史中人的命运的认识。

《美丽新世界》中白井铃兰等6个儿童因为不同的"异质性",被送往象立学园,在严苛的驯化手段下,儿童的世界产生种种幻觉,剧本杀的第一部分即通过种种意象的隐喻,表达了儿童心理因压抑、恐惧而产生的幻

象。不存在的弟弟、反复出现的"你知道它们为什么不喜欢你吗？因为我，因为我是个男孩啊"、幻想中"一下一下地拍着我，甚至温柔地捂住了我的耳朵，让我听不到男孩的话"的母亲、蒲公英一般但永远追不上的清秀男生、破破烂烂的蜘蛛网，脚下几只刚死去的乌鸦，被蚂蚁团团围住……而真实的情况是在名为学校实则施行监禁规训的象立学园，训导者用格外温柔但让人颤抖的声音命令"好孩子，听话"，强制喂给孩子们含有致幻剂的巧克力。通过各种隐喻和幻觉，文本让体验者设身处地感受到学园中孩子遭受的精神压迫和感受。象立学园的真实所指是治疗网瘾的学校豫章学院。在隐喻中体会被迫害的孩子的痛苦，在主持人"你们知道错了么？""你们是好孩子么？""为什么不好好吃巧克力？"的质询中，体会权力的威压……《美丽新世界》让参与者实实在在地与教养院的孩子们"共情"，而在直接面对权力威压，是非难辨，真假混淆的参与过程中，参与者所反观的不仅是扭曲的豫章学院……

《在水中》的标题来自博尔赫斯的作品《另一次死亡》。作者以唐古拉山脉的一滴水的命运为隐喻，指陈"融入水中""就是失去了绝对的自由和相对的差异。你无法左右命运的洪流，同样不能成为那数百兆计水滴中独独被人记住的那一粒清幽"。当参与者通过作品回顾社会历史裹挟的人物命运的沧桑感，对方向和意义把握的无力感时，参与者所感受的不仅是人物本身经历的跌宕起伏，而且超出个体意义上的生命体验。正如作品所表达的，唐古拉山脉降生的一滴水"可能会在所罗门群岛的一个平平无奇的清晨，被座头鲸扬起的巨尾拍向高空，沾到信天翁左边翅膀的一根羽毛，然后随它一道飞过重阳，滴向巴黎田间的一束香根鸢尾草……""也有许多，刚从冰凌上落下，就碎在了石头上……""而这一切的一切，我们刚从唐古拉山脉的雪中探出头来时，都不知道。"

参与、选择、反观,在未完成的主体性塑造中成就人物与人物、人物与命运、参与者与人物的反观和对照,剧本杀以新的超出静态文本的空间形式,实现了新的叙事突破。这种叙事突破尤其表现为一种巴赫金意义上审美主体间性的实现。主体间性,意味着把我和他人纳入一个统一的层面上区,我应该在价值上外位于自己的生活,并视自己为他人中之一员。这一过程用抽象的思维不难做到,只需借用生理学,心理学的,社会学的等抽象、引入普遍的认知规律,就可以实现将"我"和不同的群体建立起联系。但是"这种抽象的过程与把自己视为他人而从价值上直观具体地加以感受是大相径庭的,也绝不同于把自己具体的生活和自己本人(即这一生活的主人公)与他人和他人的生活放在一起,放在一个层面上加以关照……"①巴赫金由此区别了"认识客观性"和"审美客观性",前者是从普遍意义的角度,对人和事件做出不掺杂感情的、不偏不倚的评价。而"审美客观性"则是在主体身上完成的,它强调以"主人公"为基础,但又避免陷入"主人公"本身的兴趣、关注、情感、欲望或意义逻辑中去,而是要"外在于主人公现实的意识",摆脱加之"主人公"的消极状态。在自我和他人的积极对话、交流中,在自我和命运的选择和反观中,剧本杀促生"主动幻想",主体由此在"间性"中获得更深刻的伦理的认识和能力。这种伦理的能力不是抽象的习得,而是共情和反观,不是封闭的整体,而是未完成的开放的"整体"。

　　从"被动幻想"到"主动幻想",文学形式上对封闭、中心化的结构的超越,意义不仅是文学内部的。巴赫金关于"对话"等理论影响了西方学术界,以及对世界政治和民族政治的解释。不过,任何的理论和概念都要

---

①[俄]巴赫金:《审美活动中的作者与主人公》,《巴赫金全集》,晓河、贾泽林、张杰、樊锦鑫等译,第一卷,河北教育出版社,1998年,第159页。

通过经验的转化才能最终实现。尤其是文学形式,以特定理念结构化的形态掌控人的感官和身体,并且以审美客观性(或者说普遍化)的方式发挥特定的意识形态功能。从这一意义上说,剧本杀的形式,也许不是一种游戏和文学交织的偶然,当文学被打破了静态封闭的状态,当未完成性和"对话"成为一种审美的自觉,这一变动所关联的不仅仅是文学本身,它也许是一种更重要的文化变动的信号。

嬗变中的中国网络文学及其现实困境

孙佳山

一、现实题材网络文学正打开广阔天地

对于现实题材的把握、演绎和诠释,在相当长的周期内,都被默认为是报告文学、人物传记等传统主流文学、纯文学的固有专属。然而,新世纪以来,随着互联网的媒介迭代效应的不断外溢,网络文学在我国文艺创作格局中的角色和作用越发凸显,特别是现实题材创作,网络文学已经完成了从异军突起到引领潮流的结构性转化和创新性发展。

习近平总书记早在2014年文艺工作座谈会上就已明确指出,"互联网技术和新媒体改变了文艺形态,催生了一大批新的文艺类型,也带来文艺观念和文艺实践的深刻变化。由于文字数码化、书籍图像化、阅读网络化等发展,文艺乃至社会文化面临着重大变革。要适应形势发展,抓好网络文艺创作生产,加强正面引导力度"。曾几何时,宫斗、玄幻、言情、悬疑等特定题材和类型占据了我国网络文学的主流,直到2009年在有关部门的支持和引导下,阿耐的《大江东去》荣获"五个一工程"奖,现实题材网络文学才开始由支流向主流迈进的征程。近年来,相继涌现出了《无证之罪》《大江大河1、2》《隐秘的角落》《少年的你》等现实题材网络文学改编的影视精品佳作,并收获了全社会性的影响,实现了叫好又叫座。相关题材和类型也进一步细分和沉淀,《浮沉》《欢乐颂》《都挺好》等都市情感题材和《沉默的真相》《摩天大楼》《阳光之下》等涉案题材,都已经

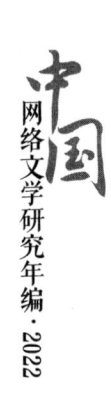

成为我国现实题材网络文学作品的稳定输出路径。不仅如此,《少年的你》等在为解决困扰网络文学多年的"甜宠风""总裁风"等痼疾做出了有效努力的同时,还为完善我国影视作品的题材、类型做出了非常有行业价值的正向探索。

尤其值得关注的是,近年来现实题材网络文学的生态格局得到了进一步丰富,既有《我不是村官》《樱花依旧开》《传国功匠》《朝阳警事》《特别的归乡者》《你好消防员》《极道六十秒》《我的祖国我的生活》《大山里的青春》等展现党团结带领全国各族人民如期打赢脱贫攻坚战,保障和改善民生增进人民福祉,全面建成小康社会,众志成城抗击新冠疫情等中国故事,也有《大国重工》《重卡雄风》《浩荡》《复兴之路》《春雷1979》《铁骨铮铮》等聚焦产业工人托举起中国制造向中国创造转变、科技工作者积极攻克"卡脖子"难题等各行各业的奋斗故事,充分彰显了新时代中国人民的自信自立自强和志气骨气底气。

其中,入选国家新闻出版署和中国作家协会联合推介的25部"庆祝新中国成立70周年"主题网络文学作品暨2019年优秀网络文学原创作品名单和获得2021年第五届中国出版政府奖的《大国重工》,以在网络文学领域已经被反复检验的穿越类型,通过展现改革开放初期干部群众踔厉奋发、笃行不息的精神风貌,在对穿越类型进行了现实题材改造的基础之上,展现出了现实题材网络文学可以与社会主义工业文学传统有机融合的巨大表意空间,这亦是中国当代文学的一大硕果。而2020年"优秀现实题材和历史题材网络文学出版工程"入选作品《他从暖风来》,则将视角投向了远在非洲的联合国维和任务和"一带一路"建设,共商共建共享"一带一路"造福世界的文学故事,即便是传统主流文学、纯文学的报告文学、人物传记等门类,对相关话题迄今为止仍没有足够代表性的作品出现,这无不鲜活地展现了我国网络文学触觉敏锐、形式灵活等媒介优势。无疑与现实题材网络文学相比,当代中国主流文学、纯文学虽然在小说技巧及其他"文学性"等方面更胜一筹,但在思想性、文化表达等层面上,现实题材网络文学却蕴含着更多的潜能,也触达更为广泛的人群、圈层和地域。

上述问题深刻地折射出网络文学发展的复杂性和特殊性。一方面,改革开放初期的粗放式增长模式在进入第五个十年时,正在发生历史性翻转,在可以预见的未来,不仅是网络文学领域,在整个网络文艺乃至整个数字文化产业领域,都将和其他行业一样,进入长期高速增长之后的平台周期;另一方面,随着农村地区互联网普及率的提高,农村网民持续增加,他们在新一轮城镇化进程中,开始成为网络文学的新增量、新读者,这无疑对我国网络文学的生产、传播机制提出了新挑战。

因此,现实题材网络文学的优异表现,正助推着我国网络文学进一步实现主流化、精品化。中国作协2020年网络文学影响力榜单中的10部网络小说,有《情暖三坊七巷》《大国战隼》《长乐里:盛世如我愿》《北斗星辰》等多达7部现实题材作品。2020年入选国家图书馆永久典藏的网络文学作品中,也有《大国重工》《朝阳警事》《相声大师》《大医凌然》《手术直播间》《美食供应商》等14部现实题材。

正如习近平总书记强调,"有的同志说,天是世界的天,地是中国的地,只有眼睛向着人类最先进的方面注目,同时真诚直面当下中国人的生存现实,我们才能为人类提供中国经验,我们的文艺才能为世界贡献特殊的声响和色彩"。当下,现实题材的网络文学正在打开新的广阔天地,既是其自身在题材和类型上的不断拓展,也是作为通俗类型文艺的网络文学,正在打开传统主流文学、纯文学尚没有完全触及的文艺经纬。移动互

联网的媒介杠杆效应，一步步将我国广阔的县级市和农村地区的乡镇居民、农村居民拉升到主流文化视域内的各个舞台，我们必须直面这一整个人类历史上都未曾处理过的文化经验。我国网络文学行业，也必须在三、四线城市"包围"一、二线城市，通俗文学"包围"传统纯文学的现实之上，打破网络与纸媒二元对立的媒介迷思，积极主动地调整自身的题材结构，进一步突破城乡二元格局，走进我国文化经验的腹地，探索"新时代"的文化纵深。

而且，除了影视领域之外，现实题材网络文学的蓬勃发展，还为现实题材网络游戏、网络动漫等其他艺术门类储备了充足的文化势能，产生了产业链条意义上的 IP 联动效应。

二、新形态的盗版侵权正严重危害网络文学健康发展

根据《2021 年中国网络文学保护与发展报告》公布的数据显示，2021 年我国网络文学盗版侵权损失规模达 62 亿元，盗版侵权损失规模已占网络文学总体市场规模的 21%，近 5 年盗版侵权损失更是高达 311.4 亿元，85.4% 的作家遭遇过侵权盗版事件，频繁遭受侵权盗版的比例高达 42%。

无疑，盗版侵权正极大地扰乱了我国网络文学的市场秩序，严重影响了网络文学行业的发展质量、发展效益。当前，已经形成了一个以搜索引擎、应用商店和广告联盟为主体的，利用网络文学流量变现的免费阅读商业模式的监管漏洞而形成的潜在的新形态的盗版侵权利益共同体。例如，一些搜索引擎对盗版网络文学网站、应用的"推广"就起了推波助澜的作用，通过搜索引擎搜出来热门网络文学作品，排在前列的很多都来源于盗版网络文学网站、应用。一些互联网"大厂"浏览器中的搜索引擎为了吸引流量，在自身不直接存储盗版小说看似无责的情况下，通过人工智

能算法判断出访问者阅读的内容是网络文学作品,然后用人工智能技术手段将盗版内容进行阅读"优化",使得其用户拥有更好的盗版阅读体验,从而以侵权的方式为自身积累"忠实"用户。而相关应用商店和广告联盟,基于其自身的经济利益,并不会主动辨析相关网络文学内容是否存在盗版侵权问题,而是仅仅以是否能给其带来足够的流量这一经济指标来判断,这就造成了相关渠道和平台事实上纵容了网络文学盗版侵权,不仅屡禁不止,还日渐猖獗。

正是基于这样的结构性原因,网络文学盗版侵权已经形成了庞大的、完整的产业链条,从网站、应用的设计和运营、盗版内容导入广告联盟的互利,再到搜索引擎的流量分发,整个网络文学盗版市场已经形成产业化和规模化的态势。除此之外,移动端网络文学的盗版侵权已由移动端向自媒体平台、短视频、H5页面以及小程序等新的媒介形态转移,正呈现出整体性的隐蔽化、地下化、分散化加速扩散态势。尤其是近年来,以免费阅读为代表的网络文学领域的流量变现商业模式日渐兴起,在该模式下,运营者为了获取大量免费读者实现流量变现,出现了为吸引眼球而故意制造低俗内容的问题,只要可以导入流量甚至默认与盗版侵权等违法行为合谋。很多对网络文学行业声誉造成极大影响的非法网站、应用和自媒体平台就是采用了以低俗内容、盗版侵权内容等引诱读者骗取流量的盈利模式。更有甚者,一些盗版侵权网络文学网站、应用和自媒体平台为了骗取流量,在正版内容的基础上还会额外添加一些色情或其他违法违规内容,这种做法不仅给正版作品和原创平台造成经济损失,还对作者和平台的名誉造成严重不良影响,极大地破坏了网络文学市场的阅读环境,损害了网络文学行业的整体形象。

新世纪以来,我国网络文学发展较为迅速,但与之相关的法律法规相

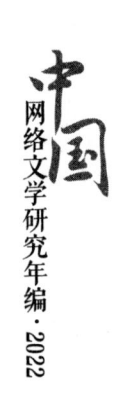

对较为滞后,相关的行政法规和部门规章似乎很多,但实际上我国网络文学相关法律法规立法层级较低,处于"规多法少"的尴尬境地,不能对盗版侵权等违法经营活动起到很好的震慑作用。而且,在内容上也不够明确与细化,使得在对盗版侵权等违法经营活动监督执法过程中容易产生争议,监管措施的落实存在诸多困难。

所以,一方面应进一步压实搜索引擎、应用商店和广告联盟等利益相关平台的主体责任,加强打击力度,从源头斩断盗版侵权的利益链。另一方面只有进一步出台一系列具体的法律条款和实施细则,对以盗版侵权为代表的网络文学各个环节的违法违规行为加以有效约束和制裁,才能更好地规范网络文学行业秩序,推动网络文学繁荣健康发展。

总之,在可预见的未来,包括网络文学在内的整个数字文化产业,都将进入高速增长之后的平台性发展周期。这就意味着我国网络文学的全产业链条,都必须完成自身商业模式的转型升级,进入充分消化内部存量、精耕细作的发展阶段,更主动地参与到以《著作权法》修改等为代表的相关领域的当代法律法规实践,与新形态的盗版侵权展开长期斗争,充分保障中小微网文作者的合法权益,在新的发展格局中,更好地处理好这个时代的"效率与公平"问题。在此基础上,现实题材网络文学等极具跨媒介、融媒介等高维媒介优势的中国故事,既拓展、丰富了我国文化艺术的版图和生态,也为世界其他国家和地区的文艺发展提供了不同于发达资本主义国家路径的文化参照,以网络文学为代表的中国经验正在脚踏实地地迈出国际化的当代历史步伐。

从"文学+网络"到"网络+文学"
——"网络文学"辨析

唐 伟

在网络文学取得长足发展、"网络文学+"已然成为热议话题的今天[①],何谓"网络文学",似乎仍是一笔糊涂账[②]。目下关于网络文学的讨论,其指称对象往往并非同一客体,很多时候都是各抒己见的众声喧哗,而并未有通约之见。不唯如此,在网络文学原初概念尚未达成共识的基础上,网络文学丰富庞杂的历史实践,使得概念本身的内涵聚合及外延离散进一步加剧,因而其复杂性也就变得越发含混难辨。

复返何谓"网络文学"的元问题,并不是说仅为在理论上解决某个基础难题,以期实现迈出建构网络文学评价体系第一步的意愿,而是说在某种短历史和新现实条件下,重新讨论这一元问题,已然具备了较为充分的

---

①由中共北京市委宣传部(北京市新闻出版局)、中国音像与数字出版协会、中共北京市委网络安全和信息化委员会办公室、北京市广播电视局、北京市文学艺术界联合会、北京经济技术开发区管理委员会等单位主办的首届中国"网络文学+"大会于2017年在北京举行,迄今已连续举办三届。

②参见杨新敏《网络文学刍议》(《文学评论》2000年第5期)、须文蔚《台湾数位文学论》(台北二鱼文化事业有限公司,2003年)、欧阳友权《网络文学本体论纲》(《文学评论》2004年第6期)、蓝爱国《网络文学概念考察》(《文艺争鸣》2007年第3期)、陈定家《网络文学理论与批评现存问题及其应对策略》(《阅江学刊》2016年第6期)、邵燕君《以媒介变革为契机的"爱欲生产力"的解放——对中国网络文学发展动因的再认识》(《文艺研究》2020年第10期)。

要素条件。我们看到近年来,有关网络文学评价体系建设的呼吁日渐高涨①,重新界定何谓"网络文学",不仅是为澄清业界分歧,为今后网络文学评论研究创造有效共识空间,同时也是为网络文学的未来发展奠定方位性基石。

一、"文学+网络"的"网络"构成与形变

厘清网络文学相对短暂的历史和较为驳杂的现实,不能"既往不咎",也不能现实与历史一锅端地混为一谈。我们看到,围绕网络文学到底是不是文学,是怎样的文学,其内在规定性究竟是所谓的"文学性"还是"网络性"等诸如此类问题,持不同立场的言说者各执一端,争议不断——质言之,尽管林林总总的"草根文学""通俗文学""商业文学"等外在标签似乎早已让"网络文学"盖棺论定,但实际上,外界看来网络文学内部的高度一致性,其实从未存在。毋宁说,网络文学内部的矛盾分歧、身份焦虑和认同危机,一开始就伴随网络文学始终。

为调和歧见,历经二十年发展的网络文学,在概念定义上,普遍采取的是一个折中策略,即从广义和狭义来进行某种范畴区分:广义的网络文

---

① 此类代表性的文章有:潘凯雄《对网络文学究竟该如何评价》,《中国青年报》2015年6月19日第11版;李朝全《评价网络文学的几点思路》,《深圳特区报》2014年10月30日第B5版;单小曦:《网络文学评价标准问题反思及新探》,《文学评论》2017年第2期;禹建湘《网络文学评价体系的多维性》,《求是学刊》2016年第3期;赵小雷《文学为体,网络为用——建构网络文学评价体系的两难境遇》,《西北大学学报》2018年第3期。随着网络文学的蓬勃发展,建构其特有的评价体系问题,成了学界当下的重要论题。参见欧阳友权:《建立网络文学评价标准的必要与可能》,《学术研究》2019年第4期。网络文学评价标准的缺位与失依已成为我国网络文学可持续发展的掣肘。

学论者认为,在网上创作、传播、阅读的都属于网络文学范畴①;而狭义的网络文学论者则倾向于认为,网络文学是指在网上连载的长篇类型小说,这从目前具有一定社会影响的各类网络文学榜单也能一窥究竟②。尽管这种广义和狭义的折中能在一定程度上奏效,但毕竟是权宜之计,无法弥合不同言说者预设的逻辑前提,二者所指称的对象,无论是广延范围还是内容形态,均存在较大差异。

别有深意的是,狭义的网络文学定义裹挟发展后劲一路高歌猛进,逐渐对广义的网络文学滋生出排他性的歧见:"实现了网络作家写作的玄幻化,这才是网络文学的真正萌芽。"③"玄幻化"的网络文学,凭借探索成功的商业模式大行其道,让"梦想另外的可能"成为文学现实。特别是在长篇连载类型小说进入 IP 开发领域,亦即狭义的网络文学凭借 IP 改编让作品价值和影响获得倍增之后,从而返顾自身让这一独特的文体形式强筋健体拥有了更为厚重的肉身,以致"似乎谈论网络文学而不谈论 IP,就是网络文学的无知者和落伍者"④。

公允而论,由网络文学平台(资本)来定义网络文学之一种也并无不可,甚或说遵循商业资本逻辑的网络文学生产,倒愈来愈接近一种新兴文

---

① 据中国互联网络信息中心 2011 年发布的《中国网络文学用户调研报告》显示,网络文学作品是指"通过互联网发表或传播的小说、散文、诗歌、连载漫画等文学作品。包括但不限于通过互联网首次发表的网络原创文学作品",网络文学用户是指"过去半年内,使用电脑、手机等阅读设备,通过网络在线阅读或下载阅读过小说、散文、诗歌、漫画等文学作品的网民",网络文学作者是指"通过互联网创作发表过小说、散文、诗歌、连载漫画等文学作品的网民"。
② 从 2015 年开始,国家新闻出版广电总局和中国作家协会分别推出"优秀网络文学原创作品"推介名单和"网络小说排行榜",这两大网络文学排行榜的实际面向以及最终评选出的作品都是网上连载的长篇类型小说。
③ 宝剑锋:《说网络文学已经有 20 年的,都是伪学者》,http://zhuanlan.zhihu.com/p/32985086,2018 年 1 月 16 日。
④ 何平:《我们在谈文学,他们在谈 IP》,《文汇报》2016 年 6 月 10 日。

化工业形态。但问题在于,"玄幻化"后的网络文学凭借裹挟资本优势另立山头抢占概念制高点,由此衍生出非此即彼二元对立的定义霸权,这不仅从源头上切断了与早期文体形态的网络文学联系,也危及网络文学自身的长远发展。质言之,以事后的坐大成势而居功自傲地将"玄幻化"视为网络文学本质真谛,无疑抹平了网络文学最初的丰富性和开放性。①

我们看到,也正是立场与所见不同,对"网络文学"的价值判断也就有着根本不同。比如,在作家陈村看来,2001年或标志着"网络文学最好的时代已经过去了……文学本来海纳百川,有文学批评、散文、诗歌、杂文、小说,但网络文学出于经营的原因,需要把文章写长。这导致类型文学一枝独秀"②。作为传统意义作家的陈村,实际上是以"文学+网络"(literature +Internet)的文学载体网络化逻辑为遵循,希望通过互联网的媒介,散文、诗歌、杂文等传统样式的文学能得以最大限度地传播,从而最大限度地释放当代文学的诸种可能。而在后来的网络文学网站经营者那里,"与其说2001年是网络文学最好时代的结束,不如说恰恰是最好的时候的开始"。很显然,持论者所谓的"网络文学"跟陈村所说的"网络文学"并不是一回事,而其所谓"最好的时候的开始"恰恰正是前述陈村所谓"出于经营的原因"。

从发生学的角度说,网络文学的创生,最初是全球互联的网络为文学提供了自由便捷的创作、传播及阅读平台。跟音乐上网、电影上网一样,文学也可以上网,在BBS发帖成为彼时文学上网的主导形式,那些备受

---

①李强认为,"中国网络文学的发生"是一个敞开的实践过程,而不是本质化的"中国网络文学"确立自身的瞬间。对中国网络文学发生的研究,既意味着对今天已经成型的"中国网络文学"的历史清理,也意味着对那些消退的可能性的重新激活。见李强博士论文《个体化链接的文学实践——论中国网络文学的发生》。

②"榕树下"与网络文学20年:网络文学最好的时代已经过去了。https://baijiahao.baidu.com/s? id=1585995690864283963&wfr=spider&for=pc。

关注的文学网站,实际上"保持着与传统刊物的某些相似功能"①。不难看出,"文学上网"实际上遵循的是"文学+网络"(literature+Internet)的文学载体网络化逻辑。以文学网站为例,我们更能看出"文学+网络"的文学载体网络化的逻辑肌理。1999年11月11日,当时的头部网络文学网站"榕树下"发起"首届网络原创文学奖",这里重要的还不是"网络",而是"原创"。换句话说,在提倡"让平凡人执起笔来"的主办者那里,彼时所谓的网络文学,说到底还是传统样式的文学"借网重生"——"榕树下"创始人则说得更干脆直接:把网络文学改成"文学在网络"②更贴切一些。而无论是受制于网络技术本身,还是出于经营策略的考量,"榕树下"以 BBS 帖文的形式所呈现的网络文学形态主要还是各种随笔、散文、诗歌以及中短篇小说,而今看来实际上是"以'人民写,写人民'的自主方式丰富和延伸着文学的既有特性"③,从陆幼青的《生命的留言——〈死亡日记〉全选本》到安妮宝贝的《告别薇安》等不一而足。"榕树下"的意义,不仅在于将 BBS 帖文这一网络文学呈现方式发挥到极致,更重要的是,BBS 模式时代网聚了网络文学数以万计的作者读者群。④"榕树下"为代表的文学网站所主导的"文学+网络"的文学载体网络化逻辑,在后来的研究者那里同样可以得到印证:"当网络托起文学,文学将获得新生。"⑤但有意味的是,对于以"网络"(Internet)新瓶装"文学"(literature)

---

① 雷默:《Internet 上的文学净土》,《互联网周刊》1999 年 1 月 4 日。
② 曲茹:《点击网络文学:朱威廉李寻欢宁财神》(访谈录),《作家》2001 年第 9 期。
③ 白烨:《网络文学的人民性特质》,《文艺报》2020 年 10 月 26 日。
④ 到 2005 年 10 月止,"榕树下"仍拥有 450 万注册用户,日 PAGEVIEW 为 700 万以上,全球网站浏览量排名一直保持在 400 名左右。每日投稿量在 5000 篇左右,稿件库有 300 多万篇的存稿,并且以每日 1000 篇的速度递增。
⑤ 马季:《网络文学透视与备忘》前言,《网络文学透视与备忘》,中国社会科学出版社,2010 年。

旧酒而名曰"网络文学"的做法,很多传统作家则不以为然。①

有必要指出的是,一开始所谓的"网络文学",其所寄身的"网络"也并非不证自明——internet 并不完全等同于 Internet。② 单就 internet 的表现形态而言,"网络"自身也经历了多轮改头换面。从最初的门户网站到搜索引擎,从视频游戏到内容社交,再到如今的移动互联网等,国内互联网站的壮大,除了得益于互联网技术的迭代以及行业成长因素外,国内资本市场和风险投资的日臻成熟,也是一个重要的促成因素,或者说互联网行业的繁荣本身就是资本市场参与运作的结果。网络文学网站正是在互联网广泛应用不同领域的直接产物。③ 换言之,基于不同技术参数的网络同样不可同日而语,网络自身也同样需要不断自我更新。

如果说文学触网之初,还只是网络的形式影响文学的内容,那么当作为形式的网络裹挟一种具有生产性的历史动能反身决定文学内容时,网络的形式就不再是单纯的技术因素那么简单了。"市场与法律的不同结合方式,影响着现实的生产方式与生产关系,从而决定了哪些可能性会成

---

①余华断言,对于文学说来,无论是网上传播还是平面出版传播,只是传播的方式不同,而不会是文学本质的不同。见《网络和文学》,《作家》2000 年第 5 期。阿来则表示,不必一定要把传统作家和网络作家分开,不能简单地以文字载体来区分网络作家和传统作家。见《成都日报》2011 年 11 月 9 日。张炜认为,不存在网络文学,网络是发表文学作品的一个园地,并不存在网络文学概念。见《京华时报》2013 年 9 月 9 日。

②以小写字母 i 开始的 internet(互联网或互连网)是一个通用名词,它泛指多个计算机网络互连而组成的网络,在这些网络之间的通信协议(即通信规则)可以是任意的。以大写字母 I 开始的 Internet(因特网)则是一个专用名词,它指当前世界上最大的、开放的、由众多网络相互连接而成的特定计算机网络,它采用 TCP/IP 协议族作为通信的规则,且前身是美国的 ARPANET。

③在由中国互联网络信息中心发布的历次《中国互联网络发展状况统计报告》中,"网络文学"跟"网络游戏""网络音乐""网络视频""网络直播"一道被归为"互联网应用发展状况"下的"网络娱乐类应用"栏。

为未来的历史,哪些可能性可能因此消失。"①就网络文学的"生产方式"而言,作为网络科技的"技术",不再是唯一甚至也不再是影响网络文学生产的最重要因素。② 进一步,随着"网络"的构成因素日益多元而丰富,不唯"市场"与"法律"存在不同结合方式,"技术"与"读者""作者","文学制度"与"文化产业""社会习俗"等都不同程度地参与到网络文学的生产过程中来。

以某种后见之明观之,作为一种全新文学形态的网络文学(狭义),其簇生并非仅借助于一种新的传播媒介那么简单。"网络"作为一种质的规定性,对文学的生产(创作)、传播、阅读、评价等的确有着革命性的变革,但这种变革并非一蹴而就,即便将"网络性"视为网络文学的独特属性,"网络性"本身也需要予以确切的澄清。③ 正如詹金斯所言,媒体融合并不只是技术方面的变迁这么简单,在他看来,融合改变了现有的技术、产业、市场、内容风格以及受众这些因素之间的关系,改变了媒体运营以及媒体消费者对待新闻和娱乐的逻辑,融合所指的是一个过程,而不是终点。④ 在网络文学这里,网络"融合"的过程性,即未完成性和开放性似乎体现得更为典型:主体由单一到多元,形式从简单到复杂,效果从物理拼贴到有机合成等。事实上,在网络文学兴起之初,就有论者敏锐地预见到,随着网络的普及和网络化进程加速,"'文学'和'网络'的物理性拼

---

① 储卉娟:《说书人与梦工厂:技术、法律与网络文学生产》,社会科学文献出版社,2019年。
② 胡泳:《众声喧哗:网络时代的个人表达与公共讨论》,广西师范大学出版社,2013年,第23页。
③ 邵燕君:《网络文学的"网络性"与"经典性"》,《北京大学学报》(哲学社会科学版)2015年第1期。
④ [美]亨利·詹金斯:《融合文化:新媒体和旧媒体的冲突地带》,杜永明译,商务印书馆,2012年,第47页。

合,就会发生生物性的嫁接变化,发布方式和技术反过来会影响创作方式和思维,出现新的文本,新的样式,新的品种"①。而今看来,这一预判的确具有一定的先见之明。

虽然有了互联网,可以在网上发表和阅读文学作品,但在没有任何约束或吸引力的条件下,作者的网上创作和读者的线上聚集,基本上凭个人的兴趣爱好,"阅读者是不固定的,甚至可能是无限的"②,这种松散随机式的网上创作阅读流动性大,不具备集约优势。换言之,"人多"并没有转化成"势众"的资源。2001年,中国玄幻文学协会(CMFU)成立(起点中文网的前身),书城/书库模式取代之前的BBS模式,则标志着中国网络文学规模化、商业化道路的起步,网络文学"新的文本,新的样式,新的品种"应期而至。2003年业界推行的VIP收费制度,则将作者—平台—读者以付费交易的准契约形式固定了下来。换句话说,VIP收费制度让作者—平台—读者构成了一个相对稳固的利益关系网。特别是当数以亿万计的普通读者转变为具有消费能力的粉丝,"读者"由被动接受,开始从"文学+网络"到"网络+文学"转变为介入性参与创作互动,以致成为网络文学生产的一个重要环节时,就不能再像以前那样等闲视之了。有论者认为网络时代经典的认证者不再是任何权威机构,而是大众粉丝:"网络经典更是广大粉丝真金白银地追捧出来的,日夜相随地陪伴出来的,群策群力地'集体创作'出来的。"③

我们看到,生成狭义网络文学的先决条件是形成一个相对稳定的新型作者—读者及读者间的关系网。BBS模式转变为书城/书库模式,长篇

---

①萧为:《"网络"+"文学"还是"网络文学"?》,《Internet信息世界》1999年第8期。
②见《专访罗新:寻找潜隐剧本,寻找事实里面的事实,故事背后的故事》,"南都观察家"微信公众号2021年6月24日。
③邵燕君:《网络文学的"网络性"与"经典性"》,《北京大学学报》(哲学社会科学版)2015年第1期。

连载故事开始在网上兴起,网络文学书写呈现模式的变化,不像商业模式的升级迭代那么简单,而且内部结构逻辑也有了根本变化。连载意味着将网络写作当作"自觉的行动",或者说"将网络写作同自己的生存方式联系在一起了"。也正是在这一意义上,论者进一步敏锐地预见到,网络文学要发展,"离不开一批自觉的参与者,而且终会在众多参与者中诞生优秀的网络写手"[①]。换言之,此时的网络(Internet)不再仅仅作为文学的载体,还作为一部分文学网民的"生存方式"的一种选择,是作为具有网感的文学爱好者们写作实践和阅读经历发生的一种网际联结(Network)。因而,此时的网络文学之"网络"实际上已经被内在地改写——而作为Internet的网络的升级迭代,又反过来让作为Network网络的联结更为紧密,也更为复杂。[②] 质言之,如果说"文学+网络"像是一种标量合成或物理叠加,那么到"网络+文学",当"网络"成为一种聚集资本意志、技术导向、政策法规、行业积淀的综合装置时,所谓的"网络+文学"就成了一种不同参与主体的有机融合与互嵌共生。也正是在这一意义上,伊格尔顿才所言非虚:文学根本就没有什么"本质",而不过是被特定历史

[①]《吴过专访:做个欢乐英雄,网路访李寻欢》,《互联网周刊》1999年第37期。

[②] 目前关于"网络文学"的中文翻译,学界意见并不一致。欧阳友权2019年出版的《中国网络文学二十年》(江苏文艺出版社)将"网络文学"翻译成"Network literature",而在同样由其主编的《中国网络文学年鉴》(2019)中,"网络文学从'文学+网络'到'网络+文学'"则翻译成了"Net literature";周志雄主编的《网络文学研究》(第一辑,山东人民出版社,2015年)将"网络文学"翻译成"Network literature",但同样由其主编的《网络文学教程》(高等教育出版社,2020年)又将"网络文学"翻译成了"Internet literature"。黄发有主编的《中国网络文学理论评论》(2019)则是将"网络文学"翻译成"Internet literature"。邵燕君主编的《创始者说:网络文学网站创始人访谈录》(北京大学出版社,2020年)也是将"网络文学"翻译成"Internet literature"。而禹建湘的《网络文学关键词》(中央编译出版社,2014年)和储卉娟的《说书人与梦工厂:技术、法律与网络文学生产》(社会科学文献出版社,2019年)均是将"网络文学"翻译成"Network literature"。

时期的物质实践和社会关系之网"构造"出来的。① 换句话说,作为具有生产性的"网络+文学"之"网络"已远不像所谓"赛博空间"(Cyberspace)那么简单。辨析"网络文学",充分打开网络文学的讨论空间,展示这一认识装置内在的分歧,不惟探究究竟是"文学+网络"还是"网络+文学"谁为功能主体显得尤其重要,容易被忽视的作为合成语法规则的"+",也同样值得我们高度重视。

二、"网络+文学"的"文学"渐变与溢出

从"文学+网络"到"网络+文学",不同形态的网络文学,其功能主体有着本质不同:"文学+网络"的"文学"是传统意义上的文学,"网络"则是技术传播意义的网络(Internet);而"网络+文学"的"网络"则已不再是单纯技术意义的 Internet,毋宁说它已经化身为具有某种主体性和生产性的 Network。质言之,"网络+文学"的"网络"不再仅是一种纯粹的技术手段,而成了集政策导向、资本力量、技术手段、行业积淀于一体的功能主体集群。而恰恰也正是在这种逻辑前提下,"网络文学"大致分化出两种叙述路径,即文学性的网络化弥散和网络性的文学化延展,这或许也是"网络性"的应有之义。

如若武断地割裂开"网络+文学"与"文学+网络"的渊源,则既不符合网络文学的历史生成事实,也不符合网络文学内蕴的主体精神。如前所述,被书城/书库模式取代的 BBS 模式,不仅在于网聚了网络文学最初的人气,更重要的是为后来者提供了诸多可资借鉴的经验模式。比如读者的跟帖,一开始只是某种单一的反馈评价机制,但随着开放性聚集的跟

---

① [英]特雷·伊格尔顿:《20 世纪西方文学理论》,伍晓明译,陕西师范大学出版社,1987 年,第 10 页。

进读者越来越多,跟帖机制事实上逐渐确立起了网络文学的读者中心本位,BBS 的读者跟帖"成为后来以读者为中心的文学导向的滥觞"。① 即便是 VIP 收费制度盛行之后,平台也依然承认网络文学的用户留存和培养是从"论坛继承过来的"。②

BBS 模式之于网络文学的意义,其实还不仅止于为后来的网络文学形态提供了广泛的作者和读者基础,更重要的是它重塑了一种有别于传统文学样式的作者—读者关系以及读者间的关系。马克·波斯特(Mark Poster)通过分析"网际互动",总结出"网际互动"不同于"现实互动"的四大特点:(1)引入了游戏身份的新的可能性;(2)消除了性别提示,使人际交往无性别之差异;(3)动摇了业已存在的各种等级关系,并根据以前与它们不相干的标准重新确立了交往等级关系;(4)最为重要的是,它们分散了主体,使它在时间和空间上脱离了原位。③ 具体到网络文学这里,一言以蔽之,BBS 模式不仅培养了数量可观的具有网感的作者和读者,同时也初步奠定了一种新型的文学交流模式:在这种新型文学交流模式中,读者成了用户(客户),而作者似乎变成一种阅读服务提供者(商)。

当然,"网络+文学"形态的网络文学,确实有着不同于传统写作的网络特性。发轫于"文学+网络"形态的读者本位的网络文学,到"网络+文学"形态的网络文学这里则进一步细分化,"读者"首先从性别上予以区

---

① 林俊敏:《网络小说生产》,花城出版社,2020 年,第 44 页。
② 邵燕君:《网络时代的文学引渡》,广西师范大学出版社,2015 年,第 247 页。
③ [美]马克·波斯特:《信息方式——后结构主义与社会语境》,范静晔译,商务印书馆,2000 年,第 157 页。

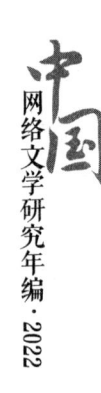

分,因而有了"男频""女频"一说①,而基于读者的不同性向区分的网络小说,在价值预设、审美趣味、世界设定等层面上均有较大差异。当然,最根本的是,"网络+文学"形态的网络文学拥有一套较完整的独异生产创作准则。比如类似于游戏"跑团记录"的"跑团小说"(比如像《天变——崇祯二年》),"跑团小说"与一般意义上的网络接龙小说有一定的相似性,二者有着相同的开放式结构:可以有多个主角或多个结局,都是一部小说由集体多人参与,保持着情节上的某种连续性。在"网络+文学"形态的网络文学中,"写文"或"写网文"的"金手指""梗文""打怪升级"等一系列书写规则和语法,"YY 小说""爽文学"等精神谱系的描述,实际上也是到了长篇连载玄幻类型小说兴起之后,才逐渐自成系统并不断实现自我更新。从这个意义上说,宽泛意义的"玄幻",不唯是"网络+文学"形态网络文学的一大标记,同时由幻想(玄幻)类型衍生出都市重生、东方玄幻、历史架空等诸多次生类型——以幻想为方法的玄幻题材除了是一种类型之外,又何尝不是一种类型小说的方法?

在逐渐形成一套相对成熟的生产机制后,"网络+文学"形态的网络文学开始跑马圈地,开辟出一片完全不同于传统文学的版图来。不妨以后来声名鹊起的唐家三少为例:他的网络文学创作之路始于 2004 年,2004 年开始在读写网创作处女作《光之子》,后转战幻剑书盟。2005 年,唐家三少成为起点中文网签约作家,而真正的成名是始于 2008 年创作的《斗罗大陆》——天蚕土豆的《斗破苍穹》也是 2008 年问世的,2008 年或

---

① 女频小说是指发布在女生频道的网络原创小说,男频小说是指发布在男生频道的网络原创小说。最早区分开女性网络小说的是起点中文网的女生频道,后腾讯阅读在此基础上成立"原创女生频道"(原云起书院)和"原创男生频道"(原创世中文网)。女频主要小说类型有玄幻仙侠、古代言情、现代言情等,男频主要小说类型有武侠仙侠、历史军事、游戏体育等。

标志着"网络+文学"形态的网络文学阅读进入了移动端时代,高度类型化的写作模式迎来发展的井喷期。表面看来,就创作内容而言,唐家三少们的成名,似乎是依赖于编写故事的深得人心,但更根本的前提还是有赖于由"网络+文学"而来的一套网络文学生产经营机制,为类型文学的大行其道铺平了道路。换言之,如果没有以收费制度、签约制度等为依托,类型文学能在多大程度上凭借互联网产生规模化经济效益是大可存疑的。而不唯如此,随着资本的进场以及 IP 开发的深入人心,"网络+文学"形态的网络文学越来越流于行业细分和市场细分。

当然,作为"网络+文学"形态的网络文学,其成熟的标志,不仅在于内部有一套相对规范的生产规则和操作流程,以及作为泛娱乐文化产业所衍生的规模经济效益,同样重要的还有来自政府职能部门和学院研究机构所给予的制度性认同:2014 年江苏三江学院在全国率先开设网络文学编辑与写作本科专业方向,2015 年正式招生;2017 年初,上海视觉艺术学院与盛大文学在上海宣布,联合创办中国首个网络文学本科专业[1];同年 11 月,阅文集团与上海大学展开创意写作学科产学研合作,网络文学第一个创意写作硕士点正式成立。2017 年底,中国作协成立专门的网络文学中心,主要负责网络作家联络服务、网络文学研究评论和管理引导、有关文学网站和社团组织及各级作协网络文学工作的沟通联络等工作。[2] 而差不多同时,行业职称评审系统也将网络文学从业者纳入视野

---

[1]授课老师除了王安忆、叶辛等著名作家外,还有网络作家唐家三少等,国内首个网络文学本科专业名为"文学策划与创作专业",其课程设置除上海高等院校必修的基础课程外,还涵盖"小说与故事创作""网络文学史""网络文学策划""微电影剧作"等课程,教材将由网络文学作家和专家共同撰写。

[2]在中国作协成立专门的网络文学中心之前,中国作协的网络文学工作早已提上议事日程,通过中国作协网络文学委员会和网络文学重点园地联席会议等议事机构,中国作协的网络文学工作事实上早已有之。而在此之前,各省、市、地方也成立有专门的网络作家协会。

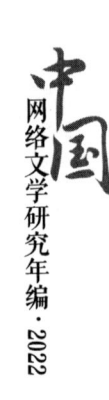

内,这标志着作为新兴职业、新兴行业的网络文学,已经得到政府和社会的制度性认可。①

"网络+文学"形态的网络文学获得社会的制度性认可,并主导着目下网络文学的基本生产格局,但这并不意味着"网络+文学"形态的网络文学因此而拥有"网络文学"的概念垄断权,更不能以此锁闭"网络文学"未来的无限可能。而尤有必要指出的是,当我们说长篇连载类型小说是"网络+文学"形态的网络文学主要表现形式时,不能忘记"文学+网络"和"网络+文学"两种不同形态的网络文学,同样也是在一种"类型"的意义上来进行区分的。换句话说,这两种不同形态的网络文学,并不意味着有泾渭分明的严格界线。②

结语:Wangluo literature,何以可能?

网络文学的理论空间,概源于网络文学自身。也就是说,一方面网络文学独特的历史实践,为网络文学理论提供了诸种经验材料,网络文学理论的可能性进路即在于诸种经验材料的抽象统摄;另一方面,网络文学徐徐展开的现实,还远未到盖棺定论的时候,这也就意味着,网络文学的概念延展和理论构成必定是一个开放的生成过程。换句话说,网络文学理论的有效性,某种程度也取决于其面向未来的自洽与适配。"变化是网

---

①上海市人力资源和社会保障局 2018 年 5 月 21 日披露,上海已发布《关于深化职称制度改革的实施意见》,将积极探索网络文学、社会工作等新兴职业职称试点。

②2011 年 5 月,金宇澄以网名"独上阁楼"在研究上海本地文化的弄堂网文学版块连载小说《繁花》,至 11 月告一段落。后来小说在《收获》杂志上发表,2015 年《繁花》获茅盾文学奖。2018 年,由中国作协网络文学委员会、上海市新闻出版局、上海市作家协会等联合主办的"中国网络文学 20 年发展研讨会"发布了"中国网络文学 20 年 20 部优秀作品"的推选结果,《繁花》榜上有名。

络文学永远的主题"①,目前唯一能确定的是,讨论网络文学的基本概念和理论范畴,我们既不能抛开"网络"谈"文学",也不能离开"文学"谈"网络",这既是网络文学理论生成的方法论,也是网络文学确立自身的本体论。

从历时角度说,没有"文学+网络"形态的网络文学,不可能有"网络+文学"形态的网络文学,反之,在共时的意义上,有"文学+网络"形态的网络文学,也不一定必然产生"网络+文学"形态的网络文学。问题的难点在于,在汉语的表达形式上,Internet literature 跟 Network literature 都可叫"网络文学",但很显然,literature 跟 Network 最多只是在语义等值的意义上翻译了"网络"的意涵,"网络文学"之"网络"本身的独特中国文化特征则付诸阙如。而同名为"网络",Internet 与 Network 的内涵有着本质差异。②

众所周知,Internet 缘起于美国,Internet 自诞生之日起就有着原始的超文本特征③,1994 年中国与 Internet 实现全功能网络连接——"网络文学"的命名本身即是跨语际实践的产物,西方超文本意义的 Internet literature 跟中国引入 Internet 之后 Internet 应用于文学创作传播领域的"网络文学"有着本质不同的内涵和基因。换句话说,Internet literature 的跨语

---

①夏烈:《变化是网络文学永远的主题》,《文学报》2014 年 6 月 5 日;许苗苗:《游戏逻辑:网络文学的认同规则与抵抗策略》,《文学评论》2018 年第 1 期。

②参见《新牛津英汉双解大词典》(上海外语教育出版社,2007 年) network 与 Internet 释义。

③因特网始于1969 年的美国,是美军在 ARPA(阿帕网,美国国防部研究计划署)制定的协定下,首先用于军事连接,后将美国西南部的加利福尼亚大学洛杉矶分校、斯坦福大学研究学院、UCSB(加利福尼亚大学) 和犹他州大学的四台主要的计算机连接起来。这个协定由剑桥大学的 BBN 和 MA 执行,1969 年 12 月开始联机。1989 年,TimBerners 和欧洲粒子物理实验室成员提出了一个分类互联网信息的协议。这个协议于 1991 年后被称为 WWW(World Wide Web),基于超文本协议,即在一个文字中嵌入另一段文字的连接的系统。

际传播首先是跨文化旅行,理解中国的网络文学,势必要克服"网络文学"这一术语在跨文化旅行中的变异。也正是在这个意义上,我们在何种意义上能"发明"一种"网络文学",同时可涵容两种不同形态的网络文学,也就成了当务之急。而问题的另一面是,从当年作为个人主页的"榕树下",到如今数十家网络文学网站上市运营,从甫一开张的零敲碎打,到如今数百亿的产业规模,中国的网络文学研究者们不仅要向世人解释什么是"网络文学",同样也要解释网络文学为什么在中国风景这边独好?[①] 正是在这里,一种包含着中国主体性的文学命名呼之欲出——Wangluo literature,将"网络"直接音译为汉语拼音的"Wangluo",不仅揭示了"网络"构成的复杂性,能最大限度地涵括"Internet""network""net"等不同词语的题中之意,同时也是一个朝向未来的未尽能指,并在世界文学的意义上暗示了 Wangluo literature 这一特殊文学形态的独有"地方性"。

从"文学+网络"到"网络+文学",并不意味着网络文学的发展轨迹严格遵循线性发展历程,即便是"网络+文学"形态的网络文学形塑网络文学话语主导权的今天,"文学+网络"也依然作为一种有益的补充,丰富着网络文学的内容形态。而随着构成"网络+文学"之"网络"主体力量和势能的不同变化,网络文学平台(资本)主体也未必永远包打天下。可以预见的是,这两种形态各异的网络文学仍将长期互竞共存,也恰恰是在这种互为补充的格局中,网络文学的自我更新才能维持自身的开放性,从而朝充满未知和可能的境地迈进。

---

① 将中国网络文学和美国好莱坞大片、日本动漫、韩剧并称为"世界四大文化景观"一说,最早见于阅文集团高层接受记者采访时提出。参见《网络作家的收入怎么会这么高?》,澎湃新闻 2016 年 8 月 11 日,https://www.thepaper.cn/newsDetail_forward_1511571 阅文集团原 CEO 吴文辉在一次接受记者采访时,明确表示中国网络文学已经可以同美国好莱坞大片、日本动漫、韩国偶像剧并称为"世界四大文化奇观"(《证券时报》2017 年 10 月 23 日)。后来,此说得到网络文学界不少人的呼应和认同。

"几乎每一句句子都曾改过"

——金庸小说由连载到出版对网络文学纸质出版的启示

李 强

近年来,网络文学的纸质出版书在图书市场表现突出。有统计数据显示,2021年虚构类纸质图书中,销量前100位网络文学作品占据31席,新书销量前100位网络文学作品更是占了63席。这些数据不禁让人思考,网络文学在纸质图书市场为何如此受欢迎?从线上连载转向纸质出版,作者和出版方应该如何赋予网络文学新价值?梳理此前的类型小说从连载到出版的历程,我们发现,金庸小说由报刊连载到修订出版的经历提供了一些别样的启示。

网络文学纸质出版走过的路

事实上,纸质出版一直是中国网络文学作品的重要传播方式之一。20余年来,网络文学的纸质出版共经历了三个阶段,每个阶段在主导力量与出版内容的选择上则各有侧重。

1997年至2002年是网络文学纸质出版的第一个阶段。此时的网络文学多为文学爱好者的业余创作,仅有少量知名的小说、散文获得了纸质出版机会。较早被搬到纸上且产生影响的网络文学作品是老榕关于看球经历的《大连金州不相信眼泪》,1997年11月14日刊登于《南方周末》。此次"纸质化"始于杂志读者对编辑部的建议,之后这篇散文被600多家纸媒竞相转载。1998年,痞子蔡的《第一次的亲密接触》在网上火热传播,次年就由知识出版社出版。此后,一些作家在网上的作品也很快被搬

到了纸上。这一时期的网络文学重要网站"榕树下",将图书出版作为重要的盈利渠道,不仅推出丛书,还与出版社合作编选"年度最佳网络文学作品"。但这些内容在纸质图书市场接受度有限,销量较少,未给网站带来稳定收益。

2003年后,网络文学逐步商业化,纸质出版成为网络文学生产的重要盈利途径。这种状态一直持续到了2014年左右,构成网络文学纸质出版的第二个阶段。此时出版的作品主要是奇幻、玄幻、言情、仙侠等长篇类型小说。根据主导力量的不同,此阶段的纸质出版可分为两种模式。第一种模式由文学网站主导,比如"龙的天空"网站主打奇幻、玄幻等小说类型,在台湾图书市场大受欢迎,大陆地区的图书读者则对这些新兴类型接受度不高,这导致出版销量并不理想。2003年,起点中文网建立在线付费阅读制度,推进了网络小说创作的商业化,同时也保留了纸质出版渠道,还专门成立了主打纸质出版的起点文学网。但总体来看,纸质出版只是在线付费阅读模式的一种补充。第二种模式由书商主导,一些图书公司发掘出版了《明朝那些事儿》《盗墓笔记》《后宫·甄嬛传》《致我们终将逝去的青春》等畅销书。相对于文学网站,书商更熟悉纸质图书市场的需求,宣发策略也更有效,他们走通了网络小说的纸质出版之路。

第三个阶段是2015年至今,主导力量是文学网站及其背后的商业资本。2015年被称为"IP元年",商业资本强势入场,打造文化产业链,纸质出版成为网络文学"IP开发"的一个环节。一些书商和出版社建立文学网站来吸收、培育网络类型小说。虽然前两个阶段也有网络文学作品被改编为影视、漫画等,但规模不大,并未上升到产业层面。此时纸质出版的网络文学作品,更像是"读者粉丝"的收藏品,具有"礼品书"的特征。

经过三个阶段的发展,网络文学纸质出版更加精细化,与影视行业的联系也更密切。好的网络文学作品成为各方争夺的稀缺资源,出版方像以前那样去网上"淘金",独力打造网络文学"爆款书"的可能性越来越小。对网络文学"IP 开发"的依赖,使当前网络文学纸质出版的热闹景象下潜藏危机。转换观念,摆脱依赖,通过纸质出版赋予网络文学新的价值,是网络文学纸质出版的可能出路。

对网络作家而言,纸质出版可以修正疏漏、弥补遗憾

网络文学生产机制下的创作,直面读者,以读者需求为中心,在反映大众心理欲求和折射现实生活方面,相比传统文学生产机制更为直接有效。

但网络文学生产机制要求连续更新,网络作者每天的写作,就是"按纲施工",上传之后一般不会再改。虽说网络连载也有随时修订的机会,但正如资深网文评论者 weid 所说,在要求快速连载更新的网络文学生产机制下,费时精修是不太现实的,"所有贴上去觉得不好拿来再改的作者,全都被淘汰了"。

网文创作需要保持感觉,一气呵成。网络作家猫腻说自己在创作《庆余年》时就"全靠一口气撑下去",不回头看,也不修改,"我连错字儿都不改,担心一修就错。回头看会修补情节,让它变得更缜密,可第一感觉就没有了,一往直前的锐利感会在修改中消耗殆尽。这种情况我们都遇到过,可以等写完了再修嘛,金庸当年就这么干。还有一个原因,就是急迫地想让读者们看到,特别得意"。快速连续更新,让作者保留了一种鲜活的感觉,但在具体行文中难免存在疏漏。

不仅是猫腻,在许多人眼里,金庸武侠小说都是类型小说的标杆。但人们容易忽略的事实是,金庸小说能够成为雅俗共赏的"经典",也与他

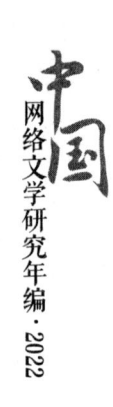

的多次修订有关。金庸于 1955 年至 1972 年间在报刊上连载武侠小说,当年报刊连载要求作者赶进度、按时交稿,作者没有空闲时间细细雕琢。1970 年,金庸开始对这些作品进行了长达十年的修订,有了日后广为流传的《金庸作品集》。修订版与连载版有很大差异,有不少内容"近乎新作"。据金庸在后记中介绍,《天龙八部》在出版时"曾作了大幅度修改",《射雕英雄传》"作了不少的改动",《碧血剑》"增加了五分之一的篇幅",《雪山飞狐》"原书的十分之六七的句子都已改过了",《书剑恩仇录》"几乎每一句句子都曾改过"。后来被当作"武侠经典"来研究的金庸小说,采用的多是修订版,而非最初的连载版。

林遥在《香港的"大武侠时代"》中指出,当年香港的武侠小说创作盛况空前,但"能够像金庸一样重新校订自己的作品,在武侠小说的写作中实属少见,多数武侠小说作者没有这样幸运,他们甚至连重读自己小说的时间都没有"。这些武侠小说在连载时热闹非凡,但很快被读者遗忘。几十年过去,能够流传下来的武侠小说,只有金庸等寥寥几人。同样是快速连载更新的创作方式,同样有大量读者追捧,武侠小说的历史境遇,或可给今天的网络小说作者们提供参照。

对网络文学作者而言,纸质出版提供了一个修正疏漏、弥补遗憾的机会。纸质出版时的修改,为作者提供了一种新的创作节奏。它让作者能够慢下来,仔细打磨作品,同时也能够吸收连载过程中的读者意见。如此一来,最后的纸质版便成为吸收了多种意见后的"综合文本"。对读者来说,网络文学的线上阅读场景极为复杂,与聊天、游戏、影视、新闻等信息混合。纸质书的阅读场景相对单纯,完全依靠文字构建想象世界。此时,阅读文字成为一种古老却又先锋的交流方式。说它"先锋",是因为在万物趋于直观化的影像时代,文字阅读再次凸显了想象力的重要性,读者在纸质阅读中可创造的部分反而更多。

纸质出版的意义,不是将网络文学生产机制的结晶带回传统文学生产机制,进行削足适履的"改造",而是通过两种生产机制的联动,赋予网络文学新的价值。

"经典意识"推动网络作者进行纸质修订

文学乃至所有的艺术形式,本无所谓的"纸质"与"数字"之分。单从载体看,未来的文学可能都是"网络文学"。从历史来看,一切文学又都将成为"传统文学"。在现实中,新旧媒介之间不是简单地此消彼长,而是融合新生的关系。在大众的印象里,网络文学的兴起似乎夺走了传统文学的读者,但事实上,网络文学更主要的是吸引了新的阅读人群,反而为纸质书创造了新的读者市场。纸质书不会消失,只是会调整自己的内容。在这个意义上,在媒介变革时代,文学阅读的重要问题恐怕不是"怎么读",而是"读什么"。

"读什么"的问题,关系到文学阅读的价值评判。从常识来看,读甲作品而非乙作品,必然是因为甲有乙无法提供的价值。纸质网络文学作品形成新价值的来源,当然不是纸张,而是作者的修订工作。对于一个有更高追求的网络作者而言,能够推动他对作品进行精雕细琢的力量,是他本人的文学价值标准。

这些文学价值标准,包括语言表达、情节逻辑、思想深度等层面,共同塑造了作者的"经典意识"。"经典"没有固定形态和本质,但它在历史发展中有物质载体。经过千年发展,古老的文学传统与纸质媒介捆绑在了一起。在瞬息万变的信息时代,形态相对稳定的纸质文学书,似乎具有一种历久弥新的艺术光环。这种光环及其背后的艺术等级秩序当然是可以

消解的,网络写作在一定程度上打破了旧的艺术等级秩序。但也应该看到,在漫长的文学发展历程中,正是这种光环吸引着无数作者向"经典"看齐,自觉精益求精,提升作品价值;也是这种光环,推动读者们建构自己的文学评价体系。在这个意义上,"传统文学"中的"传统"不应该被理解为"旧的,过时的",而是古老绵长的经典文学脉络。网络文学纸质出版的目标,不是靠近"传统的纸质文学",而是靠近具有经典可能性的文学传统。

面对这个文学传统,网络作者也不必妄自菲薄,而应该有更大的雄心,要有穿透热闹潮流的历史眼光和为时代存照的写作抱负,自觉弥补短板,提升修为。在修订过程中,网络作者要珍视连载创作时的经验,特别是作者自己的独特感觉和读者的即时反馈意见,在纸质修订时为这些经验寻求合适的呈现方式,而不是将其完全抹除。在这方面,金庸也提供了一个"教训":1999年至2006年间,金庸对修订本再次进行修订,最终出版了《新修版金庸作品集》。然而,不少读者对"新修版"的评价并不高。这背后有读者恋旧情结的因素,也与金庸再次修订时过度"提纯",剥离了作品诞生时的鲜活经验有关。毕竟,他初次修订是在连载结束后不久,一切感觉都是鲜活的,再修订时已过去四五十年,离连载的现场越来越远了。

网络文学的纸质图书策划与编辑们应该尊重作者和读者的意见,探索合适的方式,尽可能地留存网络文学特性。如果固守旧观念,完全按照纸质作品的习惯来粗暴地修改网络文学作品,只会得不偿失。但只做"文字搬运工",校对、排版后等着"收割读者",那也不是有价值的"IP开发"。"开发"应该是有探索性的,需要以新的方式赋予作品新的价值。

娱乐下沉：免费阅读的产品策略与自生困局

王秋实

网络文学免费阅读风潮始于2018年5月,趣头条推出"米读小说",跑通广告变现模式。随后2018年8月,连尚推出"连尚免费读书",通过Wi-Fi万能钥匙导量,半年间达到2300万月活。同月,百度旗下的"七猫小说"带着金币激励玩法上线,开始裂变式传播,免费阅读风潮即起。受到免费阅读冲击,付费阅读龙头企业也无奈下场,阅文集团和掌阅相继推出自家免费阅读产品"飞读小说"和"得间小说"。而在2019年,字节跳动推出"番茄小说"。阿里旗下的"书旗小说"、百度控股的"爱奇艺阅读",与字节跳动高额控股的"塔读文学"也推出免费版。自此,互联网巨头在免费阅读赛道的布局趋势已成。

2018至2019年间,免费阅读规模极速扩张。据统计,截止到2019年,各大企业纷纷入局后,月活大于1000万的在线阅读APP中,免费阅读模式占比已达42%,月活大于300万的APP中,免费阅读模式已占到61.9%。在这两年间,免费阅读模式挤压了非常成熟的付费阅读市场,一定程度上打破了以付费阅读为主的国内数字阅读市场格局,被称为数字阅读行业的"搅局者"。而2020年之后,免费阅读APP无论在设备数还是月均下载量上,增速都已大幅减缓。而与之相对的,其广告营收规模增幅也在大幅下降。免费模式兴起不过两年,已出现危机的苗头。

免费阅读的极速扩张,和它的快速衰缓,都与其特殊的产品策略呈相关性。而免费阅读的产品设计,又与诸多针对下沉市场的产品设计极度

相似。免费阅读正是娱乐下沉趋势在数字阅读方面的映照，也是互联网下沉热潮的一个缩影。而下沉式的产品策略，在为其诞生初始带来了庞大增量的同时，也为其未来发展暗自形成困局。

一、免费阅读的产品策略

变现、增量、留存是互联网产品的三个基本指标，所有的产品设计点基本都围绕着这三个指标进行。免费阅读的变现模式主要是"广告营收+付费增值"。在增量上，主要策略是渠道下沉、既有产品导量，以及特殊的金币激励体系。而在留存上，则有每日任务等方式。下面则以七猫、连尚、番茄、米读等头部免费阅读产品为参考，分析其运作模式。

免费阅读的变现模式以"广告+付费增值"进行。广告投放上，各平台玩法略有不同，但大多大同小异：以阅读界面底部固定广告，外加每3、4页插入中型广告为主要模式，影响阅读体验。而米读小说在这种免费阅读广告模式下，针对读者"免广告"的需求，首创了付费增值服务：用户可以付费购买会员以免除广告，或者以做任务的形式获得代币，从而用代币换取免广告的特权。付费行为从"读者—作者"转移到"读者—平台"，实际上也消解了读者对作者的忠诚度，消解了付费阅读多年塑造起来的粉丝化阅读语境。而在作者与平台的关系上，作者稿酬来源于广告主而不直接来源于读者，这会导致作者更加依赖平台，被迫让渡更多权利。

以广告变现为主体，就意味着流量对免费阅读产品极度重要，他们必须要争夺比付费阅读更大的流量。由于不期待这些用户为"阅读"这个行为本身付费，所以这部分流量是否为核心或实际阅读者对免费阅读产品而言并不像付费阅读平台那样重要。所以由此逻辑，便诞生了对于阅读产品而言较为奇怪的运作模式：通过拼多多式的拉新方式，将数量众多的非阅读群体拉成增量,生成了一个个庞大的流量巨怪,而"阅读"体验本身则成为相对不重要的一环,这也为其未来发展埋下隐患。

增量端的策略更能凸显免费阅读的特征。在连尚的自有渠道导量和番茄的自家头条系 APP 软广投放之外,更值得一提的是七猫模式。七猫的高速增长源于其游戏化的一套金币激励体系:用户注册、每日签到、完成阅读时长、看广告、分享书籍、好友注册阅读,都可以获得现金或金币奖励,金币奖励可以定量提现。这套激励体系源于趣头条的金币师徒制,但挪用在阅读产品中,则将"下载阅读平台—阅读—满足阅读需求"的需求链环从根本上破坏,变成"下载阅读平台—阅读—赚取酬劳"。某种程度上将阅读行为从本质上变成了一种出卖时间以赚钱的工作。

而留存策略分为内容和福利两端。在内容上,大多免费阅读 APP 都运用了成熟的大数据算法,将内容精准地"标签化"细分。根据读者选择的标签以及读者的阅读历史判断其阅读口味,精准地推送读者喜欢的小说,吸引读者留存。而在福利上,很多产品都选择一种类似游戏日常的方式:读者通过连续签到与积攒阅读时长来换取代币,代币积累到一定量时可以提现,以此激励读者留存。

免费阅读产品在上线初期都各有策略,为了拉增量、保留存,玩法各不相同,但在两年后的如今,这些产品在规则上已渐渐趋同:广告营收、付费会员是收入主要部分,拉新小额提现、签到、阅读时长换取代币提现或换取免广告券等小手段大多留了下来,而大量烧钱拼增长量等趋势已渐渐偃息。这意味着下沉市场的流量红利已近见顶,免费阅读已进入存量竞争与内容比拼阶段。而这些流量巨怪在此阶段是否能维持体量,或者只是资本加持下的巨型泡沫,目前还尚未见分晓。

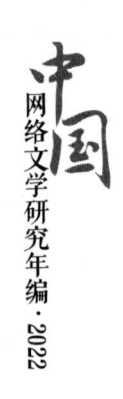

二、娱乐下沉的时代召唤

免费阅读采用这样的产品策略,是有下沉用户指向性的。它们的广告投放渠道也间接指明了这一点:番茄、米读等产品大量投放在快手、抖音、三四线城市的线下,指向明确,它们所争取的目标用户即为中青年下沉市场用户。这个指向与2018—2019年下沉流量蓝海的发掘热潮极度相关。由于用户一致,所以免费阅读在产品设计思路上与拼多多等产品具有某种程度上的同质性:低价、广告、流量、以赚钱为噱头吸引用户、裂变式社交传播。

在2019年上半年,免费阅读势头正盛,此时在免费阅读的读者群体构成中,三线城市用户所占的比重最大。而Mob研究院在《2020移动阅读行业报告》中给七猫小说所做的用户画像为"小镇男青年",区别于掌阅的"已婚高知男"和QQ阅读的"未成年男学生"。[1]七猫小说在免费阅读产品中占有较大的市场份额,其用户在免费阅读用户中是有代表性的,由此可以看出免费阅读用户群体的画像:三线城市、中青年、月薪3000到5000、专科学历,即为典型的下沉市场用户。

反观下沉市场与下沉用户,下沉市场指我国三线及以下城市、县镇和农村市场,是我国面积最大、人口基数最大、潜在用户最多的市场,而下沉市场有以下几个显著特征:

低学历为主,高中及以下学历占比接近四成;主流人群月收入不超过5000元,但大多拥有无贷的房子和车;兴趣偏好以购物、本地生活为主,媒介偏好视频和游戏;闲暇时间富足,集中在18点—24点;在消费偏好上,中年已婚人群消费贡献度高,看重性价比、趋利性强、价格敏感、偏好拼团和价格直降的促销方式;传播力强大,分享成本低,热衷于砍价等互动游戏,人群区域聚集性强,更愿意开展家族式传播;产品忠诚度低,受到价格影响和获利诱导后,用户很容易转换使用产品。[2]

分析下沉用户画像可见,下沉用户其实超出很多人的想象,他们不像一二线城市居民有较大的竞争压力和较高的生活成本,实际上是一个规模庞大的"有钱且有闲"的群体。只要产品与价格投其所好,这样一个群体的消费能力和消费潜力是惊人的。然而之前出于智能手机普及度不够、乡镇物流不发达等原因,互联网企业对下沉市场挖掘不足,下沉市场很长时间都是一个"沉默的大多数"。自下沉空间基础设施与网络生态建立起来之后,各大互联网企业纷纷开始了下沉市场的"掘金潮"——一二线城市的互联网空间已近盈满,他们在下沉市场寻找互联网的绝对增量,这也是2018年前后拼多多、快手、趣头条等产品蜂拥而至且大获成功的原因。

回归审视免费阅读浪潮,其用户画像、产品设计、运营模式都具有明确的指向性,甚至免费阅读中所流行的"赘婿文""多宝文"等情节类型也昭示了这一点——它们暗自迎合了下沉人群隐秘的欲望和需求。免费阅读实际上也是互联网下沉热潮的一个缩影。而免费阅读的发起者"米读小说"背后也正是"下沉三巨头"之一的趣头条,趣头条以"资讯"出道,但主要业务思路是以娱乐性产品替代工具性产品,精准把握下沉市场的娱乐性趋向,因此,"米读小说"正是其娱乐化尝试之一。而数字阅读与即时通讯、短视频并列,是抢占用户时长的利器,在2018年下半年,各大互联网企业对下沉市场的流量竞逐白热化之际,趣头条已经从下沉市场的流量竞逐慢慢转化为对下沉市场用户时长的争夺,将下沉市场的外延式增长转化为内生式增长。自趣头条的尝试之后,各大企业纷纷跟上,数字阅读开始以免费阅读的形式,加入了以短视频为主的下沉市场内容赛道。

2019年免费阅读用户规模的迅速扩大间接论证了这一轮下沉市场流量蓝海的挖掘风潮,也证明了针对下沉市场所设计的免费阅读产品在增量阶段的成功。但是下沉市场的饱和与它的扩张同样迅速。2020年下沉市场增速已经大幅放缓,空间缩小,而2021年更甚,根据Mob研究院《2021中国移动互联网大报告》,2021年Q2下沉市场网民规模约6.57亿,占全部移动互联网网民比重的56.8%,但2020年Q2下沉网民占比是60.3%,下沉网民规模同比下降3.5%,而新一线、一线及二线城市网民均小幅上升。[3]这说明下沉市场流量竞逐已接近尾声,流量红利见顶,这也是2020年Q1以后免费阅读增长规模萎缩的最主要原因。下沉市场已进入存量用户深耕期,内容为王的竞争时代来临。

而在脱离流量赛道,进入内容竞争时代后,免费阅读在产品策略上的隐患似乎开始爆发,曾经拉来巨额流量的产品策略,也正在对其后续发展形成困局。

三、内容竞争时代的产品困局

从其算法推介模式、不透明的稿费分成、任务式评论场设计、对读者转化的错估等方面,可以窥得免费阅读的产品策略形成自生困局的原因。

1. 内容层面:内容同质化严重、质量低下,"算法至上"的产品设计形成内容困局。

免费阅读发展两年有余,基本没有出过现象级作品,反而充斥着大量高度同质化的类型文,尤以男频"赘婿""兵王",女频"多宝""团宠"为最,基本情节构架、人物设定极其相似,且文笔较为浅白,文学价值较为低下。究其原因,与免费阅读的产品设计、作品展示模式,及下沉市场的用户定位有关。

免费阅读的主要作品展示模式并非付费阅读的"榜单制",而是依赖大数据算法的推送"投其所好",算法的精准有赖于内容的标签化,但内容的标签化桎梏了作者,为了在标签推送模式下不让读者"踩雷",作者只能将自己的作品规束在标签的要求内,便产出了大量同质化情节和设定。算法推送和榜单制两种展示模式分别引向了免费阅读的"标签化"和付费阅读的"个人风格化"两种完全不同的作品倾向。这也一部分解释了为什么免费阅读没有出过现象级优秀作品:可标签化某种程度上意味着简单拆分、可标准化和可复制性,但文学毕竟是完全无法与个人精微的灵性体验割裂的,复杂度、多解性、风格化都是文学的重要维度。免费阅读从他的产品设计上鼓励这种批量复制式的欲望文本产出,从根源上较难诞生优秀文学作品。

2.作者层面:稿费不透明,"任务式评论"破坏阅读社区,导致作者流失或转移。

免费阅读的很多作者来源于付费阅读平台的中底层作者群。付费阅读的头部作者,自身作品很突出,但在免费阅读产品中会与其他作品一同投进作品库里,依靠标签和推送"露脸",自身优势会被抹平,因此很少青睐免费阅读产品。而原付费平台较为底层的作者,名气不大,擅长套用既有类型写作,作品质量相对不高,在原付费平台上靠榜单制很难出头,经常靠混全勤奖为生。因此在免费阅读平台纷起之后,大量此类作者转而投向免费阅读平台。

免费阅读平台作者的薪酬模式以广告分成为主:读者越多,阅读时长越长,则广告展现得越多,最终作者的酬劳也会越多。很多作者在入驻免费阅读平台后是写作多年来第一次拿到分成。但问题也随之出现,付费阅读的作者分成来源是读者订阅,有量化可视的订阅量可以评估收入,但

免费阅读的作者分成来源是广告主，作者并不知道广告实际的展出量、点击率和转化率等数据，基本是平台方一手把控。不透明的稿费分成给予平台"暗中操作"的可能性，容易伤害作者的创作热情。在2021年年初就暴露出了番茄小说改版后疑似压缩作者分成的事件，经作者测算和APP程序解包，2021年1月他所获得的稿费甚至不到老版本的50%，原来的五五分成很可能已经偷偷变成了八二分成。

除了稿费不透明之外，阅读社区的破坏也成为作者流失的一大原因。免费阅读的评论与本章说大多是读者为了赚任务分、换取日常金币而评，既无价值，很多也与小说内容无关，比如"啊""哎"等语气词或其他无意义词语，根本无法形成小说的评论场。读者无法通过付费、评论参与等方式形成对作品与作家的忠诚度，作者也无法获得读者对作品的有效反馈，从而提升自己。创作的成就感不足，也是优秀作者流失的一大原因。

3. 读者层面：对读者转化产生错估，读者的阅读品位提升，转投付费平台或者盗版。

免费阅读因为其现金激励式拉新，引来了非数字阅读用户进入免费阅读领域，很多读者因此培养了阅读习惯，并随着阅读量的增加慢慢提升了阅读品位，但由于其内容的标签化与优秀作者的缺失，免费阅读平台的内容升级难以赶上读者的品位升级速度。当这些读者不再满足于质量低下的同质类型文，不满足于大数据"投喂"，而转而主动搜索其他"好看的小说"，追逐榜单。那么这些读者就会慢慢从免费阅读平台流失，进入付费阅读平台，或者转向盗版。这便是付费阅读的机遇所在。两年后再反观，免费阅读对付费阅读并没有如预想般构成直接的竞争，而是带来数字阅读的绝对增量。它更多寻求的是对非阅读用户和盗版用户的转化，并没有对付费阅读用户形成长期且实质上的抢夺。

4.平台层面:运营成本高,广告营收规模萎缩,转化率低,回本困难。

免费阅读用户的低付费率导致广告转化率并不高,而免费阅读用户规模的缩减,直接影响着广告投放的效果,与广告主对免费阅读平台的信心,渐渐形成恶性循环。而免费阅读在扩张期的大规模广告投放与现金补贴形成了庞大的营销成本,越发萎缩的广告营收并不能覆盖运营开销,导致平台回本困难。而目前越来越多的厂商开始探索将免费阅读APP当成导流工具,导向电商或是变成微短剧版权孵化器,这些做法间接地论证了单纯靠免费阅读APP大规模盈利的策略可能已经验证不可行。平台需要找到新的衍生变现方法,代替单纯的广告营收。

5.外部层面:盗版渠道屡禁不止,冲击付费及免费阅读产业。

免费阅读虽然吸引了一部分原盗版阅读用户,但盗版对免费阅读的冲击同样致命。免费阅读与盗版阅读,实际上在"阅读体验"上差别并不大,同样都是免费+广告模式,只不过免费阅读在法律层面是合法的,而盗版是非法的。但对于读者,尤其是下沉用户为主、版权意识低下的读者群体而言,这一点并不那么重要。当免费阅读的内容质量不断下滑,读者的阅读口味不断提升时,这部分读者很容易转化到盗版网站,去寻求免费且更优质的"原付费内容"。在盗版面前,免费阅读比付费阅读更加没有竞争力。甚至免费阅读固化了这部分读者"小说本身就应该是免费的"意识,从而更加剧了盗版的猖獗,转而影响了整个"正版数字阅读"的生态。

在困局形成的如今,如何突围成为诸多平台面临的考验。他们可能会走上细分内容、垂直类目、深度运营的付费阅读平台模式以规避直接竞争,也可能如连尚探索免费+付费模式,做付费与免费分流,或者将重点放在孵化微短剧IP上。微短剧由于其情节类型有预设、爆点集中、玩梗、

成本低等原因，与免费阅读平台作品有一定适配度，且微短剧用户与免费阅读用户群体高度重合。各大互联网厂商布局免费阅读未尝不是在微短剧市场布局的先手策略。再或者，将免费阅读视为导流工具，导向电商等领域。那么它将很难再进入"网络文学"的讨论范畴，这是所不乐见的。

发展至今，免费阅读似乎已为自己出生时的"搅局者"定位正名。免费阅读在付费阅读奠定的规则与格局之外另辟赛道，短时间内扩充了数字阅读容量，但它的走向需要引导。良好的文学向度的引导才能真正使其扩充数字阅读生态，而非走向流量的资本泡沫。

参考文献：

[1] Mob 研究院. 2020 移动阅读行业报告[EB/OL]. MobTech, https://www.mob.com/mobdata/report/109.

[2] Mob 研究院. 2020"下沉市场"图鉴[EB/OL]. MobTech, http://www.mob.com/mobdata/report/108.

[3] Mob 研究院. 2021 中国移动互联网大报告[EB/OL]. MobTech, http://www.mob.com/mobdata/report/145.

第三辑

访谈·评论

"虽千万人，我不同意"
——猫腻访谈录

邵燕君

《间客》以康德关于"星空"与"道德律"的名言为卷首语，抱负宏大。它一方面构造出恢宏的太空歌剧背景，另一方面直击当下中国人的道德困境，就何为正义、如何践行等问题反复撕扯，使诸多价值立场激烈碰撞。作者的巧思妙笔，使得《间客》兼具宏大的世界架构与幽微的伦理辩证。

《间客》具有网络小说中罕见的严密结构，主要人物各行其道，关系又密集交织，数条情节线索成股结扣，读着越来越有整体感。这样的结构也让各个主要人物能在辩论中充分展开自身的立场及其逻辑，在众声喧哗中，主角许乐坚定不移地发出刚健朴实的最强音。许乐堪称整个网文世界塑造得最成功的形象之一，通过这颗"硬石头"，作品不但延续了金庸笔下胡斐、郭靖、萧峰等为国为民的侠义传统，而且卓有成效地反驳了牺牲论、代价论等当下流俗谬见，维护了"大局"里"小人物"的权益和尊严。

由于《间客》注重情节结构与人物辩论，就无法苛求其人物语言的简练和人物（尤其是许乐的女友们）心理的细腻精确。这部闪耀着理想主义光辉的作品，不但在网络文学中大放光明，即便放到中国当代文学乃至世界文学中，也是当之无愧的佳作。

——《网络文学二十年·好文集》[1]

---

[1]《网络文学二十年·好文集》（邵燕君、高寒凝主编，漓江出版社，2019年），北京大学网络文学研究团队编选，《间客》入选《好文集》，推荐语的撰写者是陈新榜。

《间客》:"我对世界的看法就是这样的"

邵:这一节我们专门聊聊《间客》。《间客》是我读网文的"入坑之作"。2010年,我正在犹豫要不要进入网络文学研究,读了《间客》后决定进入,因为相信里面有好东西。我觉得《间客》未必是你最成熟的作品,却是最代表你的。所以,无论是你,还是你的粉丝,谈起《间客》,最常用的词是"喜爱"。这部作品真是深受读者的广泛喜爱,我记得在争月票榜时,还一度打败了天蚕土豆的《斗破苍穹》,让"老白"们大大爽了一把。后来它获了起点中文网首届"金键盘奖"的"2010年度作品",这个奖是完全由读者投票的。《间客》也在主流文学界获得高度评价。2018年,中国作协主办"中国网络文学20年20部作品"评选。当时我在国外,没到现场参加。我记得你的候选作品是《择天记》,当时《择天记》电视剧正播出,所以首轮读者海投时投上的是这一部。我们几个评委一看这结果,都觉得比较没劲。终评前一天,鲁院的王祥老师力倡更改,几个评委附议,把候选作品改成《间客》。结果,在第二天的投票中,《间客》高居榜首。

猫:《间客》确实是我最喜欢的自己的作品,我自己看得最多,而且不累。这本书我可以从任意一个地方杀进去接着看。

邵:《间客》看了多少遍?

猫:六七遍吧。我们现在看东西很快。

邵:如果说《间客》是你最喜欢的作品,许乐应该是你最喜欢的人物。我记得2015年我第一次采访你,请你举几个你最喜欢的笔下人物,你提了施公子、夫子、大师兄、二师兄,都是配角,唯一的主角就是许乐。我觉得你对他应该说已经到了宠爱的程度,应该算是你理想人格的投射?

猫:可以这么说,我在后记里也说,无论许乐是帝国皇子还是联邦英雄什么的,在这个故事里,因为他的成长环境和莫名其妙的自我修养培训,东林孤儿骨子里始终是一个小人物,然后不断做着大事情。我对这个人物很偏爱,而且我觉得我写得不错,他不"装"。

邵:然而,这个不"装"的"小人物",却堪称"四有青年"①。许乐和所有网文中那些"屌丝的逆袭"的主角都不一样,他虽然也有普通"小人物"的生活理想,但真正让他拼命的是那些朴素正义。一般网文的核心快感模式:主角是被压在底层的"废柴",偶然获得了某些"金手指",然后开始"逆袭",走向人生巅峰。许乐不是这样的,他最可贵之处就在于,无论是身为逃犯还是联邦英雄,永远站在最弱势者一边,代表那些最没有议价能力的人与大人物们谈判。于是,大人物们在平衡利益的时候就不得不考虑小人物的那一份,活人在分配果实时,就不得不考虑死人的那一份。否则,许乐那个"二货"什么事情都干得出来。很多时候,联邦政府为了"国家整体利益"都认了,七大家族都为了家族利益最大化都忍了,偏偏许乐这个"二货"却不认也不忍。整部作品"爽"的动力就是一个"小人物"的不忍,坏了大人物的大谋。最大快人心的是,无论对于阴谋还是"阳谋",许乐的反抗形式经常是非常简单的直接暴力,"小人复仇,从早到晚"。

猫:许乐的看法这就是我对世界的看法。我认为世界和人之间的关系就应该是那样的。就算你没有多少知识,但是你有基本的看法。我认为这是不需要让人说的,但我发现很多人不认可这些,这我就觉得有点莫名其妙了。我认为《间客》里的那些东西是最基础的,为什么会有人认为不对呢?

邵:这就是我最想和你聊的。你的那些"最基础的东西"是从哪儿来

---

①1980年5月26日,中共中央副主席邓小平给《中国少年报》和《辅导员》杂志题词:"希望全国的小朋友,立志做有理想、有道德、有知识、有体力的人,立志为人民作贡献,为祖国作贡献,为人类作贡献。"

的？为什么这些年我们大家都习惯放弃了，在你那里还像"东林的石头"一样又臭又硬呢？

猫：我不知道从哪里来的。难道不该是这样的吗？

邵：你们家可以随便去更改自己的姓氏，对你来讲这是一个基础的东西。

猫：我认为这是基础的东西，姓氏这个东西是自己的，我本质上就是这么认为的。他既不是父亲的，也不是母亲的。本来就是自己的，怎么可能是别人的呢？

邵：你起点太高了。你父母真了不起，我真不知道他们是怎么做到这些的。

猫：我也不知道，他们也没教过这些，可能就是言传身教吧。

邵：所以，那些"最基础的东西"在你这里不是道德理念，而是生活方式。所以，许乐这个人物虽然有"道德洁癖"，但一点不高蹈，是从你的生命经验中长出来的。我每次想起他，都觉得是一个邻家男孩，清新健朗如朝阳，让人想起"内心纯洁的人前途无限"。

"一个怯懦的人写的一本无畏的大书"

邵：在《间客》的后记里，你说"这是一个怯懦的人写的一本无畏的大书"。我看后特别有共鸣。我想，对很多人早已习以为常的压迫，你可能会受不了。

猫：对，我真的受不了。

邵：我这么说也是有自己的体会。举个例子，前几年学车的时候，在一次学交规的课上，有两个男的，个子挺高的，就是我们平时所说的大老爷们吧，因为打瞌睡被教员叫起来罚站。那个小教员在课堂上只有那么一点点小的权力,他就叫人罚站,那两个人居然就站着。我不知道他们为什么会忍受,凭什么罚站?你不站谁能把你怎样?我当时坐在那儿的时候特别纠结,要不要路见不平一下?但当时我也怯懦,怕给自己找麻烦,患得患失,而且,也觉得挺不解的。难道全场只有我一个人气得发抖吗?当时我想,谁要是让我罚站,我一定跟他翻脸了。

猫:我认为到社会上,反抗这件事都会慢慢地往后退。我还记得很清楚,2001年我们班有个女同学给我写信,她跟她男朋友是武汉大学的同班同学。她在上海火车站遇到了一个事,然后她就准备挺身而出,她老公拉着她不要她看。我当时的反应是,她老公在保护她,确实不应该看。但是我们班的女孩都已经出学校那么多年了,还是保持着那种习惯。

邵:因为你痛苦,你受不了。我相信当时,我的忍受力是全场最低的,虽然那天站的人不是我,但是我非常受不了。我内心不断斗争,要不要挺身而出。很多时候,大家都会服从一个暂时的权威,而且根本不考虑反抗有多少代价——真的没多少代价,大不了重考一回。这时候要是有人敢站出来刺他一下,他就老实了,否则他一直会这么跋扈。看你的小说,就经常会遇到这样的场景。许乐、宁缺,全是掀桌子的人,越是被压迫,越是要拼命捍卫自己的利益。只有每个人都拼命捍卫自己的利益,才能得到一个相对公正的局面。

猫:对,然后才能谈妥协。先在三个人之间妥协,然后在三十万人之间妥协,自然有妥协的组织方式。

邵:看《间客》的时候,很多时候我觉得许乐的坚持超出我的预期。比如邵夫人抓到许乐的好友李维,和许乐谈条件那段。我想许乐你差不多得了,总得有所妥协吧?

猫:我写这段的时候,写天上下雪,许乐坐在宪章广场上,抽了很多

烟,思考这个问题到底怎么办。如果没有钟老虎的西林军区答应保下李维,他怎么选择我也不知道。我不敢做铁血的选择,便很怂地退了一步,先把这个矛盾抹平了。没抹平的话,我估计许乐会先想办法把李维救下来,然后继续做这件事。当时他认为张小萌被麦德林阴死,体育馆也死了很多人,这些事在他心中是一团野火,一直在烧,不杀麦德林无以平息。

邵:这也是我看到许乐对帕布尔总统说"虽千万人,我不同意"时最震动的地方。看这部小说的时候,我一直感到我的境界比许乐低,我本来想跟着他一步一步地成长的,一个小人物,不断获得大人物的赏识,像《平凡的世界》里的孙少平一样,那时我还不知道"屌丝的逆袭",但心理机制差不多。所以,每一次大人物来讲价钱,我都想接受,都想妥协,但许乐一次又一次地说"不"。许乐把我已经习惯放弃的原则都召唤回来了。

猫:许乐血缘上是皇帝的儿子,师承上是封余的徒弟,也受到李匹夫的欣赏,从背景上讲,他先天是大人物。但在对帕布尔说"我不同意"的时候,他还是个市井小人物,一个东林长大的孤儿。

邵:所以你的小说对我最大的意义就是,我生活中有诸多受不了的事,在你的小说之中可以一吐不平之气。

你的情怀好就好在不酸,不"文人",不是无病呻吟。你的人物都足够硬,接地气,但永远不妥协。但作为一个怯懦的人,我能不能以小人之心揣度一下,这股硬气实际上是源于你"受不了"的"娇气"。

猫:可以这么说。我以前常跟朋友说,我这辈子太幸福了,一点不幸福的事都没有。我觉得人生像我这样过一辈子多好啊。我有另外一帮朋友,对我的这种看法就是"想法太多了"!他们说,那是因为我没有真被苦难磋磨过。人要被压到泥土的最底层之后,你什么都受得了,只要活下去就行。

邵:多亏你没有。你没有在最弱小、最脆弱的时候受到那种压力,如果那样,即使你活过来了,你也沧桑了,也就只能想象"逆袭",还什么"虽千万人,我不同意"。这点特别特别珍贵,我觉得这样的人有机会做作家,而且能够在这么多人中产生影响,是读者的幸运。

猫:别——

邵:别客气。真有这么大的意义。我认为,很多好的文学,是过过好日子的人写出来的。那种好日子形成一种"高标"。

猫:这东西就是幸福。我基本上在每本书——除了《择天记》之外——都在开书店,写着写着我自然而然就开了个书店。我小时候觉得,就像女孩可能想开个花店,我就想开个书店,天天有书看,人生就可以了。

《间客》是浪漫主义的

邵:我觉得你所有的小说其实都是现实主义的,也是理想主义的。但在所有的小说里面,《间客》是最浪漫主义的。

猫:欸,对。

邵:最浪漫主义是不是因为你写《间客》时最自我、最任性,加进去最多的"私货"?我就要写我想要的。因为对许乐来说,许多行为都是被理想加持的。

猫:对,纯粹就是为了去干这个事。所以,我给了他超能力。我就觉得没有超能力的人不可能那样活着,你也不应该那样活着,蜘蛛侠的责任来自他的力量。你没那么大的力量,却想去担那么大责任的时候,你一定会犯错的。

邵:你是不是写完《庆余年》之后觉得可以写自己想写的了?

猫:对。所以《间客》"闷",那时我就想写闷的。昨天还和人总结过,

《朱雀记》是我想写"完"(即完本的意思——整理者注);《庆余年》想写"红",主要为了大家而写的;等写到《间客》的时候就是为自己写了,所以"闷"。

邵:《间客》不"闷"啊,你的意思是说,你写的时候不怕"闷"?

猫:当时是这么想的。《庆余年》被买断了,价格现在看来不高,我觉得不错了,在当时是挣了一点钱的,八九十万的样子。那时候 2009 年,写完《庆余年》我就去大庆找我媳妇了。

邵:你结婚是在那个时候吗?

猫:结婚是 2010 年。2009 年写完《庆余年》,我就说去大庆共度余年。去了大庆之后我算了一下,买房子 30 万,结婚买车 10 万,也不贵。人生除了结婚也没有什么其他的事需要花钱,这下可以由着性子来了,不用去考虑商业成绩之类的了,就可以写自己想写的了。当时写《间客》,编辑提出反对意见,说和你想写什么没有关系,但你为什么要搞一个太空机甲背景的呢?毫无意义。但我坚持了。因为第一,《间客》想表达的东西,是不能写现实的,那样会出问题。也不能写成古代,写成古代故事就不成立了。只能放在科幻背景里。

邵:对。

猫:所以我放在科幻背景里。他们说读者接受度肯定差,我说那也没办法,就这么开书了。结构、引子是我在大庆时写的,大庆冷死了。《间客》里面有许乐第一次看见下雪,就是我在大庆第一次看见那么大的雪,很受刺激。那时候正好在放《我的团长我的团》,我在石化总厂第二招待所住,三四月份,雪很大,扑簌扑簌的。我躺在床上,看着电视剧里他们慷慨激昂,我就在想《间客》要写成什么样。《间客》全部是在大庆写完的。

那时候我有很多不舒服的地方。当时是租的房子,之后要买房子,买了房子还要装修,大庆城市又特别大。我从我们当时的房子到新家有15公里,到建材市场有30公里。那时候刚刚学会开车,一个新手,开的还是手动挡。每天到家之后已经是晚上七点了。身体上很疲惫。我发现,身体上觉得疲惫的时候,就一定要从工作中得到乐趣,你不能把它变成一种纯粹的工作。所以那时候,我就越来越多地在工作方面更自由、更随便一些。想到什么就全部写出来。

邵:《间客》这个名字什么意思?

猫:被人骂死了,说你的小说名字最差的就是《间客》了。

邵:为什么骂?我很喜欢,但确实每个人有不同的解读。

猫:后来我强行给它三个定义。联邦和帝国之间的人,因为许乐不知道身份怎么算;还有就是宇宙的人,联邦和帝国都是从地球出去的,他们是那个宇宙的客人;还有间谍的意思。第一个概念开始是有的,后来两个概念是瞎掰的。名字这件事,木已成舟了。

《间客》里的男人写得真好

邵:好吧。话说《间客》里的男人写得真好。

猫:我觉得女人也不错啊。

邵:差远了!你太会写男人了。《间客》里的男人个个精彩,而且,男人和男人之间的关系也写得特别好。老猫你别生气啊,你写许乐跟那帮女人谈恋爱,哎呀,没有一个是对的,要不然就是套路。他只要转过头来跟男人在一起,劲儿就来了,施清海、白玉兰、郜之源,那简直是……我说这部书是一部被同人作者严重忽视的作品,一点不是过度地阐释,它就是有感觉。

猫:我写的时候真没往那方面想。

邵：我觉得《间客》是一部特别"直男"的小说，让我时时感到这是一本男人写男人世界的小说。但是突然一想，不对啊，我以前看的那么多小说明明都是男人写的啊，为什么我在这个时候才开始有感觉？

猫：你以前看的男性小说不是网文吧？是"偏文艺"的？

邵：是呀，现在想来，那些"偏文艺"的小说其实都比较阴柔。

猫：金庸小说里也有男人啊。

邵：但都没有《间客》这么纯正。其实，我觉得《间客》在网文里也是比较特殊的。它是"直男向"，不是"男性向"。

《间客》前期太冗长了

邵：大家都觉得《间客》的开头不好进入，这是为什么？

猫：因为《间客》开笔的时候我真的不会写，我从来没写过这种东西，脑子里面完全是混沌的。

邵：写《间客》的时候前面的细纲也都做好了？

猫：没有，写《间客》的时候有细纲，但是比较粗糙。从《将夜》开始才做大量的准备。

邵：可是《间客》最后的故事逻辑反而是最顺畅的。

猫：对，因为有情绪上的准备。《间客》最好的是什么呢？它所有的故事都是顺着我的思想发生的。它发生后所有人的反应我都可以预料到，所以非常好写。它没有一个大圆圈的阴谋，而是一件事一件事地推上去的，最后有个阴谋落下来固定住，像钉铆钉一样，钉住就完事了。一根一根钉子钉下去，就把这个事儿钉死了。最后就结束了。我觉得《间客》最好的是那些事看起来特别像真的，让你有一种现实感。比如说林远湖抢沈教授的研究成果，其实之前我没有想过，我没思考怎么把这段给弄出来,就是忽然看到一个中科院的新闻,然后看到外国学界学阀的故事,觉得这个好,就赶紧写了。

《间客》还可以讲个段子,那时候没写过都市文,也没写过机甲文,就不太会写。那时候正好烽火(烽火戏诸侯)在写《陈二狗》(《陈二狗的妖孽人生》),七十二编在写《冒牌大英雄》。我天天坐在电脑前面不知道怎么写,就这边把《陈二狗》调出来,那边把《冒牌大英雄》调出来,每天看更新。看完了,哦,是要这样写。这个过程一直持续到进京都。过了30万字,我差不多才掌握了自己的节奏,知道怎么进入一个事件。《间客》后面就很顺利了。

邵:所以田大棒子是明显致敬了?

猫:对,写的就是他(即《冒牌大英雄》的主角田行健)。

邵:机甲的知识你是怎么了解的?

猫:家里的汽车杂志。上面不是有很多引擎型号嘛,看着很牛的样子。我觉得机甲写得还不错。我一个北京的朋友问我研究过这个东西吗,我说没有。

邵:你是不是看日本动画片?

猫:也没看,《高达》我都没看。前段时间他们说:"这边有正版授权小说,你想写吗?"我说:"你看了《间客》,觉得我能写《高达》对吧?"他说当然了。我说《高达》我都没怎么看,机甲是小时候看《太空堡垒》的时候看过一些的。我一直持有一个观念,机甲就是人的外延。要写未来世界嘛,没有机甲怎么干?

邵:咱们再来谈谈你写作中的大纲和细纲吧。你说是从《将夜》开始才有细纲的,《间客》没有细纲?

猫:《间客》只是脑子里有个想法。我知道皇帝的儿子计划,将来怎

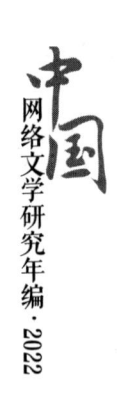

么翻,一个大概的故事都有了,包括帕布尔这条线一开始也是咬着牙一定要写他的。帕布尔、李在道我是一开始就要写的。李在道一出场我就想让这个家伙看起来不简单,后面一直没他的戏,但我前面让他出场了一次。写帕布尔总统那时候不是奥巴马正当红嘛,美国电视剧《24小时》里面不是有个黑人总统嘛,这个形象太好了。

邵:我跟你说说我从什么时候才知道帕布尔是坏人的吧,我跟许乐一块知道的。

猫:也蛮对的。但我其实一开始就点了。

邵:细纲一般列到什么程度?比如说具体的情节会列吗?

猫:绝对会列到具体的情节。细纲有个最重要的东西,就是细节,比如说有个动作或者一个小的描写,我觉得特别棒,就赶紧在细纲里留下来。

邵:那你什么时候写细纲呀?更文的同时还要写细纲,是吗?

猫:没事的时候就写。我的写作方式是有个特别长的文档,小说正文后面这空几行,下面全是细纲。我写前面的,看着下面的。

邵:一般要攒出多少天的量来?

猫:这没有固定的节奏。

邵:但是细纲得一直提前铺着?

猫:对,如果看见细纲没了,我就开始惶恐,感觉家里米缸见底了,就赶紧再敲点出来。

邵:那大纲是什么呀?

猫:当然就是故事,整个故事。

邵:大小翻转都得想明白?

猫:整个故事的几层都得想明白了,从大进度来看也不复杂。

邵:也就是说,从一开始你就是想让我们跟许乐一块知道帕布尔是坏人?

猫:对,然后写的时候开始丰富。细纲的话很细,人物到哪儿去、做什么事、碰见什么人、什么反应、什么动作,这些玩意儿都要列,不列的话我不知道怎么写。

邵:是不是跟有个筐一样,不断往里扔?

猫:对,当然也不是说24小时都这样,只要进入工作状态了就那样。经常是半夜看别人的小说,有个想法,就赶紧放进去。

邵:这种说法很熟悉,很多传统作家也这么介绍创作经验。

猫:现在手机方便了,随手拍了。还有看电影,跟我媳妇俩人看电影,用电脑看。看到某处我说等会,啪,暂停,在电脑旁啪啪啪地打字,就这样。这个活儿一旦进入工作状态就蛮有意思,成天想的就是这个。

《间客》结尾致敬《平凡的世界》

邵:那最后的结局呢?最后的结局太像《平凡的世界》了,有这个意思吗?

猫:专门那么写的。当时写到那了,我就跟我媳妇说,看看,我就在这结尾,厉害吗?她说读者会骂人吧,因为还有很多乱七八糟的后手还没交代。但我说,依照我本来的意愿,故事写到这里就结束了。我觉得很好,就是《平凡的世界》。虽然我当年始终不明白《平凡的世界》为什么要那样结尾,路遥同志拉郎配的感觉太强烈了。但是这么多年过去了,我也接受了。

邵:你现在是怎么理解路遥那个结尾的?

猫:我觉得还是不对。拉郎配、凑人头的感觉太强烈了。

邵:对啊。那你自己这个结尾呢?读者会不会看不明白?

猫:看得明白,一看就应该能明白。我专门仿着《平凡的世界》写的。

邵:但是我觉得很多读者都不熟悉《平凡的世界》,他们不一定能够理解。

猫:可能是我误会了。因为我觉得好像大家都应该看过《平凡的世界》。

邵:你什么时候看的?

猫:高中。

邵:你在《间客》后记里边说,你最爱《平凡的世界》。

猫:其实我觉得这本书写得特别老实。

邵:你在《间客》最后写的,钟烟花说我终于知道你喜欢谁了,你知道吗?

猫:邹郁。

邵:对啊,嫂子,可别人不一定看得懂。

猫:不敢写,而且一定不能写。她说那个话之后,我的语言镜头对着的就是红花了,我只能这么写。因为,我要给自己一个交代。我已经向读者投降了,不敢写他俩在一起。

邵:我觉得《间客》的结尾,我指的是前面那段作为情节高潮的大结尾,非常流畅、饱满、酣畅淋漓。

猫:《间客》最后一天写了三万八千字,无数错别字,看都不看,直接坐上飞机去成都。到了成都,一下飞机,我感到成都的风是湿的,大庆的风是干的。我给我媳妇打电话说,这儿的风是湿的!我好幸福,幸福到流眼泪。

对"情怀"的看法

邵:最后能说一下"情怀"在你这儿是什么定义吗？

猫:其实我真觉得"情怀"这个词特别大,对于我来讲情怀就是回忆,以前看过的东西杂糅在一起在你的脑子里形成的记忆,一定会触动你。你写的东西别人看,这就是共同的记忆,两个人就搭上了,这就是情怀。昨天我和别人聊,他问我少年的懵懂是什么,我说《成长的烦恼》第73集小保姆出场,穿着一件紧身蓝色牛仔裤,我身边一个男同志拍我大腿,这就是情怀。

邵:我觉得不是。

猫:这个真的是。简水儿出道演的第一部电视剧就是一个小保姆。

邵:你说的这种回忆不是情怀,是情绪,没有价值观。

猫:这真是情怀。我以为共同回忆是情怀里面抹不掉的一部分。它是很多东西混在一起的,情怀本来就是一个很宽泛的概念。

邵:我会把情怀理解为和价值观有关系。你如果说情怀是一种共同回忆,但回忆可以有各种各样的,这太宽泛了。我和你并没有什么共同的回忆,我为什么能感受到你作品里的情怀呢？我认为,这是因为我们有相同的情感结构,比如,我们会在很多人习以为常的地方感到特别"受不了"。所以,当你那股气顶上来的时候,我就觉得特别爽,那是一种无可替代的爽。我经常想,到底什么是粉丝？为什么我敢承认自己是你的粉丝？就像詹金斯所说的,成为粉丝不仅意味着欣赏和高评,还是一种身份的认同,是在情感立场上"在一起"。所以,这背后一定有价值观。

猫:和价值观挂钩,这个我真没想过。

邵:所以"最具情怀的作家"是别人给的称号？

猫：我也不知道是谁写的，这个词一出来就被我的一帮朋友嘲讽了。酸腐嘛。我的微博介绍就是情怀帝，用来自黑的。我一被人提到这事，就有点恐惧。

邵：所以你故意轻描淡写，避重就轻。我的一个学生曾说，为什么邵老师那么喜欢猫腻呢？因为猫腻戳中了邵老师"启蒙的萌点"。我也算过过"好日子"的人吧，像什么自由呀，平等呀，公平公正呀，在我也是最基础的事情。我没有你那么了不起的家庭，我的这种情感结构更多地得益于我成长的时代，我是1986年上大学，而且是在北大。从思想文化上，那是中国最好的年代，也是北大最好的年代，你的叶轻眉应该就是从那个时代穿越过去的。咱们这种得了便宜的人总该为社会担负点责任吧？提供点正向能量？我以为这就是情怀。这种严肃的大话，你不好意思说，那就由我来说吧。对了，老猫，你还有个头衔，是"文青作家"，"最有情怀的文青作家"。

猫：其实一开始我们不觉得自己"文青"，觉得我们的生活是一种人的正常状态。别人觉得你"文青"气又发作了，我没发作呀，我每天都这样呀。他们可能觉得矫情，但我觉得我生活中不矫情啊，蛮伤感的。

邵："如果文青是一种病，我是不愿意治的"——这话可是你说的！有人不喜欢的东西正是我们这些粉丝最喜欢你的东西，所以，我觉得这个矛盾不可调和。

猫：没有一个人能团结所有的人。这个我们在很久以前就放弃了。我们当年做网文时，真的在冥思苦想哪种小说能让所有的人都喜欢。没有！基本上没有。

邵：我问你一个问题，你觉得网络文学需要引导吗？

猫：我认为不需要。我认为网络文学内部会自己出现精英，就像烽火他们会很自觉地思考网络文学的道路如何。这个事,你年轻,还可以想想。蝴蝶蓝也说,我们要压缩,一定要写短,短的才能写得好,你写那么长,怎么保证质量呢?现在大家有这个共识,趁着还能写的时候,我们自己把它压短,趁着 IP 能卖,把字数压一下。但后来烽火自己就反悔了,他说不行,这个世界太大了,我要写 500 万字(笑)。

邵:你觉得网络文学会自己生长,长出各种各样的人,各种各样的倾向,各种各样的生态?

猫:对,尤其如果是 IP 一直好卖的话,现在是一个特别好的帮助。

邵:资本的口味会跳出网文圈子,考虑得比较全面、均衡?

猫:对,比如百度指数都知道重要,但是现在已经不像两年前只看百度指数买书了。买家会综合评价很多东西,比如说一些评论,圈内口碑,等等。现在每个影视公司下面都有一个 IP 运营部,从起点离职的编辑已经分散到各个影视公司去了。他们最大的优点就是跟作者都认识,看过很多网文,我能说清这是干吗的。老板需要一个专业的人才搞这个事,现在能做这个事的人才很多。

邵:你觉得 IP 会影响你的创作吗?

猫:它可能会影响我不写什么,但不会影响我写什么,也就是多一些避讳吧。

邵:反正写有个人风格的类型文本身就是戴着镣铐跳舞。《将夜》连载时,我看你朋友给《将夜》打 7.8 分,你也打 7.8 分。你说这是因为《将夜》没完,一定要写到 8 分以上。

猫:我认为 8 分以上是优秀作品。我个人最喜欢《间客》。《庆余年》和《择天记》差不多,7.3 分、7.4 分的样子。《间客》肯定有 9 分以上。《将夜》就 8.3 分吧。我喜欢《间客》,这是我最想写的,写完我觉得我想

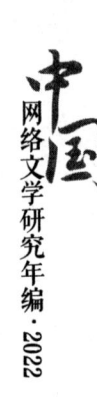

写的就写完了。

邵:但我觉得《将夜》比《间客》的境界更高,气韵也更足呀。

猫:那是因为不能屄嘛!

时代的浪潮和网文的创作

爱潜水的乌贼

我在入行时已经有长达十年网络文学阅读经验,我想简单谈谈自己对这些年网络小说创作变化的思考。

我从小就喜欢阅读,小时候印象最深刻的就是每天可以听着父母念《365夜故事》《格林童话》《俄罗斯童话》《法国童话》《一千零一夜》这些书里的故事睡觉,稍大一点后就看皮皮鲁和鲁西西的故事,再大一点就看各种科幻小说、武侠小说。所以我从小就喜欢天马行空地想象一些故事,想象自己能够经历不同凡响的事情,能够置身于不同的生活环境。

等到读大学那会儿,我拥有了自己的电脑,能够流畅地上网,就从经常去书屋租书的人变成了真正的网络小说爱好者。那时候我就很惊喜,网络上怎么有这么多小说?好多我都没有看过!只觉得自己再也不会书荒了。而且看完书,有什么问题还能直接在书评区留言,时不时就能得到作者的回复。当时,作为一个纯粹的读者,我很兴奋,竟然能直接和作者聊天,有问有答。

这些事情,我当时并没有深想,就是觉得高兴、激动。等毕业以后,进了一家出版社工作,才发现这和传统的图书出版业有很大不同。文学创作的本质没变,但在表现形式上因为技术的进步有了很大的不同。

传统作家的创作是很私人的,写作期间很少与人交流,顶多也就是和编辑、好朋友聊一聊,整理下想法,等到手稿经修改后付梓,发行到各个书店,被读者买回去,又过好一段时间,才能收到读者来信,才能直观地看到

反馈,得到意见。

这并不是说不好,至少更容易坚持自身的创作理念。但有另外一个例子,也是大家耳熟能详的,白居易会把自己新创作出来的诗念给老太太听,对方听不懂就改,务求在保持艺术性的前提下,让内容通俗易懂,直达人心。

这就是反馈和交互及时的表现,原本这并不是什么简单的事情,但随着电脑走进千家万户,随着网络的速度越来越快,随着互联网各种技术的发展,这变成了我们最习惯的事情。

我们写好一段内容,发布到网上,读者立刻能阅读到,很快给出反馈,通过这种及时的交互,创作者能迅速地明白自己有没有需要改进的地方,该怎么改进。

这就是网络文学最大的特点。

当然,那些反馈有的很中肯,有的则是基于自身的经历,有偏激和不好的地方,怎么分辨,怎么取舍,对于创作者来说,这同样是最基本的功力。就像外出取材一样,哪些适合放入,哪些看似很好,却和整体风格格格不入,这些都得依靠自身的素养来判断。纯粹地跟着读者的指挥棒起舞,只会写出四不像的东西来。

坚持自身的创作理念不变,却能根据读者及时的反馈,让小说更通俗易懂,更直达人心,这就是我心目里的网络小说作家。

那个年代的网文,因为初创,还处在早期,特点是想象力丰富,各种新的题材层出不穷。用经济领域的术语来说就是,一片蓝海,任人徜徉,俯身就能捡到贝壳。处在这个阶段的网文,就我个人回想的感受而言,大部分人的水平还有较大的成长空间,靠一时的热情和突然的灵感写作,许多作品开端新奇,但问题也并不少,写作粗放。尽管能让初步接触网文的人看得爱不释手,但自己对创作也应该保持冷静,多做思考和改进。

当然,这个时期也有一批高水平的作者,但他们的文字功底、谋篇布局的能力,在创作网文前就具备了。随着各类题材被开发出来,不再有那么多的"蓝海",随着更多的网文读者转为作者,将自身看小说的感受、心得、体会变为创作的经验,我可喜地看到了更多的好书。

这些作者将不同题材的深度、广度和成熟度都往前推进了很大一步,将原本那些很好的创意从粗放随意的写作中救了出来,让它们放射出了本身该有的光芒。

当时的我原以为网文会这样不断地深化下去,涌现出越来越多的精品,在故事的思想、创意、结构和文字的表达上都能不断进化,但手机的普及、无线网络和通信基站的建设,让很多事情都改变了,让我想象中的场景推迟了七八年。

手机让大家看小说不再必须回到家里,坐到电脑桌前,而是随时随地,可以在地铁上,可以在班车内,可以在忙碌后的短暂瞬间。也就是从这个时候开始,网络小说真正成为碎片化阅读的代表,拥有了更多的读者,网文作者的收入也相应地获得了提高,有了改善自己生活、改变自己人生的能力。

这是一件好事。不过,网文的创作也因此滑往了另一个方向。更广泛也更基层的阅读群体,更碎片化的阅读,更加重要的推广环节,让创作者们务求简单和直白,追寻更快的节奏、更强烈但也更短暂的情绪累积和释放。再结合日趋成熟的网文写作经验,大量的套路和模板诞生了,一批超长篇诞生了,有的字数甚至在千万以上。

等到这个时期的流量红利吃完,新进入的那些读者要么离开,要么沉淀了下来,开始追求更高的阅读享受,许多作者都开始面临转型的困难,

他们有的一蹶不振,有的闯出了精品化的新路,有的在原本传统玄幻传统都市的精髓上精益求精,把控细节,创作出了各种集大成的套路作品。

对,网文二十年出头,已经开始有人提"传统",传统玄幻,传统都市,等等。但在有二十年经历的老读者眼里,"传统"是个并不科学的词,是2010年前那些网文叫传统,还是无线红利时代的网文叫传统?

我认为网文创作者眼里更应该有经验,而非传统。

过去的那些是经验,是结合自身结合当前潮流需要做一定取舍有扬有弃的经验,而非必须恪守不变的传统。网文的一大特点是和读者的及时互动,生命力很大一部分在读者,时代在改变,读者也在改变,网文的内容和创作方式同样需要跟着改变。

以我为主,永在改变,永在进步。

《赘婿》是一次实验

愤怒的香蕉

以思维的属性来说,我是一个标准的理工男。

在整个学生时期,我擅长的都是数理化。语文的作文是最拖后腿的功课,从来没得过奖,但我热衷于写作。

年纪比较小的时候,我热衷于数学的思考题,我会花上一到两个小时,甚至半天的时间解一道题,解出来后那种豁然开朗的感觉让我沉醉。

对写作也是这样,我做不好这件事情,但反而一直念念不忘。我从小学四年级开始写小说,一直到后来出门打工,这始终都是最让我放松的业余爱好。我热爱《平凡的世界》这样的故事,《滕王阁序》和《我与地坛》的流畅文笔让我惊叹,我觉得这中间有至上的美感,这三部作品至今是我最为推崇的作品。

与此同时,因为我的写作天赋不行,写不好东西,我对自己的长期认知是:我一辈子都不可能达到这些作者和文本的高度。但我向往这些作者的技巧,我不止一次地幻想,如果拥有跟他们一样的技术,写作起来会是怎样的一种感受?就好像解思考题一样,我想知道,把这种技术抓在手上是一种怎样的感受。

很多写作者会更在乎文本,老一辈的作家有许多是想要写出一本能够放在棺材里枕着的经典文本。但事实上,我并不追求这个,我只是追求技术进步的一种感觉,我希望在我五十岁之前——五十岁之后脑力就不太好用了——尽我所能地走到我自己进步的极限,我想要体验把好的技

术抓在手上的感觉。我可能到不了那些名家那样出神入化的境界,但只要能解决一个让我困扰的技术难题,我就能多拥有一份喜悦。

最复杂的一道思考题

跟我之前写过的每一篇文章一样,《赘婿》是一篇实验性的作文。

在写《赘婿》的前中后期,其实存在着之于我个人的很多锻炼的阶段,在写作每一章之前,我会对个人的写作能力有一个基本的预设,我会要求每一篇文章写出来之后,能够尽量抵达我目前能力的极限。每一个阶段的剧情,我也会有一个基本的预设,写完之后,我会分析它是成功还是失败的,如果失败了,下一个阶段会继续进行锻炼。

所以在我写作的每一个阶段,都会有短期目标、中期目标和长期目标,短期目标可能关系到一章或者几章的表达,中期的关系到小说中的一卷,长期的则关系到整本书的立意。在整个《赘婿》的框架下,我在这十年时间里最大的技术挑战,是做结构。

《赘婿》目前写到最后一卷,我写得越来越慢,是因为所有的中短期目标,最终要归于结构这个大目标之下。

恰到好处的"封装"是最难做的。你把所有东西放进一个箱子里,贴上封条,就是"封装"。一本书写完之前,最终的立意没有表达出来,那么线索与线索之间是相对独立的。但是线索最终升华以后,统一在一个大的立意下就有整体感了。

十多年的时间,五百多万字,几百个人物,十几甚至几十条的剧情脉络,最后他们必须恰到好处地升华,每一天的写作当中,我不能再随意加入人物或者剧情,我需要以现有的线头编织,妥当地走完过渡,恰到好处地收线,而且每一天的每一章,还必须非常好看……这是高强度大的脑力劳动。

而对我来说,这就是最复杂的一道思考题,如果有一天我能够恰到好处地解开它,我将一次性获得十余年持续努力带来的喜悦。

因为是实验文,所以它的文本本身并不完美。在十余年的过程里,我的很多写作技巧是在不断进步的。今天我回头看自己的书,会发现很多可以修正的地方,但它已经实现了自己存在的价值,就是让我看到了很多技术上的边界。

与此同时,在写作过程中,它令许多读者感到愉悦,有时候它能够分享一些我对这个世界的阶段性看法,部分读者甚至表示有用,那么我也会觉得很高兴。但在总体上,我并不是一个很有服务精神的网文作者,这一点我也会时常对读者感到内疚。

我不太在意 IP 改编

这些年因为运气好,《赘婿》这本书得到了一些改编的机会,拍了电视剧、电影,也开始做动画片、游戏之类的衍生产品,就会有很多朋友提及IP 的问题,文字衍生的各种问题。

但事实上,我认为一个作者可以不关心这些问题。尤其在我,我个人不太在意这些事情,因为没空,没有这个精力。

当创作者将创作本身当成完成任务的时候,你每天写一点东西交差就可以了,如果你的技术已经提升到很高的程度,完成每天的写作任务可能只会花掉你五分或者六分的精力。

但如果将技术的提升作为目标,你会发现,把每一天的精力全都投入进去都是不够用的,三天写出来一个东西肯定比一天好,花了半个月、一

个月去思考和酝酿的东西,一定比三天要面面俱到。类似在《赘婿》这本书里,很多关键的情节,我都是酝酿了四五年甚至更久的,在几年的时间里反复地思考和咀嚼它,然后写出来的时候,效果不错。

那么当你的作品做得还算不错的时候,自然而然就会出现一些衍生品,这个时候,一个创作者去涉猎衍生品的问题,无疑是以己之短攻彼之长,浪费了创作的时间,是非常可惜的。当然,我也不否认那些涉猎广博而且都能做好的创作者,他们都是我崇拜和佩服的对象。

至于这些衍生品做好了还是做砸了,我认为它体现的是其他一些创作者技术的问题。倘若衍生品做好了,我会由衷地为这位创作者的技巧鼓掌;倘若他的技巧突破竟还有我的启发,我会尤其感到与有荣焉——即便他做出来的东西并不忠实于我的原著,倘若他在我的基础上也做出了好的东西,能够服务于这个世界,这难道不是很棒的事情吗?

当然,若是做砸了……那就是不值得提起的平庸作品最终去了它该去的地方。至于有些人会觉得,这个衍生品毁了你的作品,我常常觉得奇怪,即便有一百部衍生作品出现,它们难道能改变我作品当中的任何一个字吗?我的作品,就只是我的书而已。

我能想到的最浪漫的事

在写作的这些年里,我曾对技术有过浪漫的想象。我会期待自己某一天理解和掌握了非常高深的技巧,登堂入室,那个时候所有巧妙的剧情和精绝的文笔我都能够信手拈来、一气呵成。我觉得这可能是源自最初那些年作文写不好而产生的一种执念。

那么在当年的想象里,我会假设自己一路进步到五十岁左右,写作的技巧对我而言已经到了这一生的极限,我会以这种美妙的技能正经地写作一本圆融的文学作品。但到了现在,我才发现,可能并不存在那样的时刻,伴随着你的每一轮进步,你都会发现更多的更大的问题。

我已经能够看到,即便我走到了五十岁,我也将被各种各样的文学难题所困扰,可能我只会写得更慢,而不是更快。我的这本书是实验文,下本书也一定是,到了我五十岁的时候,我应该也不会想要停下来。停留是无聊的。

我不追求圆融,我对文本的感情也很淡薄,归根结底,我只是一个喜欢花时间解开思考题的小学生而已。能够给我喜悦的,只是这种"求知"的过程,而一旦我将知识抓在手里,喜悦便去了他处。

我第一次写小说,是在小学四年级,至今算起来,接近三十年了。感谢在这些年来,文学给我带来的喜悦。这是一个幸福的过程,虽然数理化也一度让我感到有趣,但我最后选择的是文学,我们彼此折腾彼此考验,想必在将来,会有坐在摇篮椅上回忆过往的缱绻的下午,那个时候,阳光一定会很温暖,院子里的一切,也都欣欣向荣。

网络创作心态的崩塌和重建

沐清雨

我是一名非科班出身的作者。学生时期所读的课外书屈指可数,对文学的认识,仅限于课本上的内容。除此之外,小学时上过的几堂作文课,似乎是唯一的文学学习基础了。

人生却是奇妙的。因为过去十四年来从事网络文学创作,让我把当年少读的书,少上的课,以"恶补"的姿态"找补"了一些回来。

在边读边学边写的过程中,我也曾有过一些不愉快的经历。值得庆幸的是,那些事虽一度伤害到我的创作热情,让我沮丧过、迷茫过,却并没有让我放弃创作。多年后回头点检写作之路,我总觉得,网络文学的创作,除了要求创作者有独具匠心的构思、熟练掌握创作方法和技巧,更需要网络作家拥有强大的内心,去承受创作本身的考验,以及在整个创作过程中自身及外界给予的各种不可预知的压力。

前期一时爽,修文累断肠

网络创作,要用绝对的耐心与细心,做最充足的准备。

我最初两年的创作,完全是天马行空式的,没有故事大纲和人物简介,有的只是男女主角的一条主线,细节等其他枝蔓都是在后续连载过程中添加的。

这样毫无准备的创作,后期会面临卡文、逻辑不严谨等方面的问题,对于创作是一种无形的伤害,对成绩也会造成一定的影响。毕竟,读者有权利因为一处不喜欢,或是逻辑不通的情节、作者断更等原因随时中断阅读。

这是网络文学的一大特点,作者总能在第一时间内得到读者的反馈。除了鼓励、支持、探讨的声音,也会有一些并不客观的败兴留言。

我早期的作品,现在有机会再版时,其实内心多少有些抗拒。因为修稿会是个大工程,即便不是全文推翻重来,工作量也很大。与其耗费那么多的心力,不如去构思一本新书。可再版是弥补不足的机会,我又不甘放弃。修稿的苦,就只能自己默默承受。这种苦,就是前期准备工作不到位造成的。所谓,前期一时爽,修文累断肠。

明白这个道理后,我开始研究故事大纲和人物简介。尽管直到现在,我依然没有找到写大纲的绝对窍门,还是坚持把新书的情节走向、故事流程、期间发生的冲突点、转折点平铺直叙地写清楚,再反复推敲,不断完善,直到我爱上男女主和他们的故事,形成一个只我自己看的细纲,服务于后期的正文创作。出版、影视等版权的推荐大纲,我会在此基础上再进行提炼。这种方法虽然不快,也谈不上"秘诀",却是扎扎实实的。

我的作品体量不大,一部小说三四十万字,连载三到四个月网络版便可完结。但前期的准备阶段,毫无疑问是一个自我否定、自我怀疑,再自我鼓励,比正文创作更耗时更磨人的过程!此时便需要沉得住气,以绝对的耐心和细心,像暗恋一样,不自觉地给人物添加滤镜,明知道他们只属于彼此,还悄悄喜欢他们到不行。如果没有这种感觉,我是不会动笔的。如果连我都不爱他们,又怎么让读者爱上他们呢?

放弃幻想,常怀敬畏之心

写网络小说并不是一件容易成功的事。每个开始尝试写作的新手,

虽说要有信心,也要对自我有清醒的认知,不要总想着"一文成名""一书成神"。

没有作者不爱自己的人物和故事,但那只代表作者个人的喜好。你的故事能吸引多少和你一样有共同喜好的读者,不到交卷那一刻是出不了分数的。

经过一段时间的历练以后,我每次在连载新书时,虽然会关注数据的变化,期待它有超越以往的增长,却从不对作品的成绩与反响有过高的预期,而是对创作,对行业怀着敬畏之心。有了这样的基础,即便作品成绩不理想,我依然能在相对短板的地方想办法提升自己,以平稳的心态完成全文的创作。

要对自己的创作水平有客观和清醒的认识,相信一分耕耘一分收获。网络文学虽然没有很高的门槛,但也不要抱着写网络小说可以一夜成名的心态进入创作。任何事情要有所得,都是需要下功夫的,包括网络文学创作。这是网络文学的又一特点,它对每一位创作者都是公平的。

对作品负责,对读者负责,就是对自己负责。为了确保日更,大部分网络作家在开始连载前会存一些稿子。多则几十章,少则十几章。每个作家的习惯和特点不一样。我不属于天赋型选手,做不到一次成稿,只能反复打磨,因而出活很慢。我也很难存稿,因为只要不更出去,我每天打开文档都会从头到尾修一遍,然后再写新内容,如此一来,进度很慢,所以我每次开新文,存稿都只有那么五六万字,不能再多了。

连载时期现写的新内容,更新之前我也会反复修改,更新后还会像读者一样,在网站上再看几遍,网站版面与文档不同,能让我发现问题,进而再去修改,直到满意我才会去写下一章。出版稿,则是在完结的网络版内容基础上进行不低于三稿的修订。

生活中的我有些急躁，但在创作上，我可以做到耐心十足，甚至比对待生活还细心，即便延误交稿时间，也会认真打磨。一切都只是为了在自身创作能力范围内，尽量减少作品的不足与遗憾。

不慌不忙，在热爱里发光

在《你是我的城池营垒》播出后，有人再看到一些关于我 IP 改编剧的消息时会说："沐清雨的运气真好。"可他们不知道的是，《你是我的城池营垒》是我 2012 年的作品，从 2016 年授权影视版权，整部剧的制作整整持续了五年。等待的时间里，我真的不知道它能走到哪一步，终点又在哪里。而在《你是我的城池营垒》之前，我创作的军旅题材作品授权影视版权已经十余年，剧本还在打磨中，尚未开机。如此再去对比那些一两年便制作完成，顺利播出的 IP 改编剧原著作者，我的所谓好运气，并不值得一提。

IP 转换有太多的不可确定性。而在二次创作的过程中，我曾很担心作品被过度改编。在我看来，影视方既然购买了作品的影视版权，就应该最大化地使用这个故事，否则是版权费的浪费。

事实却是，作者自己对原著的理解，未必是别人对原著的理解。作者所表达的个人旨意，未必能给改编剧带去更多的社会影响和效益。一拍即合的改编当然是幸运的，如若不然，也一笑了之，毕竟它只是原著的衍生品。原著就是原著，没什么能伤害你的原著。以一颗平常心，专注创作本身，讲好你想讲的故事，其他的事就交给其他专业的人去做。

良好的心态是创作的基础。不要因创作心力交瘁，而要因创作变得快乐和勇敢。笃定从容地面对变幻莫测的行业环境，用热爱抵抗寂寞与压力，不慌不忙，在热爱里发光。

悬疑小说，怎么让人脊背发凉

我会修空调

好奇、对未知的探索，这是人的本性。

悬疑类灵异小说在这方面拥有得天独厚的优势，对各类未知事物的好奇；凶手隐藏在身边，争分夺秒生死缉凶的惊险；违背常理无法解释的种种异象；还有数不清楚让人又害怕又想要听的都市怪谈等等，这些都是能够吸引读者的地方。但其实这个类型一旦以网络小说的形式创作，又天然地带来了一些挑战。我在这里和大家简单分享一下我的创作经验和感受。

悬疑小说的优势和难点

正如开头所说，一道题做到一半，谁都想要知道后面的答案，不断地设置悬念，层层递进，悬疑类灵异小说的读者黏度会非常高。这是明显的优势，同时，悬疑灵异也会涉及一些不公和社会的阴暗面，我把这点也归结到这一类型的优势当中，因为这些对人性的思考能让文章更加饱满。

相较于其他类型网文的创作，悬疑小说的劣势也很明显，也可以说是创作中的难点、挑战。大部分阅读网文的读者看小说就是为了放松，不能接受太沉闷的推理、太恐怖惊悚的故事，这就需要网络作家调整适应，做出改变。

优秀的传统悬疑小说具有严密的科学逻辑推理，包含有数、理、化、解剖学、犯罪心理学等等，它的剧情和推理是建立在严格科学结论基础上的,层层设置悬念,丝丝入扣的推理,需要沉浸其中,不断思考,是读者和作者的一场较量。

但对于网文来说,这样写不太现实。网文需要每日更新,不断抛出新的冲突和剧情,调动读者追更的积极性,让读者在阅读的过程中感到兴奋。

这种兴奋不是单指爽感,而是一种情绪上的满足。如果用大量文字去铺垫、埋伏笔、编织线索,可能会让很大一部分读者失去继续阅读下去的耐心。所以建议少用论述性的表达方式,要不断加快剧情冲突,叙事节奏越简单明快越好。

不管是悬疑小说,还是灵异小说,简单地说就是有人遇害,然后找到"凶手"的过程。两者的区别就是,前者可以用科学去解释,后者可以在作者创造的作品情境中去解释。

我们清楚这个最原始的框架之后,就可以对其进行各种各样的创新。在恐怖世界里求生、经营养成、恋爱模拟,不要被固定的模式限制住,越是鲜明的反差越能吸引人。

网文的淘汰更新速度非常快,在写入坑悬疑类型之前,一定要多看其他类型的网文,了解一下当下读者群体的喜好,然后来一个他们没有玩过的"全新阴间版本"。

在这里多说几种写悬疑灵异剧情时的技巧,第一是细思极恐,表面上看着一片和睦,过后一段时间越想越瘆人;第二是剧情反转,有逻辑、使人信服的反转会让读者感到过瘾;第三是猝不及防,前文安插伏笔,看似平缓的剧情到后面突然把之前的伏笔连成一片,让人猛然惊醒原来凶手就和我在一个房间里。

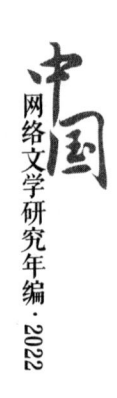

悬疑小说的气氛渲染和描写

具体到写作技巧，我就聊一下悬疑小说的气氛渲染和描写。

悬疑诡异气氛渲染就是一个由外向内的过程，从外部环境到人物心理，一层层打破读者内心的安全感。

我用一个故事来举例，其中也包含了一些小技巧。大多数灵异故事都安排在废弃医院、废弃学校、凶宅之类的地方，这些地方本身就能带给人一种不安全的感觉，在故事开始前先在读者心里种下一颗种子。比如想要写一座凶宅，可以在主角搬家进入之前，通过报纸新闻来描述凶宅里曾经发生过多么恐怖的事情，等到了凶宅之后，邻居们怪异的目光、好心人的劝阻等等。

这些都是在营造第一层气氛，大背景上的不安全感。

第一层气氛铺垫好后，回归正常，接下来交代男女主为什么搬进凶宅，是生活所迫，还是工作需要？又或者主播作死直播等等。也可以写他们在凶宅中的日常生活，这就是一栋很普通的房子，没有任何问题，他们最开始的不安也在慢慢消散，觉得自己捡了个大便宜。

以上所有的这些都是为了给第二层气氛做准备，现在越正常、越温馨，后面的反差就越大。等到男女主开始放松后，怪异的事情出现了。

在这里补充一条，什么是怪异的事情？人们习以为常的事情当中，突然出现了一件无法理解的事情。不用拘泥于血啊、鬼啊、丑陋的怪物之类，先从生活中经常遇到的一些小细节入手。

把正常的东西放在一个不正常的情况下，本身就是一件比较恐怖的事情。

比如说女主很爱美,是个美妆博主,也非常喜欢自拍,她照片里存了很多自己的照片,但某天她突然看见了一张自己睡着后的照片。照片当中的她像个睡美人一样,恬静美丽,她甚至能感觉到拍摄者对她浓浓的爱意。

她一开始以为是她老公趁着她睡着后偷偷拍摄的,所以也没太在意。等到有一天她老公去外地出差,她一个人半夜忽然被什么声音给弄醒,她赶紧打开了灯,看向自己的房间。

这个时候就是第二层气氛了,第一层是大方向的不安全感,第二层是在一个具体的场景当中。

女主孤身一人,深夜惊醒,现在她看到的一切东西都会激发她的恐惧,第二层就要比较详细地去写,就是描写具体的环境。

像屋子里安静得吓人,只能听见时钟嘀嗒嘀嗒走动的声音,现在是凌晨两点四十四分。

窗户好像没有关严,冷风吹动窗帘,那后面似乎站着一个人。

外部环境和女主的内心活动结合在一起,她看着漆黑的客厅,抓紧了被子,呼吸变得急促,心跳不受控制地开始加快。

从大背景到具体环境,再到个人身体因为恐惧产生的心理变化,这是第二层。

女主现在其实已经处于一个不安全的情况下了,她很慌,想要给自己依靠的人打电话。

丈夫温暖的话语从电话那头传来,在丈夫的安慰、关心之下,女主慢慢恢复平静,读者的心也慢慢回落,一切似乎都是自己吓自己。

这时候注意描写女主的心理活动和变化,开始为最后一层气氛做铺垫。

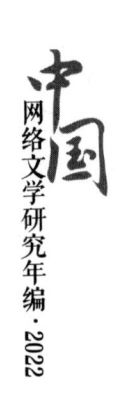

和丈夫打过电话,女主没有那么害怕了,但她还是睡不着,她习惯性地开始玩手机,在她打开相册准备 P 一下之前拍摄的美照时,她忽然发现相册里最新的照片竟然是自己刚刚熟睡的脸。

丈夫不在家,她在熟睡,照片是谁拍的?

一股寒意爬上她的脊背,冷汗瞬间冒出。第三层气氛的重点是人,把女主那一瞬间的恐惧感强化出来。

她可以肯定屋子里现在还有另外一个人,顺着照片拍摄的角度来看,拍照的人就趴在她的床边。

女主慢慢扭头,朝着照片拍摄的位置看去,一张脸正从床下伸出,在盯着她。

第一层气氛是大环境的不安全感,第二层是具体在房间里的异常,第三层重点是四周的环境和人的心理。

把心理活动和环境变化结合起来,一层层递进,找到那种像绳子慢慢勒紧脖颈的感觉。

这是简单地举例,但还是要强调一下,悬疑灵异类小说,恐惧气氛的营造是一种工具,是为剧情服务的,就好像欲扬先抑,恐惧感就是抑,当这种压抑到极限的时候,真正的主角出现,砸碎这个气氛就是扬。

好故事更要有内核

当然,一本大家公认的好书,并不是完全由爽点堆砌的,它有自己的内核。

爽点可能是一时的,内核会带来精神能量,甚至洗涤灵魂的效果。

书中的人物在不断成长,到了一定的阶段,他会开始追求更高的满足感,比如为天地立心,为生民立命,为往圣继绝学,为万世开太平的大气魄；又或者在被时代裹挟时，成为逆流而上的猛士。

像《我有一座冒险屋》的主角陈歌，他被很多读者喜欢，不是因为开冒险屋吓唬游客，挣了很多钱，实力越来越强，而是他在用心去救赎身边的每一个人，而那些被他救赎的人最后又成为他的救赎。所谓写鬼怪其实就是在写人，孤独的陈歌选择了最难走的一条道路，他走在黑夜当中，但没有被黑暗污染，反而拼尽全力捧起手中的灯，让所有习惯黑暗的眼睛看见了光。现实当中也有很多这样的英雄，他们默默奉献，让明天变得更加美好。

这种书里描绘的精神将贯穿整个故事，支撑书中角色的同时，也会让阅读者感到振奋，获得精神上的舒爽、心理上的强健，让主角和读者一起成长。由好故事带出来的内核，便是小说的余韵是否能悠长，余音是否能袅袅，一本网络小说是否能转化成立在书架上的经典之作的关键。

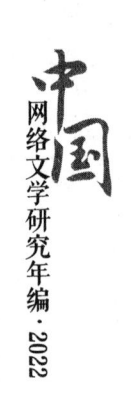

文火慢功熬香粥

姚璎

我们福建人很擅长熬粥。经常熬海鲜粥的人都知道,要想熬出一碗活鲜好粥,首先需要选择新鲜的海鲜原料,加上精挑细选的珍珠大米,用文火熬,下足慢功夫,这样到出锅的时候,米粒才能颗颗饱满、粒粒黏稠,粥品鲜香嫩滑。

《情暖三坊七巷》就是借用了熬粥的办法,写的是一碗肉燕(肉燕是福州传统小吃,肉燕皮由猪肉加番薯粉手工打制而成,包好以后煮一下就能吃,不需要长时间地熬)的故事,走的却是文火慢熬的路线。平淡的故事也可以用丰富细节、慢慢磨合的熬粥方法生动表现。可以快节奏完成的故事,采用"慢工出细活"的方法,也能使故事的烟火味更浓郁,更接地气。

在写《情暖三坊七巷》之前,我走的一直是"沉浸式"的网络言情小说道路,习惯"猛火急攻、添油加醋、此起彼伏、峰回路转"的创作方式,认为只有这样才能推进故事情节的发展,增强故事的紧张曲折性,更能让读者耳目一新。但这样"剑走偏锋"的创作方式,很快就被读者一针见血地指出:"作者大大创作时的脑回路像是在洗猪大肠。"这么犀利中肯的评价让我顿默了。

对于一名已经在网文道路上跋涉了十多年的老作者来说,遇见创作的瓶颈其实并不可怕,可怕的是钻到牛角尖里出不来。其实我一直有在写现实题材的故事,但之前只注重某个故事的某个情节,或者是某个片段,并不系统、全面。《情暖三坊七巷》是我决定放缓节奏、放松紧绷状态的尝试性创作。

从 2019 年动笔到 2020 年完结,历时整整两年时间。对于早就习惯了三个月拼出一本 20 万字网络小说的我来说,这样的创作时间长度和节奏,有点不可思议。但我已经下定决心,不着急出成果,而是多花点时间打磨作品。"煲粥式"地完成《情暖三坊七巷》整个故事后,作品获得了一些奖项,更让我明白精品化的道路是对的,网络文学创作者只有踏踏实实,一步一个脚印深耕细作,才能更靠近自己想要抵达的目标。

那么,如何煲好《情暖三坊七巷》这碗粥呢?煲粥的火候是大是小?创作心路该绷紧还是该松懈?故事情节会不会煳焦?我个人的创作经验有限,但愿把自己微薄的经验,和各位文学创作前辈以及网络文学爱好者共享。下面我主要从三点来阐述自己如何把《情暖三坊七巷》这个平淡温情的故事,煲成浓缩福州风味的"一碗好粥"。

一、用美食解封瓶颈

选"料"就是故事定位。创作之初,我将故事创作目标聚焦在身边的小人物群体上,因为"小人物也有大感动",文学创作就是要将平凡的人物、平凡的职业岗位,提炼出不平凡的人生感悟和哲理,引人深思。身边可写的题材类型很多,那么如何以小见大,就先从我最熟悉的福州美食入手。每座城市的每个美食招牌背后,其实都蕴藏着一段动人的故事。在我经过采风和现场走访手艺人之后,反复甄选,最后把《情暖三坊七巷》的故事定位为一部伦理情景轻喜剧。

《情暖三坊七巷》描述了进入千禧年之后,在 2004 年左右,福州三坊

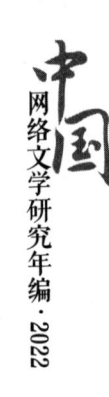

七巷南三坊七巷衣锦坊陈氏祖厝里拥有传统肉燕手艺的陈荣顺,和一群租客同居共处的市井生活。由于各自生活习惯和文化背景的差异,这里发生了一系列有笑有泪的真情故事。事实证明,这样接地气且充满烟火气的故事,即使节奏轻缓,也一样能达到作者所要的效果,犹如春风细雨,润物无声。我自己的写作体验是比较舒服的。

二、用细节推进情节

做美食要文火慢炖。细节决定成败,慢工出细活。其实我们都知道这个道理,但真正实施起来,还需要观察入微,需要作者去推敲,亲身一一落实清楚。为了让小说更能还原手工艺人的风貌,我从肉燕的制作手法以及故事发生的场景等方面一一进行了实地观察、仔细推敲和研磨。例如男主人公陈荣顺清晨早起到菜市场买菜鲟给自己的老婆吃,爱干家务等细节,都体现了这个福州好男人的性格特点。

再比如文中制作肉燕的细节。"半个钟头过去,二斤的猪后腿肉化作了肉泥,整齐地在菜板上摊着,陈荣顺两把大刀互相刮蹭着,取了约莫四分之一的肉泥放置在铁盆中。加入适量糯米糊,上好的番薯粉,还有一点草木灰碱水,其中的比例就是祖传秘方的重头之一,现如今只有陈荣顺一人知道。放好后取出一个石锤,一下下地锤打着这些肉泥,直至变成一团略显粉色的面团才可松手。加入了肉却在团上看不见肉的踪影,就是一个合格的肉燕皮的标志。"这些细节可以让食物和人物都更加可信和鲜明,跃然纸上。

三、用方言深入意境

有趣的方言是故事情节的助推剂,也是煲粥过程的关键。小说中因为添加了这样的独特味道,所以更加亲切,也让读者有了共鸣。以房东陈荣顺为首的住户们性格迥异,从街坊到省外,乃至国外的亲朋、福州的新移民、闯荡福州的外地人,各自携带着来自工作、爱情和家庭的困难与不如意。因为邻居关系而相识相知,从互相揣测对方到渐渐接纳彼此,最终敞开心扉,这一过程中,来自各个地方的方言让这种矛盾和冲突更有生活感,也更能体现故事人物的心路转变过程。

他们说着不同的方言,一起住在这个充满福州人文特色的祖厝院里,伙着用一个公共厕所、一套锅炉铲灶。虽然拥挤不堪,但也是十分热闹非凡。但凡一家有了困难,邻里之间就会相互帮衬,这种简单淳朴的邻里关系,在钢筋水泥的城市里,是一种温暖的另类存在。故事结尾,大家齐心协力解决了生活中发生的种种问题和困惑,并见证了彼此在福州三坊七巷的成长与蜕变,说起了福州话"鸭霸(厉害)",让人物的情感得到了最终的统一和升华。

如上所述,一碗好粥,需要下的功夫很多,除了选料、细节、文火慢熬,我个人觉得最重要的一味秘诀,就是添加作者的真情实感。热爱文学,热爱生活,才能让作品更加有味更加鲜活。

厚重和爽感，共同绘就"数字敦煌"

王 熠

在最初尝试网文写作的两年时间里，我试过写热门的女频言情，也探索过悬疑刑侦，却始终对现实题材望而却步。总认为网文的爽感来自"金手指"的助攻，而"现实"就仿佛是给作者戴上了紧箍咒，像我这种自由自在尚且舞步错乱的新手，不太妄想能戴着镣铐跳舞。

近些年，在文学政策的引导与鼓励下，越来越多的网络文学作家投身现实题材创作，这也激起了我想要尝试现实题材创作的热情。《敦煌：千年飞天舞》便是我在这场文学跋涉中的浪漫相遇。

写作的第一步是选题。13年前，我大学毕业后作为选调生分配到酒泉瓜州工作。初到瓜州时，独在异乡，年纪又小，更多的是面对光秃秃、寸草不生的沙砾时的孤苦悲寂。但时间长了，大漠的旷野和戈壁的烈风，西北人民的朴实和宽厚，慢慢地将我原本隐藏在江南之地的粗犷灵魂唤醒了。我开始看见这里的星辰辽阔，看见周边流动的美丽……

敦煌，和瓜州在地理位置上紧密相连，是古代丝绸之路上的重镇，也是世界四大文明的融汇之地。一方面，敦煌是自带流量的，我如常人一般对她有着远古的迷恋和畅想，以她为题材，对网络文学写作新人来说比较友好；另一方面，地缘上又与我的经历很近，以她为背景展开故事，来写出自己的所见所闻，表达"文化传承"的价值观，写作起点是真诚而热烈的。

在思考究竟要写点什么的时候，脑海中总是出现那个最终还是离开了瓜州奔赴省城的自己。也许我不再能为这片土地多做点什么，但我还能写写那些常年守护这片土地的人。于是我决定写写那些常年在敦煌的守护者。

接下来就是铺设一个美好价值观和冲突并存的故事背景,做好人物设计。怀揣梦想的高才生王安之,想用双手修复万千绝美壁画,却抵不住风沙蚕食,身陷西西弗斯推石头般的诅咒。这是历代守护者所面临的现实和考验。但我不忍心他太孤独,在世界的某一处,应该有一个可以抚慰他灵魂的伴侣。而作为敦煌舞派的开创之作,《丝路花雨》近些年来很有名气,于是他的妻子——家境优渥的上海姑娘,一心想将飞天舞绝技在发祥地敦煌广为流传的大学生夏邑出现了。就这样,两个在理想和现实中徘徊的年轻人相知相爱,但他们的婚姻在恶劣的生态环境和艰苦的守护现实中风雨飘摇……

有了第一重冲突,再安排新的主要人物入场做一个关键性转折。为了不让小说中坚守信念的守护者们再次经历上一辈敦煌守护人家庭破裂的命运,我设置了两个身负使命的新青年角色来到敦煌,融入他们的工作和生活,带来了新的理念和资金、技术支持。当大家共同为山乡巨变、农村基础建设、文创产品研发等共同努力时,一些曾经看似无解的困境一个个被打破。

故事的主干和血肉都有了,"文化传承"的核心理念也有了,还有创作手法的问题。既要充满网文爽感,又不脱离现实,处理好网文"现实化"和现实题材"网文化"之间的关系,对很多作者而言,都是个难题。

我在写作中做着一次又一次尝试,通常是写一大段情节,或因为过于夸张"霸总",或因为过于平淡陈述,不得不全部删除。迷茫和自我推翻的过程很煎熬,但实践能出好方法。

比如开篇就把读者"吸"入极强的场景之中。在第一章,我就用了比

较"悬疑"的手法,迅速将场景拉入枭鸮夜鸣的大漠戈壁中,连续设置"一封信""寻找"和"假自杀"等多个悬念,快速吸引读者进入故事一探究竟。

此外,参照真实人物,丰富细节,让"霸总"下乡,让网文爽感结合现实落地。谁说"霸总"不能深入基层生活?城市青年的爱情故事不能发生在乡村?我参照身边的真实人物,设置了郑旭这个"爱情诚可贵,霸总也下乡"的角色。网文手法设定他是财团创始人的儿子,现实落脚安排他也是奔赴敦煌,有血有肉、踏实肯干的普通青年。郑旭后来也在为敦煌而战的过程中,遇到了患难见真情的爱人。既有精彩的商战,又有动人的感情,同时展现了新时代新青年坚守大漠、甘于奉献的精神。一个能直击灵魂的故事,就是要让人读得开心的同时,也能通过感知主角的努力触发现实思考,最终达到弘扬正能量的目的。

"文化传承"要说,但不能枯燥无味地说,要在生动的人物、抓人的情节当中自然而然地撑起立意。《敦煌:千年飞天舞》的创作过程就是如何把信念、梦想、使命和担当,把丝绸之路上的山乡巨变,变成一个有趣的故事讲给大家听。

在牵动人心的故事和人物命运中,敦煌乃至甘肃如今的巨变,这条川流不息的千年古道沧海桑田都如画卷般徐徐展开。

我的写作之路算是逆风而行,机缘巧合,既和传统写作结下了缘分,又因工作原因进入了网文圈,多少有些"宿命"的意味。不像很多很小就开始读网文写网文自然入行的作者,要打破既有的认知模式,从零开始接触新的写作方式,确实是件不容易的事。

不过,只要认真做一件事,总会有意想不到的收获。如果说最初写网文是困难重重、犹豫不决,那现在的坚持写作便是"越写越有劲儿"!我渐渐感受到网文写作的魅力所在,汪洋恣肆、天马行空,这种自由自在和酣畅淋漓的创作体验，总是能激发人无尽的写作欲望。

越努力，越幸运。《敦煌：千年飞天舞》有幸入选2022年中国作家协会网络文学重点作品扶持项目，这已是对我最大的鼓励。期待更多新人能感受到网络文学创作的魅力。

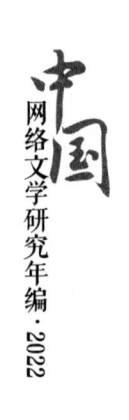

梨花颜:"非遗"传承,我用匠心写匠艺

虞 婧

小甜文是一种故事基调甜蜜、内容温馨、结局完美的网络文学体裁。我们通常觉得小甜文的主题负荷是不太重的,以"发糖"为主,或者习惯以严肃的现实书写来反映社会问题。为什么不能以轻巧的形式触达某种深刻的主题?网络文学似乎有自己的独家通道。在心里播撒一个最初的美好,然后向着光奔跑。海南网络文学作家梨花颜创作"非遗"传承恋爱小说《恋恋匠心》的经历,在"小甜文"和"大题材"方面做出了有益的尝试。

9年前,梨花颜刚从大学毕业不久。她的第一份正式工作是在电视台一档时政栏目当编导兼记者。在此之前,她已经有了一个自己小小的写作天地。

2005年,从小就喜欢看书、有一个作家梦的梨花颜开始尝试写一些短篇。这一次尝试以失败告终。"小地方长大的孩子,没有条件,当时年纪也很小,还有课业,所以就放弃了。"然而,念念不忘,必有回响。无意间了解到文学网站,她开始在网站上看小说,到2010年上大一那年,她忍不住开始自己写。

受大学读历史学专业的影响,梨花颜最初写的是古代架空言情题材。无心插柳柳成荫,她的写作风格轻松幽默,讲述商贾之家爱情故事的《发妻不好惹》得到了很多读者的喜爱。误打误撞收获了一批读者,即时得到读者反馈的创作模式也让她觉得很开心,而且还能赚到学费。这一次,她坚持下来了。

危房里的"非遗"传承人

热爱慢慢变成了挚爱,观察和书写的视角也就一直伴随着她的每个人生阶段。

当记者的时候,梨花颜采访了一位黎锦"非遗"传承人。这位传承人刚刚作为代表从国外交流回来,当时已经有七十多岁了。她住在很偏僻的乡镇上,到她家的时候,梨花颜看见这位传承人居住的屋子是石头砌起来的瓦房,只有十平方米,房檐很低,门窗都是木头做的,可以算是危房了。

她的心里咯噔一下。作为可以带着国家级传统技艺出国交流的手艺人,生活状况却那么差。荣光和现实之间的强烈反差触动了她。"从那时起,我就想着要写一部能反映'非遗'传承人困境的书。看看能否利用文学作品的优势和网络文学的传播力唤醒更多人对这一群体的关注。"即使后来因为生活的选择和母亲角色的转换,梨花颜离开了记者岗位,但这个想法一直萦绕在她的心头。

2017年,梨花颜开始构思。"非遗传承"是非常专业的领域,行外人写行内事,太容易"画虎画皮难画骨"。想要作品内容呈现出足够的专业度,写作者必须下很大的功夫。"我一直觉得文学创作是做不了假的,我们在内容上花了多少心思,最终都会呈现在卷面上。"写作前期,梨花颜搜索阅读了上百篇论文。她也用上了当记者时的专业素养,通过各种途径采访了许多不同领域的"非遗"传承人。

翔实、丰厚的材料,让她逐渐有了写这本书的底气。2018年底,梨花

颜开始动笔。在漫长的积累中,她选定了矿物颜料、香云纱、黎锦、錾刻、篾编、宣纸六类"非遗"手艺,确定了六位主要人物,分别代表着老、中、青三代"非遗"传承人,开始讲述一个关于"非遗"传承的热血又浪漫的故事。她决定把这本书命名为《恋恋匠心》(原名《匠心独你》,入选2019年中国作家协会网络文学中心重点作品扶持项目)。

特别正,特别甜

"有生之年,坚持一门手艺,追逐一个人。"

梨花颜是个擅长写甜文的高手,经常读着读着就让人"老脸一粉""心跳怦怦"的。《恋恋匠心》也不例外。矿物颜料传承人苏靛蓝是骄阳摩羯女,香云纱技艺传承人陆非寻是高冷天蝎男。鲜明亮眼的男女主人物设定已经让人开始想象一个浪漫故事。

但偏偏没有那么"苏"。毕竟是技能满满也困难重重的"非遗"传承人,相爱怎么可以这么简单呢?苏靛蓝的父亲在一次私展中意外地损坏了古画《东江丘壑图》,苏靛蓝救父心切,一口应下修复任务。修复被损毁的画卷是技术难点,于是她向以香云纱闻名海内的百年顺德堂少爷陆非寻求助。苏靛蓝使出浑身解数,终于以专业度和对"非遗"文化的执着打动了陆非寻,二人携手攻克技术难关成功将古画修复。苏靛蓝的可爱和偶尔的小坏坏,也在悄悄击中陆非寻的心扉。

如果故事仅止于此,那么就普通甜文而言,可能就是换汤不换药,换个职业谈恋爱而已。梨花颜没有忘记她的初衷,在故事内核的挖掘上也有着更大的野心。《恋恋匠心》对苏靛蓝和陆非寻初见、误会、修复画作的铺垫、展开,总共写了8个章节,张弛有度,内容做得很足,继而自然地过渡到《留住手艺》这档综艺节目。《留住手艺》是整个小说的高潮部分。

上节目的内容从集中到慢慢延伸大概铺了 8~10 个章节,背景资料翔实,加进来的其他传承人人物形象生动,矛盾冲突张力很足。老、中、青三代"非遗"传承人的困境与期望、执着与守望、承旧与创新,通过故事中的节目录制和挑战活动生动地展现出来。

在前期的采访中,有一位"非遗"传承人曾对梨花颜说过:"现在传承最难的是没有原料和传承人,年轻人不愿意学。我现在就希望能多到高校演讲,让更多人知道这个东西。"她也曾在香云纱的发源地广东顺德做调查采访,列了"你们愿不愿意让孩子学做香云纱""香云纱工人一个月能拿多少钱""为什么当地年轻人不愿意学这门手艺"等问题,收到实打实的数据反馈,听见了诸多当地人的心声。她把这样核心的问题和可能解决的方案,做了梳理和创设,都融入情节里,内容也就扎实起来。

而男女主的感情线穿插在节目录制过程中,并肩作战的实践感很强,感情的升华也就比较自然。"主人公不是恋爱脑,故事也没有为了甜而甜的无聊设定,更多的是两个人的互相欣赏,见证过彼此最美的一面。他们的爱情顺其自然,水到渠成,不虐不狗血,是甜甜的小恋爱。"一位读者这样评论道。

"特别正,特别甜,这是我的个人风格。"写了 16 年甜文的梨花颜在对待爱情的认识上有着不可撼动的坚持。"我觉得灵魂上的契合比一切都重要,因为人生真的太长了,太长了……漫长到你可能丢了一些朋友,丢了一些理想和热情,但那个人还在你身边,你可能会和他生儿育女,一起过日子一起变老。所以对方能和你灵魂上契合、互补、包容更重要。"

"匠心"磨"匠艺"

"'非遗'技艺传承最大的问题,不是外界的漠视,而是自身无法坚守

传承。"梨花颜几乎是在故事开篇就锐利地提出了这一点。在她看来,只有坚守一份"匠心",才能传承一份手艺。

整个故事呈现了不同领域"非遗"传承人各自的坚守,一起构成了中国"非遗"传承人的"匠心"群像。从个人角度是对自己匠心的坚持,从"家"的角度是对家族"非遗"技艺的血脉传承,从"国"的角度是对中华传统文化的坚守和弘扬。

花了3年时间书写这样一个故事,梨花颜也实践了她自己对写作的"匠心"坚持。

第一本书出版的时候,她还不到20岁。后来竞争变得激烈,她就更想好好珍惜机会,希望面市的作品是有价值的,让读者在放松阅读之余还有额外收获。这些年的创作之路,梨花颜走得很辛苦,网络文学迅猛发展,长时间地输出很容易形成同质化、解构松散、可读性变弱的困局。她不想重复自己,更希望通过换题材、换类型、换写法、升华内核的方式来打磨自己,甚至为了更立体地驾驭故事,学习了编剧创作。她也经常和作者朋友讨论关于"怎样把矛盾做得高级""怎样让事件本身的冲突归于人性本身"等创作方面的问题,获得新的思考。"这本书对我最大的意义是,它承载了我这些年对文学创作的一些新的理解和尝试,是向读者交递的一份答卷。"

写《恋恋匠心》的时候,遇到瓶颈期,有一个情节点卡住了,人物一开始设定时便是顺向而非逆向,平行线要找到一个爆发点,使人物行为拐弯,需要兼顾人设与逻辑,还要见缝插针扣题,十分之难。为了打通这个点,避免外界的干扰,她把自己关在老家的屋子里,关了整整一个月,点外卖,吃完就写,写完就睡,一心创作。好在家人理解她,爱人在这样的特殊阶段也会多承担一些照顾孩子的责任,给予默默的支持。

"苏靛蓝使用素白的绢布,染上薯莨汁兑水调出底色,在仕女的脸上留白,仕女身上的大袖衫用扶桑花汁染色。最出彩的是,她用养生茶里面的枸杞,调出红色,用野生地根的汁,调出黄色。"像这样一个简单的画面描写,梨花颜调用了基础专业知识的参考文献和编剧经验。写到这段的时候,她满脑子都是镜头特写,画面一点点往上移,拍画卷的特写,下笔的时候自然而然就写得比较细致,甚至会不自觉地考虑到拍摄时的道具制作。

"抛开男女主角之间的心动恋爱细节,这本书里面对颜料和香云纱的知识点,也够我们这些吃瓜群众研究一整年!"努力不会白费,每每看到这样的评论,梨花颜都会很开心。"它是一本言情小说,但它不仅仅是一本言情小说。"她最在乎的读者,读懂了她的匠心。

"好大一束南瓜花"

"不过最后的三四个章节,在逻辑和故事进度上没有问题,但略显仓促,感觉和前两大块内容比重有些失衡。"我提出这样的疑问。在阅读的时候,很难忽略这种节奏的变化。

"这也是我的遗憾。"从个人而言,她最喜欢的正是后半部分,包括陆非寻处理假商标事件、黑作坊事件、将一批残疾人招入企业等,都很有情节强度。但是纵观总体,就显得密度太大。前面充实自然的部分,梨花颜还能保持一个比较好的节奏,但是在写完《东江丘壑图》的修复之后,她的家人出了严重的车祸,她不得不放下写作,奔跑在医院和执法部门之间,花了大量时间、精力在维权上,一定程度上打乱了写作节奏。"我辛酸地知道它是一本不完美的书,正因为这样的遗憾和不完美,令我更郑重对待下本书,希望可以做得更好。"

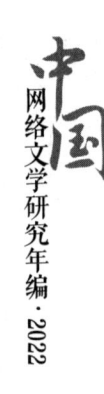

面对他人的置疑或批评时,梨花颜认真又坦诚,女主身上那种温和又坚定的劲儿也在她身上咝咝儿地冒出来。生活中的她却不较劲,穿着蕾丝纱裙扛起锄头就去海边挖螺,看到好吃的一秒"眼里有光",听到好玩的咯咯咯笑个不停,穿着睡衣带宝宝去菜市场,客人来了就去妹妹家的菜地里"偷菜"……她说自己是在"正儿八经中搞笑"。干起活来绝不掉链子,在生活中又是这样轻松快乐,她在生活的内部活出了生活的本质,真是让人很羡慕。

尽管现在已经是全职写作,那段记者时光她依然难忘。"现在让我去当记者,我还是会去的,我特别喜欢。有一次我去田里采访一个农户,种南瓜的,采访结束后他送了我一束南瓜花,体积有99朵玫瑰花那么大。回家我就让我妈炒了一盘菜……"

"行至水穷处,坐看云起时","春风大雅能容物",梨花颜很喜欢这样的句子。每个人的生活都很复杂,有着重重难题,上升到更高层面的社会问题更容易引起焦虑。严肃思考、郑重面对固然是解决问题的一种方式,但她更喜欢写轻松幽默的恋爱文,通过文字带给大家一些正能量,同时又能感受到甜蜜、欢乐和勇气。看起来轻盈诙谐的笔触后,既有她个人性格和生活态度的融入,也有着深思熟虑。"如果把整体故事基调调节得比较开心,冲淡一些有关困境的沉重感,故事更容易被年轻读者接受。"

"可以说女主本身就是我很羡慕崇拜的一种人,她即使家贫,也不忘内心坚守,能够在大浪潮中坚持自己内心的理想,其实网络文学创作也是这样的,我们也知道什么题材挣钱,什么题材能够收获市场,能够吸引到更多读者,但还是愿意去做一些看起来不那么讨喜的事情。"

梨花颜坦言,现实题材作品在网文市场收益的确不那么高,但几年磨砺下来,她深刻感触到精品写作给予个人的满足感更强烈,这大概也是那么多优秀的网络作家,开始转型从身边写起,写更多反映国家改革开放、弘扬传统文化的正能量故事的原因。

如今的梨花颜已经是中国作家协会会员、海南省网络作家协会秘书长,她接下来还会坚守现实题材的创作路子。她正在筹备的下一部作品《嗨,古建修复师先生》,已经入选了2021年中国作家协会网络文学中心重点作品扶持项目。对于这部作品,她想继续用做学问的态度去写,做出轻甜系的学术气息来。

这是一个讲轻松故事希望读者开心的作者,也是一位带有社会观察力和调查能力的记者,还是一个可可爱爱的生活家。

百炼钢化为绕指柔。

她的温柔和有力,都在书写里了。

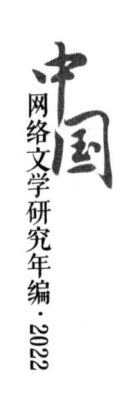

主体的透明化与现实的游戏化

——以系统医疗文《大医凌然》为例

王 鑫

2018年,志鸟村的《大医凌然》在网络文学中掀起了"医疗文"热潮,随后产生了《手术直播间》(真熊初墨,2018)、《我能看见状态栏》(罗三观.CS,2020)等一大批同题材作品。2020年,随着疫情暴发,医疗题材进一步进入大众视野,医疗文成为现实题材网络文学的代表类型之一。

不同于此前的医疗题材作品重点展现医生的工作、生活,这批医疗文大都使用了"系统"作为外挂[①]。网络小说中的系统元素来自电子游戏系统,它是作者仿照游戏经验,在主人公与他/她面对的世界之间设定的一个类似电子游戏系统的中介。这个中介包含了一对来自游戏设计的、可以联动的基本环节:"(玩家)行动—(系统)反馈",也常表现为"任务—奖励(结算)"的模式。游戏中,玩家操控的角色完成任务、积累经验、获得道具;小说中,主人公每达到一个系统制定的小目标,也类似地获得系统发放的奖励,然后向下一个目标进发。

系统设定在网文中非常普遍,既可以出现在架空的仙侠、玄幻世界中,让主人公经历类似于RPG(Role-Playing Game,角色冒险游戏)的异世界冒险,也可以存在于类似现实世界的故事空间,帮助提升主人公的专业技术,伴随其职业生涯:比如科研人员在系统的引导下组建自己的实验室(《重生之神级学霸》,志鸟村,2014);厨师获得厨神系统后逐渐变成厨

[①] "外挂"是外挂程序的简称,通常指网络游戏的外挂作弊程序。它利用游戏程序的漏洞或者欺骗服务器为玩家带来不正当的利益。参见邵燕君主编:《破壁书:网络文化关键词》中"作弊"词条,词条编撰者为王恺文,三联生活书店,2018年,第391页。

神(《美食供应商》,会做菜的猫,2016);小学生获得学霸系统,变成刷题专家(《我考哭了百万学生》,音音有点甜,2019)等,都借用了系统设定,以游戏的方式引导主人公行动。

这批医疗文便属于后者。系统设定与医生的职业高度相关:大部分系统都试图引导医生们完成任务(治愈病人),然后发放奖励(技能、器械等),如《大医凌然》《医路坦途》《我真是实习生》等;也有稍显另类的设定,比如《我能看见状态栏》就专以系统代替检查科,进而辅助诊断。但总体而言,推动主要情节发展的不是"生病—治病"的现实要素,而是关于"行动—反馈"的游戏经验。

因此,不如将这批"医疗文"命名为"系统医疗文"。"医疗"指题材,"系统"指作为开挂①方式的文本结构。它处在现实经验与媒介经验的交界线上,代表着一种通过媒介经验对现实的重设和再认。

一、系统医疗文的双重现实

以最具人气的《大医凌然》为例。小说的故事异常简单:主人公凌然是一位外科医生,某天突然获得了医术系统,从此走上开挂之路。系统向凌然发布各类手术任务(治病救人),任务完成后颁发奖励(通常是新的外科技能),而奖励又往往联系着下一个任务(使用新技能继续治病救人),永无止境。随着时间的推移,凌然无数技能傍身、兼任好几个领域的专家:断肢再植、跟腱修补、肝切除、心脑血管……逐渐"成长"为医术高超、远近闻名的"大医"。以"任务—奖励"推动人物行动,以"手术领域的转移"推动空间变化,是"系统医疗文"中极为经典的结构。

---

① "开挂"即打开外挂,在网络小说中,指主角利用"正常规则之外的特殊规则"来获得成功的情节。参见邵燕君主编:《破壁书:网络文化关键词》中"金手指"词条,词条编撰者为吉云飞,第256页。

另一部高人气作品《手术直播间》也采取同样的方式组织情节。但与凌然一路开挂不同，小说主人公郑仁并不总能心安理得地接受系统的馈赠，甚至因为系统赠予的技能与自身专业差距过大，想过"放弃"：

【特殊任务:孤立无援完成①，完成度100%。任务奖励，辐射射线能量转化铅衣一套，介入手术技能提升至大师级。结余时间折合经验9405点。】

郑仁再一次被系统的天马行空震惊了。

从之前系统的某些诱惑开始，郑仁就知道系统似乎希望自己去做介入手术。

但他毕竟出身于普外科，也不是很明白介入手术能做什么，所以每次都选择放弃。

遇到这次突发事件，系统大爷顺道给郑仁塞了一个特殊任务，并且之后给出了大师级介入手术技能的奖励。

这是要把自己往介入手术的不归路上引的节奏？②

"放弃"就意味着情节无法推进，于是，系统解决了郑仁的担心，直接塞给他"大师级介入手术技能"，保证其操作一开始便处在高水平上。唯有如此，故事才能向着介入手术的方向发展。而"塞技能"这个情节之所以成立，则是因为有游戏经验的支持。如果玩家在游戏中习得了一个技能，或要使用某种道具，他只需按下按键就能发动或调用，而不论结果是对敌人造成伤害，还是对友方恢复治疗，对系统而言，都不过是覆盖在代

---

① 原文如此。
② 真熊初没:《手术直播间》，第75章《奖励——大师级介入手术》，起点中文网2018年11月23日，引用日期为2021年10月22日。

码上的"叙事"外衣罢了。这就是郑仁获取和使用技能的方式。换句话说,郑仁会不会介入、能不能熟练操作都不重要,他更接近按键的玩家,而背后是系统在调用"大师级介入术"。此时,系统不光中介了医生与他操作对象之间的现实,还中介了医生与专业知识之间的现实,把后者变成某种道具库、技能库。真正代理人物行动,进而推动情节延续的只是不断生成"任务—奖励"的系统本身。

至此,凌然或郑仁的医路已经无法理解为"成长"或"发展"了。他们的能动性是游戏玩家的能动性:探索游戏空间(进入不同领域)、摸索游戏规则(比如郑仁观察系统是多么"天马行空")。他们的专业操作也像游戏技能,按键,然后发动。这些做法都意味着文本内部至少浮现出两层现实:一层是医疗现实,可以用人们熟知的"医术""医德"等评价标准去解释,这也是小说中的"普通路人"看到的现实;另一层则是媒介现实,它以系统的面目出现,是主人公与医疗体系和现实操作的中介,这是读者、作者和主人公看到的现实。后者非常像游戏,它既不严肃,也不在既有的价值体系之内,无法被纳入医术或道德评价,却是快感的来源。

为了更好地探究这点,以下将考察此前的医疗作品,剖析"系统医疗文"在哪里发生了变化。

二、专家系统与分工神话的失落

传统医疗类作品往往存在一个创作难点,那就是如何把专业内容呈现给非专业的观众。一种常见的做法,是把专业技能的发挥与职业道德或其他社会价值的实现结合起来,或者将医疗专业内容融入其他成熟的题材类型。比如,普通人难以理解艰深的医学术语、手术操作,但若将它们以刑侦、悬疑等方式讲述出来,或者在医疗行为中强调与时间赛跑的紧

张感、对生命的尊重等更易理解的内容，人们便会通过熟悉的叙事路径加深理解程度。

一个典型的文本是美剧《豪斯医生》(2004—2011)。这部电视剧享誉世界，是医疗类作品中"硬核推理"的代表。故事的主人公是诊断科医生豪斯，常常面对常规检查无法确认的疑难杂症而寻找病灶的过程，被编剧精心设计为如同《福尔摩斯》那样的推理过程：疾病像狡猾的凶手，四处作恶；而医生则像侦探，紧紧跟着凶手的步伐，不放过任何一点痕迹，最终查明病因。剧中，有关疾病的知识复杂交错，充满大量极小概率发生的病症和各种出人意料的致病原因。这些专业知识，非专业的观众是不可能看懂的。但观众们都看懂了推理，并从推理中获知主人公在哪里陷入困境，又如何突破表征、逼近真相。

另一个典型文本是改编自同名漫画（永井明，2002—2011）的日剧《医龙》(2007—2014)，这是日本医疗影视作品中最受欢迎的系列之一。《医龙》讲述了天才外科医生朝田龙太郎从国际救援组织归来、寻找同伴、组建顶级外科团队的故事。它没有像《豪斯医生》着力于呈现医疗行业的专业性，而是以主人公为中心，描写了一个团结、友爱、能克服一切困难的英雄医疗团队。剧中的手术像战斗一样波澜壮阔：无影灯亮起，主角团闪亮登场，主刀医生、一助二助、麻醉师、器械护士有条不紊地配合，攻克种种突发情况，俨然同伴并肩作战的热血场面。再配上主刀医生额角流汗、眼神专注的特写镜头，宏大的、具有史诗感的背景音乐，即使观众完全看不懂手术操作，也能在气氛的烘托下，与医生们共同走向胜利，收获激情与感动。

相较之下，国产医疗剧常常更强调"医德"，不展示天才医生的形象，而是强调普通医疗工作者的责任感。以《心术》(2012)为例，它组织剧情的方式是日常化的,呈现了医生日常工作、家庭生活、社会交际等方方面面。剧中的医生们并非天才,而是一群有责任、有信仰的普通人。剧中有不少动人的理念,如"我是干医生的,知道这个职业有多主观……我们在用专业知识扮演上帝,你要保证自己别有魔鬼之手""心术不正的人很难成为好医生"等等,都在强调"心术"相对于"技术"的重要性。如果说"技术"是上限,那么"心术"就是保证人们恪守职业规范、认真做好工作的底线。近期上映的《中国医生》(2021),则表现出在紧急状态下普通医生的担当和奉献,添加了纪录片和新闻报道的手法,突出真实感和紧迫感。

综上,即使缺乏专业知识,人们也可以共享一些基本的叙事类型和情感唤起方式。当这些手段与医疗等行业题材结合在一起时,这些高度专业化的职业便重新抵达了普通大众:观众无须理解疑难杂症,只要理解困境的存在,再跟主人公一起抵达成功就够了。

这对现代社会非常重要。现代社会是一个高度分裂的社会,普通人在庞大的知识体系中非常渺小,没有能力把握自己的完整生存。日常生活之下,是看不见的、巨大的专业"黑箱"。人们即使不知道手机的原理,也能使用它,可若是手机坏了,就不得不寻求售后机构专业人士的帮助。现代生活不得不依赖分工与专家系统。这时,专家便是职业精神的化身,他身上凝聚着职业的神性,这种神性保证:尽管各行各业的知识域差别如此巨大,它们仍会以自己的方式支撑、维系着整个社会的运转。各行各业共通的职业精神弥补了分裂,发挥着宏大叙事的功能,并在高度分裂中补全世界的整体性——尽管这种整体性很大程度上依赖于"分工"的不可理解性。

英国社会学家安东尼·吉登斯将这种不可理解的分工状况称为"脱

域"(disembeding)。所谓"脱域",是指某个抽象系统超越了具体的社会情境(当下的时空)和自身源流(学科的历史),有自己独立的运作逻辑。专家系统就是"脱域"的系统。而专家则是处于现实与抽象系统之间的、具有二重性的人:他既是系统的化身,又是一个有血有肉、会犯错的常人。现代社会的独特之处在于,人们对专家的信任,建立在"(那些个人并不知晓)的原则的正确性基础之上,而不是建立在对他人'道德品质'(良好动机)的信赖之上"[1]。换句话说,他们并不信任眼前的人,而是因为信任抽象的系统而去选择信任眼前的人。

但抽象系统总是要落回具体情境中发挥效用,专家不管掌握了多么抽象的知识,也总是要和具体的人打交道。吉登斯称之为"再嵌入(reembedding)"。职业的"道德伦理"就发生在这个阶段。它要求从业者克服自身"常人"的一面,努力不犯错误。在过往的医疗作品中,无论是突出"热血""推理",还是强调"心术""责任",都是在巩固"再嵌入"过程中医患间的信任强度,只是有的选择突出专业性,有的选择突出职业道德。

在这种视角下,凌然、郑仁等人似乎就无法称为"专家"了。从专业性上讲,他们已然等同于"专家系统"。尽管这种"等同"来自设定,但产生的效果却超出了设定:小说的作者和读者都知道,患者们压根无须冒着风险去信任他们,只要"医疗系统"还在发挥作用,治疗就一定会成功,因此,"信任"的问题便被消解了。这不是说主人公们没有责任感,而是没有风险,文中的患者与医生也就不会结成任何共赴风险的主体间关系,更无须以"信任"为旨归,缔造现代社会的分工神话。

从这点来说,"系统"设定以游戏般的中介,令专家系统与游戏系统发生短路,取消了在社会分裂基础上再造整体性的感情基础。这意味着

---

[1] 安东尼·吉登斯:《现代性的后果》,田禾译,译林出版社,2011年,第30页。

再嵌入之"域"——作为社会现实的他者变得可有可无。这才是系统医疗文与此前医疗作品的根本区别。

三、主体的透明化：在工具人与玩家之间

"他者"在20世纪的主体分析中占有根本性地位。20世纪人们讨论欲望的基本共识是"欲望他者的欲望"。任何欲望都有想象性，也是结构现代社会的动力。比如，现代人为了获得他人的认可，会在心中内置一道"他人的视线"，以这一虚构的"他人的视线"为前提来展开行动。另一边，人们也可以反过来认为，"欲望他者的欲望"本质上是一种以（想象的）他者为中心的自我建构，这种自我建构不断寻找外在标准，不断把自我纳入符号网络，以便接近心目中的"大他者"对自身的要求。而维持这些，都需要相对稳定的价值体系（个体）或相对统一的意识形态（社会），否则，人们可能会不知道该欲望什么或欲望过度，从而陷入混乱。

但当"他者"消失，"系统"包裹了一切，那个深渊般的"意义"结构便被替代了。人们无须在心中内置他者的视线，只需内置系统的任务；人们亦无须以他者为中心去自我建构，只需"忘我"甚至"无我"地执行系统的任务。此时，主体在系统面前显现出彻底的肯定性（服从性）。当主体在现实中进行专业操作时，他面对着现实对象，存在被现实对象认可、赋予价值的可能性，但与此同时，也存在被否定的风险。但是，在系统中，只要完成任务，就会获得正向反馈，主体与现实对象的关系，仅仅开始于任务开始的瞬间、结束于任务完成的瞬间。他/她欲望的归着点，很快就回到了系统之中，与下一个任务产生关联。极端情况下，系统能替代现实，成为意义的唯一来源。

《大医凌然》提供了一个非常生动的细节。凌然最初一点儿也不在

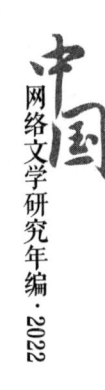

乎与患者、同事的关系,一门心思扑在获取技能上。于是系统为他设置了一些与他人互动的任务,完成后可以得到名为"病人的衷心感谢""同行的钦佩"的道具(能够兑换宝箱)。① 在奖励的驱动下,凌然便关心起他人的态度来,不光久违地查房,还花时间与患者、同事聊天,照顾他们的情绪。虽然任务变了,凌然待人接物的方式也变了,但行为动机却始终没有变。

这俨然是"被困在系统"中的新型"套中人",在系统面前,获得他人的好感与治愈疾病没有必然的区别。系统拉平了二者,把它们变成同等级的"任务",然后把任务发放给主体。而一旦主体的欲望只随任务变化,就会服从系统的命令,以系统替代真实的他者,以系统的价值为价值。这种"工具人"②还不同于大工业时代的"螺丝钉"。"螺丝钉"要求主体变成一个人形机器,配合流水线生产,造成的结果是马尔库塞所说的"单向度的人"。与这种单向度相配的,是一种"控制论"下的"集权主义"想象:人们终将像《美丽新世界》描述的那样,安于给定的意识形态,执行上游的所有命令,成为恶托邦统治下的僵死的主体。然而,在宏大叙事失落后,意识形态不再唯一;加之网络环境的普泛化,人们进入了一个充满反馈与互动的系统空间。此时,更大的危险不是主体被单一的意识形态捕获、变成一颗思想机器上的钉子,而是被透明化——人们可以透过主体的行为直接意识到系统结构:道具如何分布、技能等级如何排列、什么任务更重要、什么任务不重要……比如,读者可以通过凌然学习了什么技能,

---

①志鸟村:《大医凌然》第26章《衷心感谢》,起点中文网2018年5月27日,引用日期为2021年10月16日。

②"工具人",网络流行语,最初指在感情关系中对追求对象唯命是从、被当作工具一般使唤的人,有很强的贬义色彩。后来词义扩展,可以指代毫无个人意志,在事件、情节或游戏等中仅仅起辅助作用,被随意使唤的人或角色;也可以指代只听命于上级命令或服从工作要求的人,贬义色彩有所减弱。

反推出系统的技能库是什么样的,哪些是初级技能,哪些是高级技能,哪些是一般道具,哪些是稀有道具等。从理论上讲,当一个游戏的系统设定被玩家穷尽时,游戏本身也趋于完成。这样一来,主体通过执行任务,反而变成了系统与现实的中介,变成了系统的"工具人"——与其说主体在系统中实现了自身,不如说系统通过主体的操作被带入现实。

而主体之所以表现出"透明性",正是持续不断的"正向反馈"令系统有机会接管主体的快感通道,造成"被迫上瘾"的结果:主体越是迫不及待地完成任务、欲望奖励,就越容易陷入系统设置的快感模式。若系统可以无限地生成任务,那么主体就会反复体验与系统拉开微小距离,进行现实操作,然后迅速回到系统的象征秩序内的过程。这件事或许开始具有快感,因为所有的反馈都是即时的、肯定性的。但久而久之,主体会在反馈中感到"反馈本身无意义",并对系统生产意义的方式感到厌倦,体验深度无聊。而越是匮乏,越是想逃离无聊的境况,就越会本能地需要近在眼前、唾手可得的意义——接受任务、完成它、获得微小的肯定性。这就是"刷"或"肝"[①]的精神机制,是一种有快感而无快乐的工作状态,但不属于任何一种工作伦理。

现实中,透明化不总以这么极端的形式呈现。透明与不透明、陷入强制重复的"工具人"和享受游戏的玩家之间不存在分明的界线。在有些系统设定下,主人公甚至表现出强烈的自主性。

[①]"刷"与"肝"均为网络流行语。"刷"指快速进行大量重复的工作,来自电子游戏中的"刷怪"一词。游戏中,玩家为了快速获取大量经验值,会在怪物重生点等待系统刷新怪物,杀死它们,然后等待下一轮刷新。这种反复杀死重生怪物的行为,被称作"刷怪"。"刷"也因而有了快速进行大量重复工作的含义,"刷任务""刷榜""刷到停不下来"都取这一含义。"肝"代指熬夜,中医认为"熬夜伤肝",也可以指工作或任务耗费大量时间、精力,如"肝作业""肝游戏"等。"刷"和"肝"常常共同出现,"又刷又肝"指工作简单重复,但消耗了大量时间、精力。

罗三观.CS 的《我能看见状态栏》提供了一个很好的例子。这本小说深受《豪斯医生》的影响,也关注诊断。主人公孙立恩能看到患者身上冒出文字,上面写着患者或病情的关键细节,这就是"状态栏"。"状态栏"也是一个来自游戏的设定,它可以即时展示目标对象的属性,方便玩家判断局势,进行操作。于是,孙立恩总能先人一步踏上正确的诊断道路。譬如,患者在抢救室中深度昏迷,无力自陈,医生们只能猜测昏迷原因。而孙立恩则靠着状态栏知晓了更确切的症状:"短暂性脑缺血发作"。当家属告诉医生,患者"吹冷风脖子上有风团"时,一位医生猜测"可能是红斑狼疮(一种人体自免疫疾病)"。孙立恩就开始借助"短暂性脑缺血"验证这一猜测:

> 孙立恩迅速在脑海中回忆着上课时教授们所讲过的病例。人体中的免疫系统在多种条件的共同作用下,减少了体内的免疫 T 细胞数量,同时抑制了残存的免疫 T 细胞的活跃程度,而同时有大量免疫 B 细胞增生。免疫 B 细胞增生后,错误分泌了大量的自身抗体。这些抗体会将正常的人体组织当成入侵者进行标识,并且和正常组织组合成免疫复合物最后在补体血清蛋白 C3 作用下,引起急慢性炎症反应。严重的时候,甚至会发生组织坏死。
>
> 如果秦雅的脑动脉血管壁中的某些正常组织被 B 细胞错误标记成了抗原,那么在免疫系统的攻击下,这些血管确实有可能产生炎症反应,从而引起血管壁组织增生。而在增生下,越来越狭窄的血管壁自然就无法允许足够的血液通过,从而引起了秦雅的昏厥,以及状态栏所提示的短暂性脑缺血。
>
> "符合症状。"孙立恩点了点头,……"做个风湿五项检查明确一

下。"但出于对"忽然晕厥"症状的谨慎,孙立恩还是继续说道,"等护士采血之后就马上送 CT 室,脑出血一定要排除掉才放心"。①

患者的症状是"深度昏迷"。但造成深度昏迷的原因许许多多,如果知道更确切的原因,就可以排除很多不相干的病因,极大减少检查的工作量,"状态栏"正是以这样的方式发挥着"作弊器"的功能。有了这个"作弊器",孙立恩就能使用"知识储备"这种独特的诊断方式了:"每一次遇到了奇怪的患者,我都会用上所有自己学过的东西和内容,尝试诊断患者。"②孙立恩没有借助经验去判断,而是直接"依靠知识体系"进行分析。这看起来很正常,因为在一般人的印象中,医生本来就是"专业"且"博学"的,可这恰恰不符合临床原则。临床诊断的基本原则是:"要首先考虑常见疾病,而不是一开始就往疑难杂症和罕见病的路上走。先常见,后罕见,先考虑能治的疾病,再考虑无法治疗的绝症。"③在"状态栏"的辅助下,孙立恩就不用遵循上述基本原则,直接在新条件下思考病因即可。

正是是否存在"状态栏"这一点点差别,才令这篇作品与《豪斯医生》截然不同。《豪斯医生》中,"诊断"象征着人类理性,而"疾病"则象征着自然的不可抗力。虽然它采用了"推理""解谜"的手段,似乎暗示了答案存在,但直到治好病人之前,豪斯都无法确定自己是否做出了正确的诊断,甚至无法确定眼前的疾病是否为已知疾病。因此每一次诊断,都需要他走到既有知识的边界,以自身理性为支柱,撑开专业的上限。而在时间有限、药物凶险的情况下,每一次非常规检查,都可能会以病人的生命为

---

① 罗三观.CS:《我能看见状态栏》第一卷第 65 章《红斑狼疮》,起点中文网 2019 年 1 月 14 日,引用日期为 2021 年 10 月 16 日。
② 同上,第二卷第 143 章《知识体系》,起点中文网 2019 年 9 月 17 日,引用日期同上。
③ 同上,第一卷第 69 章《马蹄声与马》,起点中文网 2019 年 1 月 18 日,引用日期同上。

代价。但有了"状态栏"情况就不同了,因为它的存在,孙立恩一开始就确定"哪里有正确答案"。在找答案的路上,还会获得关键提示。他的底气,来自状态栏背后的"医疗系统"能够诊断所有疾病。这种"医疗系统"或许接近现实,但仍然只是一种设定。

这里有着最低限度的"透明化"。如果说作为专家的豪斯,深知专家系统并非万能,需要以主体意志拯救系统的"不能",努力令其正常运转;那么孙立恩则沿着"状态栏"提供的道标前进,相信"状态栏"背后的系统知晓一切答案。因此,即使"状态栏"看起来不像之前的系统那样全能(亦不会令主人公陷入"肝"或"刷"的危险状态),是一个更"好"的游戏,但它仍然中介了主人公与现实,并预设了自身的封闭性。孙立恩也作为这场游戏的玩家,而非专家出场。

以凌然为代表的彻底透明化的工具人与以孙立恩为代表的进行复杂游戏的高端玩家,共同构成了系统医疗文展现的主体形态的两极。系统作为外挂的出现,体现出人们对媒介环境变化的反应。人们并没有借助系统设定逃避他者的压力,而是试图适应一种新的现实:一种被系统或算法中介的现实。而游戏提供了理解这种现实的极好切口。

四、"游戏化"的现实

早在20世纪80年代,学界和市场就产生了"游戏化"(gamification)的理念,即把不是游戏的东西做得像游戏。人们希望借助游戏的成瘾机制,引导人的行为,让工作学习也"充满快感"。① 比起游戏研究,它更多被应用于管理学、教育学等领域,这背后是一种行为主义心理学的操控术。但因为实践效果不够理想,这个概念提出后一度沉寂。2010年前后,智能手机进入大众生活,这个概念才被重新提起。与此同时,互联网公司试图利用游戏机制占据用户时间、获取数据、管理生产。市面上出现了一大批简单粗暴的"游戏化"案例,为操控披上了一层游戏的外衣,比如借用"任务—奖励"模式,诱导用户停留在应用界面上,或鼓励用户间进行简单的竞争,具体方式如领取金币、积分换红包、颁发成就徽章,或者通过走路、跑步累积步数换取道具等。因此,可以说"游戏化"重新受到关注,源于大数据背景下个人行为被系统读取、操控的新可能。

但"游戏化"却不是游戏,它将控制伪装成游戏。"游戏"通常有两层意义,一层是作为动词的游戏(play),偏重"玩耍"行为;另一层是作为名词的游戏(game),它的核心是游戏规则。"游戏化"试图在规则(game)中混入控制与反馈,期待它自然地产生玩耍(play)的效果。这是一种倒置。因为只有玩家才能指认某种行为是不是游戏,而不是反过来,将控制命名为"游戏",反过来要求被控者产生玩耍的快感。这不光是对行为的控制,更是对动机和快感的控制。

因此,对于不得不依赖系统生活的人而言,无论工作环境在形式上多么像游戏(任务、积分等),也只剩下赤裸裸的压榨。人类学者项飙曾提出"系统人"这一概念。他认为,当代社会的劳动主体,正在从"社会人"

---

① "游戏化"的理念早于术语,在前网络时代,航空公司的里程兑换奖励、食品商在零食里附赠可收集的小玩具等都可被视为游戏化的前奏。20世纪80年代,随着计算机的普及,出现了为学习设计的《数学冲击波》(*Math Blaster*)等电子游戏,精准地对应着"利用游戏元素把非游戏变成游戏"的定义。2002年,英国游戏设计师尼克·佩林(Nick Pelling)首次提出"游戏化"(gamification)的概念,并成立了游戏化相关的咨询公司,但很快倒闭。参见 Steve Dale,"*Gamification*",*Business Information Review*,31(2017),pp. 82-90。

变成"系统人"。"社会人"就是人们口中"混社会"的人,他们没有固定工作、利用人际关系网和规则漏洞讨生活,俗称"三教九流"。而随着"系统"控制无孔不入地渗入生活,"社会人"们不再生活在一个有弹性的、可以利用和算计规则的社会空间。在算法的控制下,系统最大限度地压榨人们的时间和精力,几乎没有任何讨价还价的余地:

> 现在的关键不是算计,而是计算,当系统通过一个计算的方式建立之后,好像算计的可能性是非常小的。人们在面对这样一个算法系统的时候,是没有能力采取一些应对的策略,也就是所谓运用"弱者的武器"。唯一对自己利益最大化的方式,就是跟着算法的系统。①

"游戏化"与"系统人"共享同一套逻辑:人与世界之间,正在以智能设备为媒介,覆盖上一层系统。如果说之前的社会系统是通过各种机构令一群人管理另一群人,那么今天的系统则是通过计算机代码编织抽象规则,然后直接通过抽象规则管理人。随着计算能力的增强,现实的各个环节都在被系统接管,系统也逐渐成为现实的一部分。换句话说,过去被指认为"虚拟"的网络环境与现实的界线正在消弭,而消弭之所以发生,并不是因为技术水平提高,人们有能力创造虚拟现实、增强现实等手段"欺骗"感官,而是因为算力被视为生产力、个体变成算法末梢神经的大数据社会正在到来。

可以说,"游戏化"非但没有服务于提升主体在工作、学习中的自主性,反而在温和地、非暴力地加速"透明化"过程,让控制畅通无阻。

---

① 项飙:《从"社会人"到"系统人"》,原为项飙 2021 年 1 月 9 日在"腾讯科技向善暨数字未来大会 2021"上的演讲。"腾讯研究院"微信公众号 2021 年 1 月 14 日以"项飙的三个问题"为题推送了演讲全文。

"系统文"的兴盛与这一背景关系密切。人们逐渐感受到工作、生活正在被一个远程控制、监视的系统管控。在这个系统中取得成功的唯一方式,就是比他人更快、更好、更高效地完成任务,即"内卷"①。而"系统文"则想象性地为主角安排了一个外挂,以"游戏化"的方式引导他完成一个个任务,以"游戏"的方式为他提供现成的技能,让他既"卷"得快乐,又"赢"得容易。也就是说,"系统文"将"游戏"与"游戏化"缝合在一起,将"玩耍"与"任务"缝合在一起,进而偷换了"玩家"与"系统人"这两种主体形态,完成了爽感的制造。

这种偷换折射出人们不愿与这种"游戏化的现实"正面交锋的心态。不愿交锋意味着人们尚且无力与之交锋,这反过来再一次确证了"游戏化的现实"的权力、技术、物质基础,勾勒出一幅黯淡的图景:透明化的主体所认识的现实,是规则有限、空间封闭,且试图控制人们快感模式的现实。

因此,"系统文"能否通过构造"爽"的系统,令人们识别、抵触"不爽"的系统,进而保留人们重新掌握主动性的潜能②,仍然是一个未知数。但我们不妨假定,它正在不否定"游戏化现实"的前提下,探索其中可能存在快感的空间,并以主角能否感受到快乐为底线,划定了"游戏"与"控制"的根本距离——尽管这是一个非常微小的距离。特别是,如果未来人们将长时间生活在游戏化的现实中,或者个体无法拒绝"游戏化"而独善其身的话,坚持这点"距离"就越发重要:这应当是"透明化"最难抵达的地方。

---

① "内卷"原本是一个人类学概念,指社会文化模式达到某种形态后,无法继续进步,只能在内部变得越来越复杂的现象。在网络流行语中,指为了争夺有限资源,个体不得不在细节上投入越来越多努力的恶性竞争。

② "潜能"不同于"可能性"。简单来说,"潜能"可以理解为超越"既定框架下的可能性"的、那个尚未被想象到的事物。在今天,人们尚未想象到摆脱控制的手段,但坚持快感和被控制之间永远存在裂缝,这就为人们日后超越控制积蓄了能量。

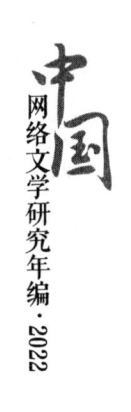

从《诡秘之主》看中国玄幻小说中的"民族性"与"世界性"因素

刘西竹

《诡秘之主》从 2018 年春季首次发表时起,便成了许多网络小说爱好者的最爱,获得了海内外读者的一致好评,这在起点的长篇连载小说中十分罕见。随着小说每天持续不断地更新,其知名度也在与日俱增。[①] 中国网络文学读者基数的庞大,令小说人气的增长显得清晰可见。[②] 在权威的网络小说批评与排名网站橙瓜网上,《诡秘之主》荣登 2019 年度好书榜前十。在以偏好高蹈文学、轻视通俗文学著称的豆瓣网上,其评分也达到了 8.7 分,在网络小说中相当罕见。此外,其在英语国家的人气也与国内同样惊人。在专门为英语母语者翻译中国网络小说的网站"Webnovel"上,《诡秘之主》排在第 13 位。虽然该网站仅翻译了小说的一小部分章节,但读者已对其给出了相当高的评价。在 2019 年年底,英语世界最大的网络小说平台武侠世界(Wuxiaworld)也已上架《诡秘之主》。在介绍各种小说设定集、为同人创作提供素材的网站"fandom"上,《诡秘之主》相关的维基词条已达到 361 条。

汉语的"玄幻"一词最早出自 1988 年赵善祺为黄易小说《月魔》所作的序,当时他将"玄幻"解释为"一个集玄学、科学和文学于一身的崭新的品种"[③]。虽然至今,学术界对"玄幻小说"一直没有一个精准的定义,但

[①] 截至 2019 年年末,《诡秘之主》共 366 万字,1156 章,点击量 1 亿,评论 2190 万条。
[②] 在 2019 年 11 月内,《诡秘之主》的月票数为 17909 票,比上月同期增长 9963 票;推荐票数为 72585 票,比上月同期增长 33235 票。
[③] 李如、王宗法:《论明代神魔小说对当代网络玄幻小说的影响》,《明清小说研究》2014 年第 113 期。

一般而言，它指的是神话生物与神秘力量在情节与背景中有重要地位、起到重大作用的小说。大多数中国读者认为，玄幻小说是武侠小说的直接继承者，后者在20世纪80年代的华语文化圈内曾经一度脍炙人口。同时，当代玄幻小说也明显受到明清神魔小说的影响。值得一提的是，"玄幻"不仅是目前最受欢迎的网络小说题材类型，也是最早诞生的网络小说类别之一，从起点中文网最早的站名"中国玄幻文学协会"（CMFU/Chinese Magic Fantasy Union）[1]便可见一斑。按照起点的小说分类法，《诡秘之主》属于"玄幻"之下的"西方奇幻"，这类小说大多具有与《指环王》等欧美奇幻小说或《魔兽世界》等网络游戏相似的、以西方神话传说为基础的背景设定。同时，它也是起点网上第一批融入"克苏鲁"与"蒸汽朋克"要素的小说之一，是一位具有顶级人气的作者在此方面的一次大胆尝试。"克苏鲁"一词源自美国作家洛夫克拉夫特所著的、以《克苏鲁的呼唤》为题的一系列短篇小说，其中大多包含恐怖、怪物、异教徒、不可知论等要素。在欧美文化圈，受洛氏影响的小说、影视剧、游戏等作品不计其数。"蒸汽朋克"一词被美国学者R. A. Bowser形容为"一种明显的混血文学"[2]，典型的蒸汽朋克作品一般设定在与维多利亚时期英国相似的背景下，并带有对超自然现象与另类科技的想象。虽然尝试涉足克苏鲁与蒸汽朋克题材的中国作家不止爱潜水的乌贼一人，但其作品大多相对小众，知名度远不及《诡秘之主》。同时，根据21世纪初早期玄幻小说代表作家树下野狐在其著作《搜神记》与《蛮荒记》的跋中的描述，起点的"西方奇幻"分类在网络文学发展的第一个十年（1998—2007）达到巅峰，

---

[1] 起点中文网-百度百科，https://baike.baidu.com/item/起点中文网/2374551?fromtitle=起点&fromid=5821716#viewPageContent。

[2] Bowser, Rachel A. 2016. *Like Clockwork：Steampunkpasts, presents, and futures*. *Minneapolis, Minnesota*；London, England：University of Minnesota Press. xixlvi.

却在接下来的第二个十年(2008—2017)由盛转衰。这样的大背景,使得《诡秘之主》"一枝独秀"式的成功显得尤为特殊。

那么,《诡秘之主》是如何将中国读者相对陌生的"克苏鲁"与"蒸汽朋克"文化转化为更易于接受,甚至令人喜爱的元素呢?与 21 世纪初早期的华语"西方奇幻"小说相比,它的特殊性在哪里?为何在前者普遍衰落的情况下,后者却反而成为"爆款"呢?这部小说对异国文化元素的吸收与重塑,是否反映了中国玄幻小说共同的写作手法与思想内涵呢?更重要的是,《诡秘之主》不仅全国知名,更名扬海外,这是否反映了中国与西方年轻一代某些共同的思想主张?这与当今世界的政治、经济与社会格局又有怎样的关系?本文将通过三种不同的理论视角阐述并解答这些疑问。首先是欧美文学界对克苏鲁与蒸汽朋克小说的批评,其代表主要有 Rachel A. Bowser、Jeffery Jerome Cohen、Tracy Bealer 等。虽然这些批评家并不熟悉中国网络文学的发展脉络,但他们对洛夫克拉夫特的写作技巧与思想观点的看法依然值得本文参考。其次是 Edward Said 提出的"东方主义"(Orientalism),以及 Xiaomei Chen 在此基础上提出的"西方主义"(Occidentalism)或"反东方主义"(counter-Orientalism)。Said 在史论中阐述的西方人看待东方文化的方式,为我研究乌贼及其他国内玄幻小说家对待西方文化的态度提供了重要指导。Chen 对 20 世纪 70 年代末中国纯文学界对西方态度的研究也是如此。最后是 Guy Standing 的新马克思主义批评,他提出的"不稳定无产者"(Precariat)理论对我研究中国年轻人生活状态与审美取向的关系有很大帮助。没有这一理论的支持,我无法深入理解《诡秘之主》为何受到如此多人的追捧。同时,Standing 对"不稳定无产者"与世界经济格局之间联系的解释也十分重要,因为就像所有网络小说一样,《诡秘之主》本身就是市场经济的产物。

随着国内网络文学产业的蓬勃发展,学术界对网络文学的重视与研究也越来越提高、深入。《突破与变局:新世纪以来网络文学研究论文选》收录了来自不同作者的多篇独立论文,其内容涵盖网络文学的写作技巧、文学平台的建立与运营、网络文学的社会影响、网络与传统文学的理念冲突,以及盗版与剽窃问题等方方面面,堪称国内网络文学研究的集大成之作。欧阳友权的《网络文学二十年》也从第一个专门的网络文学平台——榕树下的诞生,一直写到起点如今的辉煌,为读者展示了一部生动曲折的网络文学发展史。作为受众面最广的网络文学门类之一,玄幻小说一直是许多专著与论文的主要研究对象。一直以来,许多学者秉持传统的马克思主义道德观,将玄幻小说视为"伤风败俗"的"毒草"。陶东风于 2006 年对萧鼎所著玄幻小说《诛仙》的批评《中国文学已经进入"装神弄鬼"时代?》便是此类批评的典型代表。但也不乏对网络文学有着独到见解、透彻分析的学者与学术著作,例如姜悦、周敏尝试以中国经济大环境的改变为背景分析玄幻小说内容的演变[①];夏烈则从"中华性"的角度出发,认为网络文学具有"传统"与"创新"、"国际"与"民族"的两面性[②]。这些学者的研究对我有相当大的启发。有意思的是,《诡秘之主》一书至今仍未被学术界当作典型案例进行研究,这可能是由于 2010 年以后西方奇幻小说的整体衰落。与国内不同的是,欧美学术界一直未曾对这一新生的文化现象有过与国内相当的兴趣。这极有可能是由网络文学"出海"时间相对较晚引起的。艾瑞网数据显示,"Wuxiaworld""Gravity Tales"等最早的一批网络文学翻译网站建立的时间都不早于 2014 年;而

[①] 姜悦、周敏:《网络玄幻小说与当下青年"奋斗"伦理的重建》,《青年探索》2017 年第 3 期。

[②] 夏烈:《为什么要提网络文学创作的"中华性"》,《群言》2017 年第 10 期。

起点国际版则直到 2017 年才正式建立①。在为数不多的欧美学者研究中国网络文学的著作中，Michel Hockx《中国网络文学》第三章②中对于起点即其他网上小说平台的分析为我提供了许多借鉴。

背景：宇宙恐惧与异域诱惑

《诡秘之主》令人称道的重要原因之一便是其背景。这部小说的背景最能充分反映其作者吸收、再利用不同的文化元素，并将外来文化本土化的能力。如前文所述，"克苏鲁"一直是《诡秘之主》给广大读者最深刻的印象之一。从许多方面看，它确实深受洛夫克拉夫特的影响。"宇宙恐惧"（Cosmichorror）是洛夫克拉夫特所著"克苏鲁神话"系列小说中一大共同主题，Alejandro Omidsalar 将其解释为"当作为主体的人类知晓并接受自身存在的局限时感受到的世界观崩塌的恐惧，与人文主义者认为人类不仅自身具有存在的意义，对宇宙也同样有重要的观念截然相反，其本质在于揭示人类之于宇宙并不具有任何独特性或重要性"③。Omidsalar 认为，"宏观视角"是"宇宙恐惧"的一大重要载体，在洛氏笔下，其表现为"神一般伟大的异生物"以及"天文地理级别的漫长时间"。这样的视角逼迫故事中的讲述者与故事外的阅读者"不向内审视个人的心灵，而向外审视全人类的命运"。在《诡秘之主》的世界中，也同样弥漫着这种恐怖的氛围。《诡秘之主》中确实有"神"，但与洛氏笔下的章鱼神克苏鲁一样，这个世界的众神都是"不可名状之物"。在主角所在的鲁恩王国，

---

①《中国网络文学出海研究报告》（2019 年）。

②Hockx, Michel. *Internet Literature in China*, NewYork：Columbia University Press. pp. 108-140.

③Omidsalar, Alejandro, "*Posthumanism and Un-Endings: How Ligotti Deranges Lovecraft's CosmicHorror*", *The Journal of Popular Culture* 51, No. 3 (2018): p716-734.

教会禁止无背景的平民直接与神灵联系,因为直视真神会使人疯狂甚至死亡。除了教会信奉的"七大正神"之外,还有许多"邪神",与正神不同的是,他们往往直接干涉人间事务、引发恐怖的超自然灾难。例如洛氏小说《敦威治恐怖事件》(*Dunwich Horror*)中"外神"犹格·索托斯之子威尔伯·维特利想要召唤其父降临人间,却被阿米蒂奇教授杀死;而《诡秘之主》中克莱恩的上司邓恩也是在阻止邪神"真实造物主"在人间产下魔胎时壮烈牺牲。

最重要的是,在这个充斥着如此恐怖之"鬼神"的世界里,凡人几乎无法主宰自己的命运。就像洛氏笔下的"旧日支配者"们一样,《诡秘之主》中的众神总是罔顾凡人的死活。为了达到自身的目的,神灵的阴谋可以长达数千年,造成上百万人的死亡。当这些计划实现时,不仅凡人无法避免灾难降临,就连非凡者也无法阻止情况恶化。小说的每一卷都直接或间接地提到种种神灵造成的灾难,但最能集中反映其特征的还是小说第五、六卷的鲁恩-因蒂斯大战,这场毫无征兆的战争令克莱恩骨肉分离。有时候,哪怕神灵自身意识不到或无暇顾及,神威产生的后果能持续数千年。这与洛氏恐怖中的另一个重要因素——"天文地理的时间尺度"不谋而合。这个世界的历史由五个长达千年的"纪元"组成,除了从克莱恩重生前1300年开始的第五纪元之外,前四个纪元虽然有过类似中世纪的人类文明,却都没有确切的年份。在几千年来始终暗无天日的"神弃之地",人们只能依靠闪电来记录时间。人类计时方式的失灵凸显了纪元的漫长,也增强了读者的惊骇感。就连每个人的日常生活中,所有阴暗的角落都可能暗藏杀机,一次失败的占卜、一座古代遗迹的发觉、一个异教徒的仪式,都有可能在大城市里引发超自然事件。此外,相比普通人,非凡者有时更容易受到无处不在的超自然力量的"污染"。

然而在这强烈的"宇宙恐惧"之外,《诡秘之主》作为一部华语玄幻小说,也同样继承了中国民间文学自古以来的人本主义、乐观主义传统。Omidsalar 声称,克苏鲁式恐怖本质上是"在后人文主义影响下,对哥特式恐怖背后的基督教—犹太教认知论的叛离"①。虽然作者自称"乌贼",但他却并不像洛夫克拉夫特那样恐惧基督教价值观的失灵。《诡秘之主》中的神灵虽然"不可名状",却并非没有丝毫人性。换言之,这部小说并非纯粹的"后人文主义"之作。小说中的神可以被杀死,并会被新神取而代之。而第一、第二两纪元的神话,本质上就是一部人形神灵取代其畸形父辈的历史,与希腊、北欧神话中宙斯、奥丁等的事迹如出一辙。同时,随着情节的推进,克莱恩很快便发现众神也只是位于魔法金字塔顶端、最强大的非凡者。理论上,只要有规律地服食魔药、修炼自我、提升法力,每个非凡者都有成神的可能。这种"众生皆可成圣""存在链可以跃升"的理念,显然源自佛教、道教、印度教等东方多神教,且受到《西游记》等明清神魔小说的深远影响。在这些近现代小说中,"神人同形"(anthropomorphism)的概念无处不在,神与魔、善与恶、人与非人的界限有时非常模糊,极易打破。"孙悟空""白娘子"等神魔小说中的经典角色总是既有人性又有动物性、既不可思议又平易近人。这些原则也同样适用于当代玄幻小说。

洛夫克拉夫特的作品第一次引进中国的具体时间已不可考,但从 20 世纪 70 年代至今,日本的克苏鲁神话题材文艺作品中也同样能看到与《诡秘之主》类似的、"反人类性"与"人类性"的相互妥协②。例如 1996 年的电视剧《迪迦奥特曼》,其中的主角大古能变身为"光之巨人",从超

---

①Omidsalar,"*Posthumanism and Un-Endings*".
②潘思成等:《克苏鲁神话体系的日本本土化》,《山海经》2019 年 5 月。

自然的怪兽面前保护人类,明显可视作某种意义上的"神人同形";而他最后的对手名为加坦杰厄,恰巧与 Lin Carter 所著小说 *the Xothic legend cycle* 中克苏鲁的长子同名。虽然乌贼所著的小说与这部超级英雄题材的儿童剧并无直接关联,但两者都不约而同地表现了在科学无法解释的灾难面前人类精神与意志的力量。在部分学者眼中,这种赞扬人性真善美的主题使得这类作品与洛夫克拉夫特写于一战时期美国(日本第一次引进《敦威治恐怖事件》则是 1956 年,正值二战后的美占时期)的原作中纯粹的悲观主义与不可知论形成了鲜明对比。中国进入世界市场的时间较晚,此后也并未经历同样严重的政治经济危机,且当代网文作者和读者大都出生于 1978 年改革开放以后,没有像父辈一样经历过"文革"等重大政治事件,故其展现出的精神面貌都更接近日本的"平成一代"及欧美国家的"Y 世代"。《诡秘之主》和《迪迦奥特曼》都证明,只有适当地减弱克苏鲁神话中过剩的反人类色彩,才能使其更好地迎合当下经济上升阶段国人的大众审美。

《诡秘之主》的另一个常见标签是"蒸汽朋克"。关于"蒸汽朋克"的具体定义,在欧美学术界一直有相当大的争论,在 21 世纪尤其如此。这是因为就像"玄幻"之于中国,这一创作题材在欧美文化圈的知名度一直居高不下,其形式除小说外,还涵盖了影视、动漫、游戏甚至广告等。有些学者甚至认为,"蒸汽朋克"应被视作一种独立的"亚文化"(subculture),而不是科幻小说的一个"子类型"(subgenre)[1]。Jess Nevins 认为,"蒸汽朋克"有"狭义"(prescriptive)和"广义"(descriptive)两种定义法,前者指 Peter Nicholls 和 K. W. Jetter 于 1987 年首次创造"蒸汽朋克"这一术语时

---

[1] Mike Dieter Perschon, "The Setampunk Aecthetics: Technofantasies in a Neo-Victorian Retrofuture" (PhDthesis, University of Alberta, 2012), p1-13.

下的定义,即"对维多利亚时代奇幻故事与替代科技的疯狂历史性重演";而后者则包括了后代学者对其所下的全部定义,大多围绕该题材在新时期的新发展,既有共同点,也有自相矛盾之处[1]。Mike Perschon 则认为,所谓的"蒸汽朋克美学"由三大关键元素组成,分别是"新维多利亚主义"(neo-Victorianism)、"复古未来主义"(retro-futurism)和"空想科技"(techno-fantasy)。首先,虽然"与叙事本身无关",但维多利亚时代的背景对"唤起"蒸汽朋克题材"独有的美感"至关重要。而《诡秘之主》中的时空背景也显然取自 19 世纪的欧洲,其中,鲁恩王国的首都贝克兰德,作为"异世界的伦敦",也同样是整个故事的"关键地点"(quintessential locale),许多大事都在此发生。在某种程度上,这座城市有着狄更斯笔下伦敦的影子,即贫富贵贱之间难以逾越的鸿沟。在这里,封建领主和资产阶级总是举办着华美的宴会,而贫穷的工人和流浪汉只能呼吸有毒的空气。它也让人想起史蒂文森和柯南道尔笔下的英国首都,在这里,高智商的侦探总在与无所不能的罪犯斗智斗勇。对于大都会之外的世界,乌贼同样不吝惜笔墨。在一海之隔的南大陆,古老的土著帝国早已被殖民者征服,顶着欧洲名字的海盗将岛民俘获为奴隶,种植园主的势力一手遮天……这些无不反映出毛姆、齐柏林等作家的影响。某种程度上,通过浓墨重彩地描写仿维多利亚式假想社会的各色风土人情,《诡秘之主》能给中国读者带来一种异国情调的魅力。乌贼彻底反转了 18 世纪欧洲作家对亚洲纯粹美化、刻板印象式的文学想象,即科勒律治《忽必烈汗》与雪莱《奥兹曼迪亚斯》的核心主题,也就是 Said 所称的"东方主义"之一种[2]。借用 Xiaomei Chen 的观点,《诡秘之主》中的近代欧洲背景其实是

---

[1] Nevis, Jess, "*Prescriptivists vs. Descriptivists: Defining Steampunk*", *Science Fiction Studies*, Vol. 38, No. 3 (November, 2011), p513-518.

[2] Said, Edward. *Orientalism*, Vintage, 1979.

对以《功夫熊猫》《奇异博士》为代表的好莱坞文化中的亚洲形象的一种"反他者"(counter-other)。[1]

Bowser 和 Croxall 认为,在蒸汽朋克的世界观下,"时空错乱并非谬误,反而是真理"。在"诡秘之主"中,各种各样的"时空错乱"或"混搭"都随处可见。Mike Ashley 所说的"飞空艇、自动人偶、神秘组织、巨型工程、反重力装置、自动通道等等"[2]在这部小说中都有一席之地。在小说的头两卷中,它们的存在感尤为突出。有意思的是,虽然在《诡秘之主》成名前,能称作"新维多利亚主义"的玄幻小说在中国十分罕见,但"混搭"却始终是所有玄幻小说最突出的共同主题之一,就像赵善祺在《月魔》序中形容的那样。更令人惊讶的是,蒸汽朋克与玄幻小说对"混搭"的执着并非偶然,而是有着相同的内在逻辑:达尔文主义。Bowser 指出,达尔文对蒸汽朋克题材最大的贡献在于提出不同物种之间存在"关系链"(chains of affinities)。生物多样性背后统一的自然规律让人们联想到,维多利亚时代与非维多利亚时代的要素也可以相互结合,她认为,这正是蒸汽朋克的魅力所在。在震撼维多利亚时代英国读者的同时,达尔文翻天覆地的理论也流传到了中国,被以严复为代表的晚清士人吸收。对他们而言,自我演进的生态系统十分接近中国传统观念中的"有机宇宙"(organic universe),统治它的并非人格神,而是由完全抽象的"道"或"理"——儒家哲学的核心概念之一;而"道"和"关系链"也都是将万物紧密相连的存在[3]。严复的理念与玄幻小说《走进修仙》不谋而合,在这

---

[1]Chen, Xiaomei, "Introduction". *Occidentalism*: Theory of Counter-Discourse in Post Mao China . (*Oxford University Press*, 1995), pp. 14-49.

[2]Nevis, Jess, "Prescriptivists vs. Descriptivists: Defining Steampunk", *Science Fiction Studies*, Vol. 38, No. 3 (November, 2011), p514.

[3]雷中行:《晚清士人对〈天演论〉自然知识的理解——以吴汝纶与孙宝瑄为例》,《清华大学学报》(哲学社会科学版)2012 年第 3 期。

部小说中,几千年来的一整套西方物理、化学与生物学理论体系都被以东方神秘学与宗教修行的语言重新解释。除了关系链外,玄幻小说还强调达尔文提出的另外两大概念:"演化"(evolution)和"竞争"(competetion)。

然而要澄清的是,玄幻小说的"混搭"和蒸汽朋克的"空想科技"本质上并不一样。在《诡秘之主》的头两卷中,工业革命对普通人日常生活的影响可谓无处不在,就连七大正神中的一位都名为"蒸汽与机械之神"。克莱恩的妹妹梅丽莎在教会学校学习机械工程,他自己后来也和研究差分机的科学家成了好朋友。然而在接下来的几卷里,这些科技元素却显得越来越无足轻重。当克莱恩的非凡能力越来越强,对真相的探究越来越深时,神话、神灵、法术对情节的推动作用也越来越强。在我看来,这种转变反映了玄幻小说两个重要的特点。首先,相比科幻小说,"玄幻"的"玄",即非科学性、非理性因素,才是其最本质的特点。这意味着,魔法才是玄幻小说背景中真正的主角,而科技则相对不那么重要。总体而言,不同的玄幻小说中科技元素的地位可能有相当大的区别,且完全由作者本人的好恶决定,例如《将夜》中的世界,几千年来一直停留在农耕文明时期;然而《星域四万年》中,魔法般的"修行"本身却是未来星际文明的支柱之一。另一点便是玄幻小说中普遍的个人英雄主义叙事倾向。某种程度上,这与玄幻小说受神魔、武侠影响,以及超自然力量与个人的"修行"相关联有关。在这一基础上,个人的主观意志往往能对周围的一切产生实质性的影响。同时,男性向网络小说固有的叙事结构也容易导致主角视野之外的情节容易被忽略。

最后,蒸汽朋克的"复古未来主义"理念也许是这一题材在中国无法大受欢迎的重要原因之一。如前文所述,《诡秘之主》中的仿维多利亚式背景与 Rob Latham①所谓的"缅怀与遗憾"毫无关联,它的作用在于强调主人公作为中国人,对于这个与故乡截然不同的异世界而言的"他者性"(otherness)。克莱恩确实有某种"怀旧情结",但针对的是他自己的前世,这将是第二部分的重点。从历史的角度看,维多利亚与爱德华时代是大英帝国的鼎盛时期,却同时也是清帝国的末日。同理,Bowser 和 Croxall 将 21 世纪的蒸汽朋克热视作西方民众在经历了 9·11 事件后造成的"集体创伤"(collective trauma)的产物。他们认为,蒸汽朋克题材的怀旧主题象征着伤痛记忆在人脑中的回放,这有助于人重新思考,并以更轻松的方式接受这些记忆②。但就在飞机撞击五角大楼的同一年,中国加入了WTO,发起了 SCO,并成功申奥。巧合的是,起点中文网也在同一年建立。这些事件一同催生了国内网络小说与欧美截然不同的、更积极的"怀旧思想",它强调本民族历史与文化的伟大复兴。这也部分解释了树下野狐所称的中世纪奇幻在中国的衰落。在乌贼试图淡化蒸汽朋克的复古未来主义因素的同时,另一位网络作家马伯庸则转换成"复古"的对象。马伯庸的《龙与地下铁》被其视作"蒸汽朋克中国化的一次尝试",其中,维多利亚时代的伦敦被换成了唐朝的长安,在当时,中国是整个亚洲的霸主。③ 然而不幸的是,许多读者将这本书视作儿童故事。即使作者相同,也同样以唐朝为背景,它的人气始终不及去年夏天改编为电视剧的悬疑小说《长安十二时辰》。

人物:自我变化与他者反转

谈论《诡秘之主》的人物塑造与情节设置时,"他者性"是绕不开的关

---

① Perschon, *The Setampunk Aecthetics*, 17.
② Bowser, *Like Clockworks*, xxxiv.
③ 朱旭:《从〈龙与地下铁〉看蒸汽朋克的本土化创作》,《安徽文学》2017 年第 9 期。

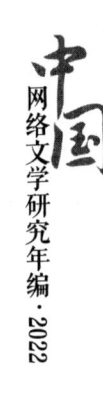

键之一。Jeffrey Cohen 在 *Monster Culture* 中指出,所有神话传说与文艺作品中的怪物形象都是某种"辩证的他者"(dialectic-other)的隐喻,因其"打破了自我意识赖以构筑与发展的文化机制"而具有意义①。与之类似,Tracy Bealer 也在分析洛夫克拉夫特的 *The Shadow over Innsmouth* 时声称,故事中鱼头人身、与人类杂交的"深潜者",其实是对种族上的"异己"的非人化嘲讽②。Brooks E. Hefner 也认为,克苏鲁之父的创作受到当时 Cesare Lombroso 的"犯罪人类学"(criminal anthropology)思想,以及由约翰逊-里德移民法案(Johnson-Reed Immigrant Act)引发的"民族主义思潮"(tide of nativist sentiment)影响③。很显然,其作品中"邪神与恶魔的信徒"通常是有色人种或混血儿,这绝非偶然。乌贼的小说中,对超自然怪物的恐惧感与对异域文化的陌生感也总是相互交织的,但其对二者的理解和表现形式与洛夫克拉夫特截然不同。首先,相比洛氏所著的早期克苏鲁神话,《诡秘之主》中"东方"和"西方"的关系已彻底反转。虽然洛夫克拉夫特几乎从不透露"我"的任何背景,但其作品中第一人称讲述者总被认为是一个"白人男性主体",具有科学、理性的现代头脑。然而在《诡秘之主》中,以克莱恩(或周明瑞)为代表的"自我"本质上是中国人;而他所面对的"他者"包括了他重生后所在的整个世界——一个欧洲文化或欧洲中心论的世界。*The Shadow over Innsmouth* 中,当讲述者意识到自己也拥有深潜者的血脉时,几乎丧失了全部的人性。同样,克莱恩也遭遇过"人格分裂"的境况,因为当时他也分不清自己究竟是这个世界一

---

①Cohen, Jeffery Jerome, *Monster Culture (Seven Theses)* , p3-29, University of Minnesota Press. 1996.

②Bealer, Tracy, "'The Innsmouth Look': H. P. Lovecraft's Ambivalent Modernism", *Journal of Philosophy: a Cross-Disciplinary Inquiry* , Vol. 6, No.14, 2011.

③Brooks E. Hefner , "*Weird Investigationand Nativist Semiotics in H. P. Lovecraft and and DashiellHammett*", *Modern Fiction Studies* 60, no. 4(Winter 2014): p651-677.

位普通的居民,还是来自 21 世纪中国的穿越者;不过最终,他还是认清了后者才是真正的自己。随着情节的演进,类似的现象发生得越来越频繁,因为克莱恩需要不断变换姓名、容貌与住所。扮演不同"角色"的同时也保持对自我的清醒认知,是克莱恩总结出的"消化"魔药、增强非凡能力,并避免受到"污染"的一种方式,这被称为"扮演法"。

此外,克莱恩外在身份与内在认同感的差异也引出了小说两个重要的主题:首先,他总是感受到孤独与乡愁,这是中国文学自古以来的重要主题之一,也是最令许多国内读者感同身受的元素之一。值得注意的是,书中还有两个角色与主角具有同样的乡愁,他们总是扮演着他的知己与导师。其中之一是前辈穿越者罗塞尔大帝,他的日记是用在这个世界无人知晓的汉语写成的,只有与他出生于同一时空的克莱恩才能够"解码"。通过解读罗塞尔的日记,克莱恩不仅了解了神话与历史背后的真相,也继承了他对回归故乡的朝思暮想。另一位则是克莱恩的历史老师阿兹克·艾格斯,后来的情节揭示了他其实是一名古代半神非凡者,却在一次次死而复生中丧失了记忆。在请求克莱恩帮忙找回记忆的同时,阿兹克也保护着他不被强敌所害。有意思的是,阿兹克是一个棕色皮肤的"拉美人",却又是同样"非白人"的主角如师如父的可靠保护者。在这里,洛氏小说中有色人种的黑暗形象被彻底颠覆、转向积极的一面。某种程度上,克莱恩与阿兹克的关系也让读者联想到近代中国与南美洲共同的遭遇:两者都曾建立过伟大的帝国,却也同样败于新兴的西方文明之手。此外,虽然和洛氏作品中一样,物理性和心理性的"他者"与"自我"的对比在《诡秘之主》中随处可见,但是,"自我"与"他者"也未必时时都完全对立。有时候,即使无法忘记作为穿越者的乡愁,主角也依然想成为这个世界的一分子,且总能某些方面得到世界的接纳。克莱恩成为半神

时,曾试图用占卜唤回前世的记忆,却失败了,是塔罗会的奥黛丽·霍尔将他从崩溃的边缘拉了回来。就像"乡愁"本身一样,"自我"与"他者"的互相和解,也是这部小说最明显的人文主义痕迹之一,这与洛夫克拉夫特对未知、恐惧的过分强调和新教伦理的全盘否定完全不同。

同时,克莱恩与罗塞尔截然不同的性格与命运也在许多方面形成了鲜明对比。在这里,乌贼既颠覆了洛夫克拉夫特的种族主义刻板印象,也打破了早期玄幻小说中男性穿越者主角的过时角色模式。罗塞尔的一生与拿破仑一世有许多相似之处:他重生时是因蒂斯的王子,在登上王位后,不仅将自己的国家发展成了全大陆的霸权,还发动了全国的工业革命。他死后百年间,革命的成果传遍了全世界,到克莱恩重生时,扑克牌、自行车等许多重要发明都被百姓归到他头上。在魔法的领域,罗塞尔也有深入涉猎,但这最终成了他的阿喀琉斯之踵。与勇敢无畏、野心勃勃、独断专横的罗塞尔不同的是,克莱恩总是谨小慎微、节俭质朴、心地善良。由于既无钱财又无力量,他总是在正教与邪教的夹缝中过着节衣缩食的生活,以及像传统克苏鲁神话小说中的"调查员"(investigator)一样探索周遭的世界。但在前辈的指导下,他领悟了许多魔法的奥秘,敢于牺牲自己对抗强敌,并结交了许多强力的盟友,从而一次次从危险面前全身而退。讽刺的是,虽然罗塞尔的日记帮助克莱恩规避了不少潜在的风险,但他本人却在晚年陷入了疯狂。其实总体来看,许多男性向网络小说中的主角都是"罗塞尔"类型的。但与罗塞尔不同的是,他们往往有着幸福美满的结局,例如成为整个世界的绝对统治者,或者字面意思上的成神。这样的主角在21世纪早期的中世纪奇幻小说中尤为常见,其典型代表是网络骑士的《我是大法师》,它被公认为第一部典型的"YY小说"。同时,这些主角取得的无可比拟的成功,也往往让他们忘记自己原本的来历,并被自己所"征服"的异世界所同化。在这点上,哪怕是最近刚改编为电视动画的、国内最热门的玄幻小说《斗罗大陆》和《斗破苍穹》也不能免俗。许多学者都认为,近年来,国内读者已经对主流商品文学所呈现的,纯粹逃避现实的理想主义感到审美疲劳[1]。在这点上,乌贼成功地迎合了变化中的市场需求,因为相比以往过于同质化的穿越者故事主角,他笔下的主要角色在性格上总有着种种瑕疵,这让他们的感情显得更真实、更有"人味儿"。

除了上述种种,我还想继续说明,罗塞尔临死前的疯狂表现还反映了一些更微妙的变化,它关于中国人看待作为"他者"的西方态度的转变。如前文所述,华语网络文学写作的商业化与工业化和中国加入美国主导的世界市场体系几乎是同时开始的。因此,在西方奇幻网络小说的黄金时期,其中的主角作为中国"自我"的代表,总是以全能神般的姿态征服看起来落后的西方"他者",这反映了现实生活中中国老百姓对参与全球经济的渴望,以及这个国家对颠覆甚至逆转近百年来统治第三世界的殖民主义话语体系的执着。但从2008年开始,受全球经济危机影响,中国的整体经济走势逐渐放缓。同时,中国国际地位的提升也让国内外对中国历史文化的兴趣日益浓厚。于是,这时的玄幻小说也不再强调"异世界"在种族与文化上的"他者性",典型的中世纪奇幻越来越少,取而代之的是以古代中国为原型,或模糊了民族属性的故事背景。《诡秘之主》中中国"自我"的代表从罗塞尔转向克莱恩,某种程度上也暗合了中国玄幻小说的民族主义叙事从早期的向外扩张性转向向内自省性,以及对西方"他者"的态度从征服到共存的变化规律。此外,路遥20世纪80年代创作的现实主义小说《平凡的世界》也反映了相同的规律。书中的主角孙

---

[1]任艳丽:《网络玄幻小说缘审美疲劳现象剖析》,《华章》2013年第5期。

少平曾在白日梦中进入了一艘飞碟,并与飞碟里的外星人谈论起了中国以外的世界。此处的飞碟代表了 Xiaomei Chen 所谓的流行于当时知识分子圈子中的"非官方西方主义"(anti-official Occidentalism)[①],即认为对于封闭、落后的东方"自我"而言,西方"他者"具有引领、启迪的作用。从孙少平到克莱恩的转变充分说明了,从 1978 年到现在,虽然西方"他者"对东方"自我"的吸引力从未减退,后者的主题地位却越来越显著,形式上越来越独立,与前者的关系也越来越平等。

乌贼模糊了洛夫克拉夫特笔下"人"与"非人"的界限,这对理解"非凡者"这一概念十分重要。某种程度上,《诡秘之主》中的非凡者成神与 Thomas Ligotti 笔下"不可名状的超验"(unspeakable transcendence)有相似之处[②]:二者都是凡人一边"成神"一边"入魔"的过程。一方面,如前文所述,非凡者服食的魔药越多,其超自然能力也越强;对于克莱恩来说,这也意味着发现更多隐藏的真相,以及更多关于自身过往的线索。另一方面,对于非凡者来说,越接近真神,就越容易被令人异化的超自然力量污染、失去人性乃至死亡。除了来自神灵、天使与其他隐秘存在的、令人疯狂的"呓语"之外,其自身拥有的魔法道具和技能也可能带来这种污染。因此,在保存身为人的理性与获取超凡力量间取得平衡,是每个非凡者都要面临的最基本、最重要的问题。在神灵般的力量与人类的渺小间做出选择的时刻,也最能反映其性格上的本质特点。作为一名大贵族的女儿、贝克兰德妇人圈中知名的美人,奥黛丽总是通过与精神有关的非凡能力和财富帮助他人。对许多人来说,她就像女神一般慈爱。但在大战

[①] Chen, Xiaomei, "*Introduction*". *Occidentalism*: Theory of Counter-Discourse in Post Mao China. (*Oxford University Press*, 1995), pp. 21-22.

[②] Omidsalar, Alejandro, "*Posthumanism and Un-Endings*: *How Ligotti Deranges Lovecraft's CosmicHorror*", *The Journal of Popular Culture* 51, No. 3 (2018):718-719.

中，奥黛丽意识到自己无法解救许多陷入悲剧的普通人，并头一次对成为半神的意义产生了怀疑。于是，这位塔罗会的心理医生也不得不带着眼泪寻求他人的安慰。与之相对的是克莱恩的劲敌阿蒙，他与洛夫克拉夫特笔下的奈亚拉托提普（Nyalathotep）——一位狡猾的恶作剧之神，有人类的外表，却是彻头彻尾的非人——十分相似。作为远古太阳神之子，阿蒙对凡人毫无怜悯之心，一心只想着如何成神。这让他成了全书最令人恐惧的角色之一。

然而，除了这些有意思之处外，《诡秘之主》的人物塑造依然有一个整体上的重大缺陷，即某些中国学者所称的"角色差序"[1]。"差序格局"的概念最早出自费孝通的人类学著作，原指以宗族为基础的传统中国村落中权力关系的组成特点：离族长的血缘关系越近，在家族中的地位越高、影响力越大。通常情况下，网络小说中的主角也和这些村落中的族长具有相似的地位：不论从性格塑造还是推动情节的角度，其本身都是全书最趋向"圆形"的人物；同时，和主角关系越密切的角色性格越丰满、出场率越高；反之，离主角越远的角色也越"扁平"。《诡秘之主》也不例外。一方面，以克莱恩和他的塔罗会为首，书中的许多主要角色都有着独特的外貌、性格和行为特点。其中一些有着感人至深的"高光"时刻，例如克莱恩的值夜者同事戴莉和邓恩队长的感情；另一些则创造了许多引人发笑的"梗"，比如"水银之蛇"威尔·昂赛汀对冰激凌的热爱，就一直为读者们津津乐道。在国内最大的同人创作网站之一 lofter 上，"诡秘之主"标签的浏览量达到了 570 万，这说明即使原作并没有浓墨重彩的爱情戏，其主要角色间的互动也足以满足女性读者的浪漫想象。另一方面，与克莱恩没有直接关系的角色却往往被乌贼一笔带过。与有血有肉的"正

---

[1] 禹建湘：《网络小说的"叙事性"美学营构》，《求是学刊》2016 年第 6 期。

派"相比,《诡秘之主》中的"反派"形象大多相对"扁平"。书中的邪神信徒常常被描述成单纯的作奸犯科者,理所当然地败于塔罗会或正神教会之手。如前文所述,在小说最后两卷,非凡者之外普通人的生活所占的篇幅比之前明显减少,这是因为叙事的重心已经从凡人转向了神灵。不过幸运的是,乌贼通过POV(视点人物写作手法),在一定程度上控制住了这种趋势。

情节:提升修为与探寻真理

相比其明显异域化的背景和新颖的人物,《诡秘之主》的情节显然更加"中国"且"传统"。最明显的一点,便是其沿袭了大部分玄幻小说共同的标志性特征之一,被称为"升级流"的公式化情节结构。在大部分连载性的玄幻小说中,人物与道具具有的超自然能力往往被量化,并被严格划分为多个等级,这种等级往往与架空世界的社会阶层挂钩。① 因此,从实力与阶层的金字塔顶层爬升至巅峰便成了主角最重要的长期任务。在《诡秘之主》中,非凡者的能力被划分为22条"神之途径",每条途径由10个"序列"组成,在鲁恩,大部分"野生"或草根阶层的非凡者都不超过序列7,而正神教会的大主教们都是序列4以上的"半神"。中国学术界一般认为,"升级"的理念源自电子游戏带来的经验,对于大部分出生于20世纪80年代的网络作家而言,这并不陌生。② 在起点网建立的2001年,盛大公司引进了韩国MMORPG(Massive Multiplayer Online Role Play Game;大型多人在线角色扮演游戏)《传奇2》。这也许不只是个巧合,因为事实上,"升级"一词本来就是RPG的术语。根据Max Horkheimer的

---

① 刘慧慧:《论玄幻小说力量设定的"金字塔"模型》,《网络文学评论》2018年第6期。
② 王馨:《论玄幻小说的游戏性特征》,《文学教育》2010年12月。

理论,"升级"是玄幻小说得以成为一种"文化产业"(cultural industry)的必要元素,也是这一文学体裁作为"文化产业"之产物的最集中体现。一方面,不论在RPG还是玄幻小说中,主角等级的提升都为受众提供一种廉价的"让凡人成为英雄"(make the average heroic)的体验;另一方面,"升级"的特点为小说作者和游戏者根据需要无限制地延长故事进程提供了便利。这能让创作者向欣赏者承诺的"真实终点"(real point)变得遥不可及,从而无限延长他们沉浸于虚幻的承诺中的满足感。[1] 更重要的是,对玄幻小说庞大的产业规模而言,这种公式化的力量体系与社会结构,以及与之对应的、同质化的情节发展模式既是原因,也是结果。如今,中国已经拥有780万名网络作家,1650万种网络小说、4亿个读者,这不可不谓了不得的产业成就。

然而,我们不应该只通过Horkheimer所谓"娱乐商业"(entertainment business)的陈词滥调来解读玄幻小说对无处不在的等级制度与个人向上发展的可能性的双重强调。相反,我赞成部分学者的观点,即"升级流"反映了当下年轻人最不容忽视的现实焦虑:阶层固化与社会资源分配的不平均。Guy Standing用"不稳定无产者"[2]这个词来称呼那些既没有劳动安全保障也没有稳定的"职业身份认同感"(work-based identities)的人,将农民工称作中国"不稳定无产者"的代表[3]。但他也指出,所谓的"工薪无产者"(salariats),即拥有稳定的全职工作、享受国家福利,却无法进入精英阶层的人们,在经济压力下也同样有变为不稳定无产者的可能。虽然Standing本是以日本的"薪水人"(salaryman)为例说明这一现

---

[1] Horkheimer, Max, "The Cultural Industry: Enlightenment as Mass Deceiption", in Dialectic of Enlightenment, The Seabury Press, New York, 1969. p. 121–167.

[2] Standing, Guy. "Chapter 1, The Precariat" The Precariat: The New Dangerous Class, Bloomsbury Publishing Plc, 2011.

[3] Ibid. "Chapter 4, Migrant Victims: Villians or Heroes".

象,但中国的"中产""小资"也面临着同样的风险。Standing 认为,不稳定无产者是极端机会主义①的,这不免让我想起玄幻小说中的"金手指"。"金手指"一词原指日本任天堂开发的一款修改游戏数据的软件,而在玄幻小说中,它指的是主角独有的机遇或资源。对克莱恩而言,灰雾背后的宫殿就是一种"金手指",在这里,他能像真神一样回应祈祷、净化污染、通过上帝视角观察人间。一些中国学者将"金手指"等同于 Raymond Williams 所谓的"魔法时刻"(magic moment),其作用在于在小说语境下弥合读者从蒸蒸日上的国民经济中受益的理想,与其付出努力却不得回报的现实之间的差距。② 有意思的是,虽然 Standing 认为在西方,女性是典型的不稳定无产者;但在中国,升级流却往往多见于男性向而非女性向的网络小说。这或许是因为"升级"这一概念的源泉——MMORPG 的玩家多为男性。但我也认为,这与传统的儒家思想的性别话语中,男人是社会生产的主体,而女人是家庭生活的主体脱不开关系。因此,正如上野千鹤子所说,在东亚,男性之间围绕财富与政治地位的社会竞争总是比女性之间的竞争更为激烈。

  从表面上看,当代网络小说家对阶级性的高度重视与其前辈、武侠小说大师金庸对特点历史背景下民族关系、国家存亡的偏好形成了鲜明对比。但我认为,这种典型的现代中国叙事依然无可争议地反映了中国年轻一代的民族自觉与国际意识。首先,典型的"升级流"叙事本来就与传统武侠的叙事手法脱不开关系,这在早期玄幻小说中尤为明显。一些研究者指出,武侠小说的共同主题是"爱"与"恨"③。武侠小说中的"恨"之

---

①Standing, Guy. "Chapter 1, The Precariat", *The Precariat: The New Dangerous Class*, Bloomsbury Publishing Plc, 2011.
②姜悦、周敏:《网络玄幻小说与当下青年"奋斗"伦理的重建》,《青年探索》2017 年第 3 期。
③曹宁、李兰兰:《金庸武侠小说的民间叙事模式》,《社会科学论坛》2009 年第 5 期。

主题主要分为三个：私人恩怨、资源争夺、国家与思想立场之争。很显然，《诡秘之主》的主题发展也严格遵循这一规律。小说第一卷末尾，当克莱恩只有序列 8 时，半神级别的大反派因斯·赞格威尔设计杀死了邓恩，于是，替上司复仇成了克莱恩"升级"的最大动力之一。为了寻找更强力的魔药配方，并通过"扮演法"将其消化，他从小镇廷根转移到贝克兰德，并在那里得知了许多神话背后的密辛，卷入了王室、教会与众神的阴谋。经历了许多事情后，他最终决定成为真神，以对抗即将到来的"末日"。与"恨"不同的是，"爱"的主题却总被淡化。虽然《诡秘之主》中有许多各具魅力的重要女性角色，但克莱恩从未与其中任何一人坠入爱河。此外，如前文所述，玄幻小说中的"升级"也是"修行"这一传统观念的一种全新表达，为后者提供了方便的量化测量标准。"升级"的概念源自道教等东方神秘学体系，而在武侠与神魔小说中，它一般包含两层意思：通过练习仪式获取超自然能力，以及从生活中感悟深刻的哲理。这两者总是密不可分，互为表里。为了"消化"魔药并晋升至更高序列，本是一名小镇大学生的克莱恩先后成为首都的私家侦探、海上的赏金猎人，以及拥有私人领地的大资本家。他丰富多彩的经历令我想起《西游记》，其中唐僧的成佛之路也充满了物理和心理意义上的崎岖坎坷。

此外，这种公式化写作手法的流行，本身也反映了中国民众与文学界对本国国际地位变化的看法。首先，Standing 指出，"不稳定无产者"是一种世界性现象，其产生的根本原因在于自 20 世纪 70 年代以来，"新自由派"经济学在增强市场灵活性的同时，也削弱了就业稳定性，例如中国农民工的产生，便与跨国公司在世界范围内吸纳廉价劳动力有很大关系。[①] 2008 年的金融危机，无疑加速了这一过程。其次，不论玄幻小说本身的

---

① Standing, *Precariat*, chapter 1 and 4.

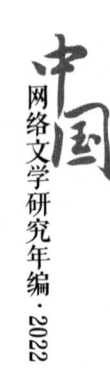

兴起，还是其在年轻人群体中受到的热烈欢迎，都建立在中国自20世纪90年代以来不断吸纳西方大众媒体与物质文明的基础之上。除了电子游戏对玄幻小说写作风格的影响之外，最重要的还是电脑、互联网与智能手机作为书写媒介的运用，它们让每个人都拥有了创作、出版和欣赏的权利。① 再次，在我看来，"升级"的概念本身也反映了近百年来根植于中国民族性中的社会达尔文主义思想。从19世纪末被首次引进到中国起，达尔文的"物竞天择，适者生存"思想、斯宾塞的"素质教育"理念都被梁启超、毛泽东等众多革命家采用。他们之所以借此教化民众、领导革命，是因为这种思想本身契合了当时积弱积贫的中国对增强自身、反抗侵略的强烈需求。② 更重要的是，当1978年中国再次对世界打开国门时，它所面临的状况与百年前不无相似之处。因此，中国人民也依然渴望着民族的伟大复兴，以及与依然强大的西方面对面竞争。但需要说明的一点是，当代玄幻小说并未继承民国社会达尔文主义话语体系中的一个重要元素：克鲁泡特金的"互助论"(mutual aid)。相反，网络小说总是更着重渲染主角个人从一无所有到天下无敌的"进化"，并单方面强调"竞争"对其生存的重要性。

"升级流"本身有着许多固有的缺陷，并因此时常受到普通读者与学术界的共同指责。其中之一便是前文提到的"角色差序"现象。有时候，由于叙事重心的转换过于迅速，只要与主角失去联系，某些人物、线索或场景便会由于作者的疏忽而被彻底遗忘。在小说的体量超过最初的大纲时，这种情况尤为明显。同时，对作为主角终极目标与行动准则的"升

---

① 张善玲：《媒介视野下的网络穿越小说流行原因初探》，《广西职业技术学院学报》2015年第8期。
② 苏中立：《辛亥革命时期社会达尔文主义的传播》，《广东社会科学》2012年第5期。

级"过于重视,有时会让作者忽视其他细节,例如主角心理层面的变化与发展,这在某种程度上解构了传统通俗小说所宣扬的崇高价值,例如金庸小说的浪漫主义的英雄主义,以及革命文学的集体牺牲精神。在以《阳神》为代表的部分玄幻小说中,这导致了极端犬儒主义的利己主义。① 不过我最赞同的还是 Horkheimer 的观点,即网络小说产业中过于同质化的"戏仿的风格"(caricatures of style)有时会阻碍其内部的创新、差异化与精细化,使"真正的风格"(genuine styles)难以产生②。幸运的是,通过采用一些中国玄幻小说不常用的,典型的西方写作手法,乌贼灵活地避开了这些问题。由菲利普·迪克(Philip Dick)发明、乔治·马丁(George R. R. Martin)扩大影响的"POV"(point-of-view,视点)写法便是其中之一,它指的是通过不同人物的有限视角,从不同的侧面讲述同一个故事,从而让不同的情节沿着各自的主线同时推进,并互相产生关联。就像《冰与火之歌》一样,《诡秘之主》给了塔罗会以外的许多角色成为"主角"的机会,其中包括克莱恩的哥哥和妹妹,他们并不是非凡者。透过这些活跃于社会不同阶层的角色的视角,读者能看见克莱恩视野外更加广阔、多元的世界,上自众神,下至凡人。这些技巧还包括克苏鲁小说中的"调查"概念。书中不止一次提到,不同纪元流传的神话传说有时会自相矛盾,因此,探寻其背后的真相变成了主要角色行为的重要动机。虽然一些关键信息——例如远古太阳神死亡的真相——本身具有污染人心的魔力,但与 Sect of the Idiot 结局无尽的压抑感不同的是,克莱恩和他的伙伴们总能一次次勇敢地接受真相,守住人性的底线,并明白未来的方向。不

---

①裴振:《论网络玄幻小说中的个人主义思想走向》,《菏泽学院学报》2017 年第 4 期。

②Horkheimer, Max, "The CulturalIndustry: Enlightenment as Mass Deceiption", in Dialectic of Enlightenment, The Seabury Press, New York, 1969. p. 121-167、p130.

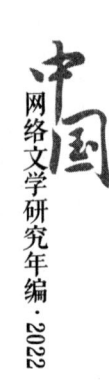

可思议的是,这也暗含了中国传统哲学中"见性明心"①的理念。

结　语

夏烈曾于2017年指出,作为华语网络类型文学毋庸置疑的核心受众,中国读者对网络小说的"中华性"十分敏感。在此,他将"中华性"定义为"不是简单的中国传统文化或中国古典文化,而是包含了多国历史时期的大传统和小传统的古老基因和现代基因";"它是中华已经完成和正在发生的文化遗传密码序列的当代体现、当代见证和当代融合"。这种"中华性"并非玄幻小说独有,而是过去20年(1998—2017)来"中华文化转向和重构的结果""全球化、国际化经济文化处境下的应命缔结"。同时,夏烈也认为,网络小说对通过讲述中国故事,在国际背景下重建中国民族身份认同的追求,直接反映了中国日益增强的综合国力对海内外的深刻影响。越是民族的,越是世界的。从很多方面来看,《诡秘之主》都完美符合夏烈的描述。一方面,这部小说是国际的。它有着多层次的奇幻背景,其中既有扭曲的怪物、冷酷的众神、不可名状的危险等令人联想起洛夫克拉夫特作品的因素,也有逼真的仿维多利亚式社会风貌、奇特的科技、异国的风土人情等蒸汽朋克小说特有的时空错乱现象。这些都颠覆了欧美流行文化所塑造的东方主义刻板印象,继而为国内受众带来强烈的、异国情调的诱惑。另一方面,《诡秘之主》本质上依然是中国的。它像传统的武侠小说一样,讲述了一个中国穿越者通过修行取得超自然力量,同时一边发掘神话传说背后的真相,一边体验多种不同的生活、探索自我价值的故事。不论是乌贼作品的如日中天,还是西方奇幻作为曾经的主流题材的日薄西山,其实都是源于中国国际影响力的提升,以及中

---

①阎韬:《王阳明的明心见性之路》,《哲学分析》2016年第1期。

国人民生活方式的国际化带来的,对在世界范围内重建中国文化形象日益滋长的需求。

与天斗，其乐无穷

——网络文学名作《将夜》细评

单小曦　钟依菲　肖依晨　朱哲娴　钱书逸　刘欣

猫腻创作的网络小说《将夜》是连载于起点中文网的一部玄幻小说，2015年获得首届网络文学双年奖金奖，2017在《2017年猫片胡润原创文学IP价值榜》中排名第四，从2018年开始由杨阳执导，陆续被改编成电视剧《将夜1》《将夜2》。作者猫腻在小说中塑造了一个极具中国色彩的世界，以其成熟的写作笔法塑造了一群具有个性的人物，带领读者感受举世战斗的宏大场面，但同时不乏对"饮食男女"日常生活的书写，最终作者在小说中建立了一个宏大的世界架构，世界之外仍有世界，具有好奇心和探索力的人们是推动世界进步的重要力量。针对《将夜》的文本，我们将立足小说本身，从世界设定、叙事手法、人物设定、主题思想四个板块展开研讨。

一、从俗世到修行界：中国性的架空世界

《将夜》作为一部极具中国色彩的玄幻小说，其中国性首先体现在它的世界设定中，表现在中国地理元素的使用、中国传统文化的地理分布和极具中国特质的能量体系设定这三大方面，同时小说又建构了一个"反常化"的架空世界。从宏观角度来看，在整个扭曲封闭的世界中可以分为俗世世界和修行者世界，二者在小说中处于交织状态，两者的互相切换推动了故事情节的发展，这两者的设定都离不开"中国性"这一根本特征。

1."反常化"的架空世界

在幻想小说的写作中,"架空世界"是一种常用的手法,一些小说架空世界会带有一部分我们已知的历史或者现实世界的特征,读者可以获得一种与已知经验相似而又相悖的阅读快感;另一部分小说是完全的架空世界,小说中故事发生的背景在历史长河中找不到它的对应参照系。《将夜》的世界是完全架空的,作者虽然在小说中借用了中国古代的国名和地名,但这些只是作为作者建构的世界中的一个元素,作者不必按照历史的特定走向来安置这些元素,他可以将它们随心所欲地排列组合,最终构成一个属于这部小说的世界地理。而《将夜》的架空世界具有"反常化"的特征,主要体现为两方面。

一方面是对物质上的客观事物进行"奇异化"重构。小说《将夜》中人类所处的世界类似一个泡,这个泡与外面的世界并不相通,稳定、自洽、独立,它是一个扭曲的封闭世界。小说将现实中的太阳进行"重构",一颗作为自然界客观事物而存在的恒星变成了规则的化身,它没有自然科学规律可言,太阳仍是光和热等能量的来源,但它只是昊天"赐予"人类光热等能量的一个工具,就像是昊天在世界图纸外"画出来"的一个物体,而人类永远无法捅破这张图纸触碰到它。小说世界里没有月亮,人类只知道"月"的能指,却不知道"月"的所指。后面小说中出现的月亮也同样不是那颗卫星,而是夫子的化身,超越了读者的形象层期待视野,月亮虽然具有明暗变化,但其变化只是取决于夫子与昊天战斗的情况,类似于游戏中 HP 生命值的变化。对现实世界中客观事物"日"和"月"的"奇异化"重构将读者对客观存在的自动化认识变得"陌生化"[①],让读者产生了

[①]此处的"陌生化"并不是俄国形式主义中所说的陌生化手法,只是借用了这一固有名词,表达小说中不同于现实世界的日月可以使人产生陌生感的效果。

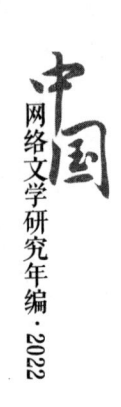

陌生感、新鲜感,增加了对小说文本艺术感受的强度,从而使他们的阅读快感得到提升。

另一方面是对于规则上的时空和能量的"反常化"变形。小说中的世界被分层的天地元气覆盖,与现实世界中大气的对流层、平流层等分层相仿,但因为世界是扭曲的,于是分层的天气元气中出现了扭曲的通道,也就是可以不受昊天规则控制的时空。小说中的时空模仿了爱因斯坦相对论所提出的时空,但简化并改变了扭曲时空形成的原理。时空被作者简单地划分为充满天地元气的扭曲时空和空白的时空通道,然而现实世界中无法出现一个完全空白的时空。在现实世界扭曲时空的基础上,作者进行了变形,这是小说世界不同于现实世界的表现之一。小说世界中的能量也不是守恒的,能量守恒定律认为孤立的系统能量保持不变。小说中的世界是不与外界交流的孤立封闭的世界,但这个世界无法得到外界能量的补充,世界中的能量却会被不断消耗,因此,作为世界规则的昊天需要通过"吃"修行者来补给能量。

贯穿小说的"永夜"设定,其实就是昊天降低能耗的一种方式,昊天世界不可能一直消耗能量而运转下去。可以说作者不仅对小说世界中物质上的客观事物进行了"奇异化"重构,还对规则上的时空、能量进行了"反常化"变形,相比于大部分架空世界的玄幻小说,它具有了创造性的突破。

2. 俗世世界:中国地理元素的集合

随着国外的《魔戒》《哈利·波特》《罗得斯岛战记》等作品进入中国,其世界设定的特征对中国网络玄幻小说具有很大影响,比如《若星汉天空》《佣兵天下》,这些虽然都是中国的网络玄幻小说,但是作为世界架构的元素多来源于西方神话,并不具有显著的"中国性"特征。《将夜》的

"中国性"身份归属鲜明,充分体现在地理元素中。

首先,作者借用了"大唐"这个被民族化了的空间。作者选择"唐"作为定义"中国性"身份的特征之一是有原因的,在这个时期,劳动者不再是毫无独立人格的附属品、朝廷设立科举制度为庶民提供了机会、商品经济发展、对外来文化采取兼容政策等等,更重要的是,在唐代封建礼教相对松弛,人的主观精神昂扬奋发,任侠的风气出现了高潮,被唐代士大夫视作一种英雄气质。[①] 现代的读者已经没有机会亲身感受唐代,我们对其的了解大多是通过各种媒介,因此文学作品和史书在很大程度上帮助塑造了这些地理人文景观。唐代的思想文化受儒释道文化的影响,并且在中原与少数民族的交融中形成了开放多元的文化,在这样的文化语境下所书写的唐代文学作品和史书使"唐"这个空间逐渐民族化。

其次,作者借用了中国存在过或仍存在的地名作为世界设定的地理景观原型。小说中大唐帝国周围三个地理景观——渭城、青峡、岷山,都是来源于中国境内。渭城本秦都咸阳县,汉王元年改为新城县,七年废入长安县,元鼎三年复置,改为渭城县,东汉废,在今陕西咸阳一带。在我国历史上,虽然没有青峡,但是有青山峡这样一个地方,现在位于我国宁夏青铜峡市南青铜峡。而岷山则是自中国甘肃省西南部延伸至四川省北部的一个褶皱山脉,在《山海经·中山经》中记载:"又东北三百里,曰岷山,江水出焉,冬流注于大江。"[②]《将夜》这部作品中的世界设定可以直接让我们感受到来自中国传统的风土人情,作者并没有对这些地理景观含有的意义做出表述,而是借用中国境内的地名、借鉴文学作品中出现过的地区原型以及运用写作技巧使读者对小说中描写的地理区域产生情感共

---

①陈伯海:《唐诗学引论》,上海东方出版中心,2007年,第32—47页。
②袁珂译:《山海经》,华东师范大学出版社,2016年,第91页。

鸣,这些地理景观是带有价值观念的象征元素,它们都在中国境内存在过或仍存在着,"文化可以利用地理使空间被赋予特定意义"①,作者猫腻就借用这些地理景观使小说中的空间被赋予"中国性"的特定意义,从而使作者本人的文化情感态度得以表现。

3. 修行者世界:幻想与中国传统文化的融合

《将夜》的世界中除了俗世世界,还有修行者的世界,而在修行者的世界中最为神秘的就是四大不可知之地。不可知之地是指俗世之外的神秘地域,千百年来,只有一些关于不可知之地的传说在修行界里流传。这四大不可知之地分别是知守观、书院二层楼、悬空寺和魔宗山门。地理人文景观总是与特定的文化相连,世界设定中不同的文化分布可以通过地理景观的设置表现出来。② 四大不可知之地都是借用了中国文化中的某一部分而形成的,它们的分布就体现了中国文化在《将夜》世界中的分布。

首先,是道家文化的分布,在小说中以道门修行地最为突出,对应的地点是知守观。一方面,从"知守观"的命名来看:"知其雄,守其雌,便是知守观,知其进,守其退,以退为进,才是知守观"(第五卷《神来之笔》第三十一章)进入知守观首先要倒退而上六级台阶,然后下六级台阶,最后重新倒退再上七级台阶,总体来说知守观的文化内蕴就是"以退为进"。小说中西陵神殿的真言原话来自《庄子》:"知其雄,守其雌,为天下溪。知其白,守其辱,为天下谷。"③意思是一个人知道如何才是强大的、光明的,但是他甘于像溪水一样柔弱、像山谷一样身处黑暗,"尖则毁矣,锐则

---

①迈克·克朗:《文化地理学》,南京大学出版社,2003年,第40页。
②迈克·克朗:《文化地理学》,南京大学出版社,2003年,第40页。
③王先谦集解:《庄子》,上海古籍出版社,2009年,第346页。

挫矣"①,"以柔克刚,以退为进"是中国古代道家所推崇的法则,作者将道门取名"知守观",其"知守"的文化内涵与道家思想相符。另一方面,从小说中道门的作用来看,是道门选择了昊天,从而确立了人间的规则,也就是"天道"。中国传统文化中对"道"的意义最初的解释就是宇宙依以运行的轨,现象的道是从创造以至化灭的历程,现在通用的术语就是时间与空间,在古道家的名词里叫作"造化"。②《老子》里提到过天道,天在中国是宗教崇拜的最高对象,天有意志,能接受人间的祭祀,天命是超乎人间能力所能左右的命运,宇宙间的秩序就是来自天道。③作者将道门作为人类选择信仰的代表,昊天是道门选择的"天道",并且设置了"知守观"这一地理人文景观,是中国传统道家文化在小说地理景观设置中的具体表现。需要指出的是,观主作为知守观中的人物,从隐居南海到入世试图取代"人格化"了的昊天,其中就体现出了他"甘于为天下溪"却不失"雄"的气质,这是知守观的真义,更是道家"以柔克刚,以退为进"的真义,由此可以看出,作者猫腻在设置知守观这个地理景观时保持了其内部文化的同一性,是他对道家文化有深入理解的体现。

其次,是儒家文化元素、佛教元素和地理景观的融合,这分别体现在书院二层楼和悬空寺中。书院二层楼的夫子是以历史上的孔夫子为原型"变形"而来的,小说中的夫子在一千多年前生于鲁国,三岁时和母亲被迫离开族中,三十多岁开始看书修行,因光明大神官盗天书"明"字卷一事发生,夫子随后也离开神殿,开始在乡间教书,教授的是仁爱和礼法。之后,夫子应大唐开国皇帝的邀请,建立长安城、造惊神阵,在城南建立了

---

① 参见王先谦集解:《庄子》,上海古籍出版社,2009年,第346页。
② 许地山:《道教史》,上海古籍出版社,2019年,第13页。
③ 许地山:《道教史》,上海古籍出版社,2019年,第35页。

书院。历史上的孔子周游列国,发现许多人的受教育水平都很低下,于是他建立私塾,思想核心是"仁",成为我国历史上的一个伟大的教育家,两者相互对应。在书院二层楼中,夫子也像孔子一样讲究"因材施教",看到二层楼中"温而厉,威而不猛,恭而安"的夫子和各有个性的弟子,仿佛就看到了春秋时期孔子私塾中的景象。"孔子"和"私塾"这些儒家的重要文化元素被作者使用在书院二层楼的设定中,使书院二层楼这个地理景观带有中国传统儒家的文化内蕴。悬空寺处在大荒的地底世界之中,地底世界是佛祖为了让僧人们度过末法时代而建,地底世界很多座山中只有一座真正的山,这座山是佛祖的遗骸,叫作般若山,地底世界之外有一棵菩提树,相传佛祖在此涅槃。地底世界"山"的设定与佛教世界观有关,在佛教的世界观中,整个宇宙是由小、中、大三千世界组成,总称为大三千世界,大三千世界以须弥山为中心,四面山腰均有四峰,各有一天王。① 在佛教文化中,佛祖释迦牟尼是佛教的创始人,在菩提树下进入禅定,经过了七七四十九天睹明星而悟道。"般若"一词来自梵语,是一个宗教术语,为佛法的其中一大分支。作者将佛教中的世界观理念和"般若""菩提""涅槃"等这些可以定义身份的特征元素融入了悬空寺的设定之中。

书院二层楼、悬空寺的文化与中国传统历史上的儒家和佛教文化还是有一定差距的,作者只是使用了这些中国传统文化中的一部分元素或原型,由于它们都是这些文化的重要表征,从而使用这些重要表征的不可知之地的地理建构具有丰富的"中国性"。

最后,是蕴含在魔宗功法中的少林武术理念。魔宗功法试图把天地元气纳入体内并加以使用,只要身体能够承受,就可以不停地纳入天地元

---

① 王祥:《网络文学创作原理》,中国人民大学出版社,2015年,第186页。

气。魔宗功法中蕴含着少林武术中外功与内功的理念,少林功夫大致可分为内功与外功两种,外功专练刚劲,比如铁臂膊;内功是运行"气"入膜,以充实全体,比如易筋经。虽然少林外功和内功的理念是受道家阴阳相合的启发,但是少林和道家的内功是不同的,道家练法重在使运气、凝神、聚精三者相互结合,讲求阴阳二气的融会贯通,少林武术主旨在于以神役气、以气使力、以力凝神,三者循环往复、周行不息,自此达到身健而肉坚。① 魔宗功法吸收天地元气进入身体后便转化为自己的力量,通过经络传向身体的各个部位,这正是少林内功功法所追求的"气至之处,筋肉如铁,非但拳打脚踢,所不能伤,即剑刺斧劈,亦所不惧,以气充于内也"②的境界。

因此笔者认为,四大不可知之地的分布即是中国传统文化在小说世界版图中的分布,作者对于传统文化的使用游刃有余、懂得融合与取舍,从而使小说的世界设定整体具有鲜明的"中国性"特征。

除了以上所论述的之外,网络小说的世界设定还包括能量体系,萧潜的《飘邈之旅》是网络修真小说的发端,它借鉴道教和神魔小说的修炼传统,建立了自己的修真体系和修真世界,可以说从《飘邈之旅》开始,网络小说真正开始创设了一个东方修炼体系。③《将夜》中修行者的修炼等级:首先是初识、感知、不惑、洞玄、知命五境(各境能力见表),五境之上第六层为天启、寂灭、无量、天魔、无距,第六层各大境界各有所长不分强弱,第七层是魔宗之不朽、书院之超凡、道门之羽化、佛门之涅槃,第八层为清静境,最后一层是无矩境。

《将夜》中初始修行的理念设定可以追溯到中国传统文化中的"窍"

---

①田建强:《少林内功真经》,安徽科学技术出版社,2010年,第3页。
②参见田建强:《少林内功真经》,安徽科学技术出版社,2010年,第3页。
③王祥:《网络文学创作原理》,中国人民大学出版社,2015年,第199页。

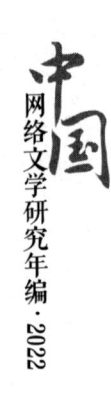

和武侠小说中的"任督二脉"。"窍"是一个极具中国传统文化特色的概念。李涵虚在《道窍谈》中指出："乘其动而引,不必着力开,而关自开;不必着力展,而窍自展。真气一升于泥丸,于是而河车之路可通。"①他在书中的第二十二章还提道："两孔穴法,丹家有一穴,一穴有两孔,空其中,而窍其两端,故称为两空穴,师所传口对口,窍对窍者,即此境界也,为任督交合之地。"②由此可见,"窍"在中国自古以来的修道体系中就已经存在。修行者修行要打通雪山气海的说法也与中国传统武侠小说中的"打通任督二脉"一说相似,作者曾在采访中提到自己的写作在一定程度上受到了金庸的影响。③ 在金庸的武侠小说中,"打通任督二脉"一说时有出现,张无忌在布袋和尚的布袋里打通了任督二脉,狄云在雪地里打通了任督二脉,在《太玄经》中打通任督二脉可以达到天人合一,《易筋经》中打通任督二脉可以激发人的潜能。由此看来,作者在小说中建立的"窍""打通雪山气海"的初始修行理念与中国文化下的修道体系、武侠小说息息相关。

修行境界分级	修行者对应的能力
初识	即初识,此时可以明悟天地之息的存在
感知	可以触碰到天地之间的元气,并且可以和它和谐相处甚至是交流
不惑	可以初步明白天地元气流动的规律并且加以利用
洞玄	可以把自己的意识与天地元气融为一体
知命	在这个境界的修行者已经从本质上掌握了天地元气的运行规律

---

①李涵虚:《道窍谈》,上海古籍出版社,1990年,第15页。
②李涵虚:《道窍谈》,上海古籍出版社,1990年,第50—51页。
③邵燕君:《以"爽文"写"情怀"——专访著名网络作家猫腻》,载《南方文坛》,2015年第5期。

贯穿于修行者的"窍"之间的天地元气也是借鉴了中国自古以来"气"的理念。天地元气的"气"一说在中国古代早已出现,神话故事中混沌初开时,轻而清的气成为天,重而浊的气成为地,中国古代所推想的生命元素是形、神、精,"形不动则精不流,精不流则气郁",气就是合形、神、精而成的生命体。① 宇宙由流动的"气"构成,万物具有"气"之后就把各自的特能显示出来,《吕氏春秋》中有:"精气之集也,必有入也,集于羽鸟,与为飞扬;集于走兽,与为流行;集于珠玉,与为精朗;集于树木,与为茂长;集于圣人,与为敻明。②"作者在小说中所设定的天地元气的概念也是如此:"天地元气充斥在世间哪怕最微小的空间里,一颗顽石一株枯柳一泊湖水里面都有它们自身的天地元气。"(第一卷《清晨的帝国》第一百二十七章)修行者可以感知万物的"气",然后以天地元气为桥梁将自身的念力传递到物体之上从而引发物体内部的天地元气振动,作者将中国古代传统文化中的"气"这一概念转化为《将夜》中的"天地元气",天地元气作为修行者修行的重要能量媒介,自此这个能量体系设定的理念来源就与中国传统文化密不可分了。

老庄思想在能量体系中的影响体现在五境以上的境界中。无距境可以进入天地气息的空间夹层,作者猫腻用"画中画"来形容观主陈某在进入无距境战斗时的情景,画中画就是空间中的空间,像大师兄和陈某这等境界的修行者能够在昊天的规则里找到属于自己生存的夹层。笔者认为,无距境界的设定与庄子及其门人的思想有关。庄子"逍遥游"的思想继承了杨朱的"全性保真,不以物累形"的思想③,要达到"乘天地之正,而

---

① 许地山:《道教史》,上海古籍出版社,2019年版,第127页。
② 吕不韦:《吕氏春秋》,上海古籍出版社,1989年,第27页、第59页。
③ 许地山:《道教史》,上海古籍出版社,2019年,第127页。

御六气之辩,以游无穷者"①的境界,只有至人、神人和圣人才有资格,小说中能够达到无距境界的人也就类似于庄子所讲到的至人,不会被外物所累,这正符合小说中观主陈某飘然远离尘世的修道形象带给我们的感受。同样,无距境的修行者对昊天世界中时空的把握也与庄子门人的理念相似,庄子的门人在观察现象界变化历程时,认为事物的种子是相同的,所差的只是时间和空间的关系而已,而自我和形体的关系就是"彼来则我与之来,彼往则我与之往,彼强阳则我与之强阳",如影随形。② 像陈某这样的修行者一旦达到无距的境界,就可以看破天地元气中的时空形态,身随心动,脱离外物的束缚,实现瞬间移动,从而达到《逍遥游》中"无所待"的境界。清静境是老子思想的外化。修行者晋入清静界之后,世间的一切力量对于他来说都成为绝对的外物,这种境界能够真正被称为绝世,"清静"二字来源于老子的"清静"之旨,在《道德经》第十六章中有:"致虚极,守静笃,万物并作,吾以观复。夫物芸芸,各复归其根。归根曰静,是谓复命;复命曰常,知常曰明。"③当人进入了"致虚""守静"的境界,就可以看透万事万物的本源,也可以真正回归自己,做到清静无为,《将夜》境界设定中的清静境所提到的"绝世"特征,也正是老子"归根""复命"等回归本我的思想在本部小说中的体现,将外界的一切力量约束视为绝对的外物。

《将夜》能量体系中的最高境界就是无矩境,修行者到达无矩境以后可以无视昊天的规则、超越规则,这是"大自由"的境界,是人类修行能够走到的最后一步。小说中只有夫子一人到达了无矩境,观主陈某因为有

---

① 参见王先谦集解:《庄子》,上海古籍出版社,2009年,第4页。
② 许地山:《道教史》,上海古籍出版社,2019年,第93页。
③ 刘文典撰:《淮南鸿烈集解·上》,中华书局,2013年,第496页。

对道门的信仰,他永远无法真正无视天道的规则。小说在道家"天道"的精神覆盖下的世界中设定无矩这样一个超越"天道"的境界,与主人公实现"破天"愿望的行动任务相契合,与夫子的形象相吻合,使小说的情节成为一个经得起推敲的闭环。

因此,这一整套的能量体系都具有中国古代思想理念的加成,作者从中国古代思想理念中取自己所需,将其融于境界设定之中而不显突兀与矛盾,加深了小说世界设定中的"中国性"色彩。

二、宏大叙事、日常生活及语言问题

在"与天斗"的大主题下,猫腻以史诗性的话语与叙事方式来叙述。而在叙事的宏大框架下也存在着"喧哗"的民间叙事,展现出猫腻的草根情怀。在语言层面,猫腻以文艺的底色诠释了"文青型"网络写手的样貌,但在考究的语言下也存在"躁动"的部分,表现在对语言的掌握偶有失控上。

1. 宏大叙事:伏笔、隐藏故事线及场景宏大化

洪子诚基本上将宏大叙事等同于史诗性,"主要表现为揭示'历史本质'的目标,在结构上的宏阔时空跨度与规模,重大历史事实对艺术虚构的加入,以及英雄形象的创造和英雄主义的基调"[1]。邵燕君则认为宏大叙事"是一种追求完整性和目的性的现代性叙述方式"[2]。宏大叙事在现今的内涵不是固定的,也会有所改变,所以称《将夜》的叙事手法为宏大叙事不无道理。在本文里分析的宏大叙事,首先表现在极长伏笔线的拉取,其次表现在故事线的隐藏,最后表现在场景宏大化。

---

[1] 洪子诚:《中国当代文学史》,北京大学出版社,2007年,第96页。
[2] 邵燕君:《"宏大叙事"解体后如何进行"宏大的叙事"?——近年长篇创作的"史诗化"追求及其困境》,《南方文坛》,2006年第6期。

《将夜》的"千里设伏"是在一个串联全篇的大伏笔下设置了许多小伏笔。大伏笔在开篇便埋下——三个不可知之地的三位少年来到荒原，看到了一道黑壑直抵天际。三人极度恐惧，认为这是冥王的化身，而在他们离开时，一位书生才看了一眼长安方向，安乐地离去。在那时的长安，宣威将军府被灭门，一位高大的男子站在高山上感叹："风起雨落夜将至。"开篇便是极宏大的叙述，引出了男主人公宁缺的身世，这道黑壑的由来、将军府被灭门的原因、书生和高大的男子身份的疑惑也将在小说下文逐渐解开。庄庸说："这大概是《将夜》在开篇中埋下的一个核心伏笔。犹如'草蛇灰线'，游行千里，等到几十万字甚至上百万字，才逐点揭开谜底。"①《将夜》的叙事手法的确与金圣叹在《读第五才子书法》中写《水浒传》的"草蛇灰线法"相似，看似细微的着墨，却会在后文带来巨大的影响。小说读到将近一半之处，读者必然会以为宁缺的使命是复仇，即"与人斗"，不料在战胜夏侯之后故事并没有结束。笔锋一转，宁缺开始了新的征程——"与天斗"，小说展开了崭新的一卷。而为其做铺垫的，就是荒原上的"黑线"。荒原出现黑线这一件事，等到故事写到近三分之一——叶苏遇到大师兄李慢慢的时候才再次解释了这件事。"黑线"预示着冥王之子的降世、极夜的来临、昊天来到人间，也预示着一种超现实、超逻辑的自然之力，为宁缺"与天斗"埋下了伏笔，打开了"破天"之旅的大门。

　　魔宗宗主"二十三年蝉"林雾，即宁缺的三师姐——余帘，是小说中的其他伏笔。对于宗主的强大，猫腻着墨颇多，所以当温和、安静的三师姐出现时，谁都不会将她与魔宗宗主联系在一起。当小说进行到大半时，

---

① 庄庸：《奇迹男孩：论〈将夜〉与〈哈利·波特〉的故事思维》，载《网络文学评论》，2019年第4期。

三师姐终于表明身份，与道门巅峰熊初墨一战并获胜。联系先前的种种暗示——清修二十余年、看不出年龄、介绍强者为师、指导宁缺时深不可测等等，这一修行界最神秘的人物是她也并不奇怪了。当三师姐终于现出真身时，大惊世人也震撼了读者。第五卷第三十五章，朝小树向剑圣柳白借剑，而后废了雪山七海，一直化身平民生活在酒徒屠夫身边，等到第六卷第一百一十九章，朝小树才发挥了藏剑于身的真正作用，用自己身负重伤的代价杀了酒徒，使得灭西陵的局势大获逆转。在第四卷第二百零四章，宁缺坚定地割让了向晚原给金帐王庭，导致大唐铁骑力量的削弱，而到了第六卷第七十章，小师叔的黑驴领着一大群野马奔来，使唐军一举剿灭金帐王庭大部队，唐国军民以至读者才明白了宁缺的深远用意。猫腻的精心设计使读者以为是寻到死路，其实是绝处逢生。莲生留给宁缺的意识碎片，则是"外挂"般的伏笔，这个"外挂"在宁缺遇到不测的时候百试百灵。正如小师叔的浩然剑和柳白的剑意，是宁缺与叶红鱼战斗时的"外挂"；莫山山的块垒大阵是她的"外挂"。莲生的意识碎片是最"玄乎"的外挂。大师的记忆帮他战胜夏侯、唤起饕餮大法战胜隆庆、参悟佛门四大真手印、战胜金帐国师、战胜观主，解决了叙述者写作时不时遇到的因宁缺太弱而难以战胜敌人的问题。串联全篇的极长伏笔线以及横亘几百章的其他小伏笔是《将夜》的一大特点，千里设伏，之后令读者恍然大悟。

其次，在"破天"这个大伏笔下还有许多隐藏的故事线。三位不可知之地的传人因为那道黑线发生了巨大的变化，他们是书中的重要人物，有改变故事走向的能力，但他们的踪迹都是极其神秘的，在小说开头叶苏勘破死关、唐隐入大漠、七念嚼碎舌头开始修闭口禅。十余年后他们的隐藏故事线才发挥作用，他们又一次出现：叶苏和唐旁观了宁缺与隆庆的生死争夺，七念于宁缺与夏侯的决战中再次出现，想释出闭口禅但因为三师姐

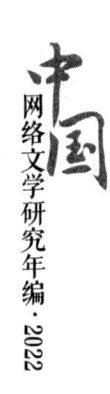

的压制而开不了口。三位天下行走各有不同的追求、走向不同的道路。

宁缺穿越的身世是《将夜》中具有神秘色彩的谜团,也是隐藏故事线之一。穿越的玄幻小说并不少见,这样的小说可以分为两部分,一是穿越的部分能带来很大作用的小说,比如《斗罗大陆》里唐三的前世的技能与记忆在穿越后发挥了其重要作用;二是将穿越性的描写削减到少之不能再少的小说,比如《斗破苍穹》只在第二章里提到了"穿越",写了三小段在地球上的日子,便再也没有提过萧炎的这段经历。《将夜》也是这第二类小说,猫腻刻意隐匿了穿越的情节,仅有的对穿越的叙写大概仅有:光明大神官与夫子看到了宁缺的"生而知之",自行车、少年宫大概是他仅存的记忆,月亮是宁缺特别想念的东西,宁缺企图讲基督教历史让观主改变想法。作者并没有直接指出宁缺不是《将夜》世界的人,而是让读者推理出来。这样把"穿越"作为隐藏故事线的写法有很多作用:宁缺魂穿是过去与现在的连接,也是推进故事发展的一大要素——宁缺告诉夫子另一个世界有月亮,于是夫子后来化身成了月亮,人类慢慢打破固有规则,开始探求广阔宇宙;宁缺的"男主光环"很大程度上也源于他的"生而知之";穿越的隐性描写可以削弱现代感对小说氛围的影响;"穿越"这一元素也更能引起读者的好奇。但在思维逻辑上,猫腻隐匿了穿越元素的叙事方式可能给读者带来一些疑惑。小说的最后,一些思维的漏洞仍然存在,猫腻也没有做出解释,埋下一个坑却没有进行填补,比如,宁缺穿越之后,没有怀疑、反抗过的原因;宁缺没有尝试再穿越回现代的原因;现代世界给宁缺的记忆只有补习班与月亮的原因等等。

小师叔轲浩然与莲生是上一代的人,他们的故事成为《将夜》里的叙事空缺。轲浩然虽在多年前遭天谴而死,但持剑行走天下的勇气永远留在人们的记忆里,小师叔是《将夜》里最"虚"的一笔,全靠现存人的回忆拼凑出来,但他的故事线又是那样丰满传奇,时不时在其他人口中提起,单剑灭魔宗、一法通万法皆通、修浩然气、与昊天为敌,使小说叙事增加了"过去式"的新向度。如果说读《将夜》像在走迷宫,那么这个迷宫里的每一条岔路都通往终点。因为隐藏的故事线并不是"死路",而是使故事情节更丰富的"活路",每一条路上都是作者早早埋下的"惊喜"。这不仅归功于猫腻在开文前便拟定的写作大纲与他缜密的逻辑思维,也依赖于网文的更新机制。作为几乎每天都更新的网文,有了"不可知",才会激起读者好奇感、有了读者"追更"的可能。读者想要知道问题的答案,从"不可知"到恍然大悟的"可知",是极具快感的阅读体验。

最后,《将夜》的场景宏大化表现在宏大的规模、详尽的地理因素以及多线并行的叙事手法上。猫腻预设了宏大的结构与规模,使得《将夜》的全部无法一开始展现在读者面前,于是有了许多"不可知","不可知"便是《将夜》史诗性叙事的表现,不仅仅是四个不可知之地,还有不可知之人、事,都在阅读过程中慢慢地掀开面纱。从大唐的一个边陲小镇渭城开始,宁缺与桑桑出现。再到大唐公主李渔遭到追杀,宁缺护送她前往长安城,又通过吕清臣之口讲述了修行界的知识,为读者刻画了修行界的基本样貌。到了长安,叙事版图便扩大到了唐国。他成功考进书院,"解锁"了第一个不可知之地——书院,也遇到了一生之敌隆庆,书院十二个师兄师姐也出现了。在第二卷宁缺带领书院弟子入荒原实修,又开辟了新的版图——极北荒原,西陵神国也渐渐现出了面目。第三卷宁缺带桑桑前往月轮国的瓦山治病,岐山大师给予指点,再往西便是第三个不可知之地——悬空寺,悬空寺众人纷纷站在了宁缺的对立面。也是第三卷,隆庆在知守观修行,最后一个不可知之地知守观终于掀开了神秘面纱。最后,修行者们破天,版图拓展到了昊天世界外围的广阔宇宙中。猫腻以广

阔的视角叙写,俯视天地的一切。每当读者以为有所穷尽之时,新的地点、修行者便会涌现出来,不得不佩服他设置的宏大叙事构架。最后,遍地都是修行界的高手,"不可知"之人层出不穷,神秘的高手不断出现。如第五卷才出现的赵南海、金帐国师,最后一章才出现的横木立人、阿打、柳亦青等等。人物构架顺着错综复杂的情节逐一现出,极尽铺设、上天入地的地图展现出史诗般的样态。在战斗中,也能看见猫腻宏大的世界观,他借助空间性描写勾画出宏大的战斗场景,颜瑟大师临死前施展的井字符是利用空间打斗的典范,临死前,颜瑟终于超越了五境,达到了符道的极致境界。虽然井字符看起来是最简单的线条切割,但它能往极细微处切割下去,它有切割空间的力量,它能切割世间万物,从而使光明也支离破碎。这是联结了天地的、规模宏大的战斗叙写。

除了宏大庞杂的规模,《将夜》的宏大不只是整个世界的"大",更在于对世界各处地理因素的详尽描写:黄沙纷飞的荒原、肃穆庄严的西陵神殿、处在极北寒域但常年不冻的热海,甚至是温暖的南海。猫腻的叙述都是极为写实的,不单是告诉你这个世界上有什么,而是以人物为主导写在各地发生的故事,其中还穿插风景气候、风土人情等。小说家总有办法让人物经过并串联故事情节,并且使每个场景都带有各自的特色,可谓将中华的历史文化糅进了小说里,极见功力。

"作为涉及内容众多的史诗性文学作品,能否巧妙地运用结构上的设置将想要表达的内容完美地展示出来也是评判此类文学作品的一大标准。"[1]《将夜》里人物与场景的极尽铺设,也带来了多支线并行叙事的可

---

[1] 孔天琪:《当代关中文学叙事的史诗性研究——以〈创业史〉〈白鹿原〉〈村子〉为例》,西北大学硕士学位论文,2019年,第16页。据中国博硕士学位论文数据库:https://elkssl4b2b6087c6e2aad167762a803e7e2642it.casb.hznu.edu.cn/kcms/detail?dbcode=CMFD&dbname=CMFD202001&filename=1020609029.nh&v=MjMxMzVUcldNMUZyQ1VSN3VmWmVacEZDcmxWcjdCVkYyNUhyVzRGOUhPcHBFYlBJUjhlWDFMxdXZUzdEaDFUM3E=.

能。这一点在第四卷里"举世伐唐"的阶段体现得淋漓尽致。在一众国家攻击唐国时,在同一时间、不同地点,都发生着轰轰烈烈的战斗,多场战斗同时开始,先以青峡之战为主线,后以宁缺在长安城的战斗为主线,并展开了多条支线,而支线中发生的事又相互呼应,集合成唐人坚毅的精神内核。多支线并行,展现出猫腻强大的叙事功力,也使场景在瞬时铺设开来。

宏大叙事使小说在极大的框架下展开,使多样的人物、地理因素以及多条线索、伏笔的叙写得以实现,展现了大体量玄幻小说的特有魅力。正如狠狠红的评论:"典型的中国式话本、传奇的写作方式,加上尚存的宏大叙事,这让猫腻成为网络小说作者里独树一帜的存在。"[1]

2.日常叙事与宏大叙事的碰撞

邵燕君提到猫腻"以坚定的草根立场肯定了中国文化中'饮食男女'的世俗情怀"[2],笔者以为这样的评价是极其中肯的。猫腻的民间叙事体现在对世俗、市井场景的钟爱,以及对草根、小人物的细腻书写上,在宏大的史诗性叙事下,民间的小叙事产生了众声喧哗的效果。

首先是市井场景,最能体现这方面的便是对长安的描写,酸辣面片汤、陈锦记的脂粉、松鹤楼的席面、热闹非凡的红袖招、东城的菜市场,对长安的街头巷尾的叙写,使文字有了烟火气与暖意。《将夜》中实力最强的夫子对食物颇有研究,这样的对比不免戏剧感十足。他在热海吃冰化了七分的切成蝉翼般薄的牡丹鱼,喝最正宗的固山郡九江爽蒸,带着桑桑去荒原吃烤羊腿、到宋国吃考究精致的十八碟,对美食的描写令人垂涎三

---

[1] 狠狠红:《"最文青网络作家"猫腻的新旅途》,https://cul.qq.com/a/20140609/029667.htm,访问日期:2021年2月6日。

[2] 邵燕君:《以"爽文"写"情怀"——专访著名网络作家猫腻》,载《南方文坛》,2015年第5期。

尺,最厉害的人,也离不开人类最根本的欲求——食物。书院弟子在青峡战斗的时候,师兄师姐们仍然不忘好好生活,一天艰难的战斗完了,众人吃上了热腾腾的晚饭,还因为饭烧煳了而互相拌嘴赌气,在大战前的日常之态,减轻了紧张的氛围。小说在这方面选择向下沉入世俗,更加"接地气",给读者以一定的缓冲时间,不再一直紧绷着关注人物的生死,降低阅读疲劳感。邵燕君说《将夜》有温暖的喜感,从充满烟火气的叙述中看,确实如此。

其次,《将夜》对小人物显示出细致而温柔的观照,小说家站在民间立场上与底层人们保持着相同高度。假古董店的吴老板和吴婶每日此起彼伏地上演家庭闹剧,展现了琐屑的日常生活。猫腻对中国普通百姓的生活方式与观念进行了如实的阐述,虽然老百姓是普通的,但也具有生动气息,使日常生活有了审美化向度。杨二喜是《将夜》里着墨颇多的一个小人物。他是个普通农夫,但活得很恣意,他让宁缺开始有了为唐国抛头颅洒热血的冲动,偶然得知东北边军身处险境,这位退伍的边军背着弓箭、扛着草叉只身前往东疆,后来成了民间组织义勇军中的一员,只为了保卫自己的国家,冒着生命危险去实现自己的大义。平常人的生活本就没有什么惊心动魄,但杨二喜的行为却带来不一般的波澜壮阔,带给我们平凡的感动。猫腻靠近社会最底层最普通的小人物,唐人的风骨在小人物身上得以体现,赞美了普通人的优良品质。又如张三李四王五,张三李四眼看都城就要被观主毁灭,萌生了巨大的勇气,颤抖着冲向敌人,使长安人民也鼓起了勇气。尽管是再普通的张三和李四,也能成为世间最勇敢的人,但两人之后被家长一番教训,小说又回到了日常的生活书写。王五是镇南军斥候营的一位普通战士,这一军营的战士都和他一样失去了自己的坐骑,但他为了大唐,哪怕是望不到胜利的战斗,也要拼死战斗到底。

在猫腻从容的民间叙事中,我们能看到温暖、朴素的爱,在冷血的打斗情节之后传递了温度。猫腻写小人物,写得有趣、接地气,相比紧张严肃的修行者的打斗,小人物身上体现出的是日常生活的真实性,回归现实的烟火气有利于降低与读者的隔阂感,增强与读者的"黏度"。

因此在《将夜》里,猫腻将宏大叙事与日常叙事结合,使其碰撞出火花。宏大叙事与日常叙事融合互通。镜头般的叙事场景使得视角可以拉大到昊天,也可以拉小到一小户人家。宁缺与桑桑相遇,他们互相成了对方的本命,后来成为夫妻,天人交战、天人合一最终都成了小夫妻在一起过日子的状态。在小说的后半段,桑桑时而可以控制整个人间,成为宏大叙事;时而呈现人间夫妻的恩爱状态,成为日常叙事。两个人的关系,便是宏大叙事与日常叙事的关系,可以轻松融合。同时,小人物的集合能集结成巨大的力量,从而改变世界,使日常叙事转化成宏大叙事。"人"字符的形成,便是千千万万人的渴望的集合,在一起便转化成了整个人间的力量,特别是对瘦道人、楚老太君、朝老太爷内心活动与行为举动的叙写,展现出唐人不屈的精魂。宁缺感受到了这股力量,这时他也对自己的渺小产生了敬畏与向往,因为他是这股力量的一部分,每个人的力量凝聚起天地间最强大的力量,他终于写出了"人"字符,起于荒原北方,一笔落于东南,一笔落于北,于长安城相会,小叙事又变成了大叙事。宏大叙事与日常叙事的碰撞,有如喧哗中的一声惊叫,既增强了《将夜》的史诗性,又使其具备了贴近生活的美感。不仅在叙事上带来极具张力的审美体验,又能在思想上带来英雄情怀、家国情怀等的升华。

但这样的结合也会导致一些问题。邵燕君曾提道:"至为遗憾的是,小说在四分之三处遭遇瓶颈,'开天辟地'的宏大格局最终冲破了原初的

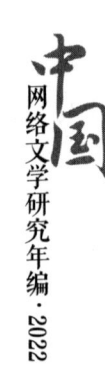

人物、情节设定——以红尘意破昊天辉确是'神来之笔',但以男女之争演天人之战、以凡人之爱完回天之功,终显力不从心——对原初设定的固守使小说未能在最高潮处收尾。"①故事逻辑不够圆洽是猫腻存在的问题。尽管《将夜》里"天人合一"这一点是创新,但昊天和桑桑的关系还是比较模糊,导致小说的叙述难以自圆其说,没能将两者的关系说明白。在举世伐唐、青峡之战之后,叙述明显疲软了下来,可能是故事设定复杂、难度太高导致的。这也导致结尾逐渐归向落寞,《将夜》的结尾大概是比较平淡的一类。昊天的"泡"破了,人类开启了新的征程,但也许这令人难以接受的结局也是鸿篇巨制的最好结局,非狂欢化的落幕,印证了精彩归于平淡的规律,往未知宇宙飞去,也呼应了宁缺说的"人类的征途,本来就应该是星辰大海"。

3. 语言的考究与失控

猫腻的文笔总体是优美动人的,在一众网络小说家中,他也被奉为"最文青作家"。《将夜》的语言没有脱离"文青"的特色,极为考究。这与猫腻的文学底蕴不可分割。这里的"文青",笔者认为是情怀与思想的结合,加上细腻的笔调,满足了读者对文艺方面的阅读需要。《将夜》比较讲究炼字,常常能看见形象化的表达、多样的战斗叙写与化用而成的极具韵味的语句。

在形象化的表达方面,猫腻常常使用一些生动的动词增强了文学性。春雨"切下"桃花,这个"切"字用得灵动,写出了古代的风味。将颜肃卿放招后热气的散开写成"惊恐地夺路而逸","逸"即写出热气飞散的样态,"夺路"也营造了紧张可怖的氛围。"一只通体漆黑只有尾部染着艳

---

①邵燕君:《"大师级网文作家"最成熟的代表作——评猫腻〈将夜〉》,《中国当代文学研究》,2019 年第 2 期。

红的鱼儿,欢快地从水草间游出,跃出水面,贪了一口星光"的"贪"字不仅有拟人的生动感,还增强了奇幻的美感。猫腻还活用比喻等修辞手法,具象生动又不失新奇。比如将草原上的蓝天出现白云比作"被一只无形的巨手直接撕烂了蓝色的画布,渗出了后面的白色颜料"。再如,"'此去长安,要是混不出个人样儿,我就不回来了!'此言一落,就像说书先生落下开戏的响木,又像一颗血糊糊的人头摔落尘埃,道旁的民众齐声叫起好来。"(第一卷《清晨的帝国》第七章)将一句话比作响木是读者比较熟悉的,而比作一个血糊糊的人头摔落,尤为新奇,不仅比响木更加惊心,还贴合渭城人民粗犷的生存状态。

在战斗场面中,修行者调动天地元气进行战斗,"气"会体现在各种凭借物上,而这些凭借物有不同的形态,在对战之时各具美感。其他小说在写战斗时,多用武器、魂力、元气等进行战斗,《斗罗大陆》里人们主要用魂环和暗器进行打斗,总的来讲战斗场景还是比较糅杂且抽象的。而《斗破苍穹》是通过升级斗之气、练就斗技来进行战斗,还通过服用各式各样的丹药来提升自己的境界。而《将夜》里调动各种凭借物,关注的不仅是主人公的对决状态,还有凭借物的多样表现形式,如王书圣"以念力为笔,于风中蘸天地元气为墨,在云上写了一篇大狂草。而后云上的墨水如雨一般落了下来,一个个草书字潦草且恐怖"。隆庆的"桃花的绽放、聚散,都是战斗的方式。飘舞的花瓣是杀人利器。黑化后胸口幽暗的黑色桃花,有保护他的作用",叶红鱼"透明水束呈鱼状,能射出极明亮的光线,经由水鱼表面无数鳞片的折射,大放光明,产生奇异的道法效果"。《将夜》借用各种外物,召唤利用自然或非自然的元素进行战斗,美妙的语言给战斗增添了美感,艺术性的叙写既使情节内容丰富又使人物特点鲜明,可谓一箭双雕。

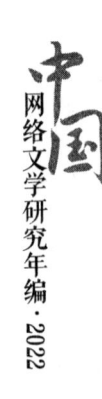

猫腻还通过化用而成的极具韵味的语句，使小说文学性整体得到提升。猫腻自己也直白地承认他的很多句子都是有出处的。考究的语言难免会有借鉴的痕迹，第一卷第二十五章中，宁缺的心理活动"正所谓如果没有希望，自然无所谓失望，若一开始就绝望，那一开始的希望就根本不会出现了"，这句话化用鲁迅的散文诗《希望》里的"绝望之为虚妄，正与希望相同"；书院师兄师姐们说的话，多来自《论语》，如"以直报怨""子不语怪力乱神""士而怀居，不足以称士""君子死，冠不免"等；"春风绿了枝丫草叶然后染上车轮与马蹄"这一句的"绿"是化用王安石的"春风又绿江南岸"，虽为化用，但写春风"染上车轮和马蹄"是创新的，不仅呼应了绿色，还将春意延伸到物件上去，营造了温暖祥和的氛围，显示出赶路途中闲适的状态；"鱼跃此时海，花开彼岸天"这句化用的话在《将夜》里重复出现，既是朝小树的人生写照，也是《将夜》里许多人物的生命历程，如宁缺、叶红鱼、莫山山，令人回味悠长。

毋庸置疑，很多得体的表达是猫腻从各方借鉴而来的，但这不能否定他语言的得体与考究。猫腻忘记了出处的句子，在写作时浮现于脑海，也要归功于他的文学积淀。猫腻化用语言的能力实属了得，姑且将"勤劳的搬运工"理解为他的自谦吧。

作为一部网络小说，尽管语言整体上是考究的，但也会存在"躁动"。网络小说大部分都是"爽文"，面对着众多的受众，其文学性时常会被一些口语化、粗俗化的语言削减。但这很难避免，所以应该用客观、发展的眼光来看待。首先是小说叙述中一些不太得体的表达。尽管《将夜》作为一部男频小说，从男性视角出发，一些句子也许会使男性读者喜闻乐见，但对于一些女性读者可能就不太友好了。而且陈皮皮心地纯良，猫腻却给他加了一些粗暴的台词，与后面他和唐小棠的相处模式大相径庭，是不妥的。

其次,由于小说创作的战线过长,在日更的创作方式上,语言的重复性使小说的完成度与读者预期有一些差距。语句的重复、招式的赘述,写到最后,读者发现还是老的模式,也开始产生审美疲劳。比如,莲生留给宁缺的"意识碎片"至少在五处对决中出现过,虽然使宁缺多次化险为夷,但被使用得太多也会让这一技能显得苍白无力;在青峡之战中描写君陌与柳白的战斗时使用短句过多,而且十几个字就能成一段,将战斗写得极拖沓;小说中出现的大黑伞也是屡试不爽,一直到第六卷第一百一十一章(倒数第十章)都还在使用,不免让人产生审美疲劳;宁缺拿元十三箭射人,一开始射伤隆庆时能给读者带来巨大的震撼力,其杀伤力不言而喻,但之后被频繁使用,便慢慢失去了亮点,武器的强大掩盖了宁缺自身的强大,也削减了读者的阅读期待。

一些"失控"的地方在这里指出,并不是说这就是小说的缺陷,只能说是猫腻的风格使然或者是网络小说的特色所在。三百多万字的巨型小说,难免会有疏漏之处。猫腻自己也说:"我写小说就是为了挣钱,我写的就是商业小说。"①在猫腻眼中,他的小说有趣和爽感是第一位的,他不觉得"爽文"是对玄幻小说的暗贬,反倒非常坦然。写爽文并把爽文写好,大概是他的追求。他预设的隐含读者,是一群"不正经看书"的读者,也没有想过自己近乎疯狂的码字成文,会被人拿来这样正经地一字一句地研究。可能为了文学,为了他眼中的快乐,猫腻愿意失去合理性,包括一些语句的不当、语言的重复而导致的完成度的不足。

事实上,因为猫腻语言的考究与深远的思想内涵,使得《将夜》并不

---

① 邵燕君:《以"爽文"写"情怀"——专访著名网络作家猫腻》,载《南方文坛》,2015年第5期。

是纯粹的爽文,而添了其他的价值。这也是这部小说收割的粉丝众多、常常断更却仍能获得很大关注度的原因之一。

三、人物塑造中的伦理学

《将夜》中的人物塑造基于大众所普遍认同的伦理观,重构出新式主角形象与不同的两性关系,是作者在个人价值判断的基础上,对当前网络文学市场进行伦理安置,提供了对当前社会的伦理导向。《将夜》出乎意料的主角形象及其情感变化,以及对两性关系的重构,彰显了现代爱情观转变的前进方向,为网络文学的发展提供了新出口。

1. 欲望书写中主角的功利主义伦理观

"欲望书写的意图在于突破道德伦理的禁区,脱掉文明的外衣,褪去道德礼教的矫饰。"[①]在这样的前提下创作出的人物形象与世俗生活有交叉点,能够更好地使读者产生共情心理、理解文学创作的内涵与深意。宁缺这一主人公形象是典型的欲望书写下创作的人物,其行为从复仇驱使到感情驱使,在其串联起的这一条主要故事线中,我们能够较为清晰地看到主人公存在的功利主义伦理观色彩,但也能捕捉到人物情感导向的变化。与经典文学创作不同,网络文学不可避免地存在着直白的欲望叙事和严重的主角偏向,例如《凡人修仙传》中人与人之间的关系大多是互相地利用、交易等。《将夜》大男主建构下的主角形象呈现复杂的"圆形人物"特点,在多条故事线的交织中,宁缺的人物情感在"愿望—动机"的推动下发生了变化。《将夜》中"愿望—动机"的作用不仅是带动情节发展的重要因子,更是主角宁缺所有行动的内在动力。其故事构成就是一个

---

① 张嘉茵:《"禁锢"与"出走"——黎紫书小说欲望书写的两种空间维度》,《汕头大学学报》(人文社会科学版),2020年第5期。

典型的欲望书写,情节发展后期的破天、世界重构,都是在这样的基础上建立起来的。猫腻并没有去利用各种礼教道义来隐藏宁缺的这些欲望,反而是利用其自私冷漠的性格放大他内心的渴求。合适的欲望书写也正体现了网络文学与当代经典文学作品之间的区别。当代文学作品曾很长时间作为"传声筒"的形式存在,往往忽略了个体的发声。塑造这样的主角形象既有别于一般网络作品表现出的单一的人物形象特点,也与经典作品刻意审美化的欲望叙事不同,建构了一种具有张力的叙事模式。其带来的快感体验使读者依赖于这一模式,并且将自己与主角的情感体验相融合,对主角愿望的实现产生快感,在这个过程中实现了网络文学的伦理表达。

宁缺在渭城就钻研如何复仇,他一步步推进他的复仇计划,直到最后打败夏侯,达成自己复仇之愿,主角的欲望得到满足,传递了作者对人物愿望动机的肯定。《将夜》利用主角的卑微出身放大了后天奋斗对人生路径的作用,肯定了宁缺对命运的抗争。用反差极大的"命运颠覆性"来构成故事,读者在不知道主角是门房的儿子的前提下感受其艰难的复仇之路,更具冲击性与同理心,这也正是《将夜》不同于一般欲望书写的地方,由"门房的儿子"发起这场对欲望的追逐,使"愿望—动机"下的快感奖赏机制更受读者的追捧。

纵观网络文学发展的脉络,具有"超能力"的主角形象经久不衰。猫腻的《庆余年》也塑造了一个金手指式的人物形象——范闲,有着猫腻给予他的大量庇护。与《庆余年》相同的是,宁缺在从渭城出来之后也渐渐拥有了这样一套一直庇护着他的繁密关系网。但如果《将夜》停留在塑造拥有着这个世界眷顾的欲望主角形象,就会使人物塑造局限于利用"超能力"升级打怪的欲望书写模式。于是作者塑造了一个欲望书写下

的带有功利主义伦理观的男主形象。宁缺的身上带有一定的利己主义色彩,他为了桑桑或者自己可以杀无数人,为了达成目的而不顾一切。结合宁缺的身世背景,他在后文中显现出的独断利己是其在纷争世界中追求幸福的不二法门。在伦理道德与人类欲望之间的"撕扯"之中,宁缺性格中有着既定命运下难以改变的功利主义伦理观的渗入。功利主义思想雏形出现在古希腊的快乐主义伦理学之中,哲学系统中的功利主义伦理观是由边沁和密尔提出的。边沁的功利主义理论思想首先基于苦乐理论,判定人的功利主义行为是一种向善的行为,他还提出个人利益是社会利益的基础,个人利益的总和构成了社会利益。不了解个人利益是什么而空谈社会利益是无益的。[①] 社会是由个人组成的社会,社会利益也是由个人利益所组成的,而功利主义伦理理论最根本上追求的并不是个人的成功,而是最大多数人的最大幸福,所以这两者并不冲突。在《将夜》中,宁缺在追求自身功利的同时,也逐渐融个人利益于社会利益之中,在追求个人幸福的过程中,满足了全人类的命运幸福。

在这样自私功利的特殊型主角形象身上,可以看出功利主义伦理观带来的问题与对人物形象善恶刻画所起到的作用。宁缺是一个穿越来的人,他本就不属于这个世界体系,也正是穿越这个因素的存在,使宁缺的思想中留着另一个世界的意识残骸,这使他更加难以甘于本就悲惨的人生命运,从而加重了功利主义伦理观在他身上的体现。老猎户的死事实上很能体现宁缺的人物形象,杀老猎户是为了拯救桑桑,是宁缺对幸福的追求、对痛苦的逃离。宁缺形象中的自私自利符合边沁功利主义伦理思想中苦乐理论的原则,这符合人的本性以及对快乐、痛苦的道德判断,是

[①] 表永一:《边沁功利主义伦理思想探微》,西南大学硕士论文,2014,第8页。据中国知网:https://elksslcc0eb1c56d2d940cf2d0186445b0c858it.casb.hznu.edu.cn/KCMS/detail/detail.aspx? dbname=CMFD201501&filename=1014261444.nh。

一种功利主义的"向善"行为。这也就解释了为什么《将夜》主角性格特征虽然与一般网络小说不同,但依然得到广大读者的热捧。宁缺将感性欲望无限放大,在理性经验的限制下,完成了复仇与最后的破天。门房的儿子复仇成功的设定可以给予骨感现实中的人们喘息的机会,"人类的一切行为动机以及合理性依据都根源于快乐和痛苦,因而,追求快乐或是避免痛苦就成为人类行为的最深层动机和最终目的"[1]。

很多网络小说为抓住读者眼球,往往过度张扬"自私的基因"。《凡人修真传》中的主角脑子中只有"修仙","孤独"是主角身上最大的特点,没有亲情、爱情、友情,也没有同门之情,体现了极端的功利主义思想。而《将夜》中的宁缺与其有着极大的不同,宁缺在后期对世事的态度发生了极大的变化,他不再是曾经那个冷血无情的渭城士兵,他的身上渐渐流露出对长安城的责任感。宁缺从一开始的只为自己和桑桑着想,到后来被书院感动,开始慢慢卸下武装的孤独,如果单单将他定义为一个自私冷酷的形象有失偏颇,他这样的转变也体现了《将夜》中跨越单纯的屠杀、报仇、功利,迈向社会公平合作的价值伦理观,展现了功利主义伦理观思想下对社会幸福的追求。

人物身上体现的个人欲望,也引发了人们对小说内容以及人物形象的思考。弱肉强食确实是生物进化、社会发展的基本法则,但基于时代的发展,公平和谐的思想正在渗透进人们的思想生活,如果一味地追求"独孤求败"的主角形象,会使网络文学的发展陷入丛林法则的泥潭,人性的发展与变化不能得以体现。在《将夜》中,作者通过将主角放置在功利主义的起点而后期迈向合作互利价值观这样的行文路径,杜绝了网络文学

---

[1] 表永一:《边沁功利主义伦理思想探微》,西南大学硕士论文,2014,第8页。据中国知网:http://elksslcc0eb1c56d2d940cf2d0186445b0c858it.casb.hznu.edu.cn/KCMS/detail/detail.aspx?dbname=CMFD201501&filename=1014261444.nh。

容易犯的主角偏向以及暗黑风格的丛林叙事描写错误。一方面,克制了读者快感体验占上风式的阅读,减少了无价值的"颅内高潮",摆正了读者市场;另一方面,合理地进行伦理安置,后期淡化宁缺的自私属性,放大其对感情的重视,使网络文学风向朝着社会进步的方向发展,拔高了小说的内涵。

2. 性别伦理观下的两性关系

猫腻自己谈及宁缺与桑桑之间的情感时,这样说道:"很多年前我就跟读者说,我要写一个我心目中的爱情。桑桑和宁缺的关系,是我能想象出来的最完美的男女模式。"[1]在作者的眼里,宁缺和桑桑呈现出了不离不弃、相濡以沫的关系。他们之间的情感与一般恋人的情感基础不同,存在的意义也不一样,剖析两人之间婚姻的性质与其情感属性,首先要以婚姻观为探析的基础。婚姻观会不时地发生变化,中国较早时期的婚姻讲究门当户对,婚姻发展得较为功利,当下越来越多的人选择裸婚、闪婚等等,他们更注重价值观的匹配度,并且婚姻中男女角色的转变也是当下社会的现实,在《将夜》中,桑桑和宁缺之间的婚姻关系是在尊重性别差异的前提下对婚姻观的新定义,转变了旧时代男耕女织的固定思想,发展了在信任、责任下的新型社会关系。

桑桑是宁缺从死人堆里捡回来的一个婴儿,他们自幼相依为命,在血海尸山前艰难地求生存。这使读者不禁产生怀疑,这究竟是亲情还是爱情?亲情是有血缘关系的人之间存在的特殊感情,宁缺和桑桑隐藏的"血缘关系"即是宁缺在乱尸堆中捡起桑桑并陪伴她成长,桑桑是宁缺的最后一道底线。但莫山山的出现,迫使宁缺去认真地思考他与桑桑之间

---

[1] 邵燕君:《以"爽文"写"情怀"——专访著名网络作家猫腻》,载《南方文坛》,2015年第5期。

的关系。宁缺与桑桑之间的感情不能单单用亲情或是爱情来定义,在遇见桑桑之前,穿越的宁缺在全新环境之中感到不安,复仇让他有了活下去的理由,在吊桥效应的作用下,桑桑的出现对于宁缺来说是悬崖边的绳索。有趣的是,桑桑负责宁缺的衣食住行,而宁缺将桑桑抚养成人,宁缺与桑桑的感情不是纯粹的亲情,他们之间有生死相依的伴侣情感、互为天命的宿命。"鸡汤帖"不仅是旷世之作,还象征了两人之间的关系,而桑桑的小黑匣子里装的不是她最爱的银子,是宁缺有时丢掉、但她知道他过后会后悔的东西。一方面,情爱大多脆弱,比爱情更珍贵的是毫无保留的信任,作者用双方之间不可替代的信任来表达两人的情感,将其上升至"互为天命"的伦理观中,重新定义了两性关系。另一方面,作者在采访中说道:"我可能并不擅长写爱情,因为确实这方面的经验不多,写家庭写婚姻就比较有经验了。"因为作者这样的写作习惯,两人之间的爱情成分在文中的确体现得极少,而更多的是两人生活起居上互相扶持的情节。

创造和谐两性关系的关键在于清楚地认识到性别差异,然后跨越性别差异实现人的个体发展。宁缺与桑桑在文中以信任为磐石的爱情观,给予了当代青年人伦理感情上的正确引导,强调两性关系的根本是在性别伦理观下的相互信任、不离不弃。在小说的前半部分,宁缺展现的是男人对外的一面,而桑桑一直是侍女的身份。这虽然带有旧时代女主内男主外的封建思想,但性别差异毕竟存在,男女之间人格体能不同,也决定了其社会功能的不同。而后在长安城,宁缺考上了书院二层楼,桑桑成为光明大神官的徒弟,具有超强的感知、记忆能力,体现了追求自由平等的两性关系。虽然《将夜》是一篇大男主文章,但理解全文后,我们能够发现,事实上,桑桑才是"安排"着宁缺的人:"你自己应该很清楚,我说往东之前你先往东边看了一眼,我说吃干饭那是头天夜里你把剩的稀饭全倒

了!"(第五卷《神来之笔》第一百一十九章)这样的地位对换打破了一直以来惯有的男尊女卑思想,展现出男女平等是在承认性别差异的基础上实现的。综上,宁缺和桑桑之间的感情是对两性关系认知的进一步拓展,在尊重性别差异的基础上超越性别差异,从而各自发展。文学作品中的情感描述对人类社会的道德评判、伦理价值有着指导作用,作者将这种伦理价值通过人物形象透析到作品之中,指导读者的伦理判断。

人类的爱情随着文明的不断发展,渐渐地趋向一对一的伦理道德标准,因为这不仅能够保护和提高女性在婚姻中的地位,还能平均资源,进而维护社会稳定。但事实上,从动物进化论的角度来看,个体总是在基因的驱使下发挥自己的本能去竞争,去发展更多的对象,相比实行一妻多夫制,实行一夫多妻制则有更多的优势,因为它能较为充分地利用男性的生育资源。《将夜》是一本男性向的小说,文中的宁缺不置可否地会受到男性原始基因遗传策略的影响,与文中各种不同的功能性女配角展开支线的故事,比如刚从渭城出来的时候遇上了李渔公主,宁缺与李渔之间不只是情愫蔓延,还有利益上的互相利用。后来遇到了书痴莫山山,宁缺确实喜欢她,但也只是喜欢而已。而道痴叶红鱼对宁缺来讲,更多的是对手的身份,在对手的身份下隐藏着的是欣赏。桑桑前文已经提到过,就不再赘余。在这么多的感情线中,男性原始基因遗传策略对于宁缺这个人物形象的影响显而易见,每当其遇上一个适龄女子,他们之间都会产生不一样的情愫。但与一般的网络种马小说不同的是,作者在描写宁缺与其他几位配角的支线故事时,采用了隐蔽的写法,将他们之间的微妙情感变化隐含在动作、神态、语言描写等等之中,宁缺对其他几个女孩也都止步于审美性的两性关系幻想,就算是"白月光"莫山山,他们有过牵手漫步、长安城环游,但抉择之时宁缺仍然选择了桑桑。这里的原因可以分为以下几点:首先,虽然宁缺穿越的时间大致在青少年时期,但在成长过程中不置可否地拥有 21 世纪男女平等、一夫一妻制的思想观念,这使他在遇到桑桑以外的其他女人时,虽然内心有所波澜,但在道德观念的约束下他控制住了自己的情感。其次,宁缺在文中以一个自私自利的形象出现,桑桑于他而言是本命和必需品,宁缺对与桑桑的专一不仅来自朝朝暮暮相处下产生的情感,还来自其理性思考下的两人互相需要的功利心态,以及两人构成的独立小世界所具有的排外特质。

《鹿鼎记》中的韦小宝不断地追逐各种类型的美女,并且均成功获得,在历史情境的掩盖下躲过了现代爱情伦理的覆盖,达成男性基因遗传下的本能需求,在读者心中形成了欲望叙事下的快感体验。这样看来,《将夜》中的对两性关系的公共伦理更加符合当前社会文明的发展,达成了小说内部伦理的平衡,是值得网络文学创作所学习的。但猫腻在描写宁缺与其他女性人物之间的关系时,缺少了金庸描写暧昧关系时的笔力,虽然在神态、动作等的描写中暗含着两人之间不可言说的情感纠葛,却无法打动读者,仅仅是停留在了叙述关系这一层面,这也是猫腻在描写人物感情时的不足之处。

3. 自由主义与权威主义的政治伦理观念间的壁垒

自由是小说从始至终所贯穿的主题。对比起猫腻的另一部作品《间客》,《将夜》重在写积极的自由、自我实现的自由。书中佛宗、道门、魔宗、书院四大势力并存,从不同政治伦理的观念上来看,书院和新教代表了自由主义的政治思想,而佛教和西陵则代表了权威主义的政治思想,下文从这两个对立的政治伦理观念入手,剖析其代表人物,建构不同政治立场下的人物群像。

第一,书院的自由主义政治伦理思想体现在书院每一个具体人物的

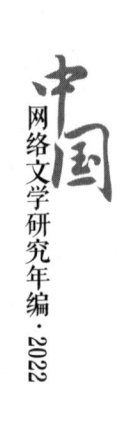

身上,书院自身就构成了一个多种多样的人物群像体系。在本篇论述中,主要选取了较有代表性的两个人——夫子和二师兄君陌。猫腻在描写夫子的人物形象时往往采取侧面描写,使这个神秘而又重要的人虽然没有一直以实体形式频繁出现在各个打斗现场,却是整部《将夜》离不开的主心骨,贯穿了整部作品。

夫子人物形象中的自由主义体现在多个方面。其一,夫子对徒弟选择的潇洒。在书院的二层楼中有着性格迥异、极富人格魅力的十三位弟子,他代师收徒,收了一个小师弟,就是从未在书中正面出场过的小师叔柯浩然。其二,夫子为了师弟斩尽满山桃花。当小师叔单剑灭魔宗后挑战昊天而死,夫子对西陵很愤怒,独自上桃山斩尽满山桃花。夫子为了自己的同门,为了自己所认可的道理,独自上西陵,怒砍桃花,体现了其自由主义的精神。其三,夫子敢于与昊天战斗并化作月亮。在《将夜》中,每个派别每个人对永夜的态度都有所不同,有的人逃避永夜,有的人对抗永夜,还有人想利用永夜,而在夫子的理念里,他不希望以消灭桑桑为代价消灭永夜,最后桑桑被注入人间之力、永坠人间,夫子登天化身为月,跟昊天战斗。这就是夫子追求自由主义的态度,在保护人的基础上,使全人类获得幸福,对桑桑的态度体现夫子自由主义中的宽容与爱。自由主义的仁爱与包容在对桑桑的态度中体现了出来,而向往自由的渴望贯穿夫子对昊天的态度以及在与天斗的过程中。

君陌作为书院的二师兄,是一个极其骄傲的人。多面的人物性格引发人们深思,而君陌却是一个简单的英雄人物形象,没有过多内心的蜿蜒曲折,但正是这样简单的人物形象,更加容易击中读者"爽点"。儒家的"自由主义"可以具体表现为孔子所说的"从心所欲不逾矩",君陌身上的自由主义伦理思想一方面体现在他的骄傲上,作者在描写他的相貌时,利用其极端对称的、一丝不苟的特点从侧面反映出了君陌的不容忤逆的特质,其中的严谨、骄傲有一部分源于他的礼法即"矩",另一部分来自他对书院和对自己的信任,在君陌的眼里,书院只做想做的事情,那么他做的一切都是有道理的;另一方面体现在他每一次战斗上,君陌孤身一人于桥头拦住御林军,在烂柯寺迫使七念动用闭口禅、斩悬空寺戒律堂首座、一剑劈毁瓦山佛像等等。最能体现其自由主义思想的事件是带领农奴追求自由解放,二师兄在农奴解放这一事件中不断地坚持传授他的理念,给了地底世界的农奴们明确的目标,向农奴传达对自由的渴望,给佛宗的强者带来了极大的冲击。这既反映了农奴们在没有二师兄的带领下时被压迫生活的痛苦,也反映了君陌自由主义思想对解放人的作用。这正是君陌个人自由主义的极大体现。君陌明白他内心的坚守,他坚持自己所想的并且坚持自己想的就是他对自己的人生意义清楚的认知,在这个基础上,他就可以"从心所欲"。

第二,不同于书院,佛宗在小说中展现出的是传统型的权威主义。人们对此类权威的服从是遵循世代相传的、从祖先那里承继下来的神圣规则。佛宗通过古老传统的神圣性强迫凡人,强大的只是个人的实力,丝毫没有救济天下苍生的念头。佛宗在文中代表的不可知之地是悬空寺,悬空寺中无数代凡人在任劳任怨地为僧人们服务,与奴隶无异,暗示了佛宗对凡人的欺压。无论是七念,还是佛祖,实际上未曾对世人有过怜悯。佛祖建立佛宗的主要目的只是汲取世人信仰之力,为了自己能逃离昊天的监视而活下去。结合佛宗在《将夜》中的定位,七念的人物形象将会更加清晰。首先,七念假意邀请大师兄共同商讨冥王入侵一事,以烂柯寺岐山大师为桑桑看病为由邀宁缺入局,不仅仅体现出"大阴谋家"这样简单的人品问题,更加体现了其权威主义利用个人权力无视道德伦理,随意地利

用他人达成目的。把佛宗对桑桑的态度与书院保护的态度进行对比,就能够明显地感知到自由主义与权威主义之间的不同。其次,七念在对农奴反抗时所表现出的态度,体现出他头脑中根深蒂固的佛道思想与其贯彻始终的权威主义思想。在君陌的带领下,农奴想要摆脱佛宗传统教义,七念作为佛宗的天下行走,看着战场上如此地血腥和惨烈,却依然可以面无表情地诵读着"我佛慈悲"。在权威主义的笼罩下,七念毫不关心世人的安危,最后被君陌打败,这也就证明了佛宗权威主义的虚伪与不堪一击。

四、"人道"与"天道"的二元对立

作者猫腻曾在《将夜》中明确表示过要在这部小说中构建完整的世界观。世界观的建构并非易事,对此猫腻选择以儒释道的思想为出发点。基于小说中"昊天"与"人"的对立、规则与自由的对立这两个最大的矛盾冲突点,作者从三种思想中吸取能为体现小说主题所用的部分,同时融入西方哲学思想,完成对儒释道思想的重构。构建了一个无视人自身价值的"天道",一个以"人本主义"和自由精神相结合的"人道",再通过两者斗争并且最终后者战胜前者的设定展现出小说中宣扬"人道"思想的世界观。

1. 对"天"的客观性的消解

中国人对天的认识是一个逐步演化的过程。在文明起源时期,由于人们的认识能力处在刚起步的阶段,对大自然主要是抱着畏惧之情,认为天是神秘且不可测的。随着人们对大自然的认识逐渐深入,天在人们眼中则渐渐趋向自然的一部分。"人法地,地法天,天法道,道法自然。"[①]这

---

① 老子:《道德经》,南京凤凰出版社,2019年,第63页。

句话中的"天"已经不具备什么神秘色彩了,而是指外在于我们的自然界。老子认为自然界的运行是有其自身的客观规律的,人类如果认识到自然的规律并且合理地利用它,不仅能与天地、自然和谐相处,而且有利于人类自身的发展。同时老子还认为人是大自然的一部分,所以人不能与自然分离,更别提凌驾于自然之上,天、地和人是一个有机联系的。反观西方哲学,在其观念中天和人是主客对立的分离关系,天是无生命的存在,人才是世间万物的尺度,应当成为自然的主宰。由此可知,中西方的天人观念存在着巨大的差异。

在《将夜》中,西陵神殿是昊天最为虔诚的信徒,他们自认为他们所做的一切都是遵循着昊天的规则,同时也要求世人恪守昊天的规则。他们的观念和道家的观念相同的地方在于,他们都认为昊天的本质是世界的客观规律,且人是应该服从一切规律的。但是两者之间的观念也存在明显的不同之处,因为西陵神殿将自己的角色定位为昊天在人间的使者,但他们贯彻执行的只是他们所认为的正确的规律,这也是西陵神殿最终走上歧路的原因。人类自私和趋利的本性使他们很容易将昊天的意志解读成有利于自己的条约,然后利用这一套条约去压制、剥削世人,获取自身的利益。隆庆皇子是西陵神殿最具代表性的人物,他在一开始坚定地认为自己是昊天的儿子,做着自己认为能让整个人间充满光明的事情。他在书院考试的最后一关中,为了他渴望至极的光明,不惜杀死自己的未婚妻花痴陆晨迦,为了谨遵昊天的意志,杀死了道痴叶红鱼和叶苏,他实力越强大,杀人越平静,但他为此付出的代价是没有了心。撕碎湮灭所有黑暗的信念在他心中更为坚定,可就是在这时候,他发现绝对的光明其实代表着绝对的黑暗,他为了绝对的光明在持续不断地进行杀戮。书院考试后接二连三的失败更是直接让隆庆投身于彻底的黑暗中,最终在自我

身份始终得不到认可的情况下,隆庆皇子在和宁缺的决斗中死去。西陵神殿也是如同隆庆皇子一般,由一开始的辉煌、万人景仰,到后来一步步走向堕落、黑暗,最终毁灭。世界运行规律其实只是西陵神殿的一个幌子,内里的本质是虚伪的道德感。这种情况下,天不再是道家所认为的万物之规律,身处高位之人将天作为谋利的工具,逼迫剩下的人成为天的奴隶。作者正是通过这一点的改变,将道家的思想重构为带有强烈的伪善性质的"天人论",重构为泯灭人性的"天道"。

虽然西陵神殿是知守观在世俗的代言人,在一定程度上代表知守观的立场,知守观后来也和西陵神殿一样,因为追求绝对的光明反而坠入了绝对的黑暗,但两者还是存在一定差别的。西陵神殿维护昊天至高无上的地位,很大一部分是为了从中获取利益,但知守观单纯是为了让昊天的那一套规则能在人间永远正常运行,正因如此,当知守观观主陈某发现昊天在人间的化身桑桑越来越人性化,按规律运行万物的能力随之衰退时,他选择杀死原先的昊天,让自己成为新的昊天,这样他便能让昊天的规则在人间继续正常地运行。这就涉及了《将夜》中"昊天"的设定。《将夜》中昊天并不是在自然世界形成时就有的存在,而是知守观的第一任观主代替人类选择的信仰,从那一刻起,人间便成为昊天的世界。后来夫子和轲浩然在修行的过程中发现并证明了昊天是类似于人类且高于人类的一种生命形式,它的生命补充来源于天地元气,只不过它无法直接食用天地元气,而是需要通过人类修行将天地元气转化为其需要的养分,然后吸取修行者体内的天地元气。昊天虽然是被第一任观主选择的,但并不是第一任观主的意志的载体,它是人类所认识到的世界规则的集合,人类所认识到的规则是具有客观性的,其运行也是具有客观性的,从这个角度上看,昊天确实是一个独立的存在且具有一定的客观性。不过同时它的存在又离不开人类,因为人类对其的信仰是它存在的必要前提,当人类修行至越五境,开始拥有自己的世界,创建自己的规则时,就意味着他们对昊天的信仰已经产生了动摇,那么昊天就需要发动永夜消灭这些威胁并从中获取能量。小说最后宁缺的"人"字符之所以能破天,就是因为几乎所有的世人都不想再被动接受"永夜"带来的毁灭,都不想再受昊天规则的束缚,想要去更广阔的天地寻求不同的生存方式,当世人都选择与昊天抗争的时候天就被破了。可以说,小说中对昊天的设定是对道家关于天的本质和天人关系观点的最明显的解构。在"天"的本质方面,小说中的"天"的内涵确实是世界规律,但"天"的存在是由人决定,且依赖人对其的信仰。在天人关系方面,道家观念中的"天人合一"主要是为了强调人对自然的依赖和顺从,天终究是不会为人所改变的,但小说为了解构这样的观点,为了让从小接受唯物主义思想的读者更好地接受小说重构的思想,特意将世界设定为由昊天这层膜笼罩着人间,昊天并非现实世界中真正的天,而是人类认识世界的产物,所以天可以随着人类的认识而改变,随着人类的认识一道成长。小说中在明确亮出这一观点前,作者就已经做了众多的铺垫,桑桑作为昊天在人间的化身,被灌输了许多人类的思想,她在神格觉醒后摆脱不掉人的意识,所以行事总是带着人的感情色彩,最终在宁缺的影响下成为一个真正的人,况且她还是宁缺的本命,两人在生理上是共生死、同存亡的关系,在心理上是心意相通、感受相同的关系,可以说桑桑和宁缺的结合是小说中"天人合一"的具象化。由此可见,知守观和书院的"天人合一"的观点强调的是人的主观意志对天的影响,体现了西方哲学中"人是万物的尺度"的思想色彩。《将夜》以道家对"天"的本质和天人关系为基础,融入西方哲学对天人关系的看法,重构出小说中的"天人论"。

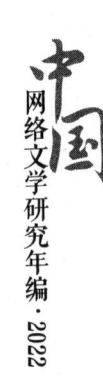

2. 当代语境下的"君子人格"

在小说中重点刻画的书院人物和书院精神,体现着鲜明的儒家思想特色。在儒家中,"君子"是一个高频率出现的词。儒家的"君子"可以被视为孔子塑造的完美的理想形象。在品德方面,"仁"既是孔子思想的核心,也是君子的立身之本,"弟子入则孝,出则悌,谨而信,泛爱众,而亲仁"①,笔者认为孔子所说的"仁爱"虽然在表面上是分关系亲疏的,但孔子最终还是希望君子能做到不是只爱关系亲近之人,而是不分关系亲疏、地位高低,爱天下人;还有"义",在孔子看来,君子应该是"重义轻利";君子还需要具备"勇",此处的"勇"并非血气之勇,而是合乎道义和礼仪的"勇";除了"三达德"之外,要想成为君子,还需要具备一定的智慧,拥有理性认知的能力。当然,君子所具备的品质远不止以上涉及的几点,此处就不过多赘述了。《将夜》这部小说确实也刻画了几个儒家正统"君子"的代表,李慢慢心怀仁爱,虽然天资非凡,但待人极为谦逊和蔼,虽然境界高深,但在举世伐唐之前不曾杀过人,也不会杀人。君陌则是"礼"最坚定的守护者,他不仅自己行事谨守古礼、持身甚正,同时也要求万事万物都能方正守礼,他也具备"勇",举世伐唐时他带领一众师弟师妹死守青峡,就算失去了一条手臂,受了极重的伤,也依然整理好衣冠,握紧手中方正的铁剑,以绝对的自信和骄傲面对众多的敌军,在看到悬空寺地底世界的百姓受尽压迫剥削时,毅然决然带领民众起义,最终成功推翻了悬空寺对地底世界的统治,君陌正是在用他的"礼"和"勇"守护着他心中的道义,俨然是君子的作风。

小说中的"君子"的内涵不仅限于儒家正统的阐述。首先,即使是李慢慢和君陌这样的儒家正统"君子"的代表,其表现出来的思想中依然有

---

①杨伯峻:《论语译注》,北京中华书局,2006年,第5页。

非儒家正统的部分,李慢慢和君陌受夫子的影响,对"昊天"的态度并不是如儒家那般,认为一定要严格遵守天的准则。其次,小说也刻画了许多非儒家正统的"君子"形象,虽然在儒家的观念中,那些人物算不上君子,但是如果从现代思想的角度去评判,他们也是令人尊敬的"君子"。宁缺就是非典型君子的代表,从小他就不是一个心怀仁爱之人,他五岁时手上就沾染过鲜血,为了让自己活下去,他吃过死人的肉,在渭城时为了挣得更多的钱财对马贼赶尽杀绝,他不在意别人的生活过得如何,他只关心自己和桑桑能否更好地活下去;宁缺也不是一个将道义视为最高准则的人,如何将利益最大化,如何保住自己的性命,才是他一贯以来最看重的问题,比如在战斗中他会选择偷袭、使诈,面对打不过的敌人时会不要脸面地求饶,为了避免后患会无情杀害求降的敌人等等。但宁缺其实是有独属于他自己的一套是非判断的标准,夫子在书院考试中专门留给宁缺的启示是"君子不器",较为常见的"君子不器"的含义有三种说法:一是指君子应该博才多学,二是指君子更应该拥有良好的德行,三是认为君子应该德才兼备。[1] 小说中作者没有采取以上任何一种说法作为"君子不器"的解释,而是将这四字重新定义为人不拘泥于一些固有的规则,宁缺破除了制作修行武器的普遍规则,造出元十三箭,宁缺在战斗中采取的很多策略也是超出固有规则,对天的反抗更是直接打破了世界的规则,规则并不代表道义,宁缺只是在用自己的方式去追求心中的道义。宁缺也并非将冷漠自私贯穿整部小说,当他感受到别人对他的关爱和信任时,他的心里从一开始的只有自己和桑桑,到有了很多周围关心他的人,再到有了长安城的百姓、所有唐国的人民,最后到有了整个人间。这是一个逐渐递进的

---

[1] 胡振坤:《"君子不器"新探——基于先秦儒家"文""质"关系的一种可能性解读》,《泰山学院学报》,2019年第6期。

过程，正是这样的一个成长变化过程，将宁缺身上人性的真实和君子式的仁爱和谐地结合在一起，展现出一个符合现代思想的君子形象。

在当代语境中，个人的欲望、诉求得到了很高的重视，人们宣扬解放人的天性，人应该具有觉醒、反抗意识。而儒家的君子人格事实上是一种集体性人格，仁义礼智信等这些品质都需要君子通过"君、臣、父、子、亲、友"等群体性角色才能得以体现，属于一种群体性的规范，君子主要是通过个人放弃自身的理想追求，将大众共同理想视为个人目标，时刻不忘利于他人、社会，从而实现君子人格的价值意义。① 这样过度完美的无私奉献精神自然会被当代语境中的人们贴上不真实、过度理想化的标签。当代语境下的君子人格具有强烈的个人意识和个人特性，同时又不缺真正的道德坚守责任感，这也正是小说中"人道"思想的一方面。

3."我佛慈悲"的幌子

慈悲是佛教的根本思想。《大智度论》说："大慈与一切众生乐，大悲拔一切众生苦；大慈以喜乐因缘与众生，大悲以离苦因缘与众生。"②此处"慈"的意思为与乐，"悲"的意思为拔苦。但《大般涅槃经》和《无量寿经优婆提舍愿生偈注》中对"慈""悲"两者含义的阐释正好与《大智度论》中的相反，认为"慈"是拔苦，"悲"是与乐。③ 不论两种解释孰是孰非，我们仍然可以由此得出结论——"慈悲"一词确实是与乐、拔苦之义。"慈悲思想的哲学基础是缘起论，认为众缘和合是万事万物的产生原因，和合而生，和合而灭，均没有自性。由此得出人生无常、一切皆苦以及众生平等的价值理念，进而发展出慈悲思想，成为佛教弘法度生的理论基础。"④

---

① 朱哲恒：《传统与当代语境下的"君子人格"及其现代性构建》，《合肥工业大学学报》（社会科学版），2019年第3期。
② 龙树菩萨：《大智度论》，鸠摩罗什译，宗教文化出版社，2014年，第537页。
③ 彭瑞花：《菩萨戒与佛教慈悲思想研究》，《世界宗教研究》，2020年第2期。
④ 彭瑞花：《菩萨戒与佛教慈悲思想研究》，《世界宗教研究》，2020年第2期。

由此可知,"众生皆苦"的思想可以视为"慈悲思想"产生的一个前提。

《将夜》中的佛宗也以"慈悲"为核心思想,"我佛慈悲"是小说中的僧侣、大师常挂嘴边之语。但本应以慈悲为怀的人却做着最黑暗、残忍的事。当宁缺来到佛宗的不可知之地悬空寺时,他看到了尸横遍野的景象,看到吃穿用度极为奢靡的贵人在随意践踏少女,到处都充满着暴虐、血腥、剥削、压迫,有着明显的等级分化,从高到低分别是僧侣、贵人、农奴,前两者完全把农奴当作发泄他们扭曲的欲望的工具和淫富生活的来源,与佛宗所言的慈悲完全背道而驰。而农奴们就像是任人宰割的牛羊,但他们不仅怯懦、麻木,甚至乐于接受所有的苦难,因为农奴们一直以来都被灌输一种观念——他们天生带有深厚的罪孽,只有对佛祖怀有虔诚之心,用自己的一切供奉僧侣和贵人,才有可能洗刷罪恶,在死后进入佛祖的西方极乐世界。

同样具有矛盾的还有佛宗天下行走七念对人的认识。在小说的开篇七念与知守观天下行走叶苏有一场关于蚂蚁的辩难,这场辩难中的"蚂蚁"实际上隐喻着人类,当时七念坚持认为蚂蚁是有追求的,在接受一定的教化后是能飞向天空的,他相信人的力量,认为当全体人类的力量集合起来时是可以与天相抗衡的,但在叶苏看来蚂蚁是极其渺小的。然而在面对悬空寺地底世界的农奴起义时,七念却说出了与开篇观点完全相反的话语,他认为这些农奴是愚昧、有罪之人,如蝼蚁一般,由此可以得知,佛宗之所以嘴上说着"我佛慈悲"却干尽毫无人性之事,七念之所以对人的认识有着前后完全不同的差别,都是因为在七念等佛宗子弟看来,这些农奴的苦来源于他们天生的罪恶,他们的祖先是强盗、强奸犯,所以子孙们应当接受永世为奴的惩罚。这反映出佛宗对"慈悲"的利用,对"人"认识的不彻底性和错误性。佛教中的"慈悲"是不因社会等级、出身等而异

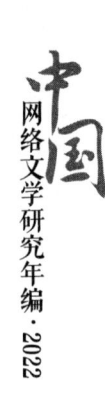

的,旨在普度众生,但是小说中的佛宗却因为农奴的出身而认为他们带有原罪,应该用一辈子的苦难洗刷罪恶。在物质方面,农奴过着贫贱的生活,遭受着踩躏;在精神方面,农奴们从出生起就被洗脑,对佛祖和对自身莫须有的罪孽深信不疑。佛祖还立下戒律,严禁他们学习文字和佛法,因为佛祖清楚只有愚昧痴傻的人才会对佛宗怀有坚定不移的信仰,唯有如此他才能造出并维系西方极乐世界。物质上的贫瘠不是最可怕的,最可怕的是精神上的愚昧,剥夺人们思想的自由才是最极致的残忍。

虽然佛宗并不奉行西陵神殿和知守观的"昊天之道",但是在他们的思想观念中,佛祖就是恰如昊天一般的世间最高准则。作者借用佛教慈悲观这一思想名号、采用佛教的一些元素,由此重构出表面慈悲、内里残暴的佛宗,对这种禁锢人的思想自由的伪善的宗教信仰进行了强烈的抨击。

4."人"的书写

《将夜》中的"人道"思想不仅体现在对儒释道的重构上,其独特之处更在于对个体的尊重和对自由精神的张扬。

对个体的尊重首先体现在对个体存在的尊重。唐国和书院便是最为典型的代表。小说中的唐国作为盛世大国,其繁荣昌盛不仅体现在国家实力上,还体现在小说描写的唐国人身上,唐国接纳、承认每个个体的存在。书院后山上的每个弟子都有独特的个性,在各个方面都有精通的人才,正是这样,整体实力才会如此强大。书院对个体的尊重还体现在对桑桑的接纳上,面对这个尚未觉醒的敌人,夫子并没有试图趁机杀死她,而是选择接纳她,用人间的美好和温暖去感化她。夫子想破天,并不是单纯为了将昊天消灭,而是希望将昊天同化,让每个人都能免遭永夜的毁灭。

小说对主角宁缺的设定也体现了这一思想。不同于读者熟悉的"王子复仇记",宁缺出身低微,只是一个门房的儿子,宁缺也不带有主角光环,他最初对气海雪山一窍不通,迟迟不能修行。作者选择反套路的情节安排其实也是一种对普通个体存在的尊重。小说正是想以此反映每个个体都有其存在的必要和价值,众多类型的个体才是构成人世的完整性的必要基础。

  其次体现在对个体欲望的尊重。不难发现《将夜》中的主要人物大多数是圆形人物,他们有高尚的品质,但也有最真实的欲望和本性,有高光时刻,但也有平凡的一面。宁缺作为男主角,自然最典型。宁缺的性格与寻常的小说主角有很大的不同,他不掩饰自己的野心、欲望和自私,大部分事情都是在有利可图的前提下才会去做。但正是这样的宁缺,才会有异于常人的坚定意志,才会在艰苦卓绝的战斗中凭借着对生的极度渴望活下去。作者塑造这样一个主人公,正是出于对具体个体生命存在形式和欲望的尊重。小说刻画的夫子形象相较于孔子圣人般的形象,具有极浓的凡俗气息,比如极其喜爱美食、会和弟子们开世俗的玩笑等等,拥有普通人欲望的夫子显得更真实,也正是因为他自己本身具有真实的人性,所以他才能对世人感同身受、产生大爱,一直默默守护着人间。书院后山的诸位弟子平时的生活也是极为散漫、随性,性格中有许多异于常人的古怪之处,但这并不妨碍他们在人间遇到危机时挺身而出、保护人间。除了修行者,小说中描写的普通人更是具有许多常见的人欲,他们在乎权力、吃穿用度、家庭等。比如上官扬羽时常受贿枉法、善于见风使舵。又比如杨二喜是一个再平凡不过的退伍军人,平日除了务农就是粉刷墙皮,满足于有腊猪腿这道下酒菜、有妻子孩子围绕在身边的生活。有欲望并不是一件可耻的事,正是因为在人本能的欲望中有着利己、享乐的部分,

当人为了国家和大众的安危暂时舍弃自身的欲望时,才会更令人动容,体现人性中光辉的一面。上官扬羽在长安城面临前所未有的危机时并没有自顾自地逃命或者当缩头乌龟,而是在自己的能力范围内积极寻求解救长安城和百姓的方法。平日里极其不起眼的杨二喜,当东北边军败给燕国的军队时,毫不犹豫地独自一人去支援东疆。在举世伐唐的部分,作者塑造了很多为了国家舍生取义的人,他们不顾自己个人的生死,虽然他们是一群平凡的人,但是却让人看到了大唐真正的力量。只要是人就会有欲望和原始的本性,但这并不妨碍人同时具有崇高的品质、舍小我为大我。唐国之所以能拥有庞大的民众力量、成为实力雄厚的大国,就是因为唐国的统治者并不会为了满足自己的欲望而去否定民众的欲望,而是尽量满足民众的正当欲望,这样民众自然会发自内心地爱自己的国家。

  欲望会使人变得卑劣,但也会使人变得美好。小说中人性美好崇高的那一面基本都是在集体事件中得以体现的,所以作者在小说中并不是完全宣扬西方纯粹的个人主义,而是将西方的个人主义和中国传统的集体主义相结合。作者在小说中还认为人最坚定的信念不是来源于对昊天和佛祖的崇拜,而是来源于生活和人本身,比如叶苏创建的新教和君陌带领的地底世界农奴起义。这种生机活力和坚定的信念就是作者所认为的人间之力,虽然来源于最平凡的世人,却有着超乎想象的能量,"这种力量最普通也最不普通,最耀眼也最不起眼,是包子铺的热雾或城墙里的一块青砖,但也是智慧的传承和不屈的反抗"(第四卷《垂暮之年》第一百七十七章)。宁缺第二次在人间的大地上写出人字符时,想起了街畔蒸包子铺的热气和青石板上的脚印。守住人间的不只是宁缺,更是所有世人。所以,小说构建的"人道"思想的重要内涵便是尊重每一个独特的生命,信仰人自身才能充分发挥人的作用和力量,与"天道"相抗衡。

小说中"人道"思想的另一重要内涵便是对自由精神的认可,这也是人的欲望中的一种。中国道家文化中很重要的一部分是自由精神,最具代表性的就是庄子,他强调人对世界的超越,对生死和俗世情感、功名利禄、自然规律的超越。西方哲学中的自由主义则更为突出,一方面体现在对个人权利的重视;另一方面体现在对自然世界的探索,西方对"天"的探讨不是为了更好地顺应自然,而是掌握、利用、发现自然规律,接着去探索更广阔的宇宙。《将夜》中的自由主要体现在"破天"这一事件中,人的天性里有着对未知的好奇和对自由的向往,世人有了这一强烈的意愿才最终得以破天。越是实力强大的人,越想探寻世界的本质和真相,夫子一直想求得永夜的真相,轲浩然对昊天也是存在着深深的质疑。不仅是修行者,普通民众也想阻止永夜的发动,对生的渴望促使他们反抗昊天,对自由的向往又使他们想挣脱昊天的"囚笼"。小说结尾处,宁缺在和天的战斗里获得了胜利,获胜的最重要的原因就是人字符里蕴含着的每个世人强烈的意愿,人字符其实也是自由之符。肯定人类自由精神的背后是对"人"的重视和认可,所以自由的张扬是小说建构的"人道"中不可或缺的一部分。

《将夜》通过对个人存在及欲望的尊重,通过对自由精神的书写,凸显出重视"人"本体这一主题思想,其反映出的"人道"主义正是因为具有这一独特之处,才能在与"天道"的对抗中获得最后的胜利。

结　语

猫腻的《将夜》是一部带有明显东方色彩的玄幻小说,它立足于中国传统文化创造的中国性的玄幻世界体系,这样一个特殊的架空世界表现出了作者的深厚文化积淀以及想象力,表明中国的网络玄幻小说完全有

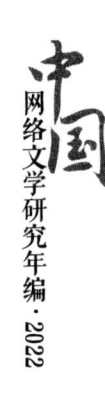

实力建构本土的宏大世界体系。作为不同于纯文学的网络文学,猫腻并不避讳它的商业性以及爽文性质,但是《将夜》之所以取得如此成就,与作者的文学笔力以及人文关怀是分不开的。虽然网文采用更新机制,但是猫腻在开始之前就列好了大纲,这使得小说的叙事线索虽然复杂,但纷而不乱,同时关注叙述语言的文学性,小说中的语言可以让读者明显感受到作者对其进行过筛选与过滤,这些使得小说的可读性提高,在推动网文质量提高的方面是一个很好的榜样。最后,《将夜》的思想内涵是丰富的,对于崇高与自私交织的人性、爱情与婚姻、压迫与自由等都有涉及,而不仅仅是带来过关斩将快感的纯爽文,在这样的人文关怀上,与严肃文学是共通的,能够给读者带来精神上的净化及反思。在大众传媒不断发展的当下,网络文学是一股不可抵挡的潮流,成为很大一部分人精神养料的来源,因此网文质量的提高、思想的深化是必然之势,猫腻的《将夜》在这方面具有很大的借鉴意义。

附录

2022年中国网络文学大事记

1月　豆瓣阅读2021年度言情、悬疑榜单公布。

1月4日　"网络文学·青春榜"启动,由扬子江网络文学评论中心与《青春》杂志合作推出。

1月6日　阅文集团发布2021年度网络文学榜样作家"十二天王"榜单。

1月12日　"文学照亮美好生活——2021探照灯年度书单发布暨阅文名家系列研讨启动会"在中国现代文学馆举办。

1月12日　2021年度中国网络文学影响力榜征集启事发布。

1月20日　2021年七猫必读榜年度榜单发布,评选出2021年七猫全站100部最有阅读价值的小说。

1月26日　起点中文网设立2022科幻"启明星奖"。

1月26日　新华通讯社与中国作家协会在北京签署价值阅读战略合作协议,并启动"5G新阅读"创作开发计划、合作打造5G融媒价值阅读平台"悦读汇"。

2月　"上海国际网络文学周"获上海市政府颁发国际传播领域最高奖项"银鸽奖"。

2月8日　番茄小说第一届网络文学大赛各赛道TOP10获奖名单揭晓。

2月11日　"2022全球作家孵化项目启动仪式暨WSA2021颁奖典礼"在新加坡举行。

2月25日　CNNIC发布第49次《中国互联网络发展状况统计报告》。

3月2日　网络剧《开端》研讨会在京举行。

3月3日　2022年度中国作家协会网络文学选题指南暨重点作品扶

持征集通知发布。

3月9日　中国作协第十届网络文学委员会组成人员名单公布。

3月14日　中国作协网络文学中心与中国人民大学合作举办的"首届网络文学研究班"在京开班。

3月15日　中国作家出版集团与芒果TV联合举办"新芒IP计划"征文大赛。

3月18日　爱奇艺小说开启2022"奇心妙恋"主题征文,聚焦网剧女性向热门题材。

3月24日　咪咕文学奇想空间厂牌"无垠杯"科幻征文大赛开启。

4月1日　米读文学网对外宣布即日起陆续把旗下与作者签约的作品转移签约至阅文集团,开启免费平台与付费平台的新型合作。

4月2日　中国文联网络文艺传播中心组织编写的《中国网络文艺发展研究报告(2020—2021)》由社会科学文献出版社以"网络文艺蓝皮书"的形式出版。

4月2日　"喜迎二十大 青春著华章"主题征文活动由中国作协网络文学中心联合团中央社会联络部共同举办。

4月2日　国家新闻出版署"2022年优秀现实题材网络文学出版工程评选"启动。

4月6日　第八届滇云网络文学大赛启动。

4月7日　中国社会科学院文学研究所主办的《2021中国网络文学发展研究报告》专家研讨会在京举办。

4月18日　鲁迅文学院第二十一期网络作家培训班(线上)开班,115名网络作家参加。

4月18日　"首届扬子江网络文学最具IP潜力榜"发布。

4月22日至5月21日　阅文集团旗下起点读书APP开启"全民阅读月",首次限免200本付费好书。

4月23日　首届全民阅读大会发布《2021年度中国数字阅读报告》。

4月23日　中国图书评论学会组织评选的2021年度"中国好书"揭晓,共有42种图书入选,《重生——湘江战役失散红军记忆》《蹦极》2部网络文学作品入选文学艺术类好书。

4月26日　广东省网络作家协会向全省网络作家发起知识产权保护倡议书。

4月27日　2022年度中国作协网络文学重点作品扶持论证会召开。

5月11日　第七届广西网络文学大赛颁奖暨第八届启动仪式举行。

5月15日　起点读书二十周年宣布品牌升级,发起首届"515好书节",联合上海图书馆推出"起点百部好书单"。

5月19日　橙瓜码字联合国内几十家主流网站等举办第五届"网络文学读书日"。

5月23日　哔哩哔哩漫画正式启动"我有一个脑洞"征稿活动。

5月26日　中国版权协会举办《2021年中国网络文学版权保护与发展报告》发布会。

5月27日　七猫纵横与网络作家唐家三少签约,新作《斗罗大陆Ⅴ重生唐三》在纵横中文网、七猫免费小说、熊猫看书及手百小说等百度旗下阅读平台同步上线,打破了网络文学行业通常采用的独家签约模式。

5月27日　"网文青春榜"2021年度榜单发布。

6月　《中国网络文学理论评论年选(2021)》出版。

6月9日　新华社发布《书写时代》网络文学系列微纪录片。

6月17日　2022年中国作协网络文学重点作品扶持选题名单公布,

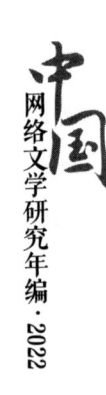

40项选题入选。

6月20日　"最江南"主题网络文学作品征文启动。

6月23日　阅文集团旗下女生阅读平台潇湘书院全新移动客户端上线,推出全新Slogan"她故事,她力量",同时发布"紫竹计划",投入一亿资金与资源扶持女性作者。

6月24日　起点中文网公布2022原创文学新晋"白金作家"和新晋"大神作家"名单。

6月30日　山东省网络作家协会成立。

6月30日　第四届"金熊猫"网络文学奖征集公告发布。

6月30日　七猫中文网第三届现实题材征文大赛启动。

7月　《中国网络文学年鉴(2021)》出版。

7月6日　全国重点网络文学网站联席会议在京召开,发起《网络文学行业文明公约》,成立全国首家中国网络文艺知识产权纠纷人民调解委员会。

7月8日　中国作家协会党组成员、书记处书记胡邦胜到点众科技调研网络文学海外传播情况。

7月14日　"第三届网络文艺评论优选汇"启动。

7月15日　"菠萝包轻小说"奇幻征文开启。

7月22日　爱奇艺文学2022新势力大会在京举行,与《北方文学》正式达成战略合作并签约,成立"爱奇艺文学院",现场发布厂牌新计划——"东北新文学",探讨打破纯文学和网络文学的壁垒。

7月26日　"喜迎二十大"优秀网络文学作品联展活动启动,32部网络文学优秀作品参加中宣部文艺局举办的"建功新时代 奋进新征程"活动,"学习强国"第一次完整展示网络文学作品,供用户在线阅读。

7月31日　中文在线举办"首届全球元宇宙征文大赛"线上评审会，宣告"第一批元宇宙小说"的诞生。

7月31日　中国作家协会与全国32家重点文艺出版社、重点文学期刊等在湖南益阳共同启动"新时代文学攀登计划"。

8月1日　中国作家协会"新时代山乡巨变创作计划"启动仪式在湖南益阳清溪剧院举行。

8月5日　首届扬子江网络文学最具IP潜力榜和江苏省"金本奖"剧本演绎创作大赛颁奖典礼在江苏网络文学谷（南京）举办。

8月8日　腾讯主办"鹅次元动画节"。

8月9日　2022年全国网络文学工作会议在郑州举办。会议期间发布2021年中国网络文学蓝皮书，举办网络文学高质量发展论坛（郑州）。

8月11日　北京中关村网络作家协会与爱读网达成合作意向。

8月16日　中共中央办公厅、国务院办公厅印发《"十四五"文化发展规划》，鼓励文化单位和广大网民依托网络平台依法进行文化创作表达，推出更多优秀的网络文学作品，加强和创新网络文艺评论，推动文艺评奖向网络文艺创作延伸。

8月18日　豆瓣阅读第四届长篇拉力赛获奖名单公布。

8月25日　"中国网络文艺这十年"论坛举办。

8月28日至29日　中国网络文明大会在国家会展中心（天津）举办，发布《共建网络文明天津宣言》，就新时代加强网络文明建设形成六点共识。

9月　微博文学升级"网络文学微博发光计划"，启动"网文超新星"计划。

9月1日　阅文集团第六届现实题材网络文学征文大赛颁奖典礼举

行。上海市新闻出版局、阅文集团联合发布《2022现实题材网络文学发展趋势报告》。

9月2日　中国作协2022年新会员名单公布,70名网络作家加入中国作协。

9月3日　"2021十大年度国家IP评选活动"获奖名单公布。

9月5日　中国作协网络文学中心与中国外文局、中国新闻出版研究院联合主办"千帆出海——网络文学走出去"论坛。

9月7日　第四届"茅盾新人奖"颁奖典礼在浙江桐乡举行。

9月7日至9日　中国作协网络文学中心在江苏省连云港市举办"网络文学青年创作骨干培训班"。

9月13日　16部中国网络文学作品被收录至大英图书馆的中文馆藏书目。

9月16日　七猫×华策首届"奔腾计划"创意大赛活动结果公布。

9月17日　"民族文化网络文学创作论坛暨第二届石榴杯征文颁奖典礼"在京举行。

9月23日　番茄小说新媒体征文活动获奖作品揭晓。

9月26日　艾瑞咨询发布《中国社交媒体ACGN内容发展研究报告》。

10月　中国作协网络文学中心与四川作协、西南科技大学联合创办的学术辑刊《中国网络文学研究(第一辑)》出版。

10月9日　"新时代十年百部中国网络文学作品榜单"评选活动在杭州中国网络作家村启动。"杭州师范大学·中国网络作家村网络文学产学研基地"同日揭牌。

11月2日　《新华·文化产业IP指数报告(2022)》在京发布。

11月3日　第二届天马文学奖评选工作启动。

11月4日　《网络文学界热议党的二十大报告：心有光明，笃行致远》在中国作家网上发表。

11月5日　中国文艺理论学会网络文学研究分会第七届学术年会暨"中国网络文学三十年的历史反思与未来发展"学术研讨会召开。

11月7日　第三届扬子江网络文学周开幕式暨第三届泛华文网络文学金键盘奖颁奖典礼在江苏省泰州市举行。

11月10日　2022年世界互联网大会乌镇峰会"疫情下的数字社会"论坛在浙江乌镇举行。

11月12日　上海网络作家协会第三届会员代表大会召开。

11月16日　南京师范大学与阅文集团战略合作签约仪式暨2022年"网络文学节"开幕式举办。

11月18日　2022年度中国作协网络文学理论评论支持计划评审结果发布。

11月28日　"网络文学研究现状与学科建设"学术研讨会在京召开。

11月29日　长佩文学"一千零一页"无CP征文获奖名单公布。

11月30日　2021年"优秀现实题材和历史题材网络文学出版工程"入选作品揭晓。

11月30日　"中国现当代通俗小说与网络小说"学术研讨会暨同名新书发布会在苏州举行。

11月30日　"回首峥嵘过往，续写时代华章"番茄小说现实题材征文活动公布。

11月30日　中共阅文集团委员会第一次党员大会在上海召开。

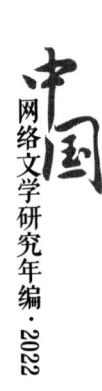

12月15日　第四届"金熊猫"网络文学奖及第十届"未来科幻大师奖"颁奖。

12月16日　宁夏网络作家协会成立。

12月19日　第十九期"青社学堂"暨全国青年网络作家学习党的二十大精神培训班开班。

12月22日　"知乎2022"年终系列活动启动。

12月30日　中国作协网络文学中心官方公众号"网文视界"正式上线。

12月30日　中国作协网络文学中心学习党的二十大精神专题线上培训班开班。

12月30日　第四届辽宁网络文学"金桅杆"奖颁奖仪式举行。

（王颖　整理）